紅樓夢新辨

三民叢刊 5

潘重規著

三民書局印行

紅學論集序

一百年前，我國大詩人駐日使館參贊黃遵憲先生對日本漢學家說：「《紅樓夢》乃開天闢地，從古到今第一部好小說，當與日月爭光，萬古不磨者。恨貴邦人不通中語，不能盡得其妙也。論其文章，宜與左、國、史、漢並妙。」這一番話，在今天似乎可獲得全世界文人學者的首肯。我有一位朋友，四十年前，在外交界服務，和歐美人士一次聚談中，有人提議舉出心目中認爲最好的一部文學作品，結果得票最多的竟是中國的《紅樓夢》。這雖然是一時遊戲，未必便成定論，但由此可見《紅樓夢》是多麼受中外人士的愛好，它吸引讀者的力量又是何等鉅大！

在我記憶中，進入中學時，我已經成了一個紅迷。腦海中終日盤旋著林黛玉和賈寶玉的倩影，恰如棋迷腦海中充滿了黑子白子一般。那時不但不曾問曹雪芹是什麼人，根本也不理會作者是什麼人。我只覺得這部小說具備一種吸力，它把我整個心靈都攝收到作品的一字一句當中。因此，一卷《紅樓夢》常常會逗得我廢寢忘餐，不忍釋手。看到傷心處，便覺滿紙閃爍著晶瑩的淚珠；看到歡愉時，便覺眼前展開溫馨的笑靨。遇到動人心魂的字句，咀嚼玩味，有時十天半月都不能放下。眞正像香菱學詩的時候說的：「念在嘴裏，倒像有幾千斤重的一個橄欖似的！」試問，幾千斤重的橄欖，這一輩子如何能咀嚼消受得盡呢？而且我每次讀《紅樓夢》，總覺得作者有一段奇苦鬱結的至情，乍吞乍吐，欲說還休。他口口聲聲說：「曾歷過一番夢幻之後，故將眞事隱去。」又說：「只按自己的事體情理。……其間離合悲歡，與衰際遇，俱是按迹循踪，不敢稍加穿鑿，至失其眞。」但讀遍了全部《紅樓夢》，提到年月朝代處，從沒有大清字樣。甚至歷敍古今人物時，說什麼「近日之倪雲林、唐伯虎、祝枝山」（第二回），簡直像是明朝人的口吻，令人與「不知有清」之感。作者寫作的時代，爲什麼要藏頭露尾，閃閃爍爍；既不在書中說明，又不在書外標出呢？這是我沈醉於《紅樓夢》之後，帶來了這類不少的困擾，眞有「羣疑滿腹，衆難塞胸」之概。到了民國十三年，遊學南京，這時値蔡元培、胡適兩先生紅學論戰之後，得讀蔡先生的《石頭記索隱》、胡先生的《紅樓夢考證》。知道蔡先生的主張是：

《石頭記》者，康熙朝政治小說也。作者持民族主義甚摯，書中本事，在弔明之亡，揭清之失，而尤於漢族名士仕清者，寓痛惜之意。

胡先生則確定《紅樓夢》的作者是曹雪芹。他的結論是：

> 《紅樓夢》是一部隱去真事的自敍，裏面的甄賈兩寶玉即是曹雪芹的化身，甄賈兩府即是當日曹家的影子。

這一次的紅學論戰，胡先生獲得全勝。例如他駁斥蔡氏劉姥姥是湯潛庵的說法，眞是痛快之極。胡先生又發現脂評《紅樓夢》抄本，斷定刻本前八十回的作者是曹雪芹，後四十回是高鶚的僞造。胡先生認爲這是歷史科學考證方法的成功。因此博得一般學者的信從。魯迅的《小說史略》，乃至日本歐美，差不多整個世界談《紅樓夢》的全都採用了胡先生的學說。從民國十年以後，說得上是「定於一尊」的「胡適時代」了。那時我剛進入大學中文系之門，感到浩瀚無涯的學海，眞是望洋興歎。在師長督導之下，剛日讀經，柔日讀史，那有閒情暇日去瀏覽小說。因此蔡胡二先生一場激烈紅學論戰，似乎不曾在我心上發生震盪，也未引起我研究《紅樓夢》的興趣。不過在中學四年級時（那時是舊制中學，修滿四年畢業），很愛好張蒼水、顧亭林的詩文，課餘時，總是手把一篇，自吟自賞。考進大學後，更喜涉獵顧黃王三先生的著作。又縱觀南明野史，以及清代文字獄的檔案。發現亭林諸人詩文集中，凡涉及清代年曆，皆絕而不書，甚至誌墓之文，如生卒年月，非明白寫出不可的，也千方百計，委婉曲折加以表明，決不肯寫出滿清朝代年號，以表示他們不屈服異族的志節。如顧亭林〈歙王君墓誌銘〉云：「王君以崇禎十四年卒，後三年國變，王君之子璣流寓於吳，又一年而不孝始識王生，因以知王生之人與其世德之概。與王生交一年，而王生以狀請銘，不孝以母未葬，弗敢作也。又一年，卜葬，葬有日，而王生復來請銘，不孝不獲辭而銘之。」像這一類屬辭的方法，皆因作者苦心隱痛，務屏夷清的僞曆，不得干華夏的正統。這使我觸悟到《紅樓夢》作者不肯寫明著書的朝代，正和亡國遺民抱著同樣的情懷。我看了許多南明野史和文字獄檔案，又發現清初這一段時期，無論是文人學者，江湖豪俠，凡屬反抗異族的志士，都是利用「隱語式」的工具在異族控制下秘密活動。清文字獄的檔案中，有一件是劉墉搜出丹徒生員殷寶山的詩文，乾隆的上諭說：「至閱其內〈記夢〉一篇有云：『若姓氏、物之紅色者是。夫色之紅非姓之紅也，紅乃朱也』等語，顯係指稱勝國之姓，故爲徽國之語以混之，尤屬狡詭！該犯自高曾以來，卽爲本朝臣民，食毛踐土，乃敢繫懷故國，其心實屬叛逆，罪不容誅。」看了這段話，使我聯想起《紅樓夢》第五回，警幻仙曲演紅樓夢；第五十二回，眞眞國女子「昨夢朱樓夢，今宵水國吟」的詩句，對照起來，分明是把紅字代替朱字，這是不是「繫懷故國，其心叛逆」呢？明崇禎殉國後，號稱易堂九子的魏禧諸人，選擇了江西寧都縣的翠微峯，做他們革命的根據地。他們讀書講習的場所，號稱爲易堂。《說文》解古文「易」字是日月相合，日月相合便是「明」。彭躬庵的《易堂記》說：「丁亥，合坐讀史，爲筆記。爲詩，詩一遵正韻。是冬，諸子言易，卜得離之乾，遂名易堂。……山居屋有五，易堂爲公堂，左右室並列。」這段話用隱語說明「易堂」卽是明代的朝廷。因爲《易經》離卦是光明的象徵，它的象辭說：「離，麗也。日月麗乎天，重明以麗乎正。」象辭又說：「明兩作離，大人以繼明照于四方。」「重明」、「繼明」卽是「復明」的意義。他們以「易堂爲公堂」，公堂卽是朝廷的意思，也算是他們革命政府的象徵。易堂諸子作詩用正韻，正韻乃是明太祖敕撰的《洪武正韻》，作詩用明韻，正是他們反抗清朝的表示。乾隆十八年又曾經發生一樁怪案，一個名叫丁文彬的，自稱皇帝，忽然要傳位與曲阜衍聖公，文字獄檔案留有他造曆書的口供單說：「小子只有一個人著書抄寫，因上帝命我趕修這《洪範春秋》，故此不能再有工夫造這新書了。直到卽位六年上才造起的，只造得三年，並沒隱藏別處，那大夏是小子國號，天元是年號，小子因做得一無好處，去年因請命了上帝，把天元改作昭武，傳位與小聖公的。既有年號，就寫欽定了。至於書面上寫大夏大明，那是取明明德的意思，大夏是取行夏之時的意思。」看了這段供詞，又觸發我對《紅樓夢》的疑問。《紅樓夢》第十九回，作者從寶玉口中發出一番議論說，除明明德無書，以寶玉的爲人，他最欣賞的書應該是《西廂記》、《牡丹亭》，爲什麼最崇拜的會是《大學》？就算是最崇拜《大學》了，爲什麼不說「除《大學》外無書」，而偏要說「除明明德外無書」！這會不會是丁文彬所說「大明取明明德的意思」的革命術語呢？我在未了解《紅樓夢》運用隱語涵義以前，我對於《紅樓夢》的文辭意義，發現許多疑問和矛盾，等到了解隱語涵義以後，便發現《紅樓夢》作者確是「持民族主義甚摯」，對於胡先生的說法，反而覺得觸處難通。我的看法，簡括來說，賈寶玉是代表傳國璽，代表政權，林黛玉影射明朝，薛寶釵影射清室。林薛爭取寶玉，卽是明清爭取政權，林薛的得失，卽是明清的興亡。賈府指斥僞朝，賈政指斥僞政。所以我的結論是：《紅樓夢》確是一部運用隱語抒寫亡國隱痛的隱書。作者的意志是反清復明。書中對賈府施以無情的攻擊，罵他們爬灰養小叔，卽是攻擊文太后下嫁皇叔多爾袞的醜行。我們試想，以一個倫理觀念極重的中華民族，把統治我們的清帝的禽獸穢行揭發出來，此一宣傳，激起反清的力量該多麼大！作者又在書中反覆指點眞假，既有賈（假）寶玉，又有甄（眞）寶玉，眞假兩寶玉，面目雖是一般，但政權在本族手裏就是眞，政權在異族手裏便是假。因此清朝是僞，明朝就是眞。眞的必然會復興，僞的注定要失敗。寶玉說「除明明德無書」，這是作者嚴正的表示，明朝纔是正統。能明瞭明朝之德，便不可出仕僞朝。所以他極力抨擊讀書求官的是國賊祿蠹（第十九回、第卅六回）。有人說解釋寶玉爲傳國璽是穿鑿附會，其實不然。我們細看作者穿穿揷揷，隱隱約約的告訴讀者，石頭就是寶玉，寶玉就是傳國璽。他首先在第一回敍述靑埂峯一塊石頭，鍛鍊通靈，「須得再鐫上幾個字，便是件奇物。」因爲印璽是必須有文字的。又從甄士隱夢中，指出這石頭原來是塊美玉。第八回更從寶釵的口中眼中詳細描寫這塊美玉，形體大小和《三國志・孫堅傳注》中所載漢傳國璽相同。玉上「莫失莫忘，仙壽恆昌」的刻字，更是漢傳國璽「受命於天，旣壽永昌」的翻版。爲了印璽必須用硃，所以作者的靈心，便憑空捏造出今古無雙的愛紅之癖來。書中第九回、十九回、廿一回、廿三回、廿四回，頻頻提及寶玉愛喫胭脂，原來是從玉璽要印硃泥設想出來的。至於胭脂作何形狀呢？試看平兒到怡紅院化妝時，見到的胭脂，卻是一個小小的白玉盒子，「裏面盛著一盒如玫瑰膏子一樣。」這又是作者暗示胭脂卽是印泥。試想，一塊玉石鐫上傳國璽的文字印上硃泥，這不是明白告訴讀者，寶玉就是傳國璽嗎？

以上這一派見解，蟠踞我胸中，直到民國四十年，來臺灣師範學院任敎，那年五月間，在戴靜山敎授家，和董同龢、陳致平諸先生閒談，偶然提到我對《紅樓夢》這番看法。沒料到隔不幾天，臺灣大學中文系學生會羅錦堂會長，奉董同龢敎授之命，來到我的宿舍，邀我五月廿二日去臺大作一次學術演講，指定要我講對《紅樓夢》的看法。那次講題我定爲「民族血淚鑄成的《紅樓夢》」（講詞在《反攻雜誌》發表）。我認爲《紅樓夢》原作者不是曹雪芹，全書不是曹雪芹的自敍傳，後四十回也不是高鶚僞作。這是胡先生考證《紅樓夢》三十年後，第一次有人否定他全部的學說。果然，經過不久，胡先生在《反攻雜誌》第四十六期刊出了〈對潘夏先生論紅樓夢的一封信〉認爲我「還是索隱式的看法」，「還是笨猜謎的方法」，「全不相信辛苦證明的《紅樓夢》版本之學」，「全不接受三十年前指出的作者自敍的歷史看法」。我爲了答覆胡先生，曾讀遍胡先生研究《紅樓夢》的全部著作，也曾深切反省研究《紅樓夢》的方法。我在答覆胡先生的文章中（也在《反攻雜誌》發表），再度提出證據，證明胡先生的錯誤。並寫下了這麼一段話：「我很感謝胡先生，他指示愛讀《紅樓夢》的人說：『我們只須根據可靠的版本與可靠的材料，考定這書的著者是誰，著者的事蹟家世，著書的時代，這書曾有何種本子，這些本子的來歷爲何。這些問題乃是《紅樓夢》考證的正當範圍。』我覺得，除了胡先生所說之外，我們還須熟讀深思，涵泳全書描寫的內容和結構；我們還須高瞻遠矚，洞觀整個時代和文學傳統的歷史背景，庶幾能體會到《紅樓夢》作者的苦心，纔不致抹殺這一段民族精神的眞面目！」

爲了要明白《紅樓夢》的眞相，三十多年來，我努力搜羅《紅樓夢》的版本和資料。在香港新亞書院，創設「《紅樓夢》研究」課程，刊行《紅樓夢研究雜誌》。又受好奇心的驅使，一九七三年的秋天，在巴黎東方學大會閉幕之後，曾經闖入蘇聯列寧格勒東方研究所（簡稱東方院），披閱所藏舊抄本《紅樓夢》。東方院孟西科夫教授說我是從外國來看這個抄本的第一個中國人，並且認爲我研判的結論，糾正了他們鑑定的偏差。作爲一個中國人，我覺得是不虛此行的。這個抄本，淪落在異域一百六十年，初次見到採訪它的本國讀者，眞忍不住要相對嗚咽了。近二十多年來，不斷有新版本、新材料發現，我也和海內外紅學家，如俞平伯、周汝昌、吳恩裕、吳世昌、趙岡、馮其庸、余英時諸先生不斷的有辯詰討論的文章。總結來說，一切新版本、新材料的發現，不但不曾動搖我基本的看法，反更增強我確認的信念。我現在還要重覆我在《紅樓夢新解》所說的話：「假如我們看清楚這書的時代背景，鑑定這是一部民族搏鬥下的產物，熟識黑暗時代大衆默認的革命術語，我們再細讀此書時，耳中便彷彿聽見民族志士的呼號，眼中便彷彿看見民族志士的血淚。至於《紅樓夢》在文學上的成就，無疑的，它已經在競走場中奪得了錦標。如果事後發現這個奪錦標的選手，並非和同伴同樣的空著手競走，而且還揹著一個極沈重的包袱，我們對這個任重致遠的選手，除了驚訝他超羣絕倫，越發加深崇敬外，還有什麼可說呢！」愛國史學家連雅堂先生告訴我們：「臺灣民間風俗，農曆三月十九日是太陽節，家家戶戶點燈，意思是追求光明，就是要永久勿忘明朝的『明』字，這一天原是崇禎皇帝殉國的日子，也可當作一個民族紀念節。」看清楚了臺灣的革命史實，了解了臺灣曾遭受異族宰割，太陽節的「燈」，確實是照亮了無比的民族精神，蘊含了無限的民族血淚。假如忽略了臺灣太陽節的背景，不也同樣會遭人詬誶，變成《紅樓夢》索隱派的笨猜謎嗎？

幾十年來，我從《紅樓夢》一書中所窺見的中華民族精神的光芒，一直閃爍在我心中。我不敢說我的知見是眞知灼見，但在沒有證據證明我的錯誤時，我也不敢放棄我所看見的民族精神。因此，幾十年來，和胡適之先生以及紅學專家，發生了無數次的論辯，著眼都在保衞這段民族精神上。論辯的文字，已結集的有《紅樓夢新解》、《紅樓夢新辨》、《紅學六十年》三書。還有歷年來未加結集的論文，散見海內外報章雜誌。門人友好頗以散佚爲憾，並慫恿搜集成册。適三民書局董事長劉振強先生重視學術，願爲出版流通。因將《紅樓夢新解》、《紅樓夢新辨》、《紅學六十年》三書重加校正。又結集歷年來論文爲《紅學論集》一册，合併付印。我有幸得此機會向海內外讀者傾吐我的心聲，在此，我竭誠渴望能得到解開我七十年來疑結的指教！

潘重規

自序

民國六年（一九一七），蔡元培先生刊行了《石頭記索隱》一書，跟着爆發了胡適之先生和他的公開論戰，新紅學的序幕自此揭開。民國五十五年（一九六六），我在香港，曾以「紅學五十年」為題，作了一次公開演講。我認為由於蔡胡論戰的刺激，引起了海內外學人的注意，不斷的搜求新資料，發掘新問題，短短的五十年間，放射出極燦爛的紅學光輝。我回溯這五十年的紅學發展，作一客觀的檢討後，我呼籲所有研究《紅樓夢》的人，無論他對《紅樓夢》見解如何，必須設法豐富《紅樓夢》本書及有關的資料，要儘量流通所有的資料，要盡力整理所有的資料，要好好利用所有的資料。接着我就在香港中文大學新亞書院中文系開設「紅樓夢研究」課程，成立了「紅樓夢研究」小組。六、七年來，前後舉辦了《紅樓夢》研究展覽三次，出版了《紅樓夢研究專刊》十輯。在這不長不短的時間裏，組員寫成專書的，有陳慶浩的《紅樓夢脂評的研究》、《紅樓夢脂硯齋評語輯校新編》，葉玉樹的《吳世昌紅樓夢探源譯評》，鄧美玲的《紅樓夢詩詞曲與人物之研究》，以及小組組員合編的研究資料索引多種。問世以來，頗受學術界的重視。尤其是成立小組之始，即感到力量薄弱，有糾集海內外學人通力合作的意願。因此，在萬分困難的環境下，印行《紅樓夢研究專刊》，除發表組員的心得和研究成果外，最主要的便是刊布搜集紅學資料和重要著述，使得中外紅學家有交流意見的園地。在十輯專刊中，轉載了俞平伯先生的〈讀紅樓夢隨筆〉、周汝昌先生的〈紅樓夢版本的新發現〉、方豪先生的〈從紅樓夢所記西洋物品考故事的背景〉、周策縱先生的〈論鳳姐的一從二令三人木〉、李田意先生的〈曹雪芹書評〉、吳恩裕先生的〈曹雪芹的佚著和傳記材料的發現〉等。而海內外紅學專家賜與專稿的有法國李治華先生的〈溫都里納一詞原文的商榷〉、美國趙岡先生的〈紅樓夢稿諸問題〉、澳洲柳存仁先生的〈讀紅樓夢研究專刊第一至第八輯〉、日本伊藤漱平先生的〈關於程甲、程乙本〉；在美國的年輕學人，如威斯康辛大學的陳炳藻君、俄亥俄大學的黃維樑君、印地安那大學的曾儒聖君，都紛紛投寄專稿。還有小組舉行展覽期間，周策縱先生和方豪先生均蒞會作了專題演講，這許多學者付出很多的時間和精力，提高了我們的興趣，增加了我們的信心，我們將堅持願力，繼續發行專刊，維持不墜。至於我個人近年撰寫的紅學論文，多數刊布於《新亞學報》、《新亞學術年刊》、《大陸雜誌》、《明報月刊》，為的是想讓出《紅樓夢研究專刊》的篇幅，多容納些海內外學人的撰述。許多朋友勸我將零星散布各雜誌的論文，彙成專集，以省讀者多方訪求之勞。由於課務繁忙，總難偷閒從事編輯。今年暑假，出席東方學會，會議完畢後，住在巴黎廢王宮側庇亞蒙 (Piémont) 旅館，等待機會去看列寧格勒所藏用乾隆御製詩作襯葉的抄本《紅樓夢》。日間往圖書館披閱敦煌卷子，夜晚回到斗室，一燈晃晃，分外感到安靜寂寥，在閒散期待的心情中， 便隨手將我印行《紅樓夢新解》以後陸續發表的文章，整理排比起來，編成一集，因為收錄的論文，多半是辨明紅學的新材料和新問題，所以定名為《紅樓夢新辨》。記得五十年前，俞平伯先生曾寫《紅樓夢辨》一書，他自己說「辨者辨偽之意」，他全書主旨，便在辨明後四十回是高鶚偽造的續書。因此，數十年來，高鶚續書，在學術界便成為定論。但在一九六三年乾隆一百廿回抄本面世以後，俞先生的學說便發生了動搖，甚至俞先生自己也說：「高鶚續書之說，今已盛傳，其實根據不太可靠。」這不是俞先生的失敗，而是學術界的進步。我個人數十年來，對紅學研究充滿了無數疑團，徬徨求索，廢寢忘餐，希望也有機緣獲得新材料新學說，來辨明我自己的主張，解開我一切的疑結。現在，《紅樓夢新辨》舊稿已經編竣，長夜漫漫，正懷着一腔期待的心情，將要闖向渺渺茫茫晨光熹微的前路，我希望朝思暮想的御製詩做襯葉的抄本《紅樓夢》，能夠給我嶄新的見聞，作為我寫《紅學六十年》的新材料。

東方學會一百周年之八月七日夜深倚裝寫於巴黎庇亞蒙旅館

紅樓夢新辨 目次

附　錄

讀「乾隆抄本百廿回紅樓夢稿」

十四年前，我曾寫過幾篇討論《紅樓夢》的文章；其中有關後四十回作者的問題，我是相信高鶚程小泉序文的說法的。對於胡適之先生斷言高鶚僞作的主張，從證據和邏輯上，我都認爲不能成立。當年胡先生和許多學術界的朋友曾對我紛紛指摘，但是我反求諸心，我的看法並沒有絲毫的動搖。我只是心口相語，要解決此一問題，必須在八十回抄本新材料之外，再發現百廿回抄本，纔有解決的希望。此一希望，期之十年百年，能否及身見到，眞是渺茫得很！不料前年到香港，竟獲見新發現的「高鶚手定紅樓夢稿本」，雖然不是原稿，而能夠看到影印本，已經是喜出望外了！據此一影印本的民國五十一年十一月的跋文說：

> 《紅樓夢》一書，向以八十回抄本和一百二十回刻本分別流行於世。八十回抄本附有脂硯齋和他人的批語，一般認爲是曹雪芹原稿的過錄。據平步青《霞外攟屑》卷九及鄒弢《三借廬筆談》卷十一中記載，這個本子曾經刋刻。但是這個刻本今天未見流傳。至於百二十回刻本則是由高鶚、程偉元等

人的修改和增補過的，與原稿微有異同。程高刻書的前一年，周春在《閱紅樓夢隨筆》中說有人以重價購得百二十回《紅樓夢》抄本一部，看來程高刪改付刻之前，百二十回《紅樓夢》已在社會上流行過。近年山西出現的乾隆甲辰夢覺主人序抄本《紅樓夢》，似是這一類本子，惜止存八十回，尙不足以證實周春的話。現在這個抄本的發現和影印，幫助我們解決了一樁疑案。

這個抄本的早期收藏者楊繼振，字又雲，號蓮公，別號燕南學人，晚號二泉山人。隸內務府鑲黃旗。著有《星風堂詩集》。他是一位有名的書畫收藏家。原書是用竹紙墨筆抄寫的。蓋有「楊印繼振」、「江南第一風流公子」、「猗歟又雲」、「又雲考藏」等圖章。楊繼振的朋友于源、秦光第等並有題字和題簽。于源字秋泩（泉），又字惺伯、辛伯，秀水人。著有《一粟廬合集》。秦光第字次游，別號微雲道人。于源有〈贈秦次游（光第）兼題其近稿〉詩一首，可見亦是有著作的。他們兩個人都是楊繼振的幕客。秦次游在封面題簽上稱「佛眉尊兄藏」，楊繼振不聞有「佛眉」之號，或者這個抄本在流傳到楊繼振手中以前，曾經爲「佛眉」其人收藏過。

楊繼振說這個抄本是高鶚的手訂「紅樓夢稿」，不是最後的定稿。意思是說這個抄本乃高鶚和程偉元在修改過程中的一次改本，不是付刻底稿。證以七十八回末有「蘭墅閱過」字跡，他的話應當可靠。但是無論如何，這個抄本不是楊繼振所僞造，用以欺瞞世人，是可以斷定的。因爲前八十回的底稿文字係脂硯齋本，而脂硯齋本楊氏生前並未見過，這是斷然假造不出來的。我們從他公開說四十一回至五十回原殘闕，他照排字本補抄了，可見他也無意於作假。至於高鶚不在這本書的開頭或結尾來個署名，單單選定七十八回寫上「蘭墅閱過」四個字，實屬費解。如果說高鶚修改《紅樓夢》時，正是屢試不第，「閒且憊矣」，而七十八回原有一段關於舉業的文字被删改了，或者他看到這等地方，有所感觸，因而寫下了他的名字，那到是意味深長的了。

當然，說這個抄本是程偉元高鶚修改過程中的稿子，單憑四個字是不够的。主要的還應該是這個本子上修改後的文字百分之九十九都和刻本一致，只有極少數地方如回目名稱、字句、個別情節，稍微不同。由於基本上一致，所以我們說它是程高改本。又由於兩者不盡相同，我們覺得它不是定稿。一般說來，兩個本子的文章字句，彼此雷同，不可能純粹出於巧合。它也可能有這樣的情形，卽程偉元買到這份稿子時，上面已經有人改過了。但是這與實際情況不符。程偉元在刻本序上只提到他所買到的本子是「漫漶殆不可收拾」，不曾說原抄本上有塗改情況。因此我們覺得這個假定是不能成立的。此外也還可能有這樣情形，卽有人根據刻本修改他原來收藏的抄本而成了現在這個樣子。我們認爲這也是不可能的。因爲修改的文字，從回目到情節都有與刻本不同的地方。既然是照改，又故意改得不忠實，未免不合情理。

如上所云，根據我們的考察，這個抄本是程高修改稿，可能性最大。但是這個抄本的價値卻不限於它是程高的手訂稿這一點。首先，這個抄本提供給我們一個相當完整的八十回脂硯齋的本子。這個百二十回抄本的底本前八十回是脂本，這個脂本的抄寫時代應在庚辰與甲辰本之間。說它在庚辰本之後，最明顯的一個例證就是十七和十八兩回已經分開。說它在甲辰本之前，我們根據的是這種情形：

卽這個抄本和甲辰本同樣改動了的地方，有的和甲辰本一樣，不留痕跡，如二十二回末尾謎語；但更多的地方是保留修改痕跡，如五十八回藕官燒紙錢。這個抄本雖然抄寫在庚辰本之後，但是仍有它的特色。如第四回開端有一首詩爲各本所無。將第五回起始二十九字移至第四回末，第十六回記秦鍾之死，七十回柳絮詞「任他隨聚隨分」下有批語云：「人事無常，原不必戚戚也。」都是和別本不同或別本脫抄的。所以在脂本系統上，這個抄本將佔有一定的地位。其次，通過這個抄本，我們大體可以解決後四十回的續寫作者問題。自從有人根據張問陶《船山詩草》中的贈高鶚詩「艷情人自說紅樓」的自注說「《紅樓夢》八十回以後皆蘭墅所補」，認定續作者是高鶚，並說程偉元刻本序言是故弄玄虛，研究《紅樓夢》的人，便大都接受這個說法。但是近年來許多新的材料發現，研究者對高鶚續書日漸懷疑起來，轉而相信程高的話了。這個抄本在這方面提供了一些材料，我們看到後四十回也和前八十回一樣，原先就有個底稿。高鶚在這個底稿上面做了一些文字的加工。這個底稿的寫作時間應在乾隆甲辰以前。因爲庚辰抄本的二十二回末頁有畸笏叟乾隆丁亥夏間的一條批說「此回未成而芹逝矣」，仍保留着殘闕的形式。但到甲辰夢覺主人序抄本時就給補寫完整了。而且把原來寶釵一謎改作黛玉的，另給寶釵換製一謎，謎中有「恩愛夫妻不到冬」一句，並有批云：「此寶釵金玉成空。」可見這位補寫的人對寶釵後期生活是清楚的。這也就是說，後四十回所寫寶釵生活的文字，這位補寫的人見到過。或者後四十回竟是出於他一人的手筆，也很可能。因此，張問陶所說的「補」，只是修補而已。

後四十回旣大致可以確定不是高鶚寫的，而是遠在程高以前的一位不知名姓的人士所續，這樣一來，我們前面提到周春的話就得到了實物的證明了。看來這個抄本不僅前八十回重要，而整個百二十回抄本更是在《紅樓夢》的版本史上佔着不可輕視的地位。

這篇跋文對於此一抄本的形式及其重要性，已經有相當詳明的報導。如果再參考趙岡先生〈論乾隆抄本百廿回紅樓夢稿〉（見《大陸雜誌》第二十八卷第六期）一文，對於此抄本的面貌，一定可以獲得相當的認識。現在我擬對趙岡先生文中介紹「此抄本之形狀與特點」一節和跋文，少加補充，然後簡略地將我讀後所得的初步見解寫出來，以就正於當代留心紅學的人士。趙文引述抄本題記，除第七十二回末「有滿文□字」，聲明因排印不便，故以□代之。其他未能辨識之字，皆以「×」代之。然細察原文，實不難辨認。如原本封面次頁題「紅樓夢稿」「乙卯秋月××（重規案當爲『蓮公』重訂）」，再次頁題「蘭墅太史手定紅樓夢稿百廿卷，內闕四十一至五十卷，據擺字本抄足×（似振字，未知其審。）記。」又一頁題：「紅樓夢稿，咸豐乙卯古×（規案：當是「華」字）朝後十日辛白于源。」又第八二回（規案：當作第八三回）回末有墨筆批寫：「目次與元書異者十七處，玩其語意，似不如改本，以未經注寫，故仍照後文標錄，用存其舊。又前數處（規案「處」字誤，原文是「卷」字）起迄（規案：此字漫漶，似汔字）或有開章詩四句，煞尾亦有，或二句四句不同，蘭墅（規案：原作塾，蓋楊氏原批筆誤）定本一概刪去，較簡淨。己丑四月幼雲×（規案：當是

「信」字）筆×（規案：當是「記」字）於臥雲方丈。」又第七二回另有一行小字批注：「旗下抄錄紙張文字皆如此，尤非南人所能，措言（規案：原文當是「意」字，蓋草書「意」字似「言」）亦惟旗下人知之。」此批注因趙先生誤「意」爲「言」，故句讀也頗不安。原文似當作「旗下抄錄紙張文字皆如此，尤非南人所能措意，亦惟旗下人知之。」楊氏蓋據第七十二回末頁有滿文□字，故知此抄本出於旗人之手，不是南方人所能僞託。而且抄錄所用的紙張，文字的體式，都合於旗人的習慣，尤其不是南方人所能注意得到的。而高鶚是旗人，因此更可證明此抄本是出自高氏。這些題字有時頗有關考證，故應該先加以確認。

其次，影印本跋文說：「秦次游在封面題簽上稱『佛眉尊兄藏』，楊繼振不聞有佛眉之號，或者這個抄本在流傳到楊繼振手中以前曾經爲『佛眉』其人收藏的。」我的推測，「佛眉」是劉銓福的別號，據乾隆甲戌脂硯齋重評《石頭記》抄本卷一首頁有「劉銓福子重印」、「子重」、「髣眉」三印。胡適之先生跋文說「髣眉」可能是一位女人的印章，我的想法和胡先生不同，因爲這三顆圖章連接着印在抄本的第一頁，而且「子重」、「髣眉」兩印的篆體和刀法顯然出於一手，分明是同屬一人的三顆圖章。「子重」既是劉銓福的字，則「髣眉」當是他的別號。「髣眉」與「佛眉」同音，正如楊繼振字又雲，有時也寫作「幼雲」，絲毫不值得奇異。如果此一推測不錯，則這個抄本，傳到楊繼振手中之前，是曾經劉銓福收藏過的。大概劉銓福是最留心《紅樓夢》的一個收藏家。甲戌抄本是他收藏的，妙復軒評本百二十回抄本也是他收藏的。我疑心這個抄本，楊繼振是從劉銓福家得來的。楊繼振年輩略晚於劉銓福，而劉銓福與高鶚年輩也相去不遠。高鶚卒年不詳，但他爲惲珠《紅香館詩鈔》作序，是在嘉慶十九年甲戌（西元一八一四年），劉銓福的生卒年也不詳，約莫生於嘉慶晚年，死在光緒中葉（約當一八一八——一八八〇）。葉昌熾《藏書紀事詩》卷六云：「河間君子館磚館，廠肆孫公園後園，月老新書紫雲韻，長歌聊爲續梅村。」自注：「寬夫先生名位坦，子重名銓福，大興人，藏弆極富。……所居在後孫公園，其門帖云：君子館磚館，孫公園後園。今其孫尚守舊宅，而舊書星散矣。」高鶚、劉銓福、楊繼振籍貫里居年輩均甚接近，此抄本輾轉到他們手中，是極自然的，源流脈絡，似乎也是淸淸楚楚的。

現在我將簡述我的看法：我讀了此抄本後，我認爲此抄本可確信是高鶚手定的《紅樓夢》稿本。此抄本首頁次游題簽是「紅樓夢稿本」，次頁楊繼振題記爲「蘭墅太史手定紅樓夢稿百廿卷。」我認爲楊繼振此一鑑定是正確的。他據此抄本的流傳淵源和七十八回「蘭墅閱過」的題字，斷定此一抄寫的《紅樓夢》稿，是經過蘭墅親手整理的稿本。也卽是說，此一抄本經高蘭墅親手整理過，並不是說這一抄本是高蘭墅的創作手稿。據程偉元〈紅樓夢序〉云：「不佞以是書旣有百廿卷之目，豈無全璧？爰爲竭力搜羅，自藏書家甚至故紙堆中無不留心，數年以來，僅積有廿餘卷。一日，偶於鼓擔上得十餘卷，遂重價購之，欣然繙閱，見其前後起伏，尚屬接筍，然漶漫不可收拾。乃同友人細加釐剔，截長補短，抄成全部，復爲鐫板，以公同好，《紅樓夢》全書始至是告成矣。」又高鶚序云：「予聞《紅樓夢》膾炙人口者幾廿餘年，然無全璧，無定本。向曾從友人借觀，竊以染指嘗鼎爲憾，今年春，友人程子小泉過予，以其所購全書見示，且曰：『此僕數年銖積寸累之苦心，將付剞劂，公同好。子閒且憊矣，盍分任之。』予以是書雖稗官野史之流，然尚不謬於名教。……遂襄其役。工旣竣，并識端末，以告閱者。」此一抄本，正是程小泉所謂「乃同友人細加釐剔，截長補短，抄成全部」的抄本。也卽是高蘭墅整理過程中的「全本」「定本」。此一抄本前八十回與後四十回整理的情形，證以程乙本高蘭墅引言，也非常密合。引言云：

書中前八十回抄本，各家互異；今廣集核勘，準情酌理，補遺訂訛，其間或有增損數字處，意在便於披閱，非敢爭勝前人也。

是書沿傳旣久，坊間繕本及諸家所藏秘稿，繁簡歧出，前後錯見。卽如六十七回，此有彼無，題同文異，燕石莫辨。玆惟擇其情理較協者，取爲定本。

書中後四十回係就歷年所得，集腋成裘，更無他本可考。惟按其前後關照者，略爲修輯，使其有應接而無矛盾。至其原文，未敢臆改，俟再得善本，更爲釐定，且不欲盡掩其本來面目也。

是書詞意新雅，久爲名公鉅卿賞鑒，但創始刷印，卷帙較多，工力浩繁，故未加評點。其中用筆吞吐，虛實掩映之妙，識者當自得之。

我們現在看此抄本前八十回，確是脂評本，而且可能是近年發現的甲戌、庚辰、戚本等以外的一個脂評本，在前七回中有回首總評，有回首回末的題詩，有正文中雙行夾批的評語。由這些殘餘的評語，不但可證明與諸脂評本不同，也可證明有勝過諸脂本之處。如第六回回末詩云：「得意濃時易接濟，受恩深處勝親朋。」庚辰本易作是，是字乃易字之誤。第二回：「偶因一着巧，便爲人上人。」庚辰本作「偶然一着錯，便爲人上人」，甲戌本作偶因一着錯（點去後改作回顧），便爲人上人。比較起來，此一抄本作「偶因一着巧」，文義似乎勝過其他各本。這抄本的底稿雖然有評語，但由於「創始刷印，卷帙較多，工力浩繁，」爲了節省工力，程高就決定刪去不印。故前幾回抄本還抄有許多評語，經高鶚加以塗抹刪去，自七八回以後，大概便吩咐抄手索性省去，故以後的脂評就殘存極少。現在刻本，偶然有把正文誤作評語的，如護官符的小注，本是正文，刻書時誤認是評語，就被刪去了。這種現象，可以作爲引言的證明；同時由引言，也可說明這種種現象的原因。

又引言提到抄本歧異的情形，由近年發現的材料也可取得證明。影印庚辰本出版說明云：「該書原缺第六十四、六十七兩回，現用己卯本補上，以足八十回之數，這兩回，我們用乾隆間程偉元活字本對校過，認爲其六十四回大約接近於辛亥印本（甲本），第六十七回則接近於壬子印本（乙本）。」這一事實，已足夠說明引言說的確是事實。而且前八十回抄本，正文夾着的修改文字，實在是一個稿本再根據其他稿本修改而成的。卽如此抄本六十七回的文字，起首說：「話說尤三姐自盡之後，尤老娘和二姐賈璉等俱不勝悲痛。」已卯本作「話說尤三姐自盡之後，尤老娘合二姐兒賈珍賈璉等俱不勝悲慟。」現在程乙本文字全同已卯本，與此抄本不同，與戚蓼生本也不同，可見程乙本的文字是根據已卯本，但在此抄本上並未修改。下文：「興兒道：奶奶問的什麼事，」興兒下旁加「戰兢兢的朝上磕頭道」；「你二爺外頭娶了什麼新奶奶舊奶奶的事，你大槪不知道啊！興兒連忙磕頭道，」興兒下旁邊也加了「見說出這件事來，越發着了慌，連忙把帽子抓下來，在磚地上咕咚咕咚碰的頭山響，口裏說道，」幾句；「只求奶奶超生，奴才再不敢撒謊」，撒字下旁加「一個字的謊」；「與兒回道」，與兒下又在旁邊加「直蹶蹶的跪起來」一句；這一類增加的文字，很像是高鶚有意增加潤色的。然而這些增加的文字，竟完全和已卯本相同。可見此抄本的正文是已卯本以外的一個抄本，行間修改的文字是高鶚依據已卯一類的抄本加以潤色的。至於回目的異同，更加顯著，像此抄本卷首總目第八十回作「美香菱屈受貪夫棒，王道士胡謅妬婦方」，但是在當卷的回目卻作「懦迎春腸廻九曲，姣香菱病入膏肓」，程高的刻本採用的是總目回目，因此在此抄本當卷的回目旁，加注「美香菱屈受貪夫棒，王道士胡謅妬婦方」一行，並未將原卷的回目塗去，看起來，好像這一回有兩個回目，這又證明了這兩個回目，都是《紅樓夢》舊稿的原文，他只是參採總目的回目，改定本卷的回目。又如此抄本第七回，卷首總目和本回正文之前，都是空白，缺少回目，甲戌本的回目是：「送宮花周瑞嘆英蓮，談肄業秦鍾結寶玉」，庚辰本是：「送宮花賈璉戲熙鳳，宴寧府寶玉會秦鍾」，戚蓼生本是：「尤氏女獨請王熙鳳，賈寶玉初會秦鯨卿」，而程高刻本恰和庚辰本相同，可見第七回回目，高鶚是採用庚辰本來補充的。又如第三回的回目，甲戌本作「金陵城起復賈雨村，榮國府收養林黛玉」，庚辰本作「賈雨村寅（夤）緣復舊職，林黛玉拋父進京都」，戚蓼生本作「托內兄如海酬訓教，接外甥（孫）賈母惜孤女」，此抄本與庚辰本全同，而程高刻本作「托內兄如海荐西賓，接外孫賈母惜孤女」，可見高鶚是不用此抄本的回目而改用戚本一類抄本的回目，又如第三十回回目，庚辰本作「村嫽嫽是信口開合，情哥哥偏尋根究底」，戚蓼生本作「村老嫗是信口開河，癡情子偏尋根究底」，此抄本作「村老嫗說談承色笑，癡情子實意覓踪跡」，程高刻本作「村老老是信口開河，情哥哥偏尋根究底」，這是高鶚不用此抄本的回目，而採用庚辰本一類的回目。隨手舉來，像這類的例子，已可證明引言所說的，句句都是實話，高鶚確是聚集各原本詳加校閱，擇其情理較協者，取爲定本。至於所云「其間或有增損數字處，意在便於披閱，非敢爭勝前人」，這話也是事實，我們只須舉一個例便可看出，如第二十回的一節，庚辰本作：

只見李嬷嬷（戚本作媽媽，下同。）拄着拐棍，在當地罵襲人忘了本的小娼婦，我抬舉起你來（戚本作你起來），這會子我來了，你大模大樣的倘（戚本作淌，下同。）在炕上，見我來也不理一理，一心只想粧狐媚子哄寶玉，哄的寶玉不理我，聽你們的話，你不過是幾兩臭銀子買來的毛丫頭，這屋里你就作耗，如何使得。好不好拉出去配一個小子，看你還妖精似的哄寶玉不哄。襲人先只道李嬷嬷不過爲他倘着生氣，少不得分辨說：病了，纔出汗，蒙着頭，原沒看見你老人家等語（戚本作話），後來只管聽他說哄寶玉粧狐媚，又說配小子等（戚本等下有話字），由不得又愧又委曲，禁不住哭起來。

此抄本的正文作：

只見李媽媽拄着拐棍，在當地罵襲人忘了本的小娼婦，我抬擧起來的，這會子我來了，你大模大樣淌在炕上，見我來也不理一理，一心只想狐媚子哄寶玉，哄的寶玉不理我，聽你們的話。你不過是臭銀子買來的毛丫頭，這屋里你就作耗，如何使得呢。好不好拉出去，我問你還哄寶玉不哄，襲人先只道李媽媽不過爲他淌着生氣，故還說道：我低着頭，原沒看見你老人家等語，後來聽他說哄寶玉粧狐媚等語，由不得又愧又委曲，禁不住哭起來了。

此抄本經修改後，文字和程乙本幾乎完全相同，程乙本云：

只見李嬤嬤（此抄本作媽媽）拄着拐杖，在當地罵襲人：「忘了本的小娼婦兒！我抬舉起來，這會子我來了，你大模廝樣兒的躺（此抄本作淌）在炕上，見了我也不理一理兒（此抄本無兒字）。一心只想妝狐媚子哄寶玉，哄的寶玉不理我，只聽你的話。你不過是幾兩銀子買了來的小丫頭子罷咧，這屋里你就作起耗來了！好不好的，拉出去配一個小子，看你還妖精似的哄人不哄（此抄本不哄下有人字）！襲人先只道李嬤嬤不過因他躺着生氣，少不得分辨說：「病了，纔出汗，蒙着頭，原沒看見你老人家。」後來聽見他說「哄寶玉」，又說「配小子」，由不得又羞又委曲，禁不住哭起來了。

試比較這一節文字，便可以看出庚辰本、戚本和此抄本的正文，都大致相同；而程乙本和此抄本的改文除一兩個異體字外，幾乎一字不差，可見此抄本是程乙本付刻前的一個底本。至於高鶚修改的地方，如「大模大樣的」改爲「大模廝樣兒的」，凡原文有「等語」、「等話」處，都刪去使之成口語化。大概引言所說：「其間或有增損數字處，意在便於披閱，非敢爭勝前人」，卽是指的這類情形，增損數字，使之口語化，唸起來順口，卽是「便於披閱」。

至於後四十回，顯然也是根據一底本謄清，然後加以增修。此一底本應該是程小泉所收集的後四十回抄本。這四十回修改增加的文字特別多，但全部和程乙本文字相同，可見此一抄本是程乙本付刻前的底本。否則在程乙本流布之後，縱使有人獲得此抄本的正文，也沒有對照程乙本將缺少字補入之必要。因爲他如果不滿意抄本的正文太簡略，他買一部刻本來閱讀便夠了，何必費時費力來校補塡充！況且夾行密寫，附頁粘貼，根本就不便閱讀。如果他認爲簡略的古抄本有價值，那他斷不肯把古抄本塗抹得狼藉不堪。惟一合理的解釋是程高得到一個稿本，因爲原稿是歷年收羅積累而來，其間又頗有漫漶之處，所以必須抄成清本。但是後四十回的篇幅其中有些比前八十回簡短，爲了使全書篇幅均勻，不得不加以擴充。由於這現實的限制，故除了一兩個字的删改之外，便只有增加而無删減，這種現象，正是引言中所說：「書中後四十回係就歷年所得，集腋成裘，更無他本可考，惟按其前後關照者，略爲修輯，使其有應接而無矛盾，至其原文，未敢臆改」的緣故。因此高鶚當年在加工整理的過程中謹守的原則，就是一方面要增修原稿本的文句，另一方面又要儘量不丟棄原稿本中的字句。原稿本字句都是需要保留的，在這個條件下來修改文章，便只有用增加文字的辦法來美化它。書中增添得少的就寫在行間；增添得多到行間不能容納的就另紙謄寫，附粘在該頁書上。全書附條，一共有十八個。其中二個附條是在前八十回中。一個是在第廿四回第六頁；一個是在第卅七回第一頁，此一附條在楊幼雲收藏時已經佚去，所以有朱批云：「此處舊有一紙附粘，今逸去，又雲記。」其餘十六條都在後四十回。這些附條文字，往往加有符號，如第八十四回第二頁前半頁附粘有一紙凡五行三百餘字，文接第九行「過些時自然就好了」句，句下加一「○」，附條第一行之首也加一「○」，以表示銜接關係。由於此一線索，凡正文中加有「○」號，而沒有附條的，把程高刻本校對，都發現有增加的文字，這必然是原書的附條脫去了。如第八十二回第一頁後半頁第十一行「他兩個也睡了」句下加「○」，程乙本此下多下面一段文字：

及至睡了一覺，聽得寶玉炕上還是翻來覆去，襲人道：「你還醒着呢麼?你倒別混想了，養養神，明兒好念書。」寶玉道：「我也是這樣想，只是睡不着，你來給我揭去一層被。」襲人道：「天氣不熱，別揭罷。」寶玉道：「我心里煩躁得很。」自把被窩褪下來。襲人忙爬起來按住，把手去他頭上一摸，覺得微微有些發燒。襲人道：「你別動了，有些發燒了。」寶玉道：「可不是?」襲人道：「這是怎麼說呢?」寶玉道：「不怕，是我心煩的原故，你別吵嚷。省得老爺知道了，必說我裝病逃學；不然，怎麼病的這麼巧?明兒好了，原到學裏去，就完事了。」襲人也覺得可憐，說道：「我靠着你睡罷。」便和寶玉捶了一回脊梁，不知不覺，大家都睡着了。

這一段話，大約是高鶚添補的。原文「他兩個也睡了」下云：

次日，直到紅日高升方才起來。寶玉道：「不好了，晚了。」急忙梳洗畢，問了安，就往學校裏來了。代儒道：「怪不得你老爺生氣，說你沒出息，第二天就懶惰，這時候纔來。」寶玉便推晚上發燒，故此起遲，方過去了。

可見原稿是寶玉起遲，托詞推說是晚上發燒。高鶚改寫爲實是發燒，故將「推」字圈去，改爲「寶玉便把昨兒晚上發燒的話說了一遍，方過去了。」高鶚的意思，似乎如此改寫要妥貼一點。這段文字，高鶚加添後，本有附條粘在上面，不知何時脫落了。從此頁的書眉上端還有「我」、「裏」、「都」幾個字，顯然是附條脫粘後遺留下來的殘字。

又八十二回第二頁前半頁第九行「代儒道」下有兩個「○」，刻本此下也多一段文字：

「還有一章，你也講一講。」代儒往前揭了一篇，指給寶玉。寶玉看時，吾未見好德如好色者也。寶玉覺得這一章卻有些刺心，便陪笑道：「這句話沒有什麼講頭。」代儒道：「胡說！譬如場中出了這個題目，也說沒有做頭麼？」寶玉不得已，講道：「是聖人看見不肯好德，見了色，便好的了不得，殊不想德是性中本有的東西，人偏都不肯好他。至於那個色呢，雖也是從先天中帶來，無人不好的，但是德乃天理，色是人欲，人那裏肯把天理好的像人欲似的？孔子雖是嘆息的話，又是望人回轉來的意思。並且見得人就有好德的，好的終是浮淺，直要像色一樣的好起來，那才是眞好呢。」代儒道：「這也講得罷了。我有句話問你：」

這一段文字大約也是高鶚增加的，在這一段之前，代儒命寶玉講「後生可畏」一章，講罷之後，接着的此抄本正文是：

> 你既懂得聖人的話，爲什麼正犯着這病，我雖不在家中，你的毛病我卻盡知的。做一個人，怎麼不望長進？你這會兒正是「後生可畏」的時候，「有聞」、「不足畏」，全在你自己做去了。

高鶚因加插了一段話，所以把「正犯着這病」，增添爲「正犯着這兩件病」，但是後面的話，單只承接「後生可畏」一章來說，可見「好德如好色」一章是加插進去的。大約高鶚覺得寶玉好色，代儒是應該加以諷勸的。

還有第八十二回第三頁前半頁第六行：「千愁萬緒堆上心來」句下有兩個「○」，第八十九回第三頁後半頁第四行「仍然褪下」句下有兩個「○」，第九十回第三頁前半頁第末行「平兒和豐兒回去」句下也有兩個「○」，當頁的書眉上端都有附條粘脫的殘字遺跡。校以刻本，都有相當文字的添補。這些文字可以認爲是高鶚個人的增修。至於前八十回兩個附條，添補的文字，情形就有不同。第三十七回回首的附條已逸去，但是回首缺去一段文字，程高刻本多百餘字，庚辰本、戚本也多百餘字；第二十四回回末附條添補了八行約三百字，文字和程乙本全同，可見是程乙本付刻前的底本；但是庚辰本、戚本也均有這段文字，但文句稍有不同，可見高鶚是依據另一脂本來添補的。於此又得一確證，前八十回的修補，係廣集各家抄本，有所依據而修補的。後四十回的修補，是因「更無他本可考」，故高鶚「惟按其前後關照者，略爲修輯。」「至其原文，未敢臆改」，所以儘量保留原文。可以說前八十回的修訂近於「校補」；後四十回的修訂近於「創作」。趙岡先生說：「後四十回『改文』的性質，可分爲兩大類：第一類是美化原來的文句及情節，原來正文文句是簡單的，平鋪直敍的，描寫不細膩的，則將之複雜化，美化，加以深刻細膩的描寫。因此有時原來正文只有兩三句話，卻被擴充成幾百字以上。第二類是屬於一兩個字的更改。或者是把文言文的用字改成口語用字，或是將非北京話改成道地京腔。」這番話是很正確的。在我看來，這兩類的修改原則，在前八十回也復如此，我前面所舉六十七回增加的文字，卽是平鋪直敍，加以深刻細膩的描寫。我前所舉二十回修改的文字，將「等語」、「等話」刪去，卽是將文言文用字改成口語。由此可知前八十回的校定，和後四十回的添補，都是出於同一的手法的。我們仔細觀察這種修補的手法，尤其是後四十回，簡直和收藏家得着一件古代的名琴似的，對於原器物的一絃一柱，無不加意珍護，不肯絲毫遺棄。遇有殘損，也是刻意修補，不敢失去原樣。因此，纔會對於原稿一字不敢輕改，只是儘量在原稿的情節範圍內添補。不然的話，天下改文章的人，不論是改自己的文章，抑或是改他人的文章，斷沒有刻板似的守住稿本的原文，不肯變動一字的。現在此一抄本表現了此一奇特的改文方法，除了如高鶚程小泉所說的事實，纔會有此現象外，幾乎沒法說得通。所以我認爲此一抄本，確是高鶚程偉元付刻之前，加工整理修改過的一個稿本。由此可以判斷《紅樓夢》後四十回確不是程高所僞作，其原稿確是程高以前人的作品。至於高鶚在七十八回尾寫上「蘭墅閱過」四字，這是高鶚審閱此抄本到此回時，偶然題記數字，這在普通讀書校書的人是極常有的事，高鶚當時既無意要署名以昭告世人；也未嘗想到偶然題記幾個字，居然可以使後人有所辨識。在本回之末芙蓉誄「弄玉吹笙，搴簧擊敔」的「搴」字用朱筆改爲「寒」字，末句「且聽下回分解」的「解」字下加一朱點，顏色和「蘭墅閱過」四字相似，大概是高鶚閱完此回時，隨手題記數字。談不上有何特殊意義。還有人說這題字的筆迹，和高鶚手抄的《唐陸魯望詩鈔》的封簽上題字相同。這一切的一切，都可證明此抄本是高蘭墅手定的《紅樓夢》的稿本。趙岡先生文中提到大陸紅學家去年從老人張永海得來的傳聞，恐怕在沒有得着實據以前，只好做爲談話的資料罷了。

我們讀完此一抄本之後，覺得從文學或考證各方面都有發掘不盡的資料，至少在程高僞造後四十回這一疑案，已經獲得明確的判決。回憶十幾年前，我和胡適之先生對此問題，經過一番論辨後，胡先生返臺講學，見面時談到《紅樓夢》的問題，胡先生說：「旅居國外，沒有新的材料，暫時也不想發表新的意見。」現在此一希有的新材料流布世間，竟未能獲得這位「紅學巨子」的鑑定，「九原不作」，眞令人感嘅不勝了。

續談新刊「乾隆抄本百廿回紅樓夢稿」

今年暑假，我寫了〈讀乾隆抄本百廿回紅樓夢稿〉一文後，最近我又看到俞平伯氏的〈談新刊乾隆抄本百廿回紅樓夢稿〉（文載《中華文史論叢》第五輯）。兪氏此文只就前八十回談他的看法，後四十回則避而不談。他一向主張後四十回是高鶚僞造的，面對著這部完整的百廿回抄本《紅樓夢》，頗有不易護前之感，這或許是他撇開後四十回不談的原因。俞氏此文共有三個部分：甲、概觀，乙、異同的特點，丙、塗改的情形與其解釋。第一部分認爲此本一是拼湊，二是殘缺，三是塗改。第二部分，列舉此本的優點、缺點，及與他本可並存之點。並談到回目（俞氏說，楊氏原藏總目錄自八十四回起其前面三頁，第一回至八十三回，是現代入藏後所補鈔。此余前文未及知。）、題詩、批語等問題。第三部分，他由塗改的情形得的結論是：

這抄本的性質，是個校勘用的底本，它的目的也是在整理《紅樓夢》，成績如何且不論，總不失其爲稿本，本書題曰「紅樓夢稿」也是不錯的。誰的稿本呢？現在從各方面看來，恐怕不能說是高鶚的了。卽使「蘭墅」當眞「閱過」，他也不曾說這是我的手稿呵。至於楊又雲所題簽，不免自我誇張，炫耀收藏之美，固不足深憑。旣非高氏，當然出於另一人手。可能有兩種說法，一謂在其前，一謂在其後。兩說結論雖相反，卻有一共同的缺點，「文獻不足」。因此，也只好暫時懸著。依我看來，這些塗改在高氏之後，可能性較大，留待將來的研討。

俞氏的說法，措辭頗閃爍游移。他的內心，是希望判斷塗改的人是在高鶚以後的。如果塗改的人是在高鶚以後，那就可以說全書百廿回是有人拼湊舊抄本和程高刻本而成的。他又可以進一步說，那人有了一個程排乙本，又有一個一百二十回的舊抄本，他就依據這他認爲可靠的程乙本校在抄本上，此人意在整理，擇善而從，預備再重刻一套《紅樓夢》。如此說來，那高程僞造後四十回《紅樓夢》的學說，就可以勉強撐持，不致倒塌了。其實，擺在眼前的眞相，這一稿本的收藏者楊繼振，和高鶚的時代距離不過三五十年，他的一班朋友都是熟諳掌故多見多聞的名士。他分明判斷是高蘭墅手定的《紅樓夢》稿。稿本內又有高蘭墅的題識，這是鐵一般的事實。況且後四十回稿本，明明是程高所得的孤本，經高鶚加以潤色。如果此人所得舊抄本是照程高刻本過錄的，那後四十回應該和程高刻本相同。如果此抄本是程高以前的舊抄本，那他何必把刻本的文字密密麻麻地擠寫在字裏行間，還要粘貼上許多的浮籖，看都看不清，如何談得上整理呢？因此，俞氏的說法，是斷斷不能成立的。不過俞氏曾經細心校勘過抄本，頗有值得注意的資料。他舉出在第三十八回第五頁，有告訴手民應該怎樣抄，凡七處之多，現在備引如下：

寶玉咏蟹詩開首旁批：「另一行寫」。（三八頁上，倒三行）

詩末旁批：「不可接，另一行寫。」（上，末行）

黛玉詩開首旁批：「另一行寫。」（下，一行）

詩末傍批：「另抬寫。」

寶釵詩開首旁批：「另一行寫。」（下，五行）

「酒未敵（改滌）腥」句傍批：「另一行寫。」（下，七行）

「衆人道」句傍批：「另抬寫。」（同前）

這種痕迹，不關文字異同，只是關於行款格式的指示。這卻恰好證明此抄本是程高整理《紅樓夢》付印前的一個稿本。楊繼振鑒定爲高蘭墅「手定紅樓夢稿」，意思指的是蘭墅手定的前人的《紅樓夢》稿，並非整理完畢的「定稿」或「清稿」。相信此稿之後，可能還有謄清的稿本，或許謄清之後，再加工修改，也是意中之事。

俞氏指出此書拼湊、殘缺、塗改的缺點，其實這正是構成程乙本應有的現象。程乙本的高鶚程偉元引言說：

一、是書前八十回，藏書家抄錄傳閱幾三十年矣，今得后四十回合成完璧。緣友人借抄，爭覩者甚夥，抄錄固難，刊板亦須時日，姑集活字刷印。因急欲公諸同好，故初印時不及細校，間有紕繆。今復聚集各原本詳加校閱，改訂無訛。惟識者諒之。

一、書中前八十回抄本，各家互異，今廣集核勘，准情酌理，補遺訂訛。其間或有增損數字處，意在便於披閱，非敢爭勝前人也。

一、是書沿傳既久，坊間繕本及諸家所藏秘稿，繁簡歧出，前后錯見。即如六十七回，此有彼無，題同文異，燕石莫辨，玆惟擇其情理較協者，取爲定本。

由此可知程乙本排印的動機，乃是因程甲本匆遽付印，不及細校。而程乙本則是聚集各原本詳加校閣，改訂遺誤。他聚集各本時，如第二十二回有的脂本空脫甚多，有的補充得比較完整，他就採用完整的本子。有的本子較簡略，他就依據別本加以補充。如第三十三回首：「卻說茫然不知何往」，在夾行添寫了數十字，與庚辰本、戚本大致相同，可見是他依據別本補充的。又如第三十七回開首較各本少一段，他將首「卻說寶玉」四字抹去，將缺少的文字寫在一紙附粘書眉上。不過此紙已脫落失去，故楊又雲用朱筆記云：「此處舊有一紙附粘，今逸去，又雲記。」像這類的校補，兪氏都把他算做拼湊和殘缺。其實正是程乙本引言所說的「前八十回抄本，各家互異，今廣集核勘，准情酌理，補遺訂訛。擇其情理較協者，取爲定本。」俞氏又說：

> 從上邊所說看來，八十回書約有十五回多的分量經過先後抄配，約爲百分之十八點五。其非抄配部分六十多面，大體看來都是脂本；但卽都是脂本，卻非一種本子，還是拼湊的，也有下列的情形：一、抄者筆跡的差異，在全書往往可見。顯明的例，如第六十四與六十五回，六十四回字跡很小又草率，而第六十五回行楷寫得比較好，而且字大。二、一回之中也有拼湊。如第十六回首頁下半頁不曾寫完，留了許多空白，第二頁開首有三行半和第一頁重複，被勾去了。又如第二十七回起首兩頁實在只有一頁半，其第二頁之下半空白，而第三頁之首行有重複的二十七個字被刪去。這拼湊的痕跡也十分顯明。以上是說抄者筆跡的不同。三、卽使抄者筆跡相同相似，而實在還非出於同一的底本，因爲故事前後不接。舉兩個例子：如第五十五回開首各本均有老太妃欠安事，而這本卻沒有；到第五十八回一頁卻有「誰知上回所表的老太妃已死」，所謂上回，卽指第五十五回，明非一個本子。但五十五回、五十八回抄者筆跡似乎相同。又如第六十三回無芳官改名改妝二段文字，第七十回一頁芳官卻有「溫都里」「雄奴」之名，其不銜接也很顯明。這兩回筆跡也是相似的。

俞氏這段話把此本形容爲拼湊而成的「百衲本」，其實並不正確。當然，此本流傳到楊繼振手中時，已闕十整回及少數零頁，這自然是楊氏據刻本配抄的。但是原稿本卻不是隨意拼湊的。兪氏所舉的第一種拼湊情形，抄者筆跡的差異，這只能說是高鶚整理此書時，廣集各家原稿，勒成定本，他必然命抄手將舊稿本重抄，抄手不止一人，所以字體筆跡有差異。因此筆跡儘管不同，底本卻未必不同。至於兪氏舉的第二種拼湊情形，正是高程「廣集核勘，准情酌理，補遺訂訛」的實例。因爲第十六回首頁下半頁不曾寫完，而第二頁開首三行半和第一頁重複，這三行半的文字頗有出入，顯然是另一不同稿本。第一頁賈赦賈珍，第二頁作賈珍賈赦，比較起來，第二頁文字較差，所以將第二頁三行半文字鈎去。第二十七回第三頁首被刪去的二十七個字，第一句「紅玉連忙棄了衆人」，第二頁重複的文字作「紅玉連忙撇了衆人」，高鶚立意要《紅樓夢》口語化，「撇了」比「棄了」更覺順口，所以第三頁首重複的文字就被刪去了。兪氏舉的第三種拼湊情形，筆跡縱相同而故事前後不接，實在還非出於同一的底本。他說：「如第五十五回開首各本均有老太妃欠安事，而這本卻沒有；到第五十八回一頁卻有『誰知上回所表的老太妃已死』，所謂上回，卽指五十五回，明非一個本子。」我以爲儘管故事前後不接，仍然不能證明是底本不同。雖然五十五回首庚辰本有太妃欠安事；但是戚蓼生本和此本開首同作「話說剛將年事忙過」，都沒有太妃欠安事。到了五十八回首，都有「誰知上面所說的那位老太妃已薨」一段事。可見此本和戚蓼生本很相近。不能說戚蓼生本也是拼湊而成的。至於第六十三回無芳官改名改妝二段文字，第七十回一頁芳官卻有「溫都里」「雄奴」之名，這兩回文字，庚辰本、戚本的六十三回都有幾百字提到匈奴土番等等，這在高鶚時代，深怕觸犯文字獄，所以高鶚把他刪去，但在七十回一頁，還保留「溫都里」「雄奴」幾個名字沒有刪淨，如果此稿本不是脂本，便不會有此遺痕；如果此稿本是脂本的原本，則六十三回斷不會剛剛將觸犯忌諱的幾百字遺落，這顯然是高鶚整理時有意刪去，由此又可證明此稿本乃是經高鶚整理過的稿本的重抄本。兪氏又說：

> 原本最顯著的抄配，如回末很成問題的二十二回，即是整回抄補的。又如第五十三回亦然。這兩回書並非脂硯齋本，寫得一清如水，塗改很少。其所根據卻非程甲本而是程乙本，這和楊氏後來的抄配不同。

這話也不盡然。卽以五十三回和程乙本相校，有兩處異文，可以證明此回的底本是脂本，絕對在程乙本之前，必不在程乙本之後。試看程乙本此回一段文字：

> 賈珍命人拉起他來，笑說：「你還硬朗？」烏進孝笑道：「不瞞爺說，小的們走慣了，不來也悶的慌。他們可都不是愿意來見見天子脚下世面？他們到底年輕，怕路上有閃失，再過幾年就可以放心了。」

此抄本作：

> 賈珍命人拉起他來，笑說：「你還硬朗？」烏進孝笑回：「托爺的福，還走得動。」賈珍道：

「你兒也大了，該叫他走走也罷了。」烏進孝笑道：「不瞞爺說，小的們走慣了，不來也悶的慌。他們可都不是愿意來見見天子脚下世面？他們到底年輕，怕路上有閃失，再過幾年就可以放心了。」

上面加圈的幾句，程乙本沒有，此抄本補加在行間，顯然是付刻時脫落了。因爲沒有這幾句話，便缺少了烏進孝答覆賈珍的話，也缺少了賈珍提到烏進孝兒子的話，前後文便成爲「所問非所答」了。由此更可證明此本是程高刻本付刻前的稿本。程乙本此回還有一段文字：

賈母歪在榻上……榻下並不擺席面，只一張高几，設著高架纓絡、花瓶、香爐等物，外另設一小高桌，擺著杯，在傍邊一席，命寶琴、湘雲、黛玉、寶玉四人坐着。每饌果菜來，先捧給賈母看，喜則留在小桌上，嘗嘗，仍撤了放在席上，只算他四人跟着賈母坐。下面方是邢夫人王夫人之位。

此抄本作：

賈母歪在榻上，……榻下並不擺席面，只一張高几，設着高架纓絡、花瓶、香爐等物，外另設一小高桌，擺着杯，在傍邊一席（規案：「在傍邊一席」五字塗去。旁加「箸，將自己一席設於榻傍」十字。），命寶琴、湘雲、黛玉、寶玉四人坐着。每饌果菜來，先捧給賈母看，喜則留在小桌上嚐嚐，仍撤了放在席上，只算他四人跟着賈母坐，下面方是邢夫人王夫人之位。

現在刻本沒有「箸」字，這句的意義便不完備。沒有「將自己一席設於榻旁」一句，便顯不出寶琴四人跟隨賈母一席而高居邢王之上的意義。可見刻本是照原稿本付刻，沒有照修正的稿本付刻。可以說是付刻時的疏忽。由於此第五十三回程乙本的脫落必要的字句，而此抄本卻具備必要的字句，所以此抄本必是程乙本之前的稿本。由於此抄本添補的字句，和庚辰本、戚蓼生本都大同小異，所以知道此抄本的來源是脂評本，而且是庚辰本、戚蓼生本另外的一個脂評本。兪氏指此回及二十二回寫得一淸如水，塗改很少，便斷定不是脂硯齋本，這個說法是不能成立的。

再從此抄本的優點看來，有許多程刻本字句脫誤，詞意不通之處，單單只有此抄本不誤，可以證明此抄本是程高刻本以前的一個脂本。如：

第十四回二頁下：「待王興家的交過牌。」程甲乙本都作「待王興交過牌」，甲戌本、庚辰本、戚蓼生本也都作「待王興交過牌」。此文承接前面「王興的媳婦」、「王興家的」領牌的事件，應該作「王興家的」方合。如果脫去「家的」二字，就成爲王興直接向鳳姐交牌而非他的老婆去交牌，不合舊時代貴族家庭的情況。此回抄本的文句未經過塗改，可見是程高刻本以前的稿本原文，這是刻本脫去了「家的」二字，決不是抄本據刻本而增加。

第六十二回五頁上：「平兒道：『不回去也罷，我回去說一下就是了。』探春點點頭道：『這麼着就攆出他去，等太太來了，再回定奪。』說畢仍又下棋。」此文原一點不錯的，因爲攆丫頭的事當由探春作主，俟王夫人回來再最後決定，平兒是不會這樣專擅的。但已卯、庚辰、程甲、乙本並無此

「探春點點頭道」，連下逕作平兒語。只有戚蓼生本有「探春點點頭道」句，和此抄本同樣不誤。可見是程高刻本付刻時脫去了此句。

從這一類例子，證明此抄本無論如何必是程刻本以前的抄本。還有此抄本原文很優美，卻被高鶚塗去，程刻本便照塗改後的文字付刻，如：

第八十回一頁上金桂對香菱說：「你雖說的是，只怕姑娘多心，說我起的名字，反不如你意。你能來了幾日，就駁我的回了。」這話表示金桂說話的尖銳，咄咄逼人。「反不如你意」，當釋為「我起的名字反不合你的心意。」高鶚把說我以下幾句抹去，現在程刻本也無抹去的文字。

第十九回第六頁上襲人對寶玉說：「你果然都依了，就是拿八人轎子九人擡，我也（擡）不出去了。」高鶚把加圈的字抹去，「也」下加「擡」字，程刻本就依改本排印。

這一類是高鶚對原文了解不夠清楚，加以塗改，現在程刻本就是依照改文付刻的。

我們再看第六十三回和七十回觸犯時諱的文字。第六十三回芳官改名改妝二段文字，庚辰本、戚蓼生本都有幾百字的描寫，已被高鶚刪去。到了第七十回，原稿還保留原來的字，仍有「溫都里」、「雄奴」之名，現在將此抄本此段的正文錄下：

這日清晨方醒，只聽得外間屋內咭呱之聲笑不斷，襲人因笑說：「你快出去解救，晴雯和麝月兩個人按住溫都里那兒隔肢呢！」寶玉聽了，忙披上灰鼠襖子出來一瞧，只見他三人被褥尚未疊起，大衣也未穿。那晴雯只穿着葱綠苑紬小襖紅小衣紅睡鞋，披着頭髮，騎在雄奴身上。麝月是紅綾抹胸，披着一身舊衣，在那裏抓雄奴的肋肢，雄奴卻仰在炕上，穿着撒花兒的緊身兒，紅褲綠襪，兩腳亂蹬，笑的喘不過氣來。寶玉忙笑說：「兩個大的欺負一個小的，等我助力。」說着也上牀來隔肢晴雯。晴雯怕癢，笑的忙丟下雄奴，和寶玉對抓。雄奴趁勢又將晴雯按倒，向他肋下抓動。襲人笑說：「仔細凍着了。」看他四人裏在一處到好笑。忽有李紈打發碧月來說：

庚辰本作：

這日清辰方醒，只外間房內咭呱笑聲不斷，襲人因笑說：「你快出去解救，晴雯和麝月兩個人按住溫都里那隔肢呢！」寶玉聽了，忙披上灰鼠襖子出來一瞧，只見他三人被褥尚未疊起，大衣也未穿。那晴雯只穿葱綠苑紬小襖紅小衣紅睡鞋，披着頭髮，騎在雄奴身上。麝月是紅綾抹胸披着一身舊衣，在那裏抓雄奴的肋肢，雄奴卻仰在炕上，穿着撒花緊身兒，紅褲綠襪，兩脚亂蹬，笑的喘不過氣來。寶玉忙上前笑說：「兩個大的欺負一個小的，等我助力。」說着也上牀來隔肢晴雯。晴雯觸癢，笑的忙丟下雄奴，和寶玉對抓，雄奴趁勢又將晴雯按倒，向他肋下抓動。襲人笑說：「仔細凍着了。」看他四人裹在一處倒好笑。忽有李紈打發碧月來說：

此抄本的正文和庚辰本戚蓼生本幾乎全同，可見此抄本的正文是根據脂評本。經高鶚塗改，此抄本的文字就成爲如下：

「這日清晨方醒，只聽得外間屋內咭咭呱呱，笑聲不斷。襲人因笑說：「你快出去拉拉罷，晴雯和麝月兩個人按住芳官那裏隔肢呢？」寶玉聽了，忙披上灰鼠長襖，出來一瞧，只見他三人被褥尚未疊起，大衣也未穿，那晴雯只穿着葱綠杭紬小襖，紅紬子小衣兒，披着頭髮，騎在芳官身上。麝月是紅綾抹胸，披着一身舊衣，在那裏抓芳官的肋肢，芳官卻仰在炕上，穿着撒花緊身兒，紅褲綠襪，兩脚亂蹬，笑的喘不過氣來。寶玉忙笑說：「兩個大的欺負一個小的，等我來撓你們。」說着也上牀來隔肢晴雯。晴雯怕（程乙本作觸，與庚辰本同。）癢，笑的忙丟下芳官，來和（程乙本作合）寶玉對抓，芳官趁勢將晴雯按倒。襲人看他四人滾在一處，到好笑，因說道：「仔細凍着了可不是頑（程乙本作玩）的。都穿上衣裳罷！」忽見碧月進來說：

這段文字顯然是經高鶚潤色過的。除了六十三回的忌諱文字已經被高鶚整段刪去，在第七十回仍殘留溫都里、雄奴幾個名字，到後來發覺纔加以改正。假使此抄本是後人據程高刻本抄寫的，就不會有溫都里、雄奴的名字出現；如果是脂評的原本，則第六十三回幾百字犯諱的文句必然和庚辰戚本同樣的存在。可見此抄本第六十三回是經高鶚删削後的重抄本。同時他潤色文字也是以口語化爲標準。如「你快出去解救」，改爲「你快出去拉拉罷」；「紅小衣」改爲「紅紬子小衣兒」；「等我助力」，改爲「等我來撓你們」：顯然和我在〈讀乾隆抄本百廿回紅樓夢〉一文所舉出改文口語化的原則符合。至於此節文字和程乙本僅有三個異文。「和」與「合」、「頑」與「玩」，只能算是字體寫法不劃一。僅有怕癢、觸癢，顯然是異文。正文「怕癢」和戚本相同，程乙本「觸癢」則與庚辰本相同。此本本不是最後定本，大概程高付刻時又將「怕癢」改成「觸癢」，因爲此處「觸癢」文義較勝於「怕癢」，如果是後人據程乙本校改抄本，這個「觸」字定然不會漏校。

根據以上種種方面看來，此抄本確是高鶚的手定《紅樓夢》稿，並且是高鶚和程偉元在修改過程中的一次改本，而非最後的定稿，也未必是付刻時的底稿。俞氏在他的文章裏提出了一種不肯承認的假設說：

> 先談這「蘭墅閱過」四字，我們無法說它眞，同時也無法說它僞。原藏者楊氏既認爲眞跡，且聞近有人查對過高氏的筆跡，據說看來差不多，固尙難成爲論證，但反證更不能成立，因此我想不說它假，大家或者不會反對罷。既認爲眞跡，那麼，高鶚自然看過這個本子的了。是否全部看過？他所見還是比較清爽的原底呢？還是塗抹滿紙的改本？亦不可知。因爲這又牽連到改書人的時代問題。
>
> 我們不妨先說那人在高氏之先。兩本有相同處，是乙本從它，而非它從乙本。這可能不可能呢？上已說過，程高第二排本乙，必須就第一排本甲來改字，但並不排除采用他本作爲參考，以至於直抄一些文字的可能性。因甲、乙兩本，從辛亥冬至到壬子花朝，不過兩個多月，而改動文字據說全部百二十回有二萬一千五百餘字之多，卽後四十回較少，也有五九六七字。這在《紅樓夢》版本史上是一個

謎。文字之多且不管它，爲什麼要改，怎樣改，也都有問題。難道剛排出一部新書，立刻就不滿意，又另搞一部麼？難道這兩萬餘言的改文都是程高二人在短時間裏想出來的麼？他們可能有所依據。反面看來，若無依據，像他們這樣多改、快改，非但不容易辦到，且也似少必要——這裏不妨進一步說，甲、乙兩本皆非程高懸空的創作，只是他們對各本的整理加工的成績而已。這樣的說法本和他們的序文引言相符合的，無奈以前大家都不相信它，據了張船山的詩，一定要把這後四十回的著作權塞給高蘭墅，而把程偉元撇開。現在看來，都不大合理。從前我們曾發現即在後四十回，程高對於甲、乙兩本的了解也好像很差。在自己的著作裏有這樣的情形，也是很古怪的。今謂有所依據，則甲本從某某來，乙本從某某來，兩本即不免互相打架，也不甚奇，至多也不過說校者如程高二人失於檢點總結罷了。

如用這看法，此本許多改文之同於乙本者可以理解。本係酌采，並不盡從，其個別的異文亦可理解。訛謬而不從是合理的。若訛謬而亦從，高氏看見前人已改錯了，還在那裏盲從，卻不大好講。再說，那人在高氏之前本是假設，也沒有什麼證據，自只可存疑耳。

兪氏這一假設，本是近眞而合理的。無奈他從前建立了高鶚和程偉元串通僞作後四十回的新說，並且得到三十年學說界的公認。他不肯放棄這一段權威歷史，因此不肯坦白承認眼前發現新證據的合理論斷。程高甲、乙本於數月之內一刻再刻的原因，他們在引言中也說得很明白。他們說：「是書前八十回，藏書家抄錄傳閱幾三十年矣。今得後四十回合成完璧。緣友人借抄，爭覩者甚夥，抄錄固難，刊板亦需時日，姑集活字刷印。因急欲公諸同好，故初印時不及細校，間有紕繆。今復聚集各原本詳加校閱，改訂無訛，惟識者諒之。」他們初印時爲了應讀者先覩爲快的要求，所以儘管前八十回聚集了許多稿本，也來不及細校；連刊版也嫌費時，所以用活字排印。是他們印甲本的時候，已有印乙本的打算。剛排出一部，立刻再排一部，正是他們預定的計劃，絲毫不足驚訝。甲、乙兩本都是有所依據而成，並非懸空創作，短期間多改、快改，也不過是他們對各本的整理加工的成績而已。因此我們對此抄本的結論：一、楊繼振題爲「蘭墅太史手定紅樓夢稿」，完全正確，它確是高程在參校衆本修改過程中的一次改本。二、高程僞造後四十回的說法應該宣布取消。三、由此抄本及各脂評本的面目，很清楚地看到，沒有一個舊抄本題署作書者的姓氏，又證實了程甲本序文所說「《紅樓夢》小說本名《石頭記》，作者相傳不一，究未知出自何人，惟書內記雪芹曹先生刪改數過。」的這番話。此抄本的面世，研究《紅樓夢》的人對《紅樓夢》的看法，似乎要揭開簇新的另一頁了！我渴望還有更多新發現的新材料的機遇！

「乾隆抄本百廿回紅樓夢稿」題簽商榷

民國五十五年七月臺北文星書店出版了林語堂先生的《平心論高鶚》一書，除舊作〈平心論高鶚〉一篇外，並收近作七篇。據弁言說：「《紅樓夢》是中國文學史上第一本有結構有想像力的奇書，其後四十回眞僞之辨，非常重要。這七篇文章，比較爲一般讀者而寫的，把這論辯的要點指出來。文雖陸續發表，大體上有互相印證之處。」林先生這七篇近作，是讀過「乾隆抄本百廿回紅樓夢稿」以後發表的。大體說來，觀點和舊作〈平心論高鶚〉一文相符，只是引證了新抄本若干材料。其中〈說高鶚手定的紅樓夢稿〉一文有云：

> 新近購到「乾隆抄本百廿回紅樓夢稿」。這本稿本，是《紅樓夢》考證中一件重要新材料，使我們看到高鶚改稿補輯的實在情形。以前高鶚「僞作」後四十回的話，到此又得重新估價，或甚至根本動搖。

封面裏頭原題簽作「紅樓夢稿本」，下雙行題「佛眉尊兄藏，次游簽。」據此翻印本的跋，次游

> 是秦光第的字，楊繼振的幕客。「佛眉」何人未詳，可能就是楊繼振以前的藏書人。再下一頁，是「紅樓夢稿——己卯秋月堇堇重訂」。再下一頁，是楊所題大字「蘭墅太史手定紅樓夢稿百廿卷，內闕四十一至五十十卷，據排字本抄足□記。」據范寧的跋，「楊繼振，字又雲，號蓮公，別號燕南學人，晚號二泉山人，隸內務府鑲黃旗，著有《星鳳堂詩集》。他是一位有名的書畫收藏家……」我很懷疑，此稿雖稱爲「高鶚手定本」，但是詳看所添補，確爲於紅樓本事極熟悉的人。那麼講，所謂添補又非出高鶚手。我傾於相信，很可能是雪芹自己的手筆。況且稿本卷前題「己卯秋月堇堇重訂」。乙（重規案：此「乙」字林先生原文當作「己」，蓋手民之誤。）卯是庚辰前一年。「堇」字典解爲「土芹」，生於水者爲芹，生於土者爲堇。這個假定，關係太大了。筆跡與我們所知或是雪芹手跡的「空空道人」四字相似。

林先生根據題簽「堇堇」一個名字，說字典解堇爲土芹，生於水者爲芹，生於土者爲堇，堇即旱芹，似乎認爲「堇堇」即是雪芹的又一別號，成爲雪芹添補此稿本的證據。因此林先生在弁言中說：「倘是這鈔本裏面所改的不是出於高鶚，而是出於曹雪芹的手筆，其價值更不待言了。」我認爲此一證據果眞能夠成立，自然是紅學研究上極有價值的貢獻。不過，經過一番考索，似乎還有商榷的餘地。

首先，林先生說：「『堇』，字典解爲『土芹』，生於水者爲芹，生於土者爲堇。」曹雪芹的時代，奉行的應該是《康熙字典》。現在將《康熙字典》艸部堇字下的釋義列舉如後：

《詩・大雅》：「堇荼如飴」。傳：「堇，菜也。」

《爾雅・釋草》：「苦堇」。註：「今堇葵也。」

《類篇》：「藥名，烏頭也。」

《爾雅・釋草》：「芨堇草」。註：「卽烏頭也。江東呼爲堇。」

《莊子・徐無鬼》：「藥也，其實堇也。」

《淮南子・說林訓》：「蝮蛇螫人，傅以和堇卽愈。」註：「和堇，毒藥。」

又赤堇，山名。《越絕書》：「赤堇之山，破而出錫。」

以上堇字的解釋，找不出「旱芹」這個意義。這是林先生舉證第一點可疑之處。退一步說，卽使堇字，在字典上有「旱芹」的意義，號雪芹的人，卻輾轉找一個同義而又不完全同義的字來做爲別號，這也是很難令人相信的事。

其次，「紅樓夢稿——己卯秋月堇堇重訂」這一題簽，是行草的字體，林先生的鑑定，恐怕也有問題。現在我將原簽影印下來：

我們可以看出原簽是「乙卯秋月」，不是「己卯秋月」；「堇堇重訂」，似乎是「蓮公重訂」。「蓮公」是楊繼振的號；乙卯是咸豐五年（西元一八五五年）。林先生特別指明「己卯是庚辰前一年」，似乎認定己卯是乾隆廿四年，這時曹雪芹還活着，自然可以添補《紅樓夢》稿本。不過，題簽分明是「乙卯」，並非「己卯」。而且此書第一葉是秦次游題簽，未署年月，大概是楊繼振以前的封面。第二葉是「乙卯秋月蓮公重訂」的題簽。第三葉有兩

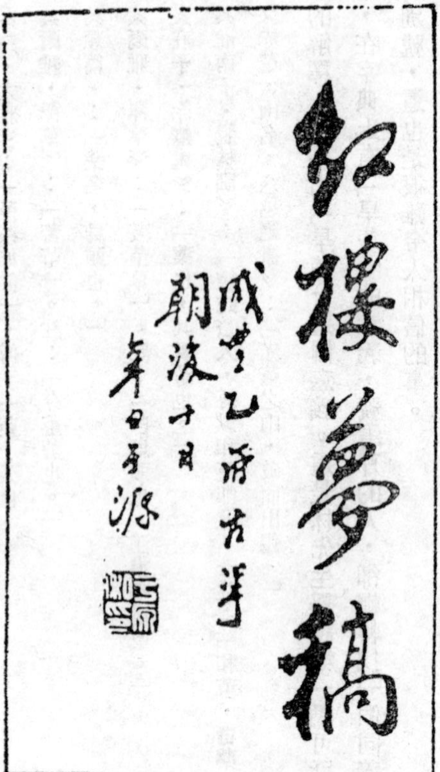

行題字說：「蘭墅太史手定紅樓夢稾百廿卷，內闕四十一至五十十卷，據擺字本抄足□記。」句末有「又雲」朱印。第四葉有辛白于源咸豐乙卯古華朝後十日題署「紅樓夢稿」四大字(見附圖)。可見楊繼振得「紅樓夢稿」後，于源在咸豐乙卯春花朝後十日替他題署。因爲發現原稿缺少四十一卷至五十卷，他據程小泉活字本補足，所以到了乙卯年秋天，題了「蓮公重訂」的簽條。因爲他補鈔了十回，故曰「重訂」。由此可知此簽題署的年月決不是「己卯」，署名也決不是雪芹的別號「堇堇」。這一論點，我希望林先生再加考慮。至於林先生認爲：「在未有發見作僞的眞證以後，我們應該信程、高序言中的話。相反的，我們沒有實物的證據，證明曹家的後三四十回散稿，全部散佚，不可復得。」這一看法，卻是謹嚴卓特的眞知灼見。

論「乾隆抄本百廿回紅樓夢稿」的楊又雲題字

「乾隆抄本百廿回紅樓夢稿」有藏書人楊繼振又雲的題字，現在列舉出來觀察討論。

第七十二回末頁有楊又雲的墨筆題字（見圖一）：

第七十二回末頁，墨痕沁漫處，嚮明覆看，有滿文字影迹，用水擦洗，痕漬

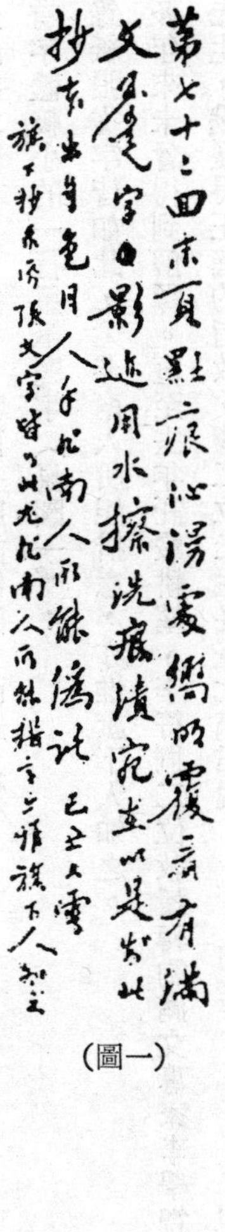

（圖一）

宛在。以是知此抄本出自色目人手，非南人所能僞託。已丑又雲。

接着旁邊又有字體較小的一行墨筆題字（見圖一）：

旗下抄錄紙張文字皆如此，尤非南人所能措意，亦惟旗下人知之。

這個滿文，多年來未曾得到解釋。直至去年託嚴耕望、李符桐二位教授轉詢滿文專家李學智和廣祿二位先生，纔獲得正確的指教。據二位先生從臺北來信說：

從字形上判斷，應係「」（數詞的二字）與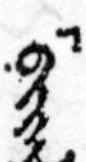（漢文的篇字）。恐怕此字的上面尚有他字，若僅從現存的一字釋之，就是「二篇」，或「第二回」的意思。現在此頁右上角有用水擦洗過的痕漬；其殘留的痕漬，與楊又雲所說的滿文也很符合。可見此抄本確係出自色目人手，非漢人所能僞託，我從滿文「二回」的意義來推測，可能是擁有此書的旗人，寫上此字，表明第七十二回係本書第八冊的第二回。也許寫的是滿文「第七十二回」，上面「第七十」的滿字已經殘缺了。總之，此抄本不是出自漢人的僞造，這也是一個有力的證據。

在八十三回末頁，楊又雲又有一段墨筆題字（見圖二）：

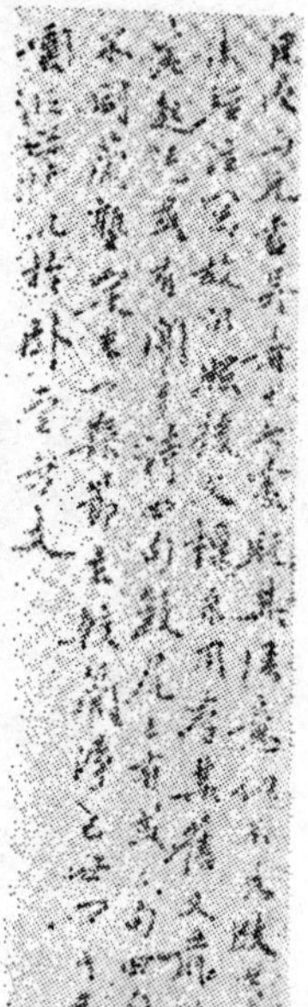
（圖二）

目次與元書異者十七處，翫其語意，似不如改本。以未經注寫，故仍照後文標錄，用存其舊。又前數卷起訖，或有開章詩四句，煞尾亦有或二句四句不同。蘭墪（當是墅字，蓋又雲筆誤。）定本，一概節去，較簡淨。己丑四月，幼雲信筆記於臥雲方丈。

據俞平伯（〈談新刊乾隆抄本百廿回紅樓夢稿〉）說：「現存總目已不全，楊氏原藏總目錄自八十四回起，第四頁有他的圖記。其前面三頁，第一回至八十三回，皆入藏後補鈔的。」楊氏所稱「目次與元書異者十七處」，全部出現在八十三回以前，故楊氏題字寫在八十三回的末頁。這兩則題記，都有署名，又同在己丑一年，筆跡也相同，應該是楊又雲的親筆。

在第三十七回回首有一行硃筆題字，有署名，卻無年月（見圖三）：

從此頁的書眉的上端，有附條脫粘後遺留下來的痕跡，可見楊又雲的話是眞實的。這一行的筆跡也和前兩條是相同的。

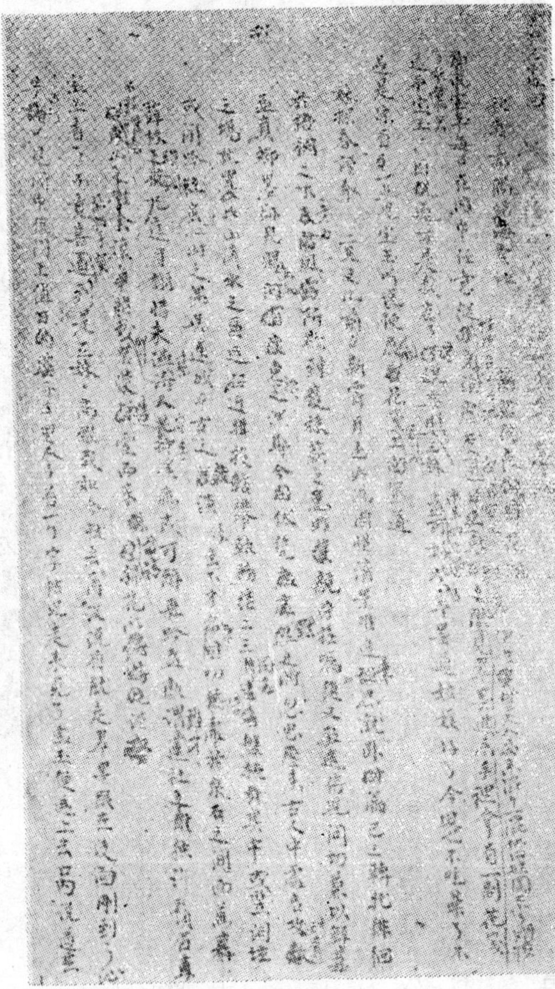

蘭墅太史手定紅樓夢稿百二十卷，內闕四十一至五十卷，據擺字本抄足□記。

(圖三)

另外，影印本第一頁是影印時後加的標題「乾隆抄本百二十回紅樓夢稿」。第二頁就是原本封面，有秦次游「紅樓夢稿本」的題簽。第三頁有「紅樓夢稿，乙卯秋月，蓮公重訂」的題簽。再次頁有兩行題字（見圖四）：

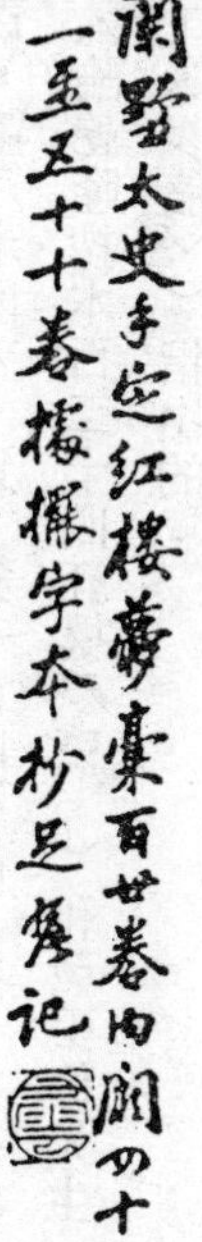

（圖四）

此處舊有一紙附粘，今逸去，又雲記。

這條題字，沒有年月，沒有署名，卻鈐有「又雲」篆文方印。「抄足」下一字，草法很特殊，不易認識，我曾經猜想是楊繼振的「振」字，但也不很像。我的學生楊鍾基、黃國凱、蕭惠媗、柯少英、區德馨等互相研討的結果，認爲是候字。候與后、後同音，后、後通用，可能楊繼振隨意把候字用作後字。如果此一猜測不錯，那這句話就是說，據擺字本抄足之後題記的。似乎頗說得通。總之，這一題記雖未署名，但對照筆跡，和前三條是一路的，可以判斷也是楊又雲的手筆。

我們把這四條楊又雲的題記鑑定後，能夠看出許多事實。

第一：楊又雲獲得此一抄本時，並非十足完整，如二十四回回末，第三十三回開首，第三十五回首行，第三十六回第五頁上，第三十七回開首，又同回第五頁上，第五十六回四頁上下並有缺文，第五十七回三頁缺兩處，第六十八回三頁下倒二行，第六十九回一頁下缺兩處，第七十回二頁四行，第七十二回三頁上末行，第七十五回第四頁上缺文甚多，至其第五行且留下幾個字的空白，第七十八回五頁上缺姽嫿詞兩句，六頁上缺芙蓉誄數句，這些都是經俞平伯先生（〈談新刊乾隆抄本百二十回紅樓夢稿〉）指出的。至於楊又雲題記說補抄第四十一至五十十回，實際補抄的是從第四十回第六頁開始到第五十一回第四頁上。還有第十回第四頁起至第十一回第二頁止，第二十回第五頁起至第二十一回第二頁止，第四十回末一頁半，第五十一回三頁半，第六十回第五頁起至第六十一回第五頁止，第七十一回一頁，第八十回末一頁，第一百回第四及第五頁，都是補抄的。這是經趙岡先生（〈論乾隆抄本百二十回紅樓夢稿〉）和俞平伯先生（〈談新刊乾隆抄本百二十回紅樓夢稿〉）指出的。

第二：楊又雲獲得此一抄本時，他曾經懷疑過此抄本是否出於漢人的僞造？待到他發現第七十二回末有滿文字跡後，他結合抄本的紙張文字，都是旗人的式樣，所以他斷定此抄本出於旗人，決非漢人所僞託。又因第七十八回末有「蘭墅閱過」題字，所以他斷定是蘭墅太史手定《紅樓夢》稿。

第三：楊又雲獲得此一抄本時，他發現原文有缺葉，附粘籤條有脫落，他加以整理和補抄。補抄的字跡和他題記的手筆，優劣顯然不同。大概據擺字本補抄的卷葉，是他命令寫手補抄的。

第四：根據第七十二回末頁的題字，記明是己丑，第八十三回末頁的題字，記名是己丑四月。第三十七回回首的題字，雖無年月，可能也是同年的題字。己丑年份有兩個可能：一是道光九年（西元一八二九），一是光緒十五年（西元一八八九）。如果是一八二九，那他獲得此抄本必在道光九年或以前。如果是一八八九，那他獲得此抄本必在咸豐五年乙卯（西元一八五五）或乙卯稍前。那麼，己丑年的題字，便都是他補抄重訂以後所寫記的。

第五：楊又雲獲得此抄本後，補抄的時期，大概在清文宗咸豐五年乙卯（西元一八五五）。此抄本全書十二册，首册封面「紅樓夢稿本」的題簽，下署「佛眉尊兄藏」、「次游簽」，古色盎然，這是此書被楊又雲考藏以前原來的題簽。在乙卯年，楊又雲新加了咸豐乙卯古花朝後十日于源的「紅樓夢稿」，和乙卯秋月蓮公重訂「紅樓夢稿」兩個題簽。在乙卯春日和乙卯秋月兩個題簽之間，有楊又雲

「蘭墅太史手定紅樓夢稿百二十卷，內闕四十一至五十十卷，據擺字本抄足後（？）記」兩行題記。看來楊又雲是在乙卯年自春至秋這段時間，將闕葉補抄完畢，所以又加了「蓮公重訂」一頁題籤。林語堂先生把「乙卯秋月蓮公重訂」，認做「己卯秋月堇堇重訂」，只須將題字中「乙」、「己」二字比較一看，便可證明林先生的說法是不能成立的。以上對於楊又雲幾條題字的鑑定，和它內涵的事實，未必與《紅樓夢》的微言大義有直接的關係。不過，如果粗心疏忽了它，甚至根據錯誤的鑑定，加以鹵莽的推論，那將大大的妨害《紅樓夢》研究的工作。因此我把所見到的簡略寫出，請愛好《紅樓夢》的人士加以指正。

丁未端午潘重規脫稿於九龍爰居閣

續談「乾隆抄本百廿回紅樓夢稿」中的楊又雲題字

今年端午，我寫了〈論乾隆抄本百廿回紅樓夢稿中的楊又雲題字〉一文，投《大陸雜誌》發表。其中有一條題字云：

蘭墅太史手定紅樓夢稿百廿卷，內闕四十一至五十十卷，據擺字本抄足。又記（附照片一）。

（圖一）—1

(圖一)—2

記上一字，正是署名的地位，往年我疑是振字，今年端午，我的幾個學生認爲是候字，可能是借用「候」字爲「後」。由於此字寫法頗特別，始終懷着一個疑團，不能解決。臨到暑假，學校事務結束，將有歐美之游。理裝時，揀出所藏明人王敬美手寫《法書要錄》四厚册，此書乃世間珍本，且爲楊又雲舊藏。卷首保存楊氏舊藏兩個書簽（附照片二）。近代著名藏書

(圖二)

家傳增湘先生的《藏園羣書題記初集》曾著錄此書。傅氏的王敬美手寫《法書要錄》跋云：

> 《法書要錄》十卷，明王世懋敬美手鈔，半葉十行，行二十六字，楷法精雅，古氣盎然。舊藏崑山葛正笏，旋歸宛平查儉堂、漢軍楊幼雲，後爲臨淸徐梧生所得。余取津逮本對勘之，則補佚訂訛，多至不可勝擧。惟卷七八九錄張懷瓘書斷節約頗多。其他各卷文字均視津逮本爲勝。卷十右軍書帖增益至十數則。余昔年在上海見何義門手校此書，曾臨寫一部。據義門跋，謂得吳方山所藏鈔本改正，非止一二。後又見譚公度藏鈔本墨池編，內府藏宋刋書苑菁華，更藉以參校。今以敬美寫本證之，其異同之處，大率與何校都合，疑方山之本，與敬美所見，乃同出一源也。
>
> 古人求學，自課精勤，每遘異書，咸手自繕錄，連篇累軸，多或盈數十萬言，神采煥然，終始若一。……今敬美此書，用厚棉紙寫成，裝爲四册，書法參用行楷，不汲汲以求工，而筆致疏古，行格停勻，非澄心息慮，殆未可卒辦。嘗歎前輩爲學，稟其强毅之心，策以堅定之力，鍥而不舍，卒底於成，以視吾輩志亢而行荒，晨窗千字，午夜一燈，操筆未終，而已頹然欲瞑者，對之愧汗浹襟矣。余得此書，展誦殆逾百日，有感於中，聊一發之，古今人不相及，又匪獨玆事爲然也。藏園偶志。
>
> 玆將各家跋語錄之左方（重規案：僅錄楊氏一家，餘從略。）書王敬美手寫《法書要錄》後並考古書歷久，幾劫塵蠹，必一二好古之士，蒐亡補闕，相與珍持，庶幾傳之久遠，而不及就湮。有明一代，首數方楊，終以弇州晜。餘則喜事嘅名，紛雜僞託，若毛氏父子，則直好事，不得與焉。此書爲敬美先生手抄，秘本流傳，數十百年，完好無少闕失，殆有神物隱與護持。觀其自跋，似曾以己意略

爲參定，首卷右軍論書。四卷急就章及張懷瓘六體書，又皆闕而不錄，篇中譌脫處亦未盡刊，似非張氏本觀。更爲夫己氏武斷點豆（重規案：此書間有朱筆斷句。），尤爲可笑，有唐迄今近千年，展轉傳寫，豈無脫誤！義有未合，學者不妨旁徵曲引以訂正之，分條詳註於其下，未可意爲增刪，致失古書體例。王氏通儒，亦不免此，甚矣傳錄之難也。予聞見未廣，又索處北鄙，無從取古本是正，姑存疑以俟考，或核定之有時，此生此願，取畢何日？思之惘然。楊繼振。

繼振又案：查禮，字恂叔，一字魯存，號儉堂，宛平人。乾隆丙辰，薦擧鴻博，以部郎從平金川，積功至湖南巡撫。著有《銅鼓堂集》。工山水花鳥，尤工墨梅。葛正笏，字信天，崑山諸生。戊午嘉平月重寫於天藤書屋。

我們看了傅氏的題跋，足見此書的價值。楊又雲的書後說「殆有神物隱與護持」，也可想像楊氏對此書是多麼愛重。楊氏這篇書後是用烏絲欄信箋三紙書寫後粘貼在卷尾的；每紙的騎縫都蓋有「二泉山人」的篆文方印（附照片三）。筆跡和抄本百廿回《紅樓夢》的題記完全相同。最令人歡喜踴躍的便是「繼振又按」的簽名，和抄本百廿回《紅樓夢》題記中「×記」沒有一絲一毫差異。原來此字是繼振二字的合書（繼振的印章有「𢇍振」、「𢇍辰」許多異體。）我以前的認識都不正確，傅增湘先生釋爲「繼振」纔是對的。得着這個確證，抄本《紅樓夢》中楊又雲的題字，纔算完全徹底明白。許多誤解，都可因此一掃而空。此篇

(圖三) —1

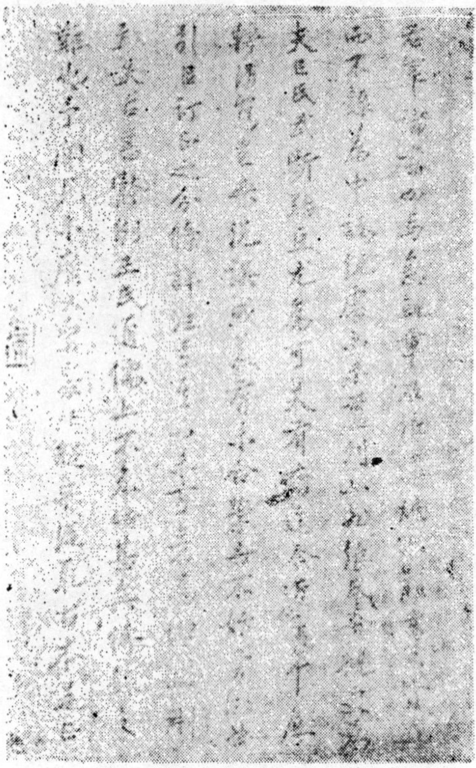

（圖三）—2

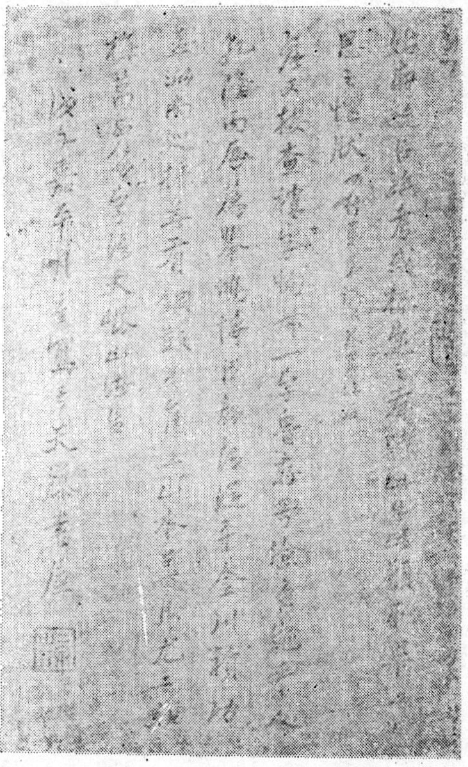

（圖三）— 3

書後重寫在戊午臘月，應該是咸豐八年（西元一八五八年），正是抄本百廿回《紅樓夢》咸豐乙卯于源題署後的第三年。

由於楊又雲對此書的愛重，鈐蓋的精美印章比抄本百廿回《紅樓夢》還來得多。除抄本百廿回《紅樓夢》所有的「江南第一風流公子」、「又雲考藏」等印以外，卷首有三四寸見方「古燕楊氏星鳳堂鑒藏古今法墨名書印」一大印（附照片四）。這一大印，佔有半葉書的全面。又有「星鳳堂」、「宏農楊氏世家」諸印（附照片五）。卷三有「三至堂」、「鱻辰章」，蓮公（方形）諸印（附照片六）。卷十有「二泉山人」印（附照片七）。卷末題跋有

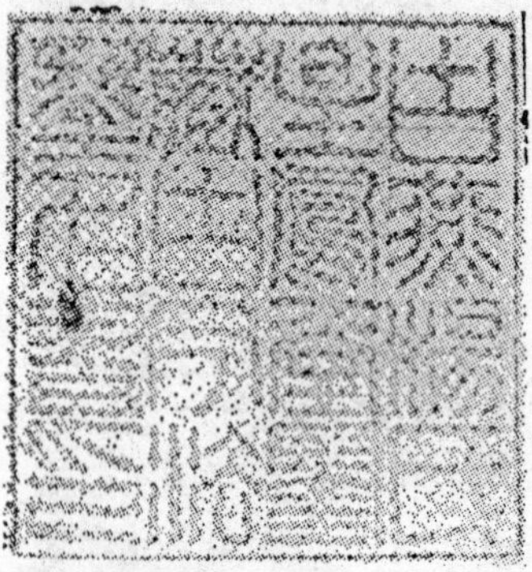

（圖四）

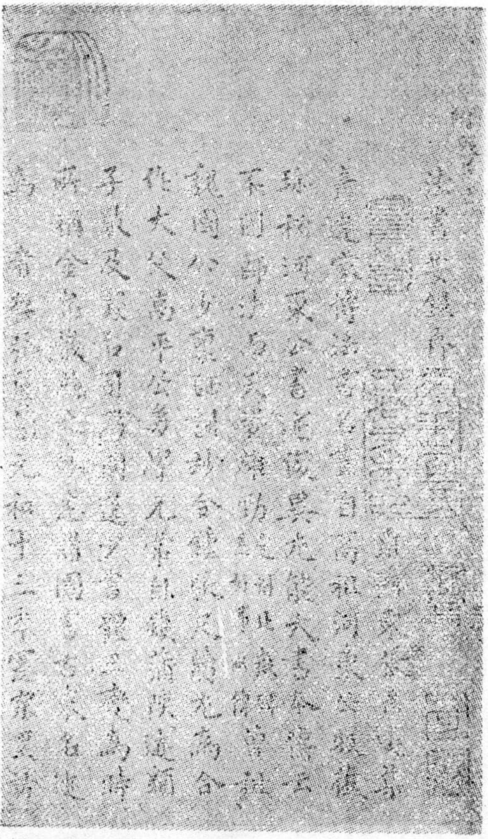

(圖五)

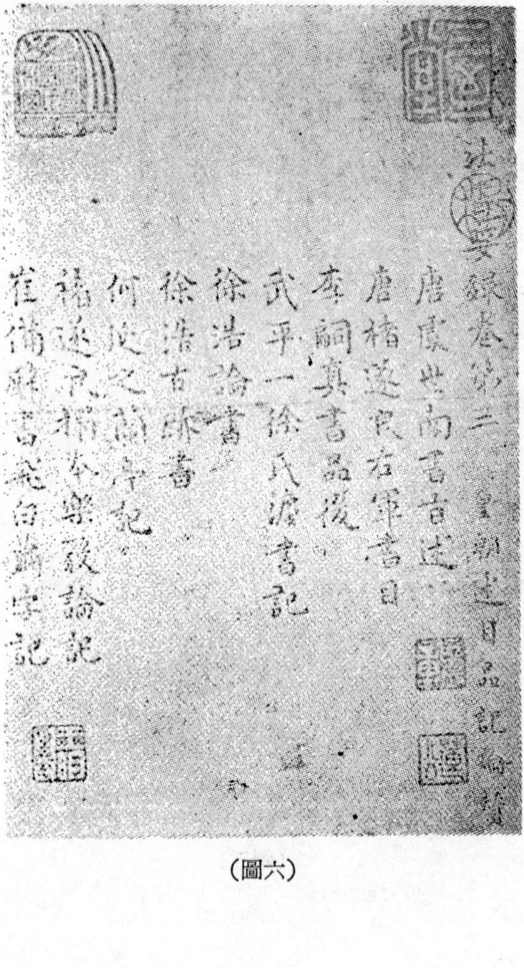

（圖六）

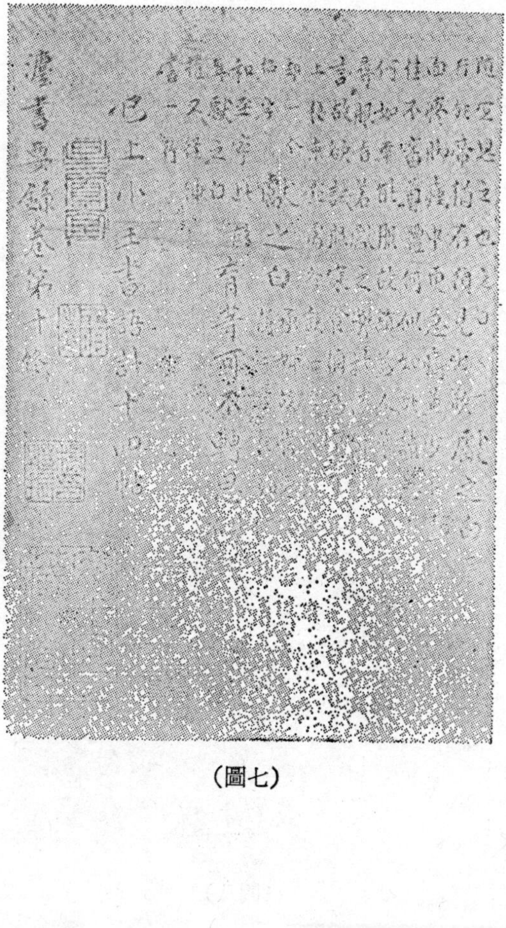

(圖七)

(圖八)

蓮公（亞字形）印（附照片八）。這些都是抄本百廿回《紅樓夢》中所未見的。特別是「蓮公」二印，可以作抄本百廿回紅樓本題籤「蓮公重訂」的旁證。有人討論抄本百廿回《紅樓夢》中的題記和印章，把「于源私印」認成「于源和印」，憑空說「于源字源和」；又有人說「又雲考藏」應該是「又雲收藏」，因爲楊又雲對抄本百廿回《紅樓夢》並無所考。其實收藏古籍，辨其眞僞優劣卽是考，所以抄本百廿回《紅樓夢》可以蓋「又雲考藏」的印章，抄本《法書要錄》也可蓋「又雲考藏」的印章。

丁未夏六月初十日（一九六七年七月十七日）燈下寫竟於九龍又一村寓齋

高鶚補作《紅樓夢》後四十回的商榷

最近看到中華書局一九六五年六月出版的《文史》第四輯，有吳世昌君〈從高鶚生平論其作品思想〉一文。其中很重要的一點，是根據高鶚的《月小山房遺稿》一首小詩，斷定《紅樓夢》後四十回是出於高氏補作。這首詩在遺稿七絕第二葉上〈庚戌三月寓齋枕上聞風雨聲〉，第二葉下〈送張竹雪歸皖江〉之後的第三葉上，原題及詩辭如後：

〈重訂紅樓夢小說既竣題〉

老去風情減昔年，萬花叢裏日高眠。昨宵偶抱嫦娥月，悟得光明自在禪。

〈送張竹雪歸皖江〉詩，據第四葉〈又送張竹雪〉詩注語，知作於乾隆五十六年辛亥（一七九一），〈重訂紅樓夢〉詩在辛亥〈送張竹雪歸皖江〉詩後的第三首，知當爲次年壬子（一七九二）程乙本刪改畢後所作。吳君考定高鶚在五十歲中舉，壬子年爲《紅樓夢》程乙本作序言時已五十四歲。因此吳君根據這首詩，得出他的結論，他說：

由此可推知下列三點：

⑴在高鶚「風情未減」以前之「昔年」，他對於這部小說所下的工作，決不止於修訂，而實為續作後四十回。只有在風情已減之後，才只能作些「重訂」的工夫。

⑵既云「昔年」，可知不是去年或前年。續書之作乃在風情未減之昔年，亦即遠在中舉（一七八八）之前。減去風情，意味着一個人從中年進入老境。這樣的轉變可不是三、四年內之事。

⑶續作既非成於去年或前年，則程偉元於乾隆辛亥（一七九一）在程甲本的序中所謂鼓擔收購，請友人（指高鶚）襄助修輯之說，即不可信。因為如果僅為修輯成稿，則不消一二年間即可完功。這樣高詩就不應該稱「昔年」。一個人若在上年修輯一書，次年又「重訂」一番，重訂完了賦詩紀其事，不能指這修輯工作乃在「昔年」風情未減時所為，以致廻顧今日「重訂」時，人已老去。大概一個人自「昔」至「今」，減卻風情，為時須七、八年或十來年。

以上三點，可以解釋歷來無法解決的關於百二十回《紅樓夢》的一些疑題。其一，乾隆間周春的《閱紅樓夢隨筆》所說，他在乾隆庚戌（一七九〇）即在南京買到百二十回本《紅樓夢》。這是未有程偉元活字本以前的鈔本。其二，所謂甲辰（一七八四）夢覺主人序本中的前八十回正文文字，有的已同程甲本，而和脂評《石頭記》不同。其三，吳曉鈴先生藏乾隆殘抄本的舒元煒序中，已說到八十回是「二於三分」，又說數尚缺夫秦關。這三點都指明在未有程刻本以前已有百二十回《紅樓夢》。因此，就有人以為，既然後四十回早已存在，可能不是高鶚所作。但這想法其實不合邏輯。為什麼未有程刻本以前，別人可以續作後四十回，惟獨高鶚不能續作？有此想法者，其實受了胡適的影響。胡適武斷地認爲高鶚續作後四十回是在他中舉（一七八八）以後，即在程乙本付刻（一七九二）以前不久。這些只是揣想，毫無事實根據。今由分析高氏〈重訂紅樓夢小說旣竣題〉一詩，知其續作後四十回乃在風情未減之「昔年」，即在一七八八年中舉以前，則在一七九〇年周春在浙買到百二十回本《紅樓夢》鈔本，便毫不足怪。高鶚旣早已補作後四十回，則凡前八十回中的文字有與其補作部分矛盾者，自必加以刪改。故夢覺主人序本的底本若據高氏改本過錄，當然與同爲高氏改本的程甲本相同。而舒元煒僅僅聽說此書有一百二十回尤爲平常。這些理由，只能證明高鶚補作遠在程刻本之前，只能證明胡適妄說之誤，卻絲毫不能證明後四十回不是高鶚續作的。更由乾隆鈔本《紅樓夢》稿的後四十回原鈔文字較爲簡單，後來又另據他本添改得和程甲本差不多這一事實，可證原鈔未改部分乃據高氏初稿本，後添部分則爲高氏增訂本。可見高氏續作也像曹雪芹一樣時時增刪，歷有年所，並不是像有些人以爲一氣呵成的。

以上所引，是吳君對此一問題最重要的證據和結論。我們平心觀察，根據高鶚這首小詩，所能獲得關於《紅樓夢》的資料，僅僅在它的題目。因爲在「老去風情減昔年，萬花叢裏日高眠，昨宵偶抱嫦娥月，悟得光明自在禪」二十八個字當中，看不出任何重訂《紅樓夢》小說的事跡；只有在〈重訂紅樓夢小說旣竣題〉一個題目之下，可以體會高鶚做完這樁工作後的一番感悟。高鶚是否續作《紅樓夢》後四十回，固然不能從這四句詩看出來，也不能從題目看出來。因爲題目是說「重訂《紅樓夢》小說」，「《紅樓夢》小說」應該是包括全部小說，不可能說成後四十回。重訂是第二次校訂或修訂的意思，只能說「重訂」之前，已有第一次的校訂或修訂，不可能說成「他對於這部小說所下的工作，決不止於修訂，而實爲續作後四十回。」

要明白確定此一詩題的意義，必須拿高鶚自己的話來解答。乾隆辛亥年程甲本高鶚敍說：

> 予聞《紅樓夢》膾炙人口者幾廿餘年，然無全璧，無定本，向曾從友人借觀，竊以染指嘗鼎爲憾，今年春，友人程子小泉過予，以其所購全書見示。且曰：此僕數年銖積寸累之苦心，將付剞劂，公同好，子閒且憊矣，盍分任之。……遂襄其役，工既竣，並識端末，以告閱者。

程小泉序云：

> 《紅樓夢》小說本名《石頭記》，作者相傳不一，究未知出自何人，惟書內記雪芹曹先生刪改數過，好事者每傳鈔一部，置廟市中，昂其值數十金，可謂不脛而走者矣。然原目一百廿卷，今所傳只八十卷，殊非全本。卽間稱有全部者，及檢閱，仍只八十卷，讀者頗以爲憾，不佞以是書既有百二十卷之目，豈無全璧。爰爲竭力搜羅，自藏書家甚至故紙堆中，無不留心。數年以來，僅積有廿餘卷。一日，偶於鼓擔上得十餘卷，遂重價購之。欣然繙閱，見其前後起伏，尙屬接筍，然漶漫迨不可收拾。乃同友人細加釐剔，截長補短，抄成全部，復爲鐫板，以公同好。《紅樓夢》全書始至是告成矣。

這兩篇程甲本的序文所說的，便是高鶚第一次訂《紅樓夢》的事實。到了壬子程乙本問世時，卷首有署名小泉蘭墅的引言：

一、是書前八十回，藏書家抄錄傳閱幾三十年矣。今得後四十回，合成完璧，緣友人借抄爭覩者甚夥，抄錄固難，刊板亦需時日，姑集活字刷印。因急欲公諸同好，故初印時，不及細校，間有紕繆。今復聚集各原本，詳加校閱，改訂無訛，惟識者諒之。

一、書中前八十回抄本各家互異，今廣集核勘，準情酌理，補遺訂訛。其間或有增損數字處，意在便於披閱，非敢爭勝前人也。

一、是書沿傳既久，坊間繕本，及諸家所藏秘稿，繁簡歧出，前後錯見。即如六十七回，此有彼無，題同文異，燕石莫辨，玆惟擇其情理較協者取爲定本。

一、書中後四十回，係就歷年所得，集腋成裘，更無他本可考。惟按其前後關照者略爲修輯，使其有應接而無矛盾。至其原文，未敢臆改。俟再得善本，更爲釐定，且不欲盡掩其本來面目也。

一、是書詞意新雅，久爲名公鉅卿賞鑒，但創始刷印，卷帙較多，工力浩繁，故未加評點，其中用筆吞吐，虛實掩映之妙，識者當自得之。

這幾條引言所說的，便是高鶚重訂《紅樓夢》的經過。第一條說明初印時，來不及細校，所以初訂是很粗疏的。再印時是「詳加校閱，改訂無訛，」所以重訂是較精細的。第二三條說明前八十回各家抄本、坊間繕本歧異甚多，他們補遺正訛，擇善而從，成爲定本。第四條說明後四十回係就歷年所得，更無他本可考，略爲修輯，不敢臆改原文。希望再得善本，更爲釐定。第五條說明限於工力，書中本有名公鉅卿的評點，因爲工程浩大，沒有付印。這幾條說明，我們從近數十年來發現的幾個脂評抄本，證明他們所說的都符合事實。由此可知高鶚並未創作《紅樓夢》後四十回，詩題的重訂《紅樓夢》和引言所說的都是同一回事實。吳君說：

續作既非成於去年或前年，則程偉元於乾隆辛亥在程甲本的序中所謂鼓擔收購，請友人（指高鶚）襄助修輯之說，卽不可信。

吳君又說：

高鶚在他的序中附和程氏，說他以其全書見示，這不是幫他圓謊嗎？

吳君不信高鶚〈紅樓夢序言〉的話，對於高鶚詩稿卻奉爲金科鐵證。高鶚在序言中明明白白說他不曾補作後四十回，只是加以修訂；吳君卻偏要說高鶚重訂的是他早年作的自己的稿子。此文的附記說：

近見《文學遺產》第五〇七期（一九六五年五月二日）〈關於高鶚的月小山房遺稿〉一文，考出高鶚卒年，認爲他死於嘉慶二十年（一八一五）的可能性最大。其所據材料與本文大致相同，其結論雖較簡略，也和鄙說相符。文中又引高鶚〈重訂紅樓夢既竣題〉七言絕句，以爲題名「重訂」，而不

> 說「補作」，似乎就是前面所說整理的意思，則顯係誤解。既曰重訂，即將先作之稿再次改訂之意，但不能因此即證明他以前未作此稿。任何人「重訂」自己的稿子，別人如何能憑他重訂二字，取消他原來的著作權呢？如果這位作者明年「重訂」一下〈關於高鶚的月小山房遺稿〉一文，我們能否定他今年此文的著作權嗎？至於高鶚詩中自己說他「老去風情減昔年」，正說明他之補作後四十回乃在「風情未減」之「昔年」，則已詳上文。

我沒有看到《文學遺產》〈關於高鶚的月小山房遺稿〉一文的全文，不過我認為它的觀點是正確的，而吳君的主張則找不到一絲一毫的憑據。吳君說：「分析高氏〈重訂紅樓夢小說既竣題〉一詩，知其續作後四十回乃在風情未減之昔年，即在一七八八年中舉以前。」這個說法，眞不知「從何說起」。我們分析這首詩，只能得到高鶚重訂全部《紅樓夢》小說後的感想。高鶚說，現在已經五十多歲了，老去的風情，比起往年，已經大大的減退了！風情減退的現象如何呢？卽是在萬花叢裏，疏懶閒眠，無復飛觴醉花的逸興，偎紅倚綠的艷情了。如果要具體說明他風情未減的生活，恐怕倒是他五十歲以前表現在《硯香詞》裏的〈南歌子〉、〈聲聲慢〉、〈滿庭芳〉、〈念奴嬌〉許多沾花惹草的冶游之詞，充分流露出他早年的行徑。至於「昨宵偶抱嫦娥月，悟得光明自在禪」兩句詞，不過是高鶚抒寫他讀《紅樓夢》後，有一段因空見色，由色生情，傳情入色，自色悟空的妙悟禪機罷了。我們可以說，從這一首詩裏，根本沒有涉及到高鶚作《紅樓夢》後四十回的事實。既然詩中沒有作後四十回的事實，更談不上風情未減，便是寫作《紅樓夢》的時期，風情既滅，便是校訂《紅樓夢》的時期。況且普通人年少風情，往往沉酣在徵歌選色當中，而老去頽唐，卻往往感慨欷歔，拈筆寫作。至於斤斤計較「昔年」是七年八年而不是三年四年，那眞是多餘的事了。不過，吳氏憑空揑住高氏一首小詩中的「昔年」二字，他是有其隱衷的，他要認定高鶚續作《紅樓夢》後四十回，但乾隆五十六、七年程甲程乙本問世以前，在乾隆五十五年已經有人買到百二十回的《紅樓夢》抄本，如周春《閱紅樓夢筆記》所說；在乾隆五十四年，又有人說：「惜乎《紅樓夢》之觀止於八十回也，漫云用十而得五，業已有二於三分。」（己酉鈔本舒元煒序）這些都是程高刻書以前已有百二十回《紅樓夢》的鐵證。因此，吳君必須把高鶚作書的時間提前，纔能把這個死結解開，說這些百二十回本，卽是高鶚的續作。所以吳君便把這首小詩「昔年」二字緊緊抓住，卻忘記如此說詩，於文於理都是說不通的。況且吳君不信高鶚刊《紅樓夢》序引的自白，硬說他是扯謊；但做詩說重訂《紅樓夢》的，還是此一高鶚。卽使硬指證高鶚說謊，他也應該說謊到底，如何又引他的話來做證！誠如吳君所言：「任何人重訂自己的稿子，別人如何能憑他重訂二字，取消他原來的著作權呢？」但是，任何人「重訂」別人的稿子，又如何能憑他「重訂」二字，硬取消別人的著作權而加之於「重訂」者之身呢？

我們說高鶚是重訂別人的稿子，乃是根據高鶚自己的表白。吳君硬說高鶚是重訂自己的稿子，這是根據誰人的說法呢？

談到這裏，吳君必然要舉出張問陶贈高鶚詩的註文來作證明了。吳君此文說：

也有人認爲後四十回的續作者可能不是高鶚，他也許眞如程煒元序中所謂只是幫着老程作些整理稿子的工作而已。這一說的主要根據，是對於張問陶贈高詩中自註的不同解釋。張氏說：「傳奇《紅樓夢》八十回以後，俱蘭墅所補。」他們認爲張氏所謂「補」是「修補」之意，我在上引圖書館季刊中〈論紅樓夢稿〉一文中曾指出高氏在《紅樓夢》中修補得最多的是前八十回，且程高二人在他們的弁言中也直認不諱，而張問陶卻特別指出高氏所補者乃八十回以後，可知張氏所謂補，決非修補之意，我又列擧自唐代小說〈補江總白猿傳〉以至元明清以來各種小說如《西遊補》、《紅樓夢補》等許多證例，凡言補者都指補作，亦卽續作，從無解爲修補者。我又擧清代倪鴻論張氏注中所補二字，意卽所續，而魯迅先生在《中國小說史略》中亦稱後四十回爲高氏續書，則他亦不認爲此「補」字作「修補」解。最後我說：我們沒有理由證明張問陶是撒謊，也就不必忙於剝奪高鶚後四十回《紅樓夢》的著作權。

最後，還須說明一下關於「補」字的解釋。近來有人把它解作「修補」或「補訂」而非補作，其實這並不是什麼新說。早在一九三五年，《青年界》七卷五號載宋孔顯的〈紅樓夢一百二十回均曹雪芹作〉一文中，卽主張此說。一九五八年林語堂在某刊物所發表的〈平心論高鶚〉一文，卽抄襲宋說，而加以推衍。次年，又有人在新加坡出版《紅樓夢新解》一書，對於後四十回的作者問題又抄襲前人之說，認爲高氏之補乃「修補」而非補作（頁六四）。近來主張這一「補」字是「修補」的議論雖多，但我卻未見有誰提出任何新論據或新意義。這些輾轉抄襲，陳陳相因的舊說，對於嚴肅的學術研究不會有何好處。

吳君提到林語堂先生和我「對於後四十回的作者問題又抄襲前人之說」，這一點我須略加解釋。我在新加坡出版《紅樓夢新解》雖是一九五九年，但所寫文章卻早發表於一九五一年。我發表我的意見時，確不曾看見宋孔顯的文章，直到現在，我還僅僅在一粟編的《紅樓夢書錄》附刊類中看見有〈紅樓夢一百二十回均曹雪芹作〉一目，注云：「宋孔顯撰。載一九三五年五月《青年界》（上海北新書局版）第七卷第五期。」眞是孤陋得很，我至今還未看到它的內容。好在我的論點完全和它相反，似乎談不上什麼抄襲。不過，吳君在他的英文本《紅樓夢探源》出版以後，他又用中文寫了〈我怎樣寫紅樓夢探源〉一篇長文，脫稿的年月是一九六一年十二月三日夜。發表在新加坡《南洋商報》一九六二年元旦特刊。在那以前，他雖在牛津大學早已經看到我的《紅樓夢新解》，但迄那時爲止，他似乎也還沒有見到宋孔顯的文章。他在元旦特刊的文章有一節說：

林語堂在某刊物發表〈平心論高鶚〉一文，痛罵周汝昌，連爲周書寫跋文的其兄周緝堂，以及他已死的父母，都不饒過。但對於周君那個錯誤的結論——「脂硯卽湘雲」，林博士卻深信不疑。這種論學的方法與態度，也算別開生面。

吳君當時並不攻擊林語堂先生和我抄襲前人之說，可見吳君當時還不曾看見宋孔顯的文章。而且「脂硯卽湘雲」的錯誤，我在《紅樓夢新解》中有〈脂評紅樓夢新探〉一篇，篇內又分數章，其中「脂硯齋是誰」一大章駁斥脂硯是賈寶玉或史湘雲的錯誤，相當詳盡。並且推測脂硯是曹雪芹的叔父。吳君〈我怎樣寫紅樓夢探源〉一文中，也有「脂硯齋是誰」一節，說明他寫《紅樓夢探源》時對這一個問題的處理，其結論也認爲是雪芹的叔輩，「脂硯卽湘雲」是錯誤的。我並不敢揣測吳君對我的說法有何因襲，不過我的說法發表在前，吳君在《紅樓夢探源》完稿之前，已得寓目，這也是事實。吳君去年發表的〈從高鶚生平論其作品思想〉一文後，還加上一個附記說：

> 近見《文學遺產》第五〇七期（一九六五年五月二日），〈關於高鶚的月小山房遺稿〉一文，考出高鶚卒年，認爲「他死於嘉慶二十年（一八一五）的可能性最大。」其所據材料與本文大致相同，其結論雖較簡略，也和鄙說相符。

這一附記，表現的治學態度，似乎比寫〈我怎樣寫紅樓夢探源〉的時候，要來得謹嚴。至於吳君說：「近來主張這一補字是修補的議論雖多，但我卻未見有誰提出任何新論據或新意義。這些輾轉抄襲，陳陳相因的舊說，對於嚴肅的學說研究不會有何好處。」我的意見和吳君微有不同，我認爲學說不論新舊，最重要的應當「求是」。馬是馬，鹿是鹿，這是舊說；

趙高指鹿爲馬，這是新說。到底新說對？還是舊說對？「老去風情減昔年」只是老去風情不如昔年，這是舊說，風情未減就補作《紅樓夢》，風情既減便只能重訂《紅樓夢》，這是新說。新說倒是新說，只怕不是嚴肅的學說。

抄襲的問題說明以後，我們回過來研究張船山送高詩自注的「補」字的意義。研究這補字的意義，必須先要知道張船山送高鶚的詩，不過是泛泛的應酬話，非什麼謹嚴的記事。「補」字的意義，可以是補修，也可以是補作。「煉石補天」可以用補；「截長補短」可以用補；「勇晴雯病補雀毛裘」也可以用補。補字在贈高詩注中的意義，還是要看高鶚對《紅樓夢》所做的工作而定。高鶚對《紅樓夢》所做的工作，還是要看高、程《紅樓夢》序引所言而定。在沒有能夠發現積極的證據，足以壓倒成說而又使大家覺得心安理得可以取而代之以前，我們似乎仍當客觀些來研究高、程《紅樓夢》的序引。高、程序引說：「截長補短」，「略爲修輯」，則此贈高詩注的「補」字，自然是修補的意思。其他援引雖多，也不能改變本身的事實。最後，要談到近年發現的「乾隆抄本百廿回紅樓夢稿」，這抄本的後四十回，顯然是根據一個底本謄清，然後加以增修。此一底本應該是程小泉所收集的後四十回抄本的謄清本。這四十回修改增加的文字特別多，但幾乎全部和程乙本文字相同，可見此一抄本是程乙本付刻前的底本。否則在程乙本流布之後，縱使有人獲得此抄本的正文，也沒有對照程乙本將缺少字補入之必要。因爲他如果不滿意抄本的正文太簡略，他買一部刻本來閱讀便夠了，何必費時費力來校補填充！況且夾行密寫，附頁粘貼，根本就不便閱讀。如果他認爲簡略的舊抄本有價値，那他斷不肯把舊抄本塗抹得狼藉不堪。惟一合理的解釋是程高得到一個稿本，因爲原稿是歷年收羅積累而來，其間又頗有漫漶之處，所以必須抄成清本。但是後四十回的篇幅，其中有些比前八十回簡短，在刊刻流布之前，爲了使全書篇幅均勻，不得不加以擴充。由於這現實的限制，故除了一兩個字的刪改之外，便只有增加而無刪減。這種現象，正是引言中所說：「書中後四十回係就歷年所得，集腋成裘，更無他本可考，惟按其前後關照者，略爲修輯，使其有應接而無矛盾，至其原文，未敢臆改」的緣故。因此高鶚當年在加工整理的過程中謹守的原則，就是一方面要增修原稿本的文句，另一方面又要儘量不丟棄原稿本中的字句。原稿本字句都是需要保留的，在這個條件下修改文章，便只有就原有文字來形容敷演。書中增添得少的就寫在行間；增添得多到行間不能容納的就另紙謄寫，附粘在該頁書上。——這可能就是百二十回抄本後四十回的大概情形。吳君此文說：

現知他中擧之年（一七八八）約爲五十歲，其寫作後四十回，原鈔部分比較簡單，後來又加以添改，當卽據後四十回補作稿本爲底本，先鈔的底本較簡，後來又據添改本，補入改後之文。

依吳君說「原鈔部分比較簡單，後來又加以添改，」這和這個原抄本加上添改的本子有什麼不同?又何須另找一原抄本,據添改本補入改後之文。他爲什麼不連結初稿改稿抄成一個清本,難道他怕人找不出修改的痕迹嗎?

現在我且抄錄後四十回的兩段文字,來看看他修改的實況。凡塗抹去的字句,我在旁加圈;凡增添的字句,我加上括號;並且一律加上標點:

第八十五回:襲人正要說話,只見賈芸(那一個)也(慢慢的)蹭過來了。(細看時,就是賈芸,溜溜湫湫往這裏來了。)襲人連忙向鋤藥道:「你告訴說,知道了,回來給二爺瞧罷!」那賈芸元要過來和襲人說話,(無非親近之意,又不敢造次。)忽見襲人說出這話,自己也不好再往前走,(只好站住這裏,襲人已掉背臉往回裏去了。賈芸)只得快快而回,同鋤藥出去了。晚間寶玉回房,襲人(便回)道:「今日廊下小芸二爺來了。」寶玉道:「來做什麼?」襲人道:「他還有個帖兒呢!」便在書槅子上拿了來。寶玉接來。(過)看時,上寫着「叔父大人安稟」。寶玉道:「這孩子怎麼又不認我做父親了!」襲人道:怎麼樣?寶玉道:「他前年送我白海棠時,稱我做父親。今日這帖子封皮上寫着叔父,可不是又不認了!」襲人道:「他也不害臊!你也不害臊!(他那麼大了,倒認你這麼大兒的作父親,可不是他不害臊?你)正經連個……。」說到這裏,臉一紅,微微的一笑。寶玉也覺得了,便道:「這到難講。(俗話說,和尚無兒,孝子多着呢!只是我看他(還)伶俐,(得人心兒,)才這麼着。他不願意,我還不希罕呢!」說着,拆那帖兒,看了一回,大不耐煩。(襲人也笑道：「那小芸二爺也有些鬼頭鬼腦的。什麼時候又要看人，什麼時候又躲躲藏藏的，可知也是心術不正的貨。」寶玉只顧拆開看那字兒，也不理會襲人這些話。襲人見他看那字兒，皺一回眉，又笑一笑兒，又搖搖頭兒，後來光景，竟不耐煩起來，襲人等他看完了，）襲人問道：「（是）什麼事情？」寶玉也不答言，把那帖子撕做幾段。襲人見這般光景，也不便再問，（便問「吃了飯還看書不看書？」）寶玉道：可笑芸兒這孩子，竟這樣（的）混帳！（襲人見他所答非所問，便微微的笑着說道：「到底是什麼事？」寶玉道：「問他做什麼！」）便道「偺們吃飯罷！」一時端上飯來，（吃了飯歇着罷！心裏鬧的怪煩的。」說着叫小丫頭子點了一點火兒來挪那撕的帖兒燒了。一時，擺上飯來，寶玉只是怔怔的坐着，襲人連哄帶慪催着，）吃了一口兒便擱下了，仍是悶悶的歪在床上。一時間，忽然掉下淚來。此時襲人麝月多摸不着頭腦。麝月道：好好兒的，這又（是）爲什麼，（都是什麼芸兒雨兒的，不知什麼事，弄了這個浪帖子來，惹得這個傻了的是的，哭一會子，笑一會子。）要天長日久鬧起這悶葫蘆來，可叫人怎麼受呢！說着，竟哭（傷）起（心）來。襲人（旁邊）由不得要笑，便（勸）道：「好妹妹！你（也）別慪人了，他一個人就彀受了，你又這麼着！他那帖子上的事，難道與你相干？」麝月道：「你混說起來了。（知道他帖兒上寫的是什麼混帳話，你混往人身上扯。要那麼說，他帖兒上，只怕倒與你相干呢！」）襲人還未答言，忽見寶玉爬起來抖抖衣裳，說：「（偺們）睡（覺）罷！（別鬧了！明日我還起早念書呢！」說着便躺下，）於是二人便打發睡了。一宿無話。次日，寶玉起來梳洗了，便往家塾裏去。（走出院門，忽然想起，叫焙茗略等，急忙轉身回來叫

「麝月姐姐呢？」麝月答應着出來問道：「怎麼又回來了？」寶玉道：「今日芸兒要來了，告訴他別在這裏鬧！再鬧，我就回老太太和老爺去了。」麝月答應了寶玉，纔轉身去了。）剛往外走，只見賈芸慌慌張張往裏來，看見寶玉，連忙請安，說：「叔叔大喜了！」那寶玉（估量着是昨日那件事，便說）道：「你也太冒失了，不管（人心裏）有事沒事，只管來攪。」賈芸陪笑道：「叔叔不信，只管瞧去，人多來了，在（偺們）大門口呢！」寶玉越發急了，說「這是那裏的話！」正說着，只聽外面一片聲的嚷（起來。賈芸道：「叔叔聽，這不是？」）寶玉心裏越發狐疑起來。只聽一個人嚷道：「你們這些人好沒規矩，這是什麼地方，（你們）在這裏混嚷。」那人道：誰敎老爺陞了官（呢），怎麼不叫我們（來）吵喜呢！（別人家盼着吵還不能呢！」寶玉聽了，）寶玉才知道是賈政陞了郎中了。

第九十七回：黛玉向來病着，自賈母起，直到姊妹們的下人常來問候。今見賈府中上下人等多不過來，連一個問的人都沒有。睜開眼，只有紫鵑一人，自料萬無生理，因掙扎着向紫鵑道：「妹妹，你是我最知心的，雖是老太太派你伏侍我。這幾年，我拿你就當（作我的）親妹妹一般。」紫鵑聽了，一陣心酸，（早哭得說不出話來。遲了半日，）黛玉又（一面喘，一面說）道：（我躺着不受用，）你扶我起來靠着坐坐纔好。」紫鵑道：「姑娘身上不大好，起來又要抖摟着了。」黛玉聽了，閉上眼，不言語了。一時，又要起來。紫鵑沒法，只得同雪雁把他扶起，兩邊用軟枕靠住，自己卻倚在旁邊。黛玉那裏坐得住，下身自覺硌得疼，很命的掌着。叫過雪雁來道：「我的詩本子。」說着，又喘。雪雁料是要他前日所理的詩稿，因找來送到黛玉跟前。黛玉（點點頭兒，）又（抬眼）看那箱子，雪雁不解，只是發怔。黛玉氣的兩眼直瞪，又咳嗽起來，又吐了一口血。雪雁連忙回身取了水來，黛玉嗽了，吐在盂內。紫鵑用絹子給他拭了嘴。黛玉便拿那絹子指着箱子，又喘成一處，說不上來，閉了眼。紫鵑道：「姑娘歪歪兒罷！」黛玉又搖搖頭兒。紫鵑料是要絹子，便叫雪雁開箱拿出一塊（白綾絹子）來，黛玉瞧了，撂在一邊，使勁說道：「有字的！」紫鵑這才明白過來，要那塊題詩的舊帕。只得叫雪雁拿出來遞給黛玉。紫鵑勸道：「姑娘歇歇兒罷，何苦又勞神，等好了再瞧罷！」只見黛玉接到手裏，也不瞧，掙扎着伸出那隻手來，狠命的撕那絹子，卻是只有打顫的分兒，那裏撕得動。紫鵑早已知他是恨寶玉，卻也不敢說破，只說：「姑娘何苦自己又生氣。」黛玉微微的點頭，便掖在袖裏，說叫：「點燈！」雪雁答應，連忙點上燈來。黛玉瞧瞧，又閉上眼坐着，喘了一會子，又道：「籠上火盆！」紫鵑打諒他冷，因說道：「姑娘躺下，多蓋一件罷，那炭氣只怕耽不住。」黛玉又搖頭兒，雪雁只得籠上，擱在地下火盆架上。黛玉點頭，意思叫挪到炕上來。雪雁只得端上來，出去拿那張火盆炕桌。那黛玉卻又把身子欠起。紫鵑只得（兩隻手來）扶着（他），黛玉（這纔）方將（方纔的）絹子拿在手中，瞅着那火，（點點頭兒，）往上一撂。紫鵑唬了一跳，欲要搶時，兩手卻不敢動。雪雁又出去拿桌子，此時那絹子已經燒着了。紫鵑道：「姑娘！這是怎麼說！」黛玉只做不聞。（回手）又把那詩稿拿起來瞧了瞧，又撂下了。紫鵑怕他也要燒，連忙將身倚住黛玉，騰出手來拿時，黛玉早又拾起，撂在火上。此時紫鵑卻彀不着。雪雁正拿進桌子來，看見黛玉一撂，不知何物，趕忙搶時，（那紙沾火就着，如何能彀少待，）早已（烘烘）着了。雪雁（也顧不得燒手，）就從火裏抓起來，撂在地下亂踏（䞘），卻已燒得所餘無幾了。那黛玉把眼一閉，往後一仰，幾乎不曾把紫鵑壓倒。

我們看了後四十回的修補狀況，保存原稿字句的努力，幾乎達到百分之百的程度。這種現象，正符合程高引言的聲明。後人詆譭程、高扯謊，既拿不出眞憑實據，而程、高所說的事實，例如他們說前八十回抄本，各家互異，現在發現了的甲戌、己卯、庚辰、戚蓼生各種脂評抄本，無論是回目、字句都確實有很多不同。現今看到的高鶚手定一百廿回抄本，原是帶脂評的底本，因爲印刷困難，刪去評語，他和他們例言第五條說的相符。甚至他們特別舉出第六十七回此有彼無，題同文異。果然庚辰本無六十七回，而己卯、戚蓼生本則有。己卯本回目作「見土儀顰卿思故里，聞秘事鳳姐訊家童，」而戚蓼生本則作「餽土物顰卿思故里，訊家童鳳姐蓄陰謀。」如此明確的事例，絕非可以隨便拉來扯謊的。考證《紅樓夢》的人未發現各種舊抄本新材料以前，儘可以咬定程、高作僞，對他們說話一概置之不理。程、高長眠地下，也無力起來答辯。現在紅學家們發掘出來許多新材料，一樁一樁都替程、高作證——證明程、高的說話全是事實。我們還能不顧事實，不講公道，硬要誣蔑他們扯謊嗎？吳君既無人證，又無物證，單憑高鶚「老去風情減昔年」一句七言詩，便算做高鶚早年續作後四十回《紅樓夢》的證據，這比「莫須有」三字判決一樁寃獄，還要來得更「寃」。因爲

「莫須有」還是說「有可能」，吳君舉的詩句，連「有可能」的影子都沒有。吳君根據他自己毫無憑證的斷案，用來作推翻一切事實的理由，這是非常不合邏輯的。我因爲吳君提出「嚴肅的學術研究」的口號，所以列舉手邊僅能見到的材料，略貢芻蕘之見，以就正於海內外的博學君子。

民國五十五年六月六日脫稿於九龍

《紅樓夢》的發端

《紅樓夢》的發端，從己卯・庚辰以下的抄本到程高排印的活字本，開頭第一回第一句都是「此開卷第一回也」，接着三百來字的作者自白，然後說：「列位看官（程乙本無列位二字）！你道此書從何而來？」接着巧妙地構造一個神話故事，作為此書的楔子。《紅樓夢》正文的發端，歷來便是以這般型態顯現在一般讀者的心目中。

自從甲戌本脂硯齋重評《石頭記》面世以後，對於《紅樓夢》第一回的眞相，纔有劃時代的新發現。這個本子第一回是以「列位看官，你道此書從何而來？說起根由，雖近荒唐，細諳則深有趣味」這幾句話開始的。回前有一篇凡例，又名「紅樓夢旨義」，共有五條。我們通常當作《紅樓夢》正文發端的三百來字的作者自白，除最後「更於篇中間用夢幻等字……」外，都是出於凡例第五條。它實際上是把這條文字刪節而成。自「開卷卽云風塵懷閨秀」以下的文字全部刪去了，另外，在文字上也略有更動的地方。如把「此書開卷第一回也」這句話改成「此開卷第一回也」。甲戌本格式分明，凡例是在全書之前，比正文低兩格抄寫，凡例之後附有〈浮生着甚苦奔忙〉七律一首。七律抄完之後，還空有半頁白紙，然後纔另紙標出「第一回」三個字，接着第二行是兩句回目，第三行纔是第一回正文「列位看官」云云。這篇凡例是斷乎不會與正文相混淆的。

據陳毓羆的說法❶：「凡例中的文字如何會竄入正文呢？如果我們把甲戌和庚辰本對照起來研究，便可發現此中秘密。在標明爲脂硯齋四閱評過的庚辰本上，已不見凡例及所附的七律，第一回是以『此開卷第一回也』開頭，同於今本。不過，值得注意的是今本中的那一大段文字在庚辰本中分作兩段抄寫，第一段抄到『故曰賈雨村云云』爲止，以下提行另作一段，文字也和今本有差異，作『此回中凡用夢幻等字，是提醒閱者眼目，亦是此書立意本旨，』下面卽接抄『列位看官，你道此書從何而來。』這第二段是甲戌本的凡例中所沒有的，顯然是加上去的。我們再看第二回的情況。甲戌本上第二回開始以後有兩大段總評（「此回亦非正文本旨……」及「未寫榮府正人先寫外戚……」），均比正文低一格抄寫，放在正文之前。而在庚辰本中，這兩段總評均被當作正文來抄寫。由此可見，庚辰本第一回開始

❶見陳毓羆〈紅樓夢是怎樣開頭的？〉，《文史》第三輯，民國五十二年十月出版。

的那兩段文字，實係第一回的兩段總評，由於抄手不察，而誤入正文。……根據以上種種情況，可知《紅樓夢》一書原有一篇凡例及一首題詩，後來都刪去了，第一回卻增添了兩段總評。第一段總評是凡例中的第五條加以刪節而成的，第二段總評和被刪去的那首七律意思相近，當係改寫。既然是兩段總評，則它們解釋第一回的回目，並出現了『此開卷第一回也』，『此回中』等詞句，就是很自然的事了。庚辰本把它們抄入正文，鑄成大錯。以後程偉元和高鶚更把他們連接起來，中間也不空行分段，變得天衣無縫。他們並對文字作了修改，把此回中凡用夢幻等字，改作更於篇中間用夢幻等字，清除了『此回』字樣，湮沒了明顯的一處總評痕跡。後人也當作了正文接受下來，認爲這就是《紅樓夢》的開頭。所幸的是：甲戌本仍在，成爲堅強的物證，而庚辰本中此一大段文字分成兩段抄寫，也露出了破綻。只要詳加考察，眞相終可大白。我們恢復其本來的總評面目，不把它當作小說的開頭看待，以前產生的種種疑團，都可渙然冰釋了。」

以上陳氏根據最接近《紅樓夢》原稿的甲戌本，指出《紅樓夢》的開頭和通行本不同。原稿第一回之前，有凡例，文字共五條。由於傳抄的人刪去凡例，又把總批混入正文，便成了通行《紅樓夢》的開端。這一推定，是相當合理正確的。陳氏進一步探討「此開卷第一回也」這一大段文字的作者問題時，他說：「這篇凡例有兩處提到『作者自云』，顯然是旁人在轉述作者的話，並非作者自己現身說法」。同時曹雪芹也毫無必要爲自己的小說逐回寫評語，贊揚自己。寫凡例的人不會是曹雪芹，將凡例改作評語的人也不會是曹雪芹。這應當是另外一個人。他和曹雪芹的關係極爲親近，了解創作《紅樓夢》的全部過程，而且是此書的主要評者。從甲戌看來，它標名爲『脂硯齋重評石頭記』，每頁的騎縫中都有一『脂硯齋』字樣，第一回正文中有『至脂硯齋甲戌抄閱再評，仍用《石頭記》』之語，並有脂硯齋甲午淚筆的一條眉批，明確表示出來『一芹一脂』在事業上的親密關係。脂硯齋完全符合上述條件。甲戌本上所載有的凡例和題詩當是出於他的手筆，後來改成評語的也是他。」陳氏認爲寫凡例和改作評語的，都是脂硯齋，這一結論非常重要，我們必需細心觀察，小心求證。

我們知道程高刻本和庚辰有正諸脂評本都沒有甲戌本卷首的幾條凡例，但在脂硯齋評語中卻會提到凡例，我們看：

第四回：雨村便徇情枉法，胡亂判斷了此案。甲戌本夾批云：「實注一筆更好。不過是如此等事，又何用細寫。可謂此書不敢干涉廊廟者，即此等處也。莫謂寫之不到。蓋作者立意閨閣尚不暇，何能又及此等哉。」

這段脂評說的「可謂(規案：疑當作所謂。)此書不敢干涉廊廟，」即指的是凡例第四條「此書不敢干涉朝廷，凡有不得不用朝政者，只略用一筆帶出。」這是甲戌本脂批援引凡例來作評論的根據的確證。其他脂評本因抄錄不完備，並不能斷言別本沒有這段脂評。試看：

第五回：方離柳塢……，甲戌眉批：「按此書凡例，本無讚賦閑文，前有寶玉二詞，今復見此一賦，何也？蓋此二人乃通部大綱，不得不用此套。前詞卻是作者別有深意，故見其妙；此賦則不見長，然亦不可無者也。」

此批明提凡例，有正本評也有大同小異的文字：

按此書凡例本無讚賦，前有寶玉二詞，今復見此一賦，何也？蓋此二人乃通部大綱，不得不用此套。

是有正本評語也提到凡例。庚辰本從第十二回始有評，前十一回全無批注，是抄書漏抄，把有批的庚辰本和有正本相比較，庚辰本的評語比有正本還更完備，第五回此條評語，大概庚辰本也是有的。根據這一事實，脂評提到凡例，而又依據做爲批評的標準，可見凡例是脂硯齋以前具有的文字，當然不是出於脂硯之手，同時也不是出於曹雪芹之手，我們看凡例第一條，說明本書名稱極多，《紅樓夢》是全部總名，又有《風月寶鑑》、《石頭記》、《金陵十二釵》諸名。而在正文敍述書名說道：「空空道人聽如此說：思忖半晌，將這《石頭記》再檢閱一遍，……因毫不干涉時世，方從頭至尾，抄錄回來，問世傳奇，因空見色，由色生情，傳情入色，自色悟空，遂易名爲情僧，改《石頭記》爲《情僧錄》。至吳玉峯題曰《紅樓夢》，東魯孔梅溪則題曰《風月寶鑑》。後因曹雪芹于悼紅軒中，披閱十載，增刪五次，纂成目錄，分出章回，則題曰《金陵十二釵》。並題一絕云：滿紙荒唐言，一把辛酸淚，都云作者癡，誰解其中味。至脂硯齋甲戌抄閱再評，仍用《石頭記》。」這一段文字，從「後因曹雪芹」以下，可能都是脂硯齋加插進去的，由於《紅樓夢》原本，經曹雪芹披閱增刪，他將原書題名爲《金陵十二釵》，庚辰本第十七回有脂批云：「妙卿出現。至此細數十二釵，以賈家四艷再加薛林二冠有六，去秦可卿有七，再鳳有八，李紈有九，今又加妙玉，僅得十人矣。後有史湘雲與熙鳳之女巧姐兒者，共十二人。雪芹題曰『金陵十二釵』，蓋本宗紅樓夢十二曲之義。」這顯然是先有原作者紅樓夢十二曲的已成之書，雪芹乃宗本「紅樓夢十二曲之義」而題名爲《金陵十二釵》。因爲雪芹不是原書的作者，《金陵十二釵》不是原書的本名，所以脂硯齋至甲戌抄閱再評時，便仍用《石頭記》爲書名。我們看第一回所說此書的來歷：

此石聽了，不覺打動凡心，也想要到人間去享一享這榮華富貴，但自恨粗蠢，不得已便口吐人言，向那僧道：大師！弟子蠢物不能見禮了。……如蒙發一點慈心，攜帶弟子得入紅塵，在那富貴場中，溫柔鄉裏，受享幾年，自當永佩洪恩，萬劫不忘也。二仙師聽畢齊憨笑道：善哉！善哉！……我如今大施佛法，助你助，待劫終之日，須還本質，以了此案，你道好否？石頭聽了，感謝不盡。……

後來又過了幾世幾劫，因有個空空道人，訪道求仙，忽從這大荒山無稽崖靑埂峯下經過，忽見一大石上字跡分明，編述歷歷。……空空道人遂向石頭說道：石兄！你這一段故事，據你自己說有些趣味，故編寫在此，意欲問世傳奇。據我看來，第一件，無朝代年紀可考，第二件，並無大賢大忠理朝廷治風俗的善政。其中只不過幾個異樣的女子，或情或痴，或小才微善，亦無班姑蔡女之德能，我總抄去，恐世人不愛呢？石頭笑答道：我師何太痴也。……空空道人聽如此說，思忖半晌，將這《石頭記》再檢閱一遍，……因毫不干涉時世，方從頭至尾，抄錄回來，問世傳奇，因空見色，由色生情，傳情入色，自色悟空，遂易名爲情僧，改《石頭記》爲《情僧錄》。

根據這番說話，可見此書是由石頭所記，故名《石頭記》。而作者卽是石頭。全書中也屢屢點明石頭便是作者，如甲戌本第四回云：

一面從順袋中取出一張抄寫的護官符來，遞與雨村看時，上面皆是本地大族名宦之家的諺俗口碑，其口碑排寫得明白，下面皆註着始祖官爵並房次。石頭亦曾照樣抄寫一張，今據石上所抄云……

又甲戌本第八回云：

寶釵托於掌上，只見大如雀卵，燦若明霞，瑩潤如酥，五色花紋纏護，這就是大荒山中青埂峯下的那塊頑石的幻相。……那頑石亦曾記下他這幻相並癩僧所鐫的篆文。

頑石便是那通靈的石頭，可見石頭便是執筆的作者。又甲戌本第六回云：

按榮府中一宅中，合算起來，人口雖不多，從上至下也有三四百丁；事雖不多，一天也有一二十件，竟如亂蔴一般，並沒個頭緒可作綱領。正尋思從那一件事，自那一個人寫起方妙。恰好忽從千里之外，芥豆之微，小小一個人家，因與榮府略有些瓜葛，這日正往榮府中來。因此便就此一家說來，到還是頭緒。你道這一家姓甚名誰，又與榮府有甚瓜葛？諸公若嫌瑣碎粗鄙呢？則快擲下此書，另覓好書去醒目。若謂聊可破悶時，待蠢物逐細言來。

蠢物便是石頭，也卽是作者。由此可見原作者的安排，是把著作權交給「石頭」的。脂評也常常稱作者爲石頭，如：

第二十七回：黛玉葬花一段。　庚辰眉批：開生面，立新場，是書不止《紅樓夢》一回，惟是回更生更新。且讀去非阿顰無是佳吟，非石兄斷無是章法行文，愧殺古今小說家也。畸笏。

第十六回：總批。　庚辰：自政老生日用降旨截住，緊接黛玉回，璉鳳閒話，以老嫗勾出省親事來，其千頭萬緒合筍貫連，無一毫痕跡，如此等，是書多多不能枚擧。想玉兄在青埂峰上經鍛鍊後，參透重關至恒河沙數。如否，余曰：萬不能有此機構，有此筆力，恨不得面問果否，嘆嘆。丁亥春，畸笏叟。

又脂評每揭發書中隱微旨時，自以爲獨具隻眼，常常說「被作者瞞過」，有時說「被石頭瞞過」，因爲作者是石頭，石頭就是作者。如：

第三回：黛玉哭一段。　甲戌眉批：前文反明寫寶玉之哭，今卻反如此寫黛玉，幾被作者瞞過，這是第一次算還，不知下剩還該多少。

第三回：知道妹妹不過這兩日到的，我已預備下了。　甲戌眉批：余知此緞阿鳳並未拿出，此借王夫人之語，機變欺人處耳。若信彼果拿出預備，不獨被阿鳳瞞過，亦且被石頭瞞過了。

脂評中此類評語頗多，稱石頭卽是作者，而且從脂批提到曹雪芹處，脂硯齋並未把曹雪芹看成爲《紅樓夢》的創作人。如第一回：

滿紙荒唐言。　甲戌眉批：能解者方有辛酸之淚，哭成此書。壬午除夕，書未成，芹爲淚盡而逝。余嘗哭芹，淚亦待盡。每意覓青埂峰再問石兄，奈余不遇癩頭和尚何！悵悵！今而後惟愿造化主再出一芹一脂，是書何本，余二人亦大快遂心於九泉矣！甲午八日淚筆。

又第二十二回庚辰總批云：

此回未成而芹逝矣，嘆嘆。丁亥夏，畸笏叟。

又第十三回：

庚辰總批云：通回將可卿如何死故隱去，是大發慈悲也。嘆嘆。壬午春。

甲戌總批：秦可卿淫喪天香樓，作者用史筆也。老朽因有魂托鳳姐賈家後事二件，嫡是安富尊榮坐享人能想得到處，其事雖未漏，其言其意則令人悲切感服，姑赦之，因命芹溪删去。

甲戌眉批：此回只十頁，因删去天香樓一節，少卻四五頁也。

由這節批語，知道脂硯齋認爲秦可卿托夢之詞，極有價值；以言重人，就建議把他淫蕩的事實加以隱諱，故刪去四五頁之後，第十三回便只剩十頁了。這是刪除原本的明證。再看第七十五回，庚辰本有開始總批：

乾隆二十一年五月初七日對淸。缺中秋詩，俟雪芹。

原來第七十五回寫賈母中秋家宴，擊鼓傳花，有寶玉受命做卽景詩一首，接着賈蘭賈環又各做一首，書中只虛寫一筆，並無詩辭，這因賈母一干人家宴，不便像起詩社可以有許多批評討論的鋪敍，而且敍做詩有時詳寫，有時省略，也是行文變化的方法。脂硯齋發現此回敍做詩而沒有詩，故批明「缺中秋詩」；「俟雪芹」，是要等雪芹補充起來。這是有意增補原本的明證。

還有《紅樓夢》第七十九回，寫寶玉到紫菱洲一帶感傷的一首詩，庚辰本在第四句的位置下有一批語說：

此句遺失。

這是《紅樓夢》原本有缺文的明證。此外如庚辰本第十七、十八兩回尚未分開。這種種迹象，看來楔子中所云：「曹雪芹於悼紅軒中披閱十載，增刪五次，纂成目錄，分出章回，則題曰《金陵十二釵》，」乃是事實。「至脂硯齋甲戌抄閱再評，仍用《石頭記》，」也是事實。因爲脂硯齋和曹雪芹是共同整理《紅樓夢》的人，所以說：「今而後惟愿造化主再出一芹一脂，是書有成，余二人亦大快遂心於九泉矣！」因爲脂硯齋和曹雪芹是共同整理《紅樓夢》的人，所以他可以不用曹雪芹所題《金陵十二釵》的書名，也不用是書《紅樓夢》的原名。據凡例說：「是書題名極多，《紅樓夢》是總其全部之名也。」照理《紅樓夢》是本書最原始的書名。但因凡例被刪，而傳世最早的脂硯齋批本又是以「脂硯齋重評石頭記」標名，所以胡適之先生提出了一個假設的結論說❷：「依甲戌本與庚辰本的款式看來，凡最初的抄本《紅樓夢》必定都稱爲『脂硯齋重評石頭記』。」一般紅學家也因爲甲戌、庚辰、己卯諸本都題作「脂硯齋重評石頭記」。有正戚序本單署《石頭記》，終卷不見「脂硯齋」之名。北京圖書館在一九六〇、六一年之際所收的八十回並配錄程序及續四十回的舊鈔本，與戚本同，也單署《石頭記》，不見「脂硯齋」字樣❸。故都認爲從程高刻本纔署名爲《紅樓夢》。其實鄭振鐸藏殘抄本，一册，共三十一頁，題《石頭記》，第二十三回、第二十四回中縫則題《紅樓夢》❹。已露出原名《紅樓夢》的痕跡。及至十餘年前，甲辰菊月夢覺主人

---

❷ 見胡適論學近著〈跋乾隆庚辰本脂硯齋重評石頭記鈔本〉。民國二十四年十二月商務印書館出版。

❸ 見周祜昌〈夢覺主人序本紅樓夢的特點〉。

❹ 見一粟編《紅樓夢書錄》頁三五。

序本《紅樓夢》舊鈔本在山西發現，纔知道此本，「凡目錄之前，每回前後，每葉騎縫，明都標《紅樓夢》三字。這是與各脂本最顯著的區別之一。我們從前以爲從程本纔署名《紅樓夢》，有了夢本，知道這是淵源有自了。現有諸本之中，最早題名《紅樓夢》的還要數夢本。今天我們不以《紅樓夢》一名爲新鮮了，但在《紅樓夢》版本史上，卻是一樁大事，應當提出。」❺還有董康、陶洙收藏的己卯本「脂硯齋重評石頭記」，曾獲寓目的人很少。後來，移交給北京圖書館，見者漸多。陳仲篪〈談己卯本脂硯齋重評石頭記〉❻一文中提及《紅樓夢》書名的出現時說道：

> 易《石頭記》書名爲《紅樓夢》，一般地認爲這是曹雪芹卒後的事。但據甲戌本第一回有這樣一段話：
>
> > （空空道人）遂改爲情僧，改《石頭記》爲《情僧錄》，至吳玉峰題曰《紅樓夢》，東魯孔梅溪則題曰《風月寶鑑》。後因曹雪芹於悼紅軒中，披閱十載，增刪五次，纂成目錄，分出章回，則題曰《金陵十二釵》，……至脂硯齋甲戌抄閱再評，仍用《石頭記》。
>
> 這是曹雪芹自述的創作過程。照這說法，至少有四個人評閱過這部著作，每評閱一次他便增刪纂修一次，並改一次書名，最後從脂硯齋的意見，仍定名爲《石頭記》。因此甲戌本、己卯本、庚辰

❺ 見周祜昌〈夢覺主人序本紅樓夢的特點〉。

❻ 見《文物》第六期。

本、戚本都以《石頭記》爲名。其全用《紅樓夢》爲名者，只有甲辰本一本。從時間上講，甲辰本用《紅樓夢》爲名雖早於程偉元、高鶚兩次排印本，但距曹雪芹之卒已隔二十一年。曹雪芹在生前是否以《紅樓夢》名書？是的。如他自述說至吳玉峰題曰《紅樓夢》，又如甲戌本獨有的凡例，開宗明義第一條即是「紅樓夢旨義」，他說：

此書題名極多，《紅樓夢》是總其全部之名也。

這是曹雪芹生前的話，應該承認是事實。不過至吳玉峰題曰《紅樓夢》這句話，還有甲戌本中凡例的這段文字，在已卯本和庚辰本中因被删去，此後各本相沿不見，遂使讀者忽略了曹雪芹生前以《紅樓夢》名書的問題。但是，曹雪芹生前用《紅樓夢》名書，在上擧自述之外，有沒有佐證？有。這個佐證就存於已卯本之中，在過去若干年隨着原書屬於私藏，故一直沒有被發現。已卯本在每回卷端標題「脂硯齋重評石頭記」，在回末有的僅標某回終，或什麼記載也沒有，這不足爲奇。奇的是在第三十四回回末緊接正文突出了兩行字，其一行曰：

《紅樓夢》第三十四回終。

這是在脂本《石頭記》裏第一個出現的《紅樓夢》的標名，是已卯本獨有的，也是唯一的例證。它證實了曹雪芹生前確曾一度用《紅樓夢》作爲全部書的總名。由於這個事實，引導我們對上擧的甲戌本那兩段話，有了進一步的了解。他的話確是言之有據，並非故弄玄虛。同時也啓發我們聯想到在甲戌本和庚辰本的那些眉批中，常有《紅樓夢》如何如何的批語。這類的批語和第三十四回終卷的標題，無疑同是曹雪芹在全書題爲《紅樓夢》的遺痕。

照這樣看來，《紅樓夢》確是原書原名，並非後起，這可證明甲戌本的話，都是事實。我們分析甲戌本凡例五條，確是原書本有，並非脂硯所寫，也非曹雪芹所寫。所以纔被脂硯刪改。刪改的原因，我們可以推想出來，凡例五條，前四條確是凡例，但這四條凡例，普通一般讀者看起來，委實是空空洞洞，不能解答讀者的問題，滿足讀者的願望。例如第二條凡例，是說明《紅樓夢》的地點的問題。據《紅樓夢辨》俞平伯、顧頡剛諸人的考證❼認爲《紅樓夢》描寫的地方，是在北京；而大觀園中有竹，有苔，有木香、荼蘼、薔薇，冬天有紅梅，席面上有桂花，喝的是隔年雨水，又分明不像北方的景象。所以俞平伯說：「從本書房屋樹木等等看來，也或南或北，可南可北，毫無線索，自相矛盾。此等處皆是所謂荒唐言，頗難加以考訂。」又說：「這應該有一個解釋，若然沒有，則矛盾的情景永遠不能消滅，而結論永遠不能求得。我勉強地爲他下一個解釋，只是自己總覺得理由不十分充足；但除此以外，更沒有別的解釋可以想像。……所以說了半天，還和沒有說以前所處的地位是一樣的。我們究竟不知道《紅樓夢》是在南或是在北？繞了半天的灣，問題還是問題，我們還是我們，非

❼見俞平伯《紅樓夢辨》中卷〈紅樓夢底地點問題〉。

但沒有解決的希望，反而添了無數的荊棘。眞所謂所求愈深所得愈寡了！」如果此條凡例能夠明白說出書中故事的地點，是大淸朝的京師，自然可以解除一切讀者的迷惑。現在書中寫的是長安，凡例說的也是長安，鄭重其事的凡例，竟成了贅疣費話。第三、四兩條凡例，一則曰著意閨中，再則曰不敢干涉朝廷，不但是多餘的申明，而且是有意的逗露。因爲書中分明是「大旨不過談情」，有什麼會「干涉朝廷」之處。這不成了多餘的申明。至於第一條凡例說明書名，特別指出三個名稱書中點睛處，照理應該別有精微的意義，凡例卻說《紅樓夢》的點睛便是「紅樓夢十二支曲」，《風月寶鑑》的點睛便是跛道人持一鏡來，上面鏨「風月寶鑑」四字，《石頭記》的點睛便是道人親眼見石上大書的一篇故事。這樣現成的事實，每一個讀者一望而知，何須在凡例中鄭重說明。由於脂硯一班人感到這四條凡例空洞模糊，所以在甲戌年抄閱再評之後，就索性將凡例四條刪去。因此己卯庚辰以下的脂本謄寫時，就不見這四條凡例的出現。但是第五條批語，卻是非常切要，因爲全書是假託石頭爲作者而出現的，這分明是寫書人的有意安排。因此寫書人自己或其好友在第一回加批說明，特別點出「作者自云」，因歷過一番夢幻，故借石頭將眞事隱去，而用假語說此石頭一書。這一段批語正是任何讀者所渴望所期待的，故庚辰本仍將此批保留。他把此批鈔在回目之內，卻仍保留批語的痕跡。尤其是第二回的批語「此回亦非正文本旨」到「詩曰：一局輸贏料不眞，香消茶盡尙逡巡，欲知目下興衰兆，須問旁觀冷眼人」，接着提行是正文「卻說封肅因聽見公差傳喚，……」雖然批語也寫在回目之內，任何人一望便知是回首的總批。大概這類批語是《紅樓夢》原書的批語，脂硯齋不但不把他抹殺，而且有意保存。到了「乾隆抄本百廿回紅樓夢稿」（簡稱全抄本），第一、第二兩回之前的批語，和庚辰本的形式完全相同，但高蘭墅計畫排印《紅樓夢》時，決定全書不加評點❽，所以在抄本的第二回，便將回首總批抹去。而第一回的總批，在文意上，實有保留的必要，就將「此回中」的字樣，和正文開頭的「列位看官」刪去，於是第一回保留在回目內的總批，經過修改潤色後，便成爲今日通行本的面目。

從以上的事實，根據甲戌本，我們看到第一回之前的凡例和總批，乃是脂硯齋、曹雪芹以前的評語。這一現象，正好解釋胡適之先生所說「凡最初的鈔本《紅樓夢》必定都稱爲『脂硯齋重評石頭記』」這一重大問題。我們從常識判斷，有弟必有兄，有再版必有初版，有重評必有初評。甲戌謄清的《紅樓夢》，既然署名爲「脂硯齋重評石頭記」；可見甲戌以前的《紅樓夢》必然已有批語，原有的批語是初評，對初評而言，所以稱爲重評。初評的文字

---

❽見程乙本〈紅樓夢引言〉第五條。

可能被後人删削混淆，不見踪影；但眼前的凡例五條便是初評的明文，在前面我們已列舉許多理由，說明凡例五條文字是脂硯雪芹以前的文字。我們再看甲戌本第一頁首行標題爲「脂硯齋重評石頭記」，這個標題的書名，在正文中已經說得非常淸楚，是脂硯齋甲戌抄閱再評時，採用《石頭記》爲書名，既然書名叫做《石頭記》，而書名緊接着的凡例，第一行的標題便是「紅樓夢旨義」，如果凡例是脂硯齋所作，他斷沒有不稱爲「石頭記旨義」的道理；如果凡例是曹雪芹所作，他便當照他題名《金陵十二釵》而稱爲「金陵十二釵旨義」。可見這稱爲「紅樓夢旨義」的凡例及總批，必然是《紅樓夢》原作者所作的凡例及總批，這便是本書初評的遺迹一斑。如果我們承認這一事實，則脂硯齋抄本都叫做「重評石頭記」，便得着非常合理的解答。

從上文所得的結論，似乎和一般人承認曹雪芹是《紅樓夢》的作者這一觀念，發生了重大的衝突。不過我們從客觀的事實看來，《紅樓夢》的原作者確非曹雪芹。試看《紅樓夢》第十三回，有如下各批：

庚辰回末總批：通回將可卿如何死故隱去，是大發慈悲也，嘆嘆！壬午春。

甲戌回末總批：秦可卿淫喪天香樓，作者用史筆也，老朽因有魂托鳳姐賈家後事二件，嫡是安富尊榮坐享人能想得到者，其事雖未漏，其言其意則令人悲切感服，姑赦之，因命芹溪删去。

甲戌眉批：此回只十頁，因刪去天香樓一節，少卻四五頁也。

無不納罕都有些疑心　甲戌眉批：九個字寫盡天香樓事，是不寫之寫。

靖本❾批：九個字寫盡天香樓事，是不寫之寫。常村。靖本同處眉批：可從此批。通回將可卿如何死故隱去，是余大發慈悲也。嘆嘆！壬午季春，畸笏叟。

靖批：秦可卿淫喪天香樓，作者用史筆也。老朽因有魂托鳳姐賈家後事二件，豈是安富尊榮坐享人能想得到者，其言其意，令人悲切感服，姑赦之，因命芹溪刪去「遺簪」、「更衣」諸文。是以此回只十頁，刪去天香樓一節，少去四五頁也。

綜合以上各條脂批，可以確定有常村和畸笏叟二位的批語。甲戌本第一回眉批云：「雪芹舊有《風月寶鑑》之書，乃其弟棠村序也。今棠村已逝，余覩新懷舊，故仍因之。」常村大概就是雪芹弟棠村，常、棠蓋異體字。甲戌回末總批，自稱「老朽」，一般紅學家都認爲是畸笏叟的口吻。現在得到新發現的靖本，知道庚辰回末總批，「通回」上脫去「可從此批」一句，「大發慈悲」上脫去「余」字，並且脫去畸笏叟的署名。乃至甲戌眉批，「此回只十頁」一條，本應連接回末總批，可能也是畸笏叟的手筆。整理出這幾條脂批，可以看清刪書的一段經過。大概棠村批語指出作者口誅筆伐之深刻處，雖不寫而實大寫，故畸笏批云：

---

❾見周汝昌〈紅樓夢版本的新發現〉，民國四十五年七月廿五日香港《大公報》。

「可從此批，」謂棠村之批可從，彼因可卿托夢之言令人感服，故大發慈悲，命雪芹刪去淫喪天香樓遺簪、更衣諸事。雪芹遵命刪去四五頁，故全回只剩十頁。從事情的經過，此回刪削，是由棠村批書引起，由畸笏決定，而由雪芹執行，將可卿死故隱去。我們知道，作者自敍緣起，說他所記的是「半世親見親聞的幾個女子」，「其間離合悲歡，興衰際遇，俱是按迹循踪，不敢稍加穿鑿，至失其眞」⑩，這番話表明他的寫作態度，是多麼謹嚴，是多麼認眞。如果作者是曹雪芹，他如何肯將書中最重要的人物，最重要的事跡，加以刪削竄亂呢？譬如孔子作《春秋》而亂臣賊子懼，他書「趙盾弑其君」⑪如果子夏子游輩爲某一事同情趙盾，孔子也能把「趙盾弑其君」一句刪去嗎？可見棠村、雪芹、畸笏都是讀者，手頭有一部無名氏的稿本，大家有興趣有意見便加以刪改補充；因爲稿本在他少數人掌握中，儘可任他們自由處置。棠村雪芹是弟兄，這在脂批已有明文。畸笏可能是老輩，比雪芹行輩要尊⑫，他的批語自稱朽物、老朽，口氣都非常老氣橫秋。最近新發現的靖本，第四十一回，寫櫳翠

---

⑩《紅樓夢》第一回。

⑪《春秋》宣公二年經：「秋九月乙丑，晉趙盾殺其君夷皐。」

⑫見俞平伯《脂硯齋紅樓夢輯評·引言》。

菴妙玉治茶款待諸人一處，有眉批云⑬：

尚記丁巳春日，謝園送茶乎？展眼二十年矣！丁丑仲春，畸笏。

按丁巳是乾隆二年，丁丑是乾隆二十二年。畸笏在乾隆二十二年批書，追憶二十年前舊事。照周汝昌的考證⑭，曹雪芹生於雍正二年（西元一七二四年），卒於乾隆二十八年（西元一七六四年），照俞平伯的考證⑮，曹雪芹生於雍正元年（西元一七二三年），卒於乾隆二十七年（西元一七六三年），得年都是四十歲。畸笏丁巳批書時，雪芹年三十三、四；二十年前乾隆二年，雪芹年十三四歲。棠村當然還年輕些，脂硯的年齡不詳。不過據靖本第二十二回，有兩條批相比而書⑯：

鳳姐點戲，脂硯執筆事，今知聊聊（寥寥）矣！不怨夫！（眉上硃批）

前批知者聊聊。不數年，芹溪、脂硯、杏齋諸子，皆相繼別去。今丁亥夏，只剩朽物一枚，寧不

---

⑬ 見周汝昌〈紅樓夢版本的新發現〉。

⑭ 見周汝昌著《曹雪芹》。

⑮ 見香港中文大學新亞書院紅樓夢研究小組出版《紅樓夢研究專刊》第二輯及第四輯俞平伯〈讀紅樓夢隨筆〉。

⑯ 見周汝昌〈紅樓夢版本的新發現〉。

痛殺！（前條稍後墨筆。）

這兩條批語也顯然是畸笏叟的。由此可知畸笏不但年輩較高，壽命也較長。據甲戌本脂批，雪芹卒於乾隆二十七年壬午除夕，靖本《紅樓夢》也有此條脂批⑰的殘葉。

夕葵書屋石頭記卷一

此是第一首標題詩，能解者方有辛酸之淚，哭成此書。壬午除夕，書未成，芹爲淚盡而逝。余常哭芹，淚亦待盡。每思覓青埂峰再問石兄，奈不遇癩頭和尚何，悵悵！今而後願造化主再出一脂一芹，是書有成，余二人亦大快遂心於九原矣！甲申八月淚筆。

此紙首行有「夕葵書屋石頭記卷一」字樣。周汝昌說⑱：「考夕葵書屋爲全椒吳鼒書齋名，吳晚居揚州，則可能與靖先生先世有交，故得傳錄批語，或互閱藏書。吳鼒富收藏，精校勘，又爲《八旗詩滙熙朝雅頌集》之主要編纂者。其所藏《石頭記》必非常本。」我也認爲吳鼒本身是頗有地位的文人，他的抄本必然不錯。我藏有裕瑞著《萋香軒文稿》，爲裕瑞手書，附有張問陶、法式善、吳鼒諸名士手評。可見吳鼒和裕瑞在北京是有交往的。裕瑞著的

⑰ 見同前。

⑱ 見同前。

《棗窗閒筆》，主要是各種《紅樓夢》的批評，他必然藏有「脂評石頭記」，我認爲夕葵書屋石頭記應該是吳鼒在北京時抄自裕瑞或其他友好的藏本，而靖氏從吳鼒錄存此條於書中。此殘葉的一條脂批，甲戌本也有，不過甲戌本此條批語「此是第一首標題詩」一句批在「滿紙荒唐言」一詩的末句，而「能解者方有辛酸之淚」下卻遠遠的批在眉端。這是抄錄者位置的錯誤。批語也多誤字，如「奈不遇」誤作「余不遇」，「是書有成」誤作「是書何本」，「甲申八月」誤作「甲午八日」。甲申距壬午除夕不過一年多，良友新逝，故曰淚筆，是很合於情事的。可見夕葵書屋所鈔確是善本。甲申年，脂硯悼雪芹之逝；少後，脂硯也逝世，所以丁亥年，畸笏批語說：「不數年，芹溪、脂硯、杏齋諸子皆相繼別去。今丁亥夏，只剩朽物一枚，寧不痛殺！」此批別去應該作死別解，因爲雪芹死於丁亥前五年，脂批有明文，自然脂硯、杏齋也是死去。批文說「相繼別去」，自然是雪芹先逝，脂硯後死。脂硯甲申年批語悼傷雪芹，可見脂硯是死於甲申以後，丁亥以前。從壬午到丁亥，不過五六年，批讀《紅樓夢》的一班好友，都先後死去，所以批語說：「不數年……相繼別去。」根據這許多條批語，我們比較了解這班人的情況。卽是這些人都愛好批閱《紅樓夢》的同志，到丁亥年這些人相繼死去，只剩下了畸笏老人，所以他的批語時時流露出懷戀傷感孤獨的氣氛。他在乾隆二十二年丁丑的批語，追憶二十年前乾隆二年丁巳的情事，他詢問批閱《紅樓夢》的一班同好說：「你們還記得嗎？」這班同好當然包括雪芹、脂硯諸人在內，而雪芹當時只有十三四歲，難道畸笏老人追憶《紅樓夢》的今昔情景，所批的《紅樓夢》竟是十三四歲的曹雪芹所著的《紅樓夢》嗎？可見《紅樓夢》是這班人所收藏的舊稿，他們在批閱過程中，畸笏老人可以命令曹雪芹刪去秦可卿淫喪天香樓的事實，而曹雪芹就乾脆刪去四五頁，聽它缺少，這那裏是創作的正常現象！可見託名石頭的原作者確另有其人，而曹雪芹只是「批閱十載，增刪五次，纂成目錄，分出章回」的改編人。試細看甲戌本第一回這段文字：

> （空空道人）遂易名爲情僧，改《石頭記》爲《情僧錄》。至吳玉峰題曰《紅樓夢》，東魯孔梅溪則題曰《風月寶鑑》。後因曹雪芹於悼紅軒披閱十載，增刪五次，纂成目錄，分出章回，則題曰《金陵十二釵》。並題一絕云：「滿紙荒唐言，一把辛酸淚，都云作者痴，誰解其中味。」至脂硯齋甲戌抄閱再評，仍用《石頭記》。

這段話對於題署書名的人，顯然分爲兩個層次，從託名「改《石頭記》爲《情僧錄》的空空道人，到吳玉峰、孔梅溪三人似乎是第一層次；曹雪芹到脂硯齋似乎是第二層次。同層次的用「至」字聯繫，所以說「情僧」至「吳玉峰」、「孔梅溪」，「曹雪芹」至「脂硯齋」；曹雪芹、脂硯齋距離前期的人物較遠，所以中間用「後因」二字表明前後期的分野。曹雪芹讀的是原作者的原稿，所以說「披閱十載」；脂硯齋批的是原稿的抄本，所以說「抄閱再評。」在現存最早的甲戌本，他們並未說曹雪芹是作者，也未說脂硯齋是作者。乾隆四十九年庚辰菊月夢覺主人作抄本八十回〈紅樓夢序〉說⑲：

> 夫木槿大局，轉瞬興亡，警世醒而益醒；太虛演曲，預定榮枯，乃是夢中說夢。說夢者誰？成言彼，或云此。既云夢者，宜乎虛无縹緲中出是書也。書之傳述未終，餘帙杳不可得；既云夢者，宜乎留其有餘不盡，猶人之夢方覺，兀坐追思，置懷抱於永永也。

抄本的主人不但沒有說曹雪芹是作者，而且傳說中的作者彼此無定。其他有序文的鈔本，如未記年月的戚蓼生序、乾隆五十四年己酉的舒元煒序，都沒有提到曹雪芹是作者。到了乾隆五十六年辛亥最早的刻本，卷首有刻書人程偉元的序文說：

> 《紅樓夢》小說本名《石頭記》，作者相傳不一，究未知出自何人，惟書內記雪芹曹先生刪改數過。

所說「作者相傳不一」，正和甲辰本「或言彼，或云此」，如出一口，可見《紅樓夢》自開始流傳時，都不說曹雪芹是此書的作者。並且相傳的作者頗多，似乎還有所避諱，不願舉出傳說中的作者姓名。近人極力搜羅有關曹雪芹和他有關人士的材料，就現有的材料中，發現

---

⑲ 見一粟《紅樓夢書錄》。

和曹雪芹年輩最接近，交誼也最深切的，莫過於敦敏、敦誠兄弟。他們兄弟的著作都沒有隻字提雪芹作《紅樓夢》的事實。雖然有人指敦誠在乾隆二十七年秋天寄懷曹雪芹詩末句——不如著書黃葉村——是著作《紅樓夢》。這是太缺乏證據的幻想了。還有敦誠的輓曹詩兩首，第二首句「開篋猶存冰雪文」，也有人認爲是指雪芹所撰的《紅樓夢》稿本，這不僅是缺乏證據的判斷；而且也不是輓詩的本意。其實，「開篋猶存冰雪文」的「冰雪文」，即是指存在敦誠手邊的雪芹遺詩，也卽是第一首輓詩所說「牛鬼遺文悲李賀」的「遺文」。敦誠的《鷦鷯庵筆麈》中曾有一則說：

余昔爲《白香山琵琶行》傳奇一折，諸君題跋不下數十家。曹雪芹詩末云：「白傅詩靈應喜甚，定教蠻素鬼排場」，亦新奇可誦。曹平生爲詩，大類如此，竟坎坷以終。余挽詩有「牛鬼遺文悲李賀，鹿車荷鍤葬劉伶」之句，亦驢鳴弔之意也。

這則筆記，確實是輓詩最好的註解。由此可知後人的揣測是不可依據的。而且，敦誠爲人很重感情，篤於友誼。在詩文雜記中三番五次提到曹雪芹，他對雪芹如此惋惜珍重，零章斷句，都不放過；如果雪芹有大著作如《紅樓夢》者，他豈有一字不提之理！《紅樓夢》當初乍和世人見面時，便使人傾倒，名公鉅卿文人學者都案頭陳置一編，而敦誠卻一字不提，這如何說過得去。況且高鶚程小泉印行《紅樓夢》之前，他們四處訪問搜求，縱然不向他們請敎，他們豈有不風聞之理！等到乾隆五十六年辛亥，《紅樓夢》排版問世，高鶚程小泉的序文，說「此書作者相傳不一，究未知出自何人」。敦敏諸人無疑的會看到高程新印的《紅樓夢》，他們看見了新版《紅樓夢》和序文，如果他們篋中存有雪芹所撰《紅樓夢》的稿本，豈有不挺身出來爲他們的好友曹雪芹爭取《紅樓夢》的著作權！縱然他們篋中未存有雪芹所撰的《紅樓夢》稿本，他們也可向雪芹家人求索，雪芹家人豈有不將雪芹遺著以及寫作《紅樓夢》的事實和盤托出，公之於世的嗎？由此可知愛好《紅樓夢》，訪尋《紅樓夢》，校印《紅樓夢》的高鶚程小泉對於作者的傳說，是合於事實的敍述。我們現在看到最接近原稿的甲戌本，更顯示《紅樓夢》流傳的眞象。此書的作者，似乎有不能明說的苦衷，所以說「歷過一番夢幻之後，故將眞事隱去，而撰此《石頭記》一書。」可見《紅樓夢》所記的「家庭閨閣瑣事」，必然是作者的假托。如果說：「《紅樓夢》是一部隱去眞事的自敍；裏面的甄賈兩寶玉卽是曹雪芹自己的化身；甄賈兩府卽是當日曹家的影子。」那《紅樓夢》便是一部隱去眞名而非隱去眞事的小說。事實上，曹雪芹除了祖上有一段安富榮華，經過抄家破落，雪芹一生坎坷，或者有幾個或情或痴小才微善的女子可資紀念外，大概一生並無什麼驚人的事蹟，也談不上什麼政治上的風波。如果爲了「閨閣中本自歷歷有人，不可使其泯滅」的話，雪芹儘可將其詩詞趣事，公之於世，縱不能上比班昭蔡琰，至少勝過隨園女弟子的作品，雪芹為什麼不像袁枚發表《隨園女弟子詩選》，《袁家三妹合稿》來表揚她們呢？袁枚表彰了他的才女，又會觸犯什麼時世朝廷呢？和高鶚同時的完顏惲珠輯的《國朝閨秀正始集》二十卷、《補遺》一卷，似乎也未搜羅到雪芹閨中奇女子的作品。可見《紅樓夢》書中作者的自白並不符合曹雪芹的生平事實，這正因曹雪芹並非《紅樓夢》原書的創作者的原故。我們細讀最接近原稿的甲戌本第一回後，綜合觀察許多事實，我們相信甲戌本第一回所敍述的一番話：

> 後因曹雪芹於悼紅軒中披閱十載，增删五次，纂成目錄，分出章回，則題曰《金陵十二釵》。至脂硯齋甲戌抄閱再評，仍用《石頭記》。

是如實的記錄。現在保存的各種脂本，都是署名《石頭記》，這便是絕好的證明。不過甲戌本以後的抄本，採用這一決定後，把「至脂硯齋甲戌抄閱再評仍用《石頭記》，」和「至吳玉峯題曰《紅樓夢》」兩句話删去，便顯得此書的原名本來是《石頭記》了。從前高鶚程小泉刻書時，在引言中說到前八十回抄本各家互異，後四十回是歷年搜集。有許多學者認為他們是說謊，近年各種脂評抄本不斷出現，大家都相信程高說的是實話了，我想甲戌本第一回的敍述，最後也將取得讀者的信任。

我近年來細讀甲戌本《紅樓夢》第一回的文字，不斷的在腦海中徘徊，在眼簾中盪漾，我現在得的結論是：

一、《紅樓夢》原本在第一回回目之前，有凡例四條，有回前總批一條或二條。原本的面目保存在甲戌本內有凡例四條，總批一條；在庚辰本內凡例四條被刪去，保留總批較甲戌本多一條。陳毓羆認爲庚辰本第二條總批是脂硯齋改寫。我認爲庚辰本和甲戌本並不一定是根據同一底本[20]，可能是甲戌本漏抄，也可能是庚辰本後加。

二、陳毓羆認爲凡例總批是脂硯齋的手筆，我認爲是《紅樓夢》隱名的原作者或其同志好友的手筆。

三、曹雪芹是《紅樓夢》的整理人，整理後採用原書別名題名爲《金陵十二釵》。其整理的情形，如甲戌本第一回中所說。

四、脂硯齋是評閱清抄預備出版問世的人。《石頭記》是他決定的書名，由甲戌年的「脂硯齋重評石頭記」，到「己卯冬月定本」和「庚辰秋月定本」，是他審定的文字。這一工作，可惜並未完成。

這許多論斷，必然會引起許多爭論，不過，擺在眼前的甲戌本，第一回回目之前是有四條凡例、一條總批。回目之後，第一句是從「列位看官」開始。

[20] 參閱陳慶浩著《紅樓夢脂評之研究》第二章〈脂評概況〉，《紅樓夢研究專刊》第七輯。

這是應該共同承認的事實，這便是《紅樓夢》的發端。我們着手編校的《紅樓夢》新本將根據這一事實來恢復它的本來面目。

甲戌本《石頭記》覈論

一、引　言

乾隆甲戌脂硯齋重評《石頭記》，原爲大興劉銓福所藏，民國十六年（一九二七），胡適之先生在上海購得。胡先生影印此本時，有一段跋文說：

我在民國十六年夏天得到這部世間最古的《紅樓夢》寫本的時候，我就注意到首葉前三行的下面撕去了一塊紙：這是有意隱沒這部鈔本從誰家出來的踪跡，所以毀去了最後收藏人的印章。我當時太疏忽，沒有記下賣書人的姓名住址，沒有和他通信，所以我完全不知道這部書在最近幾十年裏歷史。

胡先生提出這一缺憾，實在也是每一讀者渴望了解的事實。四年前我回臺北照料先母的疾病。由於醫院和國立中央圖書館相鄰，曾有機會借閱華陽王秉恩雪澄先生日記手稿三十一册，其中第二十九册，光緒二十七年（一九〇一）二月初十日日記云：「朱強甫來自上海，

王秉恩手寫日記　光緒二十七年二月初十日

言合肥前以增祺與俄私訂密約，奏參褫職。又云：俄有要言二：不懲禍首，不請歸政，二言眞狡計哉！石遺談俄人謂約可暫緩，江鄂硬爭之力也。」在此葉日記之前，粘貼一張朱絲欄箋（附照片），記云：

> 脂研堂朱批紅樓原稿，其目如林黛玉寄養榮國府，秦可卿淫喪天香樓，與現行者不同。聞此稿𢈪半部，大興劉寬夫位坦得之京中打鼓擔中，後半部重價購之，不可得矣。朱平有云：秦可卿有功寧榮二府，芹聽余恕之。」又云：「秦鐘所得賈母所賞金魁星，云：『十餘年未見此物，令人慨然』。」是平者曾及見當日情事。

這一條記事所提到的朱批紅樓原稿，可能就是甲戌本脂硯齋重評《石頭記》。所引朱平二條：一條見第八回，一條見第十三回，都是甲戌本獨有的批語。劉寬夫是劉銓福的父親，此抄本是從京中打鼓擔中得到，而且說明是前半部四十回，這是向來聞所未聞的。王雪澄先生精於目錄校讎之學，黃岡王毓藻校刻的嚴可均所輯全上古三代六朝文，即經雪澄先生手校。他在廣東張之洞幕中，曾爲張校刻《廣雅叢書》。他本人藏書也頗不少，我曾獲得他所藏張香濤手批《錢竹汀日記》一册，對舊版善本書流傳踪迹，極爲熟悉。與他同時的藏書家，以及學人名士，他都往還甚密。雪澄先生這條光緒二十七年二月間的記錄，很可能是聽見朋友的傳述，因此脂硯齋寫成脂硯堂；所引批語，也多是撮述大意。這至少可證明在胡先生得到這個本子前廿餘年，一直很受當時文士所重視。胡先生得到這個殘本後，珍藏了三十多年，直至民國五十年（一九六一）五月，纔在臺北影印問世。胡先生屢次撰文，一再指出甲戌本是「世間最古的《紅樓夢》寫本」，「海內最古的《石頭記》鈔本」。研究《紅樓夢》的學者也多承認胡先生的看法。不過近年來反對的也頗有人。據我所知，海外第一個力持異議的是吳世昌先生。他在所著英文本《紅樓夢探源》中，稱甲戌本爲Ⅵ，己卯本爲Ⅶ，庚辰本爲Ⅷ，中文譯爲脂甲本、脂乙本、脂丙本。庚辰本現藏北京大學，他稱北大藏本爲「第三本」，已經引起誤解，以爲他把庚辰本的年代定在十六回殘本之後❶；因此，他又把庚辰本定名爲脂京本，甲戌本定名爲「脂殘本」，由卅八回鈔配成爲四十回的己卯本，則稱爲脂配本❷。

他極力抨擊胡氏說❸：

> 我們必須在這裏鄭重地指出，胡適首先以干支年份定各本名稱的辦法，完全違反事實，已經造成了考訂各本年代的嚴重混亂，先以他的所謂「甲戌」本而論，其所根據的底本中，卽有丁亥（一七六

---

❶ 吳世昌〈論脂硯齋重評石頭記（七十八回本）的構成、年代和評語〉，民國五十四年八月，《文史》第六輯，頁二七三。

❷ 見前文，頁二一七。

❸ 見前文，頁二一五、二一六。

七，見第一回頁十後夾評）和甲午（一七七四，同上頁九前眉批）兩個年份，前者比甲戌晚十三年，後者晚二十年，這是指硃批，還可說是後來鈔上去的。至其墨筆正文的前面，也用墨筆大字鈔的所謂「總評」，其鈔時當然在每回正文之先，但如第十三回：目後題前的三條「總評」，其第二條雖已殘缺，仍可對出卽是此本（規按：「此本」指「庚辰本」）同回眉批而截去句首「奇文」二字。第十四回前的各條「總評」，也是此本同回眉批。第十六回前「總評」第三條乃此本同回雙行小字評語，第四條爲此本眉批，並有畸笏署名。又如第二十六回後的總批八條，除首二條及末一條外，其中最長的五條，都是這個本子的同回眉批。其第六條末原有「丁亥夏，畸笏叟」，則可知這個殘本的墨書正文部分，至早也在丁亥（一七六七）以後所過錄。胡適直至一九六一影印此殘本時，仍把它稱爲「乾隆甲戌脂硯齋重評石頭記」，以維持他的「世間最古的《紅樓夢》寫本」的神話。對於此本有甲戌以後十三年（丁亥）乃至二十年（甲午）的脂評這一事實，他全不管，可謂自欺欺人，達於極點。

最近趙岡先生出版了《紅樓夢新探》一書，也有一節❹專攻胡先生定名「甲戌本」的錯誤。

由於這一抄本，有定名《紅樓夢》的紀錄，有曹雪芹刪削原稿的痕跡，有一切抄本所無的凡例，有脂硯齋抄閱重評的年份；批語中提及曹雪芹的卒年，和他的舊作《風月寶鑑》，又提及曹雪芹有弟名棠村等等，這一抄本關涉紅學的問題實在太重大了。所以這一抄本的性質和

❹ 香港文藝書屋，民國五十九年七月初版，趙岡、陳鍾毅《紅樓夢新探》，頁一二〇至一三六。

年代，確有討論辨明的必要。因此，我在細心觀察此一抄本的面貌和內容之後，提出我個人的意見來和海內外紅學家共同商榷，希望能得到客觀持平的結論。

二、甲戌本概況

胡適之先生購藏的甲戌本《紅樓夢》，原書標名是「脂硯齋重評石頭記」，殘存第一回至第八回，第十三回至第十六回，第廿五回至廿八回，共計十六回。第一回前三葉，載凡例四條及總評一條題詩一首，全回計十六葉，第二回計十三葉，第三回計十七葉，第四回計十二葉（末半葉殘，胡適補鈔六行。）第五回計十八葉，第六回計十六葉，第七回計十六葉，第八回計十四葉，第十三回計十一葉，第十四回計十二葉，第十五回計十一葉，第十六回計十七葉，第廿五回計十七葉，第廿六回計十六葉，第廿七回計十四葉，第廿八回計二十葉，共計二百四十三葉。每半葉十二行，每行十八字，正文和回前回末批語都用墨筆，雙行批眉批，夾批都用硃筆。正文，批語都用楷書，是同一抄手的筆跡。每一葉的中縫標明書名，回數、葉數、抄閱者，如第一回第一葉的中縫，便寫作「石頭記 卷一 一 脂硯齋」（一回或稱一卷，故稱爲卷一），抄書紙寫明齋名，足見此本的主人便是脂硯齋。後來庚辰本，有正本，乃至最近看到的列寧格勒的脂亞本，它們抄寫的紙張，中縫都沒有標明藏書的人名或齋名，這也是甲戌本的底本早於其他各本的證據。原書似乎是每四回分釘成一冊，故第一回、第五回、第十三回、第廿五回的第一行，都標明「脂硯齋重評石頭記」，其他各回則否。此本的型式，大概是回前有總批，和題詩一首；回末有題句一聯。如第七回末題云：「不因俊俏難爲友，正爲風流始讀書，」傍有朱批云：「原來不讀書卽惷物矣」。根據批語，可見回末題句早期便已具備。至於回前回後批，有些本來只是眉批、夾批，由於位置不夠，或其他原因，寫在回前回後，過錄的人把它和正文一律用墨筆抄寫，以致混雜不淸。其實只有像第一回、第二回一類的回前總批，纔是甲戌以前原來的總批。其它許多回前回後批都和眉批、夾批的性質並無不同。閒有後人增加的批語，也還是可從筆跡辨別得出來的。

三、甲戌本回數的推測

甲戌本現僅殘存十六回。胡適之先生影印此本時，寫了一篇跋文，他指出曹雪芹在乾隆甲戌年寫定的《石頭記》初稿本止有這十六回。他說：

……故我現在不但回到我在民十七的看法：「甲戌以前的本子沒有八十回之多，也許止有二十八回，也許止有四十回」。我現在進一步說：甲戌本雖然已說「披閱十載，增删五次」，其實止寫成了十六回……故我這個甲戌本眞可以說是雪芹最初稿本的原樣子。所以我決定影印此本流行於世。

這段話對甲戌本的看法，可以說是胡先生的晚年定論。但是，胡先生此論一發表，兪平伯先生❺、趙岡先生❻、陳慶浩君❼都有駁詰的文章；而且，反對的理由和證據都非常堅強，似乎胡先生這一看法是站不住的。兪先生文中根據此本劉銓福的跋語：「惜止存八卷，海內收藏家有副本，願抄補全之則幸矣。」指出「八卷只能作八本八册解，依現存本情況說，書四册，每册四回，共十六回，如爲八册，便有三十二回。」可見劉銓福所得的不全本是經過遺失後，所存的三十二回，到了胡先生手中，又遺失一半，只剩下四册十六回了。兪先生又引了甲戌本特有的脂評，如：

又夾寫士隱實是翰林文苑，非守錢虜也，直灌入「慕雅女雅集苦吟詩」一回。（第一回夾批，十

---

❺ 兪平伯〈影印脂硯齋重評石頭記十六回後記〉，《文史》第一輯，頁三〇一。民國五十一年八月出版。

❻ 《紅樓夢新探》，頁一二〇至一二二。

❼ 陳慶浩〈胡適之紅學批判〉，香港中文大學新亞書院《紅樓夢》研究小組出版，《紅樓夢研究專刊》第八輯。

二頁下。）

「略有些瓜葛」，是數十回後之正脈也，眞千里伏線（第六回夾批，說劉老老事，二頁下。）

「慕雅女雅集苦吟詩」是本書四十八回的回目。第六回的評語又提及「數十回後」的伏線，可見甲戌本的回數必定超過四十八回。從本書正文「至脂硯齋甲戌抄閱再評」這句話看來，照理應有一部成書，而且這部書已經評過，又重抄再評，自然不會是斷斷續續只得十幾回的殘書。還有，王雪澄先生日記提到「此稿廑半部，大興劉寬夫得之京中打鼓擔中，後半部重價購之，不可得矣。」似乎甲戌本脂評《石頭記》，還是八十回的本子，胡先生的看法，認爲十六回是最初稿本的原樣子，恐怕是根本不能成立的。

四、甲戌本批語的類型及條數

甲戌本第一回提到「脂硯齋抄閱再評」，書名又標作「重評石頭記」，既稱「再評」、「重評」，當然還有初評。此本正文下用硃筆塡寫的雙行批注，可能有初評在內。還有回前總批，可能也是初評的文字。我們看第二回的總評後的題詩：「一局輸贏料不眞，香銷茶盡尚逡巡，欲知目下興衰兆，須問旁觀冷眼人。」詩旁有硃筆批云：「只此一詩便妙極，此等才情自是雪芹平生所長，余自謂評書，非關評詩也。」由此批語，可推知總評出現的時期必然很早。此本批語的數量極多，有回前總批、回目後批、正文下雙行批注、行間夾批、眉批、回末總評諸類。據陳慶浩君統計，全部批語共一千六百條❽。計回前總批三十條，雙行批注二百二十五條，行間夾批一千一百三十三條，眉批一百八十六條，回末總評廿三條，其他三條。不過，由於過錄者的誤分誤合，所以很難得到完全正確的數字。例如第一回「滿紙荒唐言，一把辛酸淚，都云作者痴，誰解其中味，」詩下批云：「此是第一首標題詩，」似乎是一條雙行批注。同葉隔了很遠的書頭，又有一條批語：「能解者方有辛酸之淚，哭成此書……」似乎是一條眉批，又提行「今而後惟願造化主……甲午八日淚筆。」似乎又是一條眉批。其實這幾句話正針對「一把辛酸淚，誰解其中味」而說的，應該和「此是第一首標題詩」相連貫。原稿雙行寫在「誰解其中味」下，沒有空位，就提行寫在書眉的空白處，因此一條批語便變成不同類型的三條批語。試看靖應鵾藏本另紙錄出的批語，這三條正是連寫的一條批語，可為確證。又第三回：「只在這正室東邊的三間耳房內，」此本夾批：「若見王夫人。」「於是老嬤嬤引黛玉進東房門來，」此本夾批：「直寫引至東廊小正室內矣。」此

---

❽ 陳慶浩〈紅樓夢脂評之研究〉，《紅樓夢研究專刊》第五輯。

二批本應相連作「若見王夫人，直寫引至東廊小正室內矣。」因提行之故，被抄手誤分爲二條。像這類的情形，還須細加核算，方能得到精確的條數。

五、甲戌本正文下雙行批注與庚辰有正本之比較

我們觀察帶批語的《紅樓夢》，照一般的情況，必然是先有正文，然後纔有批語。因此，最初抄錄正文時，只是一氣抄下，決不會預先留下批語的空白位置。故初期的批語只能以眉批或行間夾批的形式出現於書中。間或也可在回首或回末，成爲總批的形式。由於批書者是隨閱隨批⑨，並無預定計劃，故行間眉上，信筆書寫，自不免淩亂混雜。除非是經過整理謄錄，方可能將眉批夾批，改成雙行批注，繫於適當的正文之下。但批書人可能陸續加批，他們也可能在整理過的批本上再加批語，新的批語又以眉批、夾批的形式出現。如是再經整理，又將眉批夾批改成雙行批注。因此整理次數愈多，雙行批注的數量自然愈增。這是客觀共許的事實。

⑨ 見影印甲戌「脂硯齋重評石頭記」第二回二頁反面眉批。

現在我們把甲戌本和庚辰本的批語作一比較。甲戌本只殘存十六回，庚辰本前十一回又無批語，我們姑取兩本共有的第十三至十六，廿五至廿八共八回的批語對看。甲戌的雙行批注最少，第十三回十四回無雙行批注，第十五回有七條，第十六回有廿五條，第廿五回有十一條，第廿六回有十五條（最末一條形似雙行批，實是「且看下回」句夾批），第廿七回無雙行批注（末一條「詩詞歌賦如此章法寫於書上者乎」，形似雙行批，實是葬花吟夾批。），第廿八回無雙行批注（「此唱一曲爲直刺寶玉」寫在曲文下，形似雙行批，實夾批。）。總共八回有雙行批注五十九條。這五十九條雙行批注，庚辰本、有正本也全是雙行批注，沒有一條例外。這五十九條當中，庚辰本有四條署名脂硏⑩，可見這五十九條是甲戌年脂硯整理繫入正文的脂批。同時，庚辰本有雙行批注一百八十四條，有正本有雙行批注一百八十七條，除五十九條和甲戌本雙行批注相同，其餘一百二十多條雙行批注，有一百零六條是甲戌本的夾批，有兩條是甲戌本的眉批。這現象顯示出己卯、庚辰、有正諸本的底本遠在甲戌本的底本之後。它們根據脂硯齋重評《石頭記》，把許多夾批、眉批繫屬在正文之下而成爲雙行批注。第十六回甲戌 162a 夾批「所謂好事多磨也」，庚辰 323 作雙行批注，句末有「脂

⑩ 見第十六回。

研」二字；又甲戌165b夾批「獨這一句不假」，庚辰329作雙行批注，句末有「脂研」二字。又甲戌166b夾批「補前文之未到，且並將香菱身分寫」，庚辰330作雙行批注，句末有「脂研」二字；又甲戌173a夾批「再不略讓一步，正是阿鳳一生短處」，庚辰340作雙行批注，句末有「脂硯」二字，又甲戌173b夾批「阿鳳欺人處如此，忽又寫到利弊，眞令人一嘆」，庚辰作雙行批注，句末有「脂硯」二字，又甲戌176b夾批：「調侃寶玉二字極妙」，庚辰346作雙行批注，句末有「脂研」二字。可注意的，這一百零八條雙行批注，有署名的，也只「脂硯」一名。可能這些雙行批注都原是脂硯齋早期的評語。至於棠村，畸笏⓫、梅溪、松齋⓬、諸人的批語，都見於後期的眉批、夾批。似乎脂硯批書在前，諸人批書都在脂硯之後。至於甲戌本雙行批注沒有一條署名的評語，脂硯之名反見於庚辰本，這並不一定是甲戌本採錄自庚辰本而脫錄署名。因爲甲戌的底本是脂硯齋整理的（抄本的中縫寫明「脂硯齋」字樣。表明是屬於脂硯齋的藏書），照慣例，批書人批閱自己的書籍並不需要署名。況且「脂硯齋甲戌抄閱重評」的《石頭記》，書中已敍明評書人的主名，書葉的中縫

⓫ 見靖藏本。

⓬ 見甲戌本。

又寫明「脂硯齋」，原書出現的硃筆評語，自然都是屬於脂硯齋的，所以不需多贅上批者的名號。反而後來過錄甲戌本評語的本子，卻有添綴「脂硯」署名的可能和必要。

六、甲戌本是過錄本及其過錄的時期

甲戌本的正文和批注都抄寫得很工整，比對字跡，看得出是同一個抄手所抄。雖然字體很工整，但正文和批語中多有不通的誤字。如「煉丹燒汞」誤作「煉丹燒永」，「有一池沼」誤作「有一池沿」，「趙嫗已墮術中」誤作「趙嫗已墮街中」，「一洗小說窠臼」誤作「一洗小說巢臼」；又有爲了認不清較草率的字跡，便索性空白不抄，如「更衣盥手」抄作「更衣□手」。由抄本中這些事實，證明了這抄手識字程度很差，認不清底本較草率的字跡。可見此本並非手稿，只是過錄。

至於過錄的年份，我們從署明日期的批語看來，大概是甲戌以後的過錄本。我們檢閱甲戌本一千六百條脂批，署明日期的只得二條：一條是第一回眉批，署「甲午八日淚筆」；一條是第一回行間夾批，署「丁亥夏」。丁亥是乾隆卅二年（一七六七），後甲戌十三年；甲午是乾隆卅九年（一七七四）後甲戌二十年。如果根據此條甲午批語，則甲戌本過錄抄寫時期，應當在乾隆卅九年或以後。不過近年發現了靖應鵾藏脂評本⓭，夾有一葉夕葵書屋本的脂批云：

> 夕葵書屋石頭記卷一
>
> 此是第一首標題詩，能解者方有辛酸之淚，哭成此書。壬午除夕，書未成，芹為淚盡而逝。余常哭芹。淚亦待盡。每思覓青埂峰再問石兄，奈不遇癩頭和尚何！悵悵！今而後願造化主再出一脂一芹，是書有口（成），余二人亦大快遂心於九原矣。甲申八月淚筆。

據周汝昌說⓮：「考夕葵書屋為全椒吳鼒書齋名，吳晚居楊州，則可能與靖先生先世有交，故得傳錄批語，或互閱藏書。吳鼒富收藏，精校勘，又為《八旗詩滙》、《熙朝雅頌集》之主要編纂者。其所藏必非常本。」此一條批語，甲戌也有，不過甲戌「此是第一首標題詩」一句批在「滿紙荒唐言」一詩的末句，而「能解者方有辛酸之淚」下卻遠遠的批在「只因這甄士隱稟性恬淡」句的眉端，分開成不同條的批語。文義毫無關涉。過錄批語也多誤字，如「奈不遇」誤作「余不遇」，「甲申八月」誤作「甲午八日」。我們知道甲戌本過錄人知識

⓭ 周汝昌〈紅樓夢版本的新發現〉，載民國五十四年七月二十五日香港《大公報》。

⓮ 〈紅樓夢版本的新發現〉。

水準較差，不識草書，全書誤抄之字不勝枚舉，而夕葵書屋主人「富收藏，精校勘」，他的抄本自然較可依據。細觀此條文字，應當依據夕葵書屋本連成一條，文氣方可貫串。「甲午八日」也當作「甲申八月」，因爲甲申八月距壬午除夕不過一年多，感傷良友新逝，故曰淚筆，也是很合於情事的。況且此條的內容，是提到「書未成，良友遽逝」，自然應該是逝世不久的批語。衡量之下，我是比較相信夕葵書屋抄本的文字的。趙岡先生也認爲「甲申」二字是正確的署年，他說⑮：「也許有人要問，甲申二字是否可靠？我們相信它是可靠的。在沒有看到靖本以前，我們只能從旁處找證據。『余嘗哭芹，淚亦待盡』，『淚筆』等都像是新喪之後至親們的悼念之詞，哀痛之至。如果事隔十多年，即令有所感憶，恐怕也不會如此激動。」假如在「甲申」、「甲午」這兩個署年之間，我們鑑定「甲申」是正確的話，那麼甲戌本過錄的年份，應該是在丁亥（一七六七）或丁亥以後。

附：甲戌本的誤抄字

五B　適問二位　案：「問」當「聞」之誤。

⑮《紅樓夢新探》，頁九一至九二。

六B　須得在鐫上數字　案：「在」當「再」之誤。
八B　好貸尋愁之事　案：「貸」當「貨」之誤。
一一A　一干人這一人入世　案：此句有誤。
一一B　好防佳節元霄後　案：「霄」當「宵」之誤。
一六A　爾不枉兄之謬識　案：「爾」當「亦」之誤。
一九B　指掌笑道　案：「指」蓋「拍」之誤。
二四A　俱是堂族而矣　案：「矣」當「已」之誤。
二五B　聾腫老僧　案：「聾腫」蓋「龍鍾」之誤。
二七B　燒丹煉永　案：「永」當「汞」之誤。
三〇A　阮籍稽康　案：「稽」當「嵇」之誤。
三〇B　遍遊名省　案：名蓋各之誤。
三四B　卽有所廢用之例　案：「廢」當「費」之誤。
三五B　復職侯缺　案：「侯」當「候」之誤。
五一B　彼毆死者　案：「彼」當「被」之誤。
五五B　從胎裏代來的　案：「代」當作「帶」。

六〇B　情知忸不過　案：「忸」，「扭」之誤。
六六B　龍遊曲沿　案：「沿」，「沼」之誤。
六七B　招入膏盲　案：「盲」，「肓」之誤。
六九B　有一池沿　案：「沿」，「沼」之誤。
七七A　上有蒼窮　案：「窮」，「穹」之誤。
七七B　與後人歡敬　案：「歡」，「欽」之誤。
八二B　則快擲下　案：「快」，「快」之誤。
八四A　靠菩薩的　案：「菩」，「菩」之誤。
八五B　又爲候門　案：「候」，「侯」之誤。
八八A　告訢不得　案：「訢」，「訴」之誤。
九二A　只管告訢　案：「訢」，「訴」之誤。
九四B　聽我告訢你　案：「訢」，「訴」之誤。
一〇〇B　今李紈陪伴　案：「今」，「令」之誤。
一〇一A　丫嬛待書　案：「待」，「侍」之誤。
一〇七A　這候門公府　案：「候」，「侯」之誤。

一一五A　快上炕來　案：「快」，「快」之誤。

一二八B　日後按房拿管　案：「拿」，「掌」之誤。

一二九A　又無爭兢　案：「兢」，「競」之誤。

一三一A　亦發姿意奢華　案：「亦」，「越」之誤；姿，恣之誤。

一三二B　事道湊巧　案：「道」，「倒」之誤。

一三二B　正□個美缺　案：空白蓋抄手不識草書之故。

一三二B　襄陽候的兄弟　案：「候」，「侯」之誤。

一三三B　忠靖候……錦鄉候川寧候　案：「候」，皆「侯」之誤。

一三三B　宧去官來　案：「宧」，「官」之誤。

一三四B　伽藍謁諦　案：「謁」，「揭」之誤。

一三四B　來□虧了禮　案：空白蓋不識草書之故。

一三七B　不服黔束　案：「黔」，「鈐」之誤。

一四〇A　至於痰□擔箒　案：空白蓋不識草書之故。

一四一B　更衣□手　案：空白蓋不識草書之故。

一四八A　候曉明……候孝康……忠靖候……平原候……定城候……襄陽候……景田侯

案：「候」，皆「侯」之誤。

一五一B　萅苓香念珠　案：「萅」，「脊」之誤。

一五三A　一一的告訢了　案：「訢」，「訴」之誤。

一五三B　此卿大有意趣　案：「卿」，「鄉」之誤。

一五四B　從公候伯子男　案：「候」，「侯」之誤。

一五七A　幾個心服常侍小婢　案：「服」，「腹」之誤。

一六二B　便姿意的　案：「姿」，「恣」之誤。

一六三B　皆有得意之壯　案：「壯」，「狀」之誤。

一六四B　悲喜交接　案：「接」，「集」之誤。

一六五B　捻着一把漢兒呢　案：「漢」，「汗」之誤。

一六六A　不妨和一個　案：「妨」，「防」之誤。

一七五B　方認住　案：「認」，「忍」之誤。

一九六B　晴雯綺霰　案：「霰」，「霞」之誤。

二一〇A　不甚喜幸　案：「甚」，「勝」之誤。

二〇五A　一張眷宮　案：「眷」，「春」之誤。

二〇六A 鐵網山 案：「網」，「網」之誤。

二一三B 刁讚古怪 案：「讚」，「鑽」之誤。

二一四B 司棋待書 案：「待」，「侍」之誤。

二一五B 綺霰…待書 案：「霰」，「霞」之誤；「待」，「侍」之誤。

二三五A 悔教夫婿覓封候 案：「候」，「侯」之誤。

二三五A 玉粒金蓴 案：「蓴」，「尊」之誤。

二四三A 雪白一段酥背 案：「背」，「臂」之誤。

以上正文誤字

八A眉 背面傳粉 案：「傳」，「傅」之誤。

九B夾 開口失云勢利 案：「失」，「先」之誤。

一〇A眉 余不遇獺頭 案：「余」，「奈」之誤；「獺」，「癩」之誤。

一〇A眉 是書何本 甲午八日 案：「本」，「幸」之誤；「日」，「月」之誤。

一〇A夾 設云應伶也 案：「伶」，「怜」之誤。

一〇A眉 今採來壓巷 案：「巷」，「卷」之誤。

二四A眉 不知被作者有何好處 案：「被」，「彼」之誤。

二八A夾　非妄擁也　案：「擁」，「擬」之誤。

三九A夾　承歡應侯　案：「侯」，「候」之誤。

三九B夾　寫阿鳳全部轉神第一筆也　案：「轉」，「傳」之誤。

四〇A夾　當家的人車　案：「車」，「事」之誤。

四三B夾　點綴官途　案：「官」，「宦」之誤。

四六A夾　想必有靈河岸上　案：「有」，「在」之誤。

五七B夾　一洗小說巢臼　案：「巢」，「窠」之誤。

八一A回前　且伏二遞三遞　案：「遞」，均「進」之誤。

八三A雙　出偕聲字箋　案：「偕」，「諧」之誤。

八五B雙　出偕聲字箋　案：「偕」，「諧」之誤。

八五B雙　又爲候門　案：「候」，「侯」之誤。

九〇B雙　好奇貸　案：「貸」，「貨」之誤。

九四B眉　令余幾□哭出　案：空白，蓋抄手不識草書之故。

一〇一B雙　曰待書　案：「待」，「侍」之誤。

一〇二A雙　一人不落一□不忽　案：空白，蓋抄手不識草書之故。有正本作「一事不忽」。

一一七B眉　花看平開　案：「平」，「半」之誤。

一二三B眉　是不作詞幻見山文字　案：「詞幻」，「開門」之誤。

一二八A眉　全猶在耳曲指三十五年矣□□傷哉　案：「全」，「今」之誤。「矣」下空二字，蓋不識草書。

一三一B眉　深得金瓶壺奧　案：「壺」，「壼」之誤。

一三八B回前　其祖回守業　案：「回」，「曰」之誤。

一五〇B回前　此係疑案蓁創　案：「蓁」，「纂」之誤。

一五五A雙　伏一時之榮顯　案：「伏」，「仗」之誤。

一五七A夾　開口稱佛畢有　案：「有」，「肖」之誤。

一六一B回前　是大關健處　案：「健」，「鍵」之誤。

一六一B回前　多少憶惜感今　案：「惜」，「昔」之誤。

一六四A雙　何不勝哉　案：「不」，「可」之誤。

一六四B雙　交代清處　案：「處」，「楚」之誤。

一六八B雙　持犯不犯　案：「持」，「特」之誤。

一七〇B夾　又一樸佈置　案：「樸」，「樣」之誤。
一七五A夾　情鍾意功　案：「功」，「切」之誤。
一七五A眉　絲毫捽強　案：「捽」，「繂」之誤。
一八〇A雙　俏女摹村夫　案：「摹」，「慕」之誤。
一八五A夾　趙嫗已墮街中　案：「街」，「術」之誤。
一九一B夾　如是看爲本　案：「本」，「幸」之誤。
一九三B眉　若於莊子反語錄　案：「於」當作「干」，「反」當作「及」。
一九四B回末　疲道人　案：「疲」，「跛」之誤。
一九八A夾　贅見也人生天地間已是贅戾況又生許多寃情□債嘆　案：「見」，「兒」之誤。「戾」，「疣」之誤。空白，蓋抄者不識草書之故。
一九九A夾　若僧經　案「經」，「繇」之誤。
一九九B夾　全何幸也　案：「全」，「余」之誤。
二〇〇A雙　總是賈云　案：「云」，「芸」之誤。
二〇〇A雙　總寫賈云　案：「云」，「芸」之誤。
二一二A夾　被時只有元春　案：「被」，「彼」之誤。

二二八B夾　余幼時可聞　案：「可」，「所」之誤。

以上批語誤字

七、甲戌本的底本是整理寫定於甲戌年

現存各種脂評本，都是過錄的本子。甲戌本的過錄年份，和己卯、庚辰、有正本，同樣都沒有明確紀錄。但是甲戌本的底本，則確是甲戌年整理寫定的。此本第一回敍述本書題名，最後說：

至脂硯齋甲戌抄閱再評，仍題《石頭記》。

胡適之先生根據這句話，斷定這抄本是「世間最古的《紅樓夢》寫本」，雖然頗有語病，如果說這鈔本的底本是「世間最古的《紅樓夢》」，則並無過失。吳世昌先生指出此本甲戌以後十三年（丁亥）乃至二十年（甲午）的脂評，這儘可說此本摻雜有甲戌以後的評語，並不妨礙它是甲戌年的底本。趙岡先生說⑯：

⑯《紅樓夢新探》，頁一三二至一三三。

畸笏在整理這個新定本時，重新考慮書名，並且爲全書寫了一篇序言。……這裏參加此書命名者一共有兩個人。空空道人和情僧，就是雪芹自己。另外一個人是孔梅溪，此人就是雪芹弟弟曹棠村的化名。這一段文字是雪芹已卯年第五次增刪時寫成的。此時書的名字已由脂硯定爲《石頭記》。正文中把這段命名的歷史略爲一提。到了丁亥年以後畸笏整理新定本時，在這段文字上仔細推敲了一番。雪芹是作者，自然不能把他所提的書名刪掉。至於曹棠村的命名，畸笏也決定保留。……既然決定把棠村的一段保留下來，他覺得就有把此書的整個命名歷史全部說明之必要。於是畸笏在新定本此處又加上兩句：「至吳玉峰題曰《紅樓夢》」、「至脂硯齋甲戌抄閱再評，仍用《石頭記》。」吳玉峰就是畸笏自己，他最欣賞《紅樓夢》一名，極力主張以此爲正式書名。他的建議在甲戌年（一七五四）以前曾被接受，這就是「至吳玉峰題曰《紅樓夢》」的那一段歷史。……這個名稱在甲戌年被《石頭記》一名所取代。到了丁亥年後畸笏決定重新將書名正式改爲《紅樓夢》。於是甲戌年脂硯齋仍用《石頭記》那一段也將成爲歷史，於是有一提之必要。脂硯此時已去世，也應該像棠村那樣在書中正文予以紀念一下。……不過，他這個更名的主張在甲戌上並未貫澈。甲戌本的標題仍寫作「脂硯齋重評《石頭記》」。我們今天所看到的諸脂評本只有晚出的甲辰本全書的題名才全部改爲《紅樓夢》。

趙先生這番話，缺乏事實的根據，頗有商榷之必要。假使這段題署書名的序言果然是出於畸笏之手，而且是丁亥年整理新定本的時候完成的。那他應該說明「至丁亥畸笏仍用《紅樓夢》作書名」，而標題也應改作《紅樓夢》。因爲他敍述命名的歷史，固然不妨提到過去脂硯齋重評《石頭記》，而最重要的更必需表明的是現在定名《紅樓夢》的事實。舉例來說，假如文藝書屋在民國六十一年發行了《紅樓夢新探》第二版第三版時，可以記明民國五十九年發行第一版，卻斷不能不提第二版第三版的時期。這是最顯著的事理。至於說更名的主張並未貫徹，標題仍寫作「脂硯齋重評石頭記」；這話是不合邏輯的，因爲畸笏叟既然是最後整理人，則命名、標題，抄寫一切事宜，當然都由他處理，既然他主張更名爲《紅樓夢》，標題就可以改寫作《紅樓夢》，這是順理成章的事。譬如文藝書屋決定印行的書名是「紅樓夢新探」，斷沒有印刷廠卻標題爲「石頭記新探」，使得出版人不能貫徹他的主張的。擺在眼前的情況，是脂硯齋到了甲戌年把這部小說抄寫一通，閱讀後再度加以批評。他主張仍用《石頭記》作書名，所以他標題就作「脂硯齋重評石頭記」。標題「重評」二字，正和「抄閱再評」一語可以互相印證。這是明確的事實，所以兪平伯在《脂硯齋紅樓夢輯評》的引言說：

> 事實上各本多出傳抄，眞正抄寫的年月不明，所題干支只是底本的年分，如甲戌爲一七五四，指底本說，現存的甲戌並非一七五四年抄的，遠在這個以後。

兪氏又說⑰：

⑰ 兪平伯〈影印脂硯齋重評石頭記十六回後記〉，頁三〇一。

所謂甲戌本指正文說，並不指批注。脂評經過了漫長的時期，其中最早在甲戌，或者稍前；最晚的題「甲午八月」，已在甲戌二十年以後，距離曹雪芹之死也有十二年了。

因此俞氏舉兩個實例來證明此本比其他的脂本時代更早，更接近原稿。他說⑱：

一、作者最初計畫寫作，也有些未定的情形，有時發見矛盾。如甲戌本凡例說：「《紅樓夢》是總其全部之名也。」照這樣說：《紅樓夢》當是書名。但在此本第一回又說：「至吳玉峰題曰《紅樓夢》。……至脂硯齋甲戌抄閱再評仍用《石頭記》。」最後歸到《石頭記》，似乎《石頭記》是書的名稱。這裏有矛盾。以上的引文，在較晚的脂硯齋四閱評本，如己卯、庚辰本，就都不見了。當是作者整理的結果。

二、從版本方面看，第十三回眉批：此回只十頁，因刪去天香樓一節，少卻四五頁也。（十一頁下，此條批語爲此本所獨有。）這十頁正指甲戌本說的，若照庚辰本，第十三回只有八頁，可見此本行的行款格式還保存脂硯齋加評時的舊樣子。

從俞氏所引兩個例子來看，我們應該承認甲戌是比較接近稿本的。同時根據此本正文所說「至甲戌抄閱再評」，很明顯的，甲戌本的底本是甲戌年謄清的，那麼，我們理應承認此本的正文早於己卯、庚辰、有正諸抄本的正文；此本部份批語早

---

⑱ 同前，頁三〇一至三〇二。

於己卯、庚辰、有正諸抄本的批語。我們試從此本的字句、回目、評語、內容和特有的文字各方面，來求取證明。

首先。從此本的字句看：如第三回寶黛初逢，書中寫黛玉的形狀⑲

兩灣似蹙非蹙×烟眉，一雙似□非□□□□。（甲戌）

〔注〕×字不明，改作「籠」，原底似「罥」字。□爲原有的硃筆方匡，殆作者寫到這裏思索未定，故原缺。所塡的字出於後人手筆⑳

兩灣似蹙非蹙罥烟眉，一雙似笑非笑含露目。（己卯）

兩灣半蹙鵝（蛾）眉，一對多情杏眼。（庚辰）

兩灣似蹙非蹙罥烟眉，一雙俊目。（有正）

兩灣似蹙非蹙籠烟眉，一雙似喜非喜含情目。（全抄本籠原作罥，圈去改作籠。下句原作「一雙似百態生愁之俊眼」，圈去改作「一雙似喜非喜含情目」。）

兩灣似蹙非蹙籠烟眉，一雙似喜非喜含情目。（甲辰序本和程甲本）

統觀這幾個脂本，應當說甲戌本還保存一點稿本的樣子，己、庚兩本都還是「未定草」。至

⑲ 參兪平伯〈影印脂硯齋重評石頭記十六回後記〉，《文史》第一輯，頁三一五至三一六。

⑳ 墨筆所塡補的字，同於甲辰和程甲本；看筆跡，似孫桐生據程甲本所塡補。

於甲辰本全抄本上的文字，到近來一直沿用的，是否出於後人擬改，抑別有根據，則不可知。比較這一處文字，無論如何，不能不承認甲戌底本早於己卯、庚辰、有正諸本。

我們再舉此一本一個特有的「偵」字，第六回「劉老老一進榮國府」說[21]：

然後偵到角門前（甲戌85B）
然後走到角門前（庚辰 139）
然後蹭到角門前（有正3A）
然後走到角門前（全抄2B）
然後溜到角門前（胡天獵影程乙4B）
劉姥姥只得偵上來問（甲戌85B）
劉姥姥只得蹭上來問（庚辰13G）
劉姥姥只得蹭上來說（有正3A）
劉姥姥只得蹭上來問（全抄2B）
劉姥姥只得蹭上來問（胡天獵影程乙4B）

[21] 參俞平伯《紅樓夢研究》，頁二六二。

方偵到這邊屋內來（甲戌90B）

方過這邊屋裏來（庚辰14B）

方蹭到這邊屋內來（有正5a）

方過這邊屋裏來（全抄5B）

方蹭到這邊屋內（胡天獵影程乙8B）

「偵」本京語，集韻有偵字，釋爲「走也」；但偵字罕見，所以庚辰，有正諸本改爲「蹭」字。但「蹭」是「蹭蹬失道」之意，不如偵字意義較正確。程乙本改作「溜到」則大誤，坊本或作蹲在角門前，簡直不像話。而且「偵到角門前」有夾批云：「偵字，神理，」可見用偵字的文句較早，卻因較偏僻，便被後來的抄本改動了。這又是甲戌早於庚辰、有正諸本的明證。

再從甲戌本的回目來看，第三回的回目很顯著的是較爲早期的。

（甲戌本）金陵城起復賈雨村，榮國府收養林黛玉。

（庚辰本）賈雨村寅緣復舊職，林黛玉抛父進京都。

（有正本）托內兄如海酬訓教，接外甥（孫）賈母惜孤女。

（全抄本）賈雨村寅緣復舊職，林黛玉抛父進京都。

（程甲本）托內兄如海薦西賓，接外孫賈母惜孤女。

此本「榮國府收養林黛玉，」「收養」旁有夾批：「二字觸目凄凉之至。」此句屬詞較粗率，故其他各本加以修改；而且回目旁有批語，可見甲戌本時期較早，回目經修改後，連批語也被刪去了。

還有第十三回的回目，從甲戌、己卯、庚辰、有正以至程刻本都作「秦可卿死封龍禁尉」，而這一回的回目和正文都是經過曹雪芹刪改的；未刪改以前的回目很顯然地應當是「秦可卿淫喪天香樓」。這原來的回目，全靠甲戌本的批語保存（靖本也有相似的批語），可見甲戌本的底本確是較各本爲早。

再從此本獨有的批語來看，十三回 11b 眉批：「此回只十頁，因刪去天香樓一節，少卻四五頁也。」（靖本也有此批，但我們不曾見過靖本正文）這十頁正指甲戌本說的，若照庚辰本，第十三回只有八頁，可見此本的行款格式還保存脂硯齋加評時的舊樣子㉒。至於己卯、庚辰、有正，以至程刻本根本看不出刪削的痕跡，如果甲戌本不是較早的底本，斷然不會有此現象，也斷然不會有此批語出現。

㉒ 參兪平伯〈影印脂硯齋重評石頭記十六回後記〉，頁三○一。

我們看《紅樓夢》的內容，往往因初稿有疏漏或其他缺點，而後來加以修改，最爲人習知的一個例子便是敍述元春寶玉出生的矛盾㉓，第二回：

不想次年又生了一位公子（甲戌）

不想次年又生了一位公子（庚辰）

不想後來又生了一位公子（有正）

不想次年又生了一位公子（全抄）

不想隔了十幾年又生了一位公子（程乙）

元春是寶玉的姐姐，第十八回上說「有如母子」，年齡應比寶玉大得多才對，所以從唯理的觀點看，從後到前，一個比一個合理。事實上恰恰相反，一個比一個遠於眞實。原來《紅樓夢》有許多前後文衝突的地方（故意，還是失檢，不得而知），假如要存其眞，便不該瞎改。再嚴格地說改得完全合式嗎？也不見得。再多引一點原文看看，便可明白：

第二胎生了一位小姐，生在大年初一就奇了，不想次年又生了一位公子，說來更奇，一落胞胎，嘴裏便啣下一塊五彩晶瑩的玉來，還有許多字跡。

㉓ 參兪平伯《紅樓夢研究》，頁二六〇。

這文理很通順，一點沒有什麼錯，上用「不想」二字，下邊自非「次年」不可。用「後來」勉強還可以，不過文字已經有點軟弱無力了。若作「不想隔了十幾年」簡直可算不通。這現象是後人發覺寶玉年齡有不妥，一再修改的痕跡。同時又看出全抄本根據的底本也是有很早的。

我們再看第一回敍述石頭一段神話，在甲戌上，文字通而囉嗦，後來庚辰本改得簡要而欠通，到了程甲本改得簡要而又通㉔。甲戌本說：

俄見一僧一道遠遠而來，生得骨格不凡，丰神迥別，說說笑笑，來至峰下，坐于石邊，高談快論。先是說些雲山霧海神仙玄幻之事，後便說到紅塵中榮華富貴。此石聽了，不覺打動凡心，也想要到人間去享一享這榮華富貴，但自恨粗蠢，不得已便口吐人言，向那僧道說道：「大師，弟子蠢物不能見禮了。適問（聞）二位談那人世間榮耀繁華，心切慕之。弟子質雖粗蠢，性卻稍通。況見二師仙形道體，定非凡品，必有補天濟世之材，利物濟人之德，如蒙發一點慈心，攜帶弟子得入紅塵，在那富貴場中溫柔鄉裏受享幾年，自當永佩洪恩，萬劫不忘也。」二仙師聽畢，齊憨笑道：「善哉善哉！那紅塵中有些樂事，但不能永遠依恃，況又有美中不足好事多魔（磨）八個字緊相連屬，瞬息間則又樂極悲生，人非物換，究竟是到頭一夢，萬境歸空。到不如不去的好。」這石凡心已熾，那裏聽得進

㉔參《紅樓夢研究》，頁二五四至二五七。

這話去，乃復苦求再四。二仙知不可強制，乃嘆道：「此亦靜極思動，無中生有之數也。既如此，我們便攜你去受享受享。只是到不得意時，切莫後悔。」石道：「自然，自然。」那僧又道：「若說你性靈，卻又如此質蠢，並更無奇貴之處：如此也好踮脚而已。也罷，我如今大施佛法，助你助，待劫終之日，復還本質，以了此案，你道好否？」石頭聽了，感謝不盡。那僧便念咒書符，大展幻術，將一塊大石登時變成一塊鮮明瑩潔的美玉，且又縮成扇墜大小的可佩可拿。

這一段文字，從坐于石邊以下四百二十四字㉕各本均無，到庚辰評本相隔不過六年已把他刪了。這一段雖長，卻不見得精采，不過通卻是通的。頑石既補天所用，自然大得非常，卻依和尚法力，把它縮成扇墜一般（注意：並非它自己會變，像孫行者一般）。六年以後，庚辰本便改成下列的文字：

誰知此石自經鍛煉之後，靈性已通（全抄本「通」下有「自去自來，可大可小」。），因見衆石俱得補天，獨自（全抄本「自」下有「已」字）無材不堪入選，遂自怨自嘆，日夜悲號（戚本作啼，全抄原作「悲號慚愧」塗改為「悲哀」。）慚愧。一日，正當嗟悼之際，俄見一僧一道遠遠而來，生得骨格不凡（全抄本「骨格」作「氣宇」），丰神迥異，來至石下，席地而坐，長談（全抄本原作「而坐長談」，圈去「而」字「長」字。），見一塊鮮明瑩潔的（戚本無「的」字，全抄本「見」下

㉕甲戌本胡適批語：「此下四百二十四字，戚本作席地而坐，長談，見」七個字。

有「這」字））美玉（全抄原作「美玉」，抹去改爲「石頭」），且又縮成扇墜大小的（全抄原作「大小」圈去改爲「一般」，無「的」字）可佩可拿。

這裏把五百字縮成五十字，簡化得很利害，不過不很通。所以有人說：「上面明說是頑石，怎麼忽已變寶玉了？」所謂「來至石下」當然還是大石，若那時已經變小，此文卽不通。到了下文，忽已變小，而且也不提誰叫它變的。要說出於僧道，則二仙並未作法，要說石頭自變，上文未曾說明。庚辰本及戚本既同，可見這改本也通行。到了程甲本便改變成：

> 誰知此石自經鍛煉之後，靈性已通，自去自來，可大可小，因見衆石俱得補天，獨自無材不堪入選，遂自怨自愧，日夜悲哀。一日，正當嗟悼之際，俄見一僧一道遠遠而來，生得骨格不凡，丰神迥異，來到這青埂峰下，席地坐談，見着這塊鮮瑩明潔的石頭，且又縮成扇墜一般，甚屬可愛。

這一改就完全通順了。第一，他說到青埂峰下，不說「來至石下」，就無形中減少了一個痲煩。第二，石頭既不由僧道作法變化，那它必須自己會變化纔行，所以在上文添了「自去自來可大可小」八個字，這是庚辰本，有正本都沒有的，添得都很有理。所以甲戌本是通的，石頭本身不會變，叫僧道來幫它變；程刻本也是通的，反正石頭自己會變，自無須乞靈於僧道。只有庚辰本及有正本不大通。不過，甲戌雖然通，但是詞句太冗長粗率；因此庚辰本加以剪裁，文字變得簡潔伶俐，但簡化得太過，以致意義有所缺欠。再後到了程甲本，便整理得文字和意義都恰到好處。這也是甲戌本在諸本之前的現象。

現在，我們要提到此本獨有的凡例，此本第一回是以「列位看官，你道此書從何而來？說起根由，雖近荒唐，細諳則深有趣味」這幾句話開始的。回前有一篇凡例，又名「紅樓夢旨義」，共有五條。我們通常當作《紅樓夢》正文發端的三百來字的作者自白（自「此開卷第一回也，作者自云」以下三百來字），除最後「更於篇中閒用夢幻等字……」外，都是出於凡例第五條。它實際上是把這條文字刪節而成。據陳毓羆的說法㉖：

凡例中的文字如何會竄入正文呢？如果我們把甲戌本和庚辰本對照起來研究，便可發現此中秘密。在標明為脂硯齋凡四閱評過的庚辰本上，已不見凡例及所附的七律。第一回是以「此開卷第一回也」開頭，同於今本。不過，值得注意的是今本中的那一大段文字在庚辰本中分作兩段抄寫，第一段抄到「故曰賈雨村云云」為止，以下提行另作一段，文字也和今本有差異，作「此回中凡用夢幻等字，是提醒閱者眼目，亦是此書立意本旨，」下面卽接抄「列位看官，你道此書從何而來。」這第二段是甲戌本的凡例所沒有的，顯然是加上去的。我們再看第二回的情況，甲戌本上第二回開始以後有兩大段總評（「此回亦非正文本旨……」及「未寫榮府正人先寫外戚……」），均比正文低一格抄寫，放在正文之前。而在庚辰本中，這兩段總評均被當作正文來抄寫。由此可見，庚辰本第一回開始

㉖陳毓羆〈紅樓夢是怎樣開頭的？〉，《文史》第三輯，民國五十二年十月出版。

的那兩段文字，實係第一回的兩段總評，由於抄手不察，而誤入正文。……後人也當作了正文接受下來，認爲這就是《紅樓夢》的開頭。所幸的是：甲戌本仍在，成爲堅強的物證，而庚辰本中此一大段文字分成兩段抄寫，也露出了破綻。只要詳加考察，眞相終可大白。

以上陳氏根據最接近《紅樓夢》原稿的甲戌本，指出《紅樓夢》的開頭和通行本不同。原稿第一回之前，有凡例，文字共五條，由於傳抄的人刪去凡例，又把總批混入正文，便成了通行《紅樓夢》的開端。這一根據事實的推定，是相當合理正確的。趙岡先生說㉗：「畸笏在整理這個新定本時又寫了一篇序言，那就是甲戌本特有的凡例。」據我個人看來，這只是趙先生的推測，並非根據事實的推定。況且《紅樓夢》一名，除甲戌本外，不見於任何抄本。甲戌本正文點明「至吳玉峰題曰《紅樓夢》」，而凡例又標明「紅樓夢旨義」，並且聲明「《紅樓夢》是總其全部之名」，只因「脂硯齋至甲戌抄閱重評」的時候，決定用《石頭記》作書名，凡例和「至吳玉峰題曰《紅樓夢》」都被後人刪去，以至各抄本竟看不到《紅樓夢》這一膾炙人口的書名。兪平伯說㉘：「其他種種異名只是局部的書中的名目，《紅樓夢》才是包括一切的大名，是人世間，社會上流傳的稱呼。我們現時人叫這部書爲《紅樓夢》，乾

㉗《紅樓夢新探》，頁一三五。
㉘《紅樓夢研究》，頁二五一。

隆時候的人、乾隆以後的人皆已呼它爲《紅樓夢》。」兪氏這一說法確是事實。我們試看庚辰本最早的雙行批語：

《紅樓夢》中所謂副十二釵也。（第十八回）

世間亦無此一部《紅樓夢》矣。（第二十二回）

一部大書：起是夢，寶玉情是夢，賈瑞淫又是夢，秦之家計長策又是夢，今作詩也是夢，一並風月鑑亦從中所有，故紅樓，夢也。余今批評亦在夢中，特爲夢中之人特作此一大夢也。脂硯齋。（第四十八回）

這些批語都叫所批的小說爲《紅樓夢》。還有甲戌庚辰的眉批夾批也多稱此書爲《紅樓夢》，這正好證明了甲戌本「至吳玉峰題曰《紅樓夢》」以及凡例「紅樓夢旨義」所說「《紅樓夢》是總其全部之名」的說法。這正是乾隆早期一班人稱呼此書爲《紅樓夢》的根據。這正是甲戌本底本是早於己卯、庚辰、有正各本的明顯的證據。

最後，從流傳的抄本《紅樓夢》看來，我們發現愈早的本子，它夾雜着文言的句子愈多。因此從各本夾雜文言的句子加以比較，那一個本子在先，那一個本子在後，便很容易得到一個客觀的事實和結論。現在略舉幾條甲戌本夾雜文言的句子和其他各本相比較

第七回：

甲戌九七A　王夫人的丫嬛名金釧兒者

庚辰一五七A　王夫人的丫嬛名金釧兒

有正一A　王夫人的丫嬛名金釧兒

全抄一A　王夫人的丫嬛名金釧兒

程乙一A　王夫人的丫鬟金釧兒

第八回

甲戌一二〇B　我就沒這樣之心

庚辰一九一A　我就沒這樣心了

有正四B　我就沒這心了

全抄四A　我就沒有這樣心

程乙七B　我就沒有這些心

第十五回

甲戌一五三B　我因爲無見過

庚辰三一一A　我因爲沒見過這個

有正二B　我因爲沒見過這個

全抄二A　我因爲沒見過這个

程乙三B　我因爲沒見過

第十五回

甲戌一五六A	忙得無個空兒就無來請太太的安
庚辰三一五A	忙得沒個空兒就沒來請奶奶的安
有正三B	忙得沒個空兒就沒來請奶奶的安
全抄三A	忙得沒個空兒就沒去請奶奶的安
程乙五A	忙的就沒得來請奶奶的安

第十五回

甲戌一五六A	一個人無有
庚辰三一五A	一個人沒有
有正三B	一個人沒有
全抄三B	一個人沒有
程乙五B	一個人沒有

第十五回

甲戌一五六A	有無有也不管你
庚辰三一五A	有沒有也不管你
有正三B	有沒有也不管你

全抄三B	有沒有也不管你
程乙五B	有沒有也不管你

第十五回

甲戌一五八A	也無有的一般
庚辰三一八B	也沒有的一般
有正四B	也沒有的一般
全抄四A	也沒有的一般
程乙七A	也沒有是的

從上舉例證，很明顯的看見，刻本已經將文言成份淘汰淨盡，而夾雜着文言字句愈多的，便是愈早的稿本。可見甲戌本根據的底本文字，必然早過庚辰本和有正本。試想，整理《紅樓夢》的人，豈有把「我因沒有見過」改成爲「我因爲無見過」的呢！

以上我衡量各家說法並多方考覈之後，我認爲吳世昌、趙岡諸家押後甲戌本之主張，並無可靠的證據和充足的理由。我還是相信俞平伯所說㉙：

㉙《脂硯齋紅樓夢輯評・引言》。

所題干支只是底本的年分，如甲戌爲一七五四，指底本說，現存的甲戌並非一七五四年抄的，遠在這個以後。

八、附　論

㈠甲戌本內孫桐生的批語和圈點

甲戌本第三回二葉下賈政優待賈雨村一段，有墨筆眉批一條，說：

> 予聞之故老云，賈政指明珠而言，雨村指高江村。蓋江村未遇時，因明珠之僕以進身，旋膺奇福，擢顯秩。及納蘭執敗，反推井而下石焉。玩此光景，則寶石（規案：「石」蓋「玉」之筆誤）之爲容若無疑。請以質之知人論世者。同治丙寅季冬月左綿痴道人記。（此下有「情主人」小印）

據胡適之先生〈跋乾隆甲戌脂硯齋重評石頭記影印本〉一文考明，「這位批書人就是綿州孫桐生。」「孫桐生，字小峰，四川綿州人，咸豐二年（一八五二）三甲一百十八名進士，翰林散館後出知鄖縣，後來做到湖南永州府知府。他輯有《國朝全蜀詩鈔》。」「我要請讀者認清他這一條長批的筆跡，因爲這位孫太守在這甲戌本上批了三十多條眉批，筆跡都像第三回二葉這條簽名蓋章的長批。此君的批語，第五回有十七條，第六回有五條，第七回有四條，第八回有四條，第二十八回有兩條。他又喜歡校改字，如第二回九葉上改的『疑』字；第三回十四葉上九行至十行，原本有空白，都被他塡滿了；又如第二回上十一行，原作『偶因一着錯，便爲人上人』，墨筆妄改『着錯』爲『回顧』，也是他的筆跡。（庚辰本此句正作『偶然一着錯』。）孫桐生的批語雖然沒有什麼高明見解，我們旣已認識了他的字體，應該指出這三十多條墨筆批語都是他寫的。」

我檢對甲戌本，第二回第十頁正面有孫批一條（胡漏引），第三回有一條，第四回第七頁反面有一條（胡漏引），第五回有二十條（胡漏引三條），第六回有五條，第七回有六條（胡漏引二條），第八回有四條，第二十六回有二條（胡漏引），第二十八回有二條。

胡先生說孫桐生喜歡校改字，除胡先生已舉者外：

第三回35A：「否不但不汚尊兄之淸操，」否下右側添「則」字，次「不」字左側注改「有」字。

第五回71A：「情天情海幻情身，」墨筆點去「身」字，改作「深」字，深字朱筆加四圈，身字左側朱筆加△。

第五回74A：「寂寞時，」寞旁注寥字。

第五回74B：「如何心事終虛話，」虛話二字乃孫桐生改，原文二字塗去不能辨認。

第五回79A：「惟心會而不可言傳，」惟字墨筆點去，改可字，惟字左側朱筆注△，可字加圓圈。

第六回88B：雙行批「紅樓夢內雖未見，」內上墨加「曲」字。

以上也都是孫桐生校改的。

我們從孫桐生批校的文字，可以推知甲戌本許多墨筆圈點也是孫桐生所加的。如

五回78B：吾所愛汝者，乃天下古今第一淫人也。 案：此句上有墨筆眉批云：「石破天驚鬼夜哭。」乃孫桐生筆跡，則此墨筆連圈亦孫桐生所加。

五回79B：寶玉！再休前進，作速回頭要緊。 案：此句上有墨筆眉批云：「何減當頭一棒。」

五回79B：此卽迷津也 案：此句上有墨筆眉批：「孽海茫茫，何處是岸。噫！沈淪墮落，誰爲指迷，誰爲援拯耶！」

五回79B：以情悟道 案：此句上有墨筆眉批：「四字是作者一生得力處，人能悟此，庶不爲情所迷。」

六回93B：忽又想起一事來，便向窗外叫蓉兒回來 案：此上有墨筆眉批：「奇峰突起，好筆奇筆，如此方是活筆，不是死筆。」

六回93B：罷了，你且去罷！晚飯後你來再說罷！這會子有人，我亦沒有精神了。 案：此上有

墨筆眉批云：「此等出神入化之筆，試問別書可有否？其中包藏東西不少，令閱者自會。作文者悟得此法，則耐人咀嚼，無意乎語直之病矣。讀此而不長進學問，開拓心胸者，眞鈍根人也。」

七回102B：拿着大銅盆出來，叫豐兒舀水進去。雙行批：「只用柳藏鸚鵡語方知之法略一皴染，不獨文字有隱微，亦且不至汚瀆阿鳳之英風俊骨，所謂此書無一不妙。」　案：上有墨筆眉批云：「所謂行文有賓有主，有虎有鼠，水滸記慣用此法，作者又神而明之。」此正文及雙行批墨圈皆孫桐生所加。趙岡謂這些圈都是按原底本樣畫下來的㉚似非。

七回103B：卻在寶玉房中大家解九連環作戲。　案：此上有眉批云：「二玉隔房只此一寫，化板爲活，令閱者不覺，眞是仙筆。」

八回117B：一陣涼森森甜絲絲的幽香。　案：此句上有眉批云：「此香可得一聞否？」

廿六回207B：見寶釵進寶玉的院內去了。　案：此句上有眉批云：「此層尙虛。」

廿六回208A：便說道都睡下了……憑你是誰，二爺分付的一槩不准放人進來呢！　案：上有孫桐生墨筆眉批。

廿六回208B：只聽裏面一陣笑語之聲，細聽了一聽，竟是寶玉寶釵二人　案：上有孫桐生墨筆眉批。

廿八回240B：給那起混賬人去。　案：上有墨筆眉批云：「混賬人是卿卿什麼人？」

㉚《紅樓夢新探》，頁一三一。

以上據批語筆跡，可以斷定圈點是孫桐生所加的。

(二)從孫桐生批語看脂批的互相問答爭辯

脂批中常有一問一答，或互相爭辯的現象。俞平伯說㉛：

有時硃批在那邊打架拌嘴。如此本第一回七頁下眉批：「開卷一篇立意，眞打破歷來小說窠臼，閱其筆則是《莊子》《離騷》之亞。」下邊另有一行，地位稍低，曰：「斯亦太過。」又如同回八頁下「因地方窄狹」，夾批云：「世路寬平者甚少。」下有「亦鑿」二字。像這些都是批中之批，批而又批。

趙岡先生㉜也舉出對答式的批語，有時是彼此表示意見一致，有時又是彼此爭辯。例如：

(A) 第八回甲戌本有：

第一人批：「按警幻情榜……襲人數語，無言而止，石兄眞大醉矣。」

第二人批：「余亦云實實大醉也」。

(B) 也是第八回甲戌本上有：

㉛ 〈影印脂硯齋重評石頭記十六回後記〉，頁三一八。

㉜ 《紅樓夢新探》，頁一〇四至一〇五。

第一人批：「二語雖粗，本是眞情，然此等詩只宜如此，爲天下兒女一哭。」

第二人批：「批得好，末二句似與題不切，然正是極貼切語。」

(C) 也是第八回甲戌本：

第一人批：「試問石兄此一托，比在靑埂峰下如何?」

第二人批：「余代答曰，遂心如意。」

此種現象，我們可從此本獨有的批語得到解答。此本抄閱後再評的眉批，有云：

余批重出，余閱此書偶有所得，卽筆錄之，非從首至尾閱過，復從首加批者。故偶有複處。且諸公之批自是諸公眼界，脂齋之批亦有脂齋取樂處。後每一閱亦必有一語半言重加批評於側，故又有於前後照應之說等批。

這批語可能是脂硯所批，脂硯「抄閱再評」時，除脂硯自己外，有梅溪、松齋諸人。所以說「諸公之批自是諸公眼界，脂齋之批亦有脂齋取樂處。」他又說明，他非從首至尾閱過，復從首加批；他是閱此書偶有所得，卽筆錄之，故偶有複處。在此處批嬌杏那丫頭有云：「非近日小說中滿紙紅拂紫烟之可比。」與第一回寫嬌杏的眉批「又最恨近之小說中滿紙紅拂紫烟」相複，因此加批說明。此批或稱余，或稱脂齋，正是一人。如批者不是脂齋，則脂齋便應包括在諸公之內。趙岡先生把這條批書人分爲三類㉝，似不甚妥當。姑不論批書人是二類三類，都可以證明問答爭辯的批語，是出之於這批批書人。兪平伯趙岡先生所舉批者作者的對答，恐怕也只是這班批書人自問自答或互相問答。如第八回「把黛玉腮上一擰」，夾批云：「我也欲擰」。書眉上又有孫桐生墨筆眉批云：「我則愛之不暇，豈忍擰耶?」又如第五回夾批：「此夢文情固佳，然必用秦氏引夢，又用秦氏出夢，竟不知立意何屬。惟批書人知之。」此批眉端有孫桐生墨筆批云：「我亦知之，豈獨批書人。」又第五回「開闢鴻濛，誰爲情種」夾批云：「非作者爲誰。余又曰：亦非作者，乃石頭耳。」下有墨筆孫桐生批云：「石頭卽作者耳。」這些孫桐生的批語，何嘗不似作者的口吻。恐怕脂評中所謂作者，也不過是這一類批者的口吻罷了。

㉝《紅樓夢新探》，頁一四九。

讀《紅樓夢新探》

趙岡先生、陳鍾毅女士合著的《紅樓夢新探》，民國五十九年七月在香港文藝書屋出版。因為這是一部研究紅學，「把現有的全部材料，作一綜合性、總結性的處理」（原書序文）的新著作，所以中文大學新亞書院《紅樓夢》研究小組的師生，一次就購買了二十多部，我們相約都閱讀一遍，在去年暑假中，每週集會一次，以《紅樓夢新探》為研討主題。由組員輪流擔任主講和紀錄。主講的負責提出問題，全體組員發表或同或異的意見。直至彼此認為得到合理的結論，然後由紀錄負責整理。漫長的炎夏，十餘次的討論，提出了很多和趙、陳兩位不同的意見。大家都有意將全部紀錄文字發表，向兩位請教。但由於紀錄文字頗多，秋季開學後，組員的功課太忙，一時尚未能整理就緒，因此我先提出個人局部的意見，和兩位作學術上的切磋討論。

兩位作者都是經濟學家，自序謙稱：「我們都不是學文史的，書中自然難免有許多外行話。」趙陳二位我雖未獲識荆，卻也曾和趙先生有幾次簡短的通信。我對於他治學謹嚴的態度，和坦誠磊落的襟懷，是非常的欽佩的。即使書中眞有文字的瑕疵，這都無傷於著作的價值。故敢附於「直諒之友」之末，略舉書中文字的錯誤，供二位斟酌改訂。

(一) 原書第三節「曹雪芹在北京的生活」(香港版頁四四)，引用敦誠〈寄懷曹雪芹〉的詩句：「當時虎門數晨夕，西窗剪燭風雨昏。」趙先生接着解釋說：「値得注意的是詩中『數晨夕』一句。既然同當侍衞，爲什麼只有數天。『晨夕』兩字也還有問題。爲什麼要着重『晨夕』兩字？」我想這是本於陶淵明〈移居〉詩「聞多素心人，樂與數晨夕」的詩句。陶澍《陶詩集注》引何注：「數音朔，言相見之頻也。」古直箋注：「禮記少儀：『亟見曰朝夕。』鄭注：『亟，數也。』釋文：『數，色角反。』」趙先生解爲數天，既無所本，恐怕也不正確。

(二) 原書頁四七引《四松堂集》：「乙亥宗室歲試，欽命射策，誠隨伯兄，試於虎門。」趙先生說：「所謂『伯兄』就是指敦敏。敦誠敦敏本是親兄弟，後來敦誠過繼出去，故稱其兄爲『伯兄』。」案，伯兄是「長兄」、「大哥」的意思，過繼與否都不妨作同樣的稱謂。

(三) 「趙之謙大概就是作《能靜居日記》的趙烈文。趙烈文亦常提到滌帥，想即滌甫師（原書頁二九二）。」案：趙之謙是浙江會稽人，字撝叔；趙烈文是江蘇陽湖人，字惠甫。

以上摭拾數條，算是攻錯的他山之石，如能打磨一番，本體會更加鮮瑩明潔的。以下我要提出一點意見，希望趙先生考慮。翻開《紅樓夢新探》，第一句話便是「前八十回鈔本《石頭記》是曹雪芹所著，已是不爭之論。」這一句話，影響了作者「把現有的全部材料，作一綜合性、總結性的處理」的工作；因爲作者抱着這一成見，便把一切不承認曹雪芹是《紅樓夢》作者的論證，一筆鈎銷。同時，因爲作者執著這一觀念，於是判斷取捨有關此一問題的材料，不知不覺的會作出不符事實的結論。我是不承認曹雪芹是《紅樓夢》的原作者的，二十年前，我和胡適之先生論辯此一問題，胡先生並不能摧折我提出來的論證。胡先生返臺講學，見面時談到此一問題，胡先生只是說：「旅居國外，沒有新的材料，暫時不想發表新的意見。」並沒有說，此一問題已是不爭之論。李辰冬教授是研究《紅樓夢》的專家，他的主張和胡先生很接近，他反對我的說法，曾發表和我討論《紅樓夢》的幾萬字長函。但是他主辦文藝協會小說研究班時，卻邀我對全班學員演講《紅樓夢》問題，可見李先生也不會說「曹雪芹著《石頭記》已是不爭之論」。前兩星期，宋淇先生得到紀念曹雪芹逝世二百周年一篇〈關於紅樓夢〉的文章（見民國五十二年十二月出版的第十二期《文藝報》）。全文介紹二百年來紅學發展的情況和著作。其中論及紅學的索隱派，從蔡元培、王夢阮起，最後提到一九五九年三月我在新加坡出版的《紅樓夢新解》，明白指出我是主張《紅樓夢》非曹雪芹所著。我的著作在海外出版，如何會流入內地，我所不解。至少在紀念曹雪芹的文章裏，竟徵引海外否認曹雪芹著作權的主張，可見「曹雪芹著《石頭記》」這一論題，並未達到「已是不爭之論」的地步。當初胡適之先生堅決主張《紅樓夢》一書是作者曹雪芹的自敍傳，又認爲程小泉「先得二十餘卷，後又在鼓擔上得十餘卷，此話便是作僞的鐵證。」號稱鐵證，當然也是「不爭之論」。然而早在二十年前，我卽依據理證，反駁胡先生的說法，當時一般紅學家，差不多都認爲我是「痴人說夢」，但是，今天趙先生也說（原書頁三六九）：

由於新資料之陸續出現，許多以往認爲高鶚續書之紅學家已經放棄了此種看法，王佩璋是最早改變態度的一位。兪平伯是當年力主此說之人，但是到了其寫「《紅樓夢》八十回校本」序言時，信念已發生動搖，改稱後四十回「來歷不明」。到了民國五十一年兪平伯正式替高鶚洗寃說：「程氏刋書以前，社會上已紛傳有一百廿回本，不像出於高鶚的創作。高鶚在程甲本序裏不過說遂襄其役，並未明言寫作。張問陶贈詩，意在歸美，遂誇張言之耳。高鶚續書之說，今已盛傳，其實根據不太可靠。」

同樣，一向堅決主張曹雪芹是《紅樓夢》作者的兪平伯先生，他的這一信念也發生了動搖。他在民國四十一年出版的《紅樓夢研究》一書，有一段序言說：

> 《紅樓夢》底名字一大串，作者的姓名也一大串，這不知怎麼一回事？依脂硯齋甲戌本之文，書名五個，《石頭記》、《情僧錄》、《紅樓夢》、《風月寶鑑》、《金陵十二釵》；人名也是五個：空空道人改名爲情僧（原註：道士忽變和尚，也很奇怪。）、孔梅溪、吳玉峯、曹雪芹、脂硯齋（原註：脂硯齋評書者，非作者，不過上邊那些名字，書本上不說他們是作者。）。一部書爲什麼要這許多名字？這些異名，誰大誰小，誰眞誰假，誰先誰後，代表些什麼意義？以作者論，這些一串的名字都是雪芹的化身嗎？還確實有其人？就算我們假定，甚至於我們證明都是曹雪芹底筆名，他又爲什麼要玩這「一氣化三清」底把戲呢？我們當然可以說他文人狡獪，但這解釋，你能覺得圓滿而愜意嗎？從這一點看，可知《紅樓夢》的的確確不折不扣，是第一奇書，像我們這樣凡夫，望洋興歎，從何處下筆呢！

由此可知「《紅樓夢》的作者」這一問題，不獨索隱派不承認曹雪芹是作者；即新紅學派的大師也感到彷徨迷惘，不能有十足的信心。《紅樓夢新探》的作者，開卷第一句話便說「《石頭記》是曹雪芹所著，已是不爭之論」，這是作者個人研究《紅樓夢》的意見的結晶呢？還是「把現有的全部材料，作一綜合性、總結性的處理」的結論呢？當初胡、俞諸先生發現了新問題，往往輕易下專輒的斷案，說這也是鐵證，那也是鐵證。趙先生有意寫紅學史的綜合性研究的著作，似乎應該採取比胡、俞諸先生更開明，更客觀的態度，纔能獲得更公平更全面的「總結性的處理」。不知趙陳二先生能否採納我這一建議，使得不同的、相反的主張還能有切磋討論的餘地呢？

最後我要辨明《新探》引證我對抄本百二十回《紅樓夢》稿的主張的誤會之處。《新探》第五章〈紅樓夢稿之研究〉（頁三一八）說：

楊繼振稱此稿本爲高鶚手定《紅樓夢》稿本。到底是不是呢？根據已發表的文章，幾位紅學家對此問題的看法，頗不一致。潘重規先生在其第一次論此稿本時，完全相信楊繼振的鑑定，認爲他是高鶚手定的《紅樓夢》稿。這包含兩層意義，第一，這抄本是高鶚自己的稿本，也就是所謂的「手稿」。第二，這抄本還是高鶚最後的「定稿」，也就是程丙本「付刻前的底本」。潘先生的理由是程丙本「和此抄本的改文除一兩個異體字外，幾乎一字不差」。不過潘先生認爲後四十回的正文是在高鶚以前已經有了，高鶚不過是得到此稿本而加工整理。這種說法，有一個極大的困難。假設高鶚眞是得到了一個別人留下的後四十回稿本，一如此抄本後四十回正文那樣，他然後又進行加工整理，可是另一方面，我們已經知道高鶚前後有過三次刻印本，卽程甲本、程乙本、程丙本。在這種情形之下，按理說，高鶚是要在這個得來的稿本上加工整理，變成程甲本的付刻底本。然後再根據程甲本進一步加工，而變成程乙本的付刻底本。最後他再根據程乙本加以修改，而變成程丙本的付刻底本。這是正常的步驟。然而根據潘先生的說法，高鶚似乎是從最初一個殘稿本，忽然就跳到了程丙本的付刻本，程甲本和程乙本兩道工序都被越過了，這點十分不合理。

接着又說（《新探》頁三二九）：

潘先生在「續談」此稿本一文時對自己以前的意見作了若干修正。他讀到俞平伯討論此稿本的文章，知道此稿本與程丙本並非「除了幾個異體字外，幾乎一字不差」。於是潘先生放棄此稿本是程丙本付刻底本的「定稿」說法，但是仍然堅持「手稿」之說。換言之，它雖然不是高鶚整理完畢的「定稿」或「清稿」，但卻是付印前的一個稿本。對於修改文稿的步驟與情理不合之點，潘先生也提出了一個新的解釋。他說高鶚、程偉元二人在印程甲本時，已有印程丙本的打算，剛排出一部，立即再排一部。我們可以稱之爲預先計劃好的多軌進行的修改過程。具體說來，這情形應該是這樣的，高鶚得到這部後四十回殘稿後，立即抄了同樣的三份，他在這三份底稿上分別用三種不同的改稿方式，齊頭並進。第一份改稿，因爲改動較少，較早完成，立即付刻，便成功爲程甲本。此本剛出不久，第二份不同方式修改的稿子也完成了，再度付印就產生了程乙本。第三份稿子修改完畢就印成了程丙本。不過，應該注意的是，這種多軌進行的改稿方式，是自己重複自己的工作，所需之時更長，與潘先生所學的爭取時間的動機完全相反。更有甚者，潘先生已經放棄了「定本」之說，也就是承認了付刻底本之前還有過渡稿本。這樣一來，如要三頭分進，多軌改稿，至少需要把初稿抄六份。最重要的是潘先生完全忽略了王佩璋比較程甲本程丙本兩種刻本版口的結果。據王女士統計，在一千五百七十一頁中，有一千五百零二頁，兩本的板口完全相同。不但多軌獨立改稿絕不能產生此種結果，連「過渡稿本」之說都難以成立。高鶚毫無疑問地是在卽就的刻本上進行修改的，付刻的底本一定是前次的印本。

以上是趙先生研究《紅樓夢》稿時徵引我兩篇論文的說法。其實，我的見解，趙先生似有誤會；我的原意並不如趙先生所轉述。我第一篇〈讀乾隆抄本百廿回紅樓夢稿〉（《大陸雜誌》第三十卷第二期）說：

我讀了此抄本後，我認爲此抄本可確信是高鶚手定的《紅樓夢》稿本。此抄本首頁次游題簽是「紅樓夢稿本」，次頁楊繼振題記爲「蘭墅太史手定紅樓夢稿百廿卷」，我認爲楊繼振此一鑑定是正確的。他據此抄本的流傳淵源和七十八回「蘭墅閱過」的題字，斷定此一抄寫的《紅樓夢》稿，是經過高蘭墅親手整理的稿本。也卽是說，此一抄本經高蘭墅親手整理過，並不是說這一抄本是高蘭墅的創作手稿。

我在第二篇〈續談新刊乾隆抄本百廿回紅樓夢稿〉（《大陸雜誌》第三十一卷第四期）說：

此抄本是程高整理《紅樓夢》付印前的一個稿本。楊繼振鑒定爲「高蘭墅手定紅樓夢稿」，意思指的是蘭墅手定的前人的《紅樓夢》稿，並非整理完畢的「定稿」或「清稿」。相信此稿之後，可能還有謄清的稿本，或許謄清之後，再加工修改，也是意中之事。

高鶚整理此書時，廣集各家原稿，勒成定本，他必然命抄手將舊稿本重抄，抄手不止一人，所以字體筆跡有差異，因此筆跡儘管不同，底本卻未必不同。

第六十三回無芳官改名改妝二段文字，第七十回一頁芳官卻有「溫都里」「雄奴」之名，這兩回文字，庚辰本、戚本的六十三回都有幾百字提到匈奴土番等等，這在高鶚時代，深怕觸犯文字獄，所以高鶚把他刪去，但在七十回一頁，還保留「溫都里」「雄奴」幾個名字沒有刪淨，如果此稿本不是脂本，便不會有此遺痕；如果此稿本是脂本的原本，則六十三回斷斷不會剛剛將觸犯忌諱的幾百字遺落，這顯然是高鶚整理時有意刪去，由此又可證明此稿本乃是經高鶚整理過的稿本的重抄本。

趙先生說我「完全相信楊繼振的鑑定，認爲他是高鶚手定的《紅樓夢》稿，這包含兩層意義，第一，這抄本是高鶚自己的稿本，也就是所謂的手稿」。由前面舉出我的兩篇文章，我明白說這一抄本經高蘭墅親手整理過，並不是說這一抄本是高蘭墅的創作手稿。自然沒有趙先生所說的包含的第一層意義。我第一篇文章又說：

此一抄本，正是程小泉所謂「乃同友人細加釐剔，截長補短，抄成全部」的抄本，也即是高蘭墅整理過程中的「全本」「定本」。

所以我認爲此一抄本，確是高鶚程偉元付刻之前，加工整理修改過的一個稿本。

我第二篇文章說：

此抄本確是高鶚的手定《紅樓夢》稿，並且是高鶚和程偉元在修改過程中的一次改本，而非最後的定稿，也未必是付刻時的底稿。

可見我也沒有說「這抄本還是高鶚最後的定稿的意思」。因爲這個抄本，前幾回抄有許多評語，經高鶚加以塗抹刪去，卻也有的尚未刪抹淨盡。又第三十八回第五頁，關於行款格式，有告訴抄手應該怎樣抄寫的指示。如寶玉咏蟹詩開首旁批：「另一行寫」；詩末旁批：「不可接，另一行寫」。這些都可證明此抄本是高鶚整理《紅樓夢》付印前的一個稿本，而非高鶚整理《紅樓夢》付印前的一個最後謄清的稿本。我兩篇文章都認爲楊繼振的鑑定是正確的。楊繼振題記爲「蘭墅太史手定紅樓夢稿」，他的意思指的是蘭墅手定的前人的《紅樓夢》稿，並不一定是整理完畢的最後「定稿」或「清稿」。趙岡先生也許誤會「手定」的意思，以爲「蘭墅手定紅樓夢稿」便是高蘭墅的「手稿」和「定稿」，因此趙先生說：「潘重規先生在第一次論此稿本時，完全相信楊繼振的鑑定，認爲他是高鶚手定的《紅樓夢》稿。這包含兩層意義，第一，這抄本是高鶚自己的稿本，也就是所謂的『手稿』。第二，這抄本還是高鶚最後的『定稿』。」其實我前後兩篇文章，都承認楊繼振的鑑定，不過我解釋楊繼振所題「手定」的意思，是親手整理校定的意思，根本沒有包含趙先生所說的兩層意義。這兩層意義是趙先生誤解「手定」爲「手稿」和「定稿」，纔會說包含了「高鶚的手稿」和「高鶚最後的定稿」兩層意義。

趙先生又說：「潘先生的理由是程丙本和『此抄本的改文除一兩個異體字外，幾乎一字不差』「他讀了俞平伯討論此稿本的文章，知道此稿本與程丙本並非『除了幾個異體字外，幾乎一字不差』，於是潘先生放棄此稿本是程丙本付刻底本的『定稿』說法，但是仍然堅持『手稿』之說。」其實我的原文是舉第二十回李嬤嬤大罵襲人一節文字，和各本對勘，我得出來結論說：「試比較這一節文字，便可看出庚辰本、戚本和此抄本的正文，都大致相同；而程乙本和此抄本的改文除一兩個異體字外，幾乎一字不差，可見此抄本是程乙本付刻前的一個底本。」我分明是說這一節的文字和程乙本幾乎一字不差，並沒有說此抄本和程乙本幾乎一字不差。我也並不是讀了俞平伯的文章，纔知道此稿本與程丙本幾乎一字不差，於是放棄此稿本是程丙本付刻底本的定稿說法，因爲我從未解釋「蘭墅手定紅樓夢稿」是手稿和定稿，我始終認爲「此一抄本，確是高鶚程偉元付刻之前，加工整理修改過的一個稿本」（見讀「乾隆抄本百廿回紅樓夢稿」）。趙先生種種的推論，都是誤會我原文的意思發展出來的無根的推論。

從這一抄本過渡到高程刻本，趙先生說：「根據潘先生的說法，高鶚似乎是從最初一個殘稿本，忽然就跳到了程丙本的付刻本，程甲本和程乙本兩道工序都被越過了，這點十分不合理。」在此，首先要澄清一個問題，就是程高排印《紅樓夢》，第一次在乾隆五十六年辛亥，第二次在乾隆五十七年壬子，這就是所謂「程甲本」、「程乙本」，這二次的印本，都有程高的敍言，經過說得很明白，時間記得很清楚。至於程丙本的說法，祇是趙先生個人的假想。趙先生看見了亞東書局重排的胡適之所藏的程乙本，前幾年又看見了臺北胡天獵叟影印的程乙本，因爲二本文字少有異同，於是趙先生斷言程偉元、高鶚前後共印了三版《紅樓夢》。其實由於程高是用活字排印《紅樓夢》，每次印刷不多，可能隨印隨改。所以流傳下來的程乙本，很難整齊劃一。我在日本曾見到伊藤漱平教授所藏程甲本，他從倉石武四郎教授借得程乙本，又購得胡天獵叟影印的程乙本，他將三個本子對校，影印本有七十五回同於程乙，有四十五回同於程甲（伊藤漱平教授與潘重規書），恐怕是一個混合本。假使不根據程高排印明確的敍言，而僅根據發現的程乙本，每一本的文字有出入異同，便認爲是發行了一個不同的排印本，那就會變成程丁本程戊本也未可知。趙先生說（頁二八〇）：「既然事實證明程高曾兩度改版，前後共發行了三個不同的排印本，而且這三個本子今天也都被找到了。」其實，今天存在的程乙本豈止胡適和胡天獵叟的兩個本子，每一個本子文字都不盡同，可見趙先生的說法是與事實不符的。因此，趙先生所說，「高鶚似乎是從最初一個殘稿本，忽然就跳到了程丙本的付刻本，程甲本和程乙本兩道工序都被越過了，」這番話自然是不能成立的。趙先生又說：「我們已經知道高鶚前後有過三次刻印本，即程甲本、程乙本、程丙本。在這種情形之下，按理說，高鶚是要在這個得來的稿本上加工整理，變成程甲本的付刻底本。然後再根據程甲本進一步加工，而變成程乙本的付刻底本。最後他再根據程乙本加以修改，而變成程丙本的付刻底本。這是正常的步驟。」其實，據〈紅樓夢引言〉所說，初印時不及細校，可見程甲本祇是依據一個抄本，姑集活字刷印，因急欲公諸同好，故初印時，不及細校。而程乙本付印時，則是聚集各原本，詳加校閱，改訂無訛。因此，高鶚整理此書時，廣集各家原稿，勒成定本，他必然命抄手集合舊稿本重抄，抄手不止一人，所以字體筆跡有差異。我們試看《紅樓夢》稿中拼湊的痕跡，如第十六回首頁下半頁不曾寫完，留下了許多空白，第二頁開首有三行半和第一頁重複，被勾去了。又第二十七回起首兩頁實在祇有一頁半，其二頁之半空白，而第三頁之首行有重複的二十七個字被刪去。這種拼湊情形，正是高鶚「廣集核勘，准情酌理，補遺訂訛」的實例。因爲第十六回首頁下半頁不曾寫完，而第二頁開首三行半和第一頁重複，這三行半的文字頗有出入，顯然是另一不同稿本。第一頁賈赦賈珍，第二頁作賈珍賈赦，比較起來，第二頁文字較差，所以將第二頁三行半文字勾去。第二十七回第三頁首被刪去的二十七個字，第一句「紅玉連忙棄了衆人」，第二頁重複的文字作「紅玉連忙撇了衆人」，高鶚立意要《紅樓夢》口語化，「撇了」比「棄了」更覺順口，所以第三頁首重複的文字就被刪去了。他用各家原稿，拼合改訂成爲定本，自然不便用程甲本作改訂的底本。所以，趙先生所說「程甲本和程乙本兩道工序都被越過」的話，也是靠不住的。

最後，趙先生鑑定此稿本「蘭墅閱過」四字是高鶚所書，於是他得到的結論是：

在消極方面，這四個字正好證明此抄本不是高鶚的稿本。沒有人在自己的稿本上批寫「閱過」的道理。連寫都寫過了，還談什麼「閱過」。「閱過」兩字表示是看過別人的東西，而加以註明。此理甚爲明顯。積極方面，「蘭墅閱過」四字表示此抄本主人與程偉元、高鶚相識。他的抄本是經過高鶚閱過。現在我們再結合程高二人的序言所說各點，就可以推想出當年這個抄本產生的經過。

前後的發展過程可能是這樣的。此人手中原抄有一部八十回屬於脂本一類的本子。後來他聽說程偉元弄到了後四十回的文稿，於是就從程偉元手中借來抄下，與前八十回合訂一起，這就是全部的正文。程乙本〈紅樓夢引言〉中有下面幾句話：「是書前八十回，藏書家抄閱幾三十年矣，今得後四十回合成完璧。緣友人借抄爭覩者甚夥……」借抄爭覩者甚夥，當然是指後四十回而言，這是程偉元的新發現，所以大家才要爭覩。此人想來是程偉元友人之一，有機會把程偉元新得的後四十回殘稿抄來一份。不但如此，此時正值高鶚在聚集前八十回各種抄本「廣集核勘」，「詳加校閱」。此人前八十回鈔本也被高鶚借去，作爲參考本之一。高鶚看過之後，在該抄本接近結尾處（第七十八回）批了「蘭墅閱過」四字，表示此本已看過了。當初程偉元獲得的後四十回殘稿本確是殘缺已極。正如程偉元自己所言「漶漫不可收拾」。這些殘缺之處，雖經高鶚幾度輯補，到如今還有許多跡象可尋。此人抄得這份後四十回殘稿以後，聽到高鶚正在作此項修補工作，而且是在繼續作着。此人既然認識程高，當然也會知道高鶚重訂工作的進度。所以他一直等到高鶚全部定稿後，便根據程丙本來補齊自己手中抄本。以此刻本校改抄本，有漏校之處，有改文放錯了位置之處，自屬常情。此人的動機很容易瞭解。從程偉元手中抄來的後四十回殘稿「漶漫不可收拾」，無法卒讀。他當然希望要將它補全。此人既知道高鶚前後改稿三次，自然而然的相信高鶚最後的定稿較前兩次改稿更爲完善。於是他不願用程甲本或程乙本來對校，一定要等程丙本。此抄本後四十回中一清如水的十九回，想來是殘稿中最殘破的部份，要抄改之處太多。所以他索性將程丙本這十九回整回抄下，以代替原來殘稿。卽使是其他二十一回，他也可能有重新清抄一遍的計劃。因此在抄本上才有「另一行寫」，「另抬寫」等字樣出現，足證是預備付抄。

> 有人也許還會覺得此人是多此一擧，何不留下這份帶殘稿後四十回的抄本不動，到坊間去買一本刻印本來讀，豈不簡便？買一套刻印本，簡便固然簡便，倒未必是最經濟的辦法。……當年程刻本京版《紅樓夢》售價「每部數十金」，直到後來，「翻印日多」，售價才下降至「低者不及二兩」。在這種情形下，如果爲了打經濟算盤，抄補幾段缺文，自比花數十金買一本刻印本合算。

綜合趙先生的意見，這部《紅樓夢》稿，前八十回是高蘭墅一位朋友所收藏的一部抄本；後四十回是這位朋友向高蘭墅借抄程小泉所獲得的後四十回抄本，又借得程小泉第三次排印本加以校改，這樣組合而成的一部《紅樓夢》稿，應該正名爲高蘭墅友人所藏的《紅樓夢》稿。至於這位朋友辛苦借抄，又辛苦借刻本校改，主要的理由便是爲了刻本太貴，爲了「打經濟算盤」。我認爲趙先生這番構想，全部很難成立。

第一，這位朋友如果既收藏有前八十回抄本，又搶快配抄了後四十回抄本，這人顯然是一位非常愛好《紅樓夢》的準紅學專家。如果有新印的全本《紅樓夢》問世，他必然要購藏閱讀，決不會爲了「打經濟算盤」，而又浪費人力物力去抄寫校改成爲一部不便閱讀的本子。也許趙先生會說這位朋友可能很窮，無力購買昂貴的刻本，但根據趙先生所說，「此人既是程偉元的友人；此人前八十回抄本也被高鶚借去，作爲參考本之一，」想來憑這一點關係，程偉元也應該將排印出來的新刻本送給這位既愛好而又無力購買《紅樓夢》的朋友吧？因此，趙先生這一假定，理由似不充分。

第二，卽使照趙先生的想法，這位朋友曾向程高借抄後四十回，但在當時情勢，程高爲了趕排趕校，事實上不可能將稿本出借。我們看程高〈紅樓夢引言〉，第一條就說：

> 是書前八十回，藏書家抄錄傳閱幾三十年矣！今得後四十回合成完璧，緣友人借抄爭覩甚夥，抄錄困難，刋版亦需時日，姑集活字刷印。因急欲公諸同好，故初印時不及細校，間有紕繆。今復聚集各原本，詳加校閱，改訂無訛。惟識者諒之。

分析這條引言的意義，顯然是程偉元得後四十回後，許多友人爭着借抄，無法應付，因此搶快用活字排印，急急公諸同好。可見縱有友人借抄，也必遭他婉拒。況且辛亥冬至初刻到壬子花朝再刻，短短的祇有三四個月的付印時間，斷沒有將原稿借與友人傳抄的道理。所以趙先生這一假定，也沒有足夠的理由。

第三，這個「紅樓夢稿」的前八十回，顯然是高鶚根據一個脂評本，命令抄手重抄的。在這抄本前七回中有回首總評，有回首回末的題詩，有正文中雙行夾批的評語。由這些評語，可證明與甲戌、庚辰、有正諸本不同，是諸本以外的一個脂本。為了節省工力，程高決定刪去評語不印。故前幾回抄本還抄有許多評語，經高鶚加以塗抹刪去；自七八回以後，大概便吩咐抄手索性省去，故以後的脂評就殘存極少。而且前八十回抄本，正文夾着的修改文字，實在是一個脂評本再根據其他脂評本修改而成的。甚至有聚集多個脂評本拼合而成的。其中更有高鶚刪定的顯明證據。如第六十三回無芳官改名改妝二段文字，第七十回正文卻有「溫都里」、「雄奴」之名。這兩回文字，庚辰本、戚本的六十三回都有幾百字提到匈奴土番等等，高鶚為了公開印行，深怕觸犯忌諱，所以高鶚把他刪去。但在七十回正文，還出現「溫都里」、「雄奴」幾個名字。如果此稿本不是脂本，便不會有此遺痕；如果此稿本是脂本的原本，則六十三回斷不會剛剛將觸犯忌諱的幾百字遺落，這顯然是高鶚整理時有意刪去，由此可證明此稿本乃是經高鶚整理過的稿本的重抄本。而且，第三十八回第五頁，關於行款格式，有告訴抄手應該怎樣抄寫的指示，這顯然是經過整理的痕跡。誰是整理人？最合理的推測，當然是高鶚。因爲此稿本有「蘭墅閱過」的題記，而這題記已證明是高鶚的筆跡。趙先生認爲：「沒有人在自己的稿本上批寫『閱過』的道理。連寫都寫過了，還談什麼『閱過』。『閱過』兩字表示是看過別人的東西，而加以註明。」其實，這仍是趙先生誤解「高鶚手定的紅樓夢稿」的涵義而滋生出來的推論。因爲此一「紅樓夢稿」分明不是高鶚的筆跡，分明是若干個抄手根據稿本抄寫的，高鶚整理的過程中，校閱抄手所抄寫的稿子，當然可以題「蘭墅閱過」四個字。如果此稿本是從友人處借來，根本不應該如此沒頭沒腦的題上這幾個字。趙先生憑什麼證據，能斷定是程高借自友人的稿本！看來楊繼振的判斷比趙先生要合理得多。

第四，趙先生說：「此人既然認識程高，當然也會知道高鶚重訂工作的進度，所以他一直等到高鶚全部定稿後，便根據程丙本來補齊自己手中抄本，以此刻本校改抄本。」據高鶚引言，是書後四十回，更無他本可考。而前八十回抄本，各家互異，故廣集各原本，準情酌理，補遺訂訛。可見程高重排《紅樓夢》，主要原因還是由於校訂前八十回。假如此人是程高友人，又深知他們重訂工作的用意，那他獲得所謂「程丙」本時，也必然留心校改前八十回的異文。然而單就回目的文字而論，如第三回的回目，甲戌本作「金陵城起復賈雨村，榮國府收養林黛玉」，庚辰本作「賈雨村寅（夤）緣復舊職，林黛玉拋父進京都」，戚蓼生本作「托內兄如海酬訓敎，接外甥（孫）賈母惜孤女」，此抄本與庚辰本全同，而程高刻本作「托內兄如海薦西賓，接外孫賈母惜孤女」，這位「友人」並未照刻本校改。又如第七回的回目，甲戌本作「送宮花周瑞嘆英蓮，談肄業秦鐘結寶玉」，庚辰本作「送宮花賈璉戲熙鳳，宴寧府寶玉會秦鐘」，戚蓼生本作「尤氏女獨請王熙鳳，賈寶玉初會秦鯨卿」，程高刻本與庚辰本同，但此抄本卷首總目和本回正文之前都是空白，缺少回目。這位愛好《紅樓夢》的「友人」，他藏有《紅樓夢》抄本，聽見程偉元獲得後四十回，立刻借抄一本；待到程高用活字本排印全書，又設法「以此刻本校改抄本」。（以上情節只是趙先生的構想，事實上沒有任何證據可以證明「紅樓夢稿」是高鶚友人的藏書。程偉元得到「漶漫不可收拾」的殘稿，祇有請高鶚「細加釐剔，截長補短，抄成全部，復爲鐫板，以公同好」，決不可能將未經整理的殘稿與友人傳抄。）以如此深愛《紅樓夢》的「友人」，無論如何粗心大意，也不會連空白缺脫的回目，竟熟視無睹，不加補足，這樣超越「常情」的「漏校」，恐怕會破壞趙先生的構想的。

根據以上各項事實，我認爲趙先生對「抄本百廿回《紅樓夢》稿」一書鑑定和論斷是不能成立的。我希望趙先生經過考慮後，或將作出更完善的取捨。我記得民國四十七年的新年，我在新加坡南洋大學，山居寂寥，忽然收到齊如山老先生從臺北寄來的手書，還附了一篇〈紅樓夢非曹雪芹家事論〉的新稿，問我有什麼意見。老先生說：「從前有學問的人，往往為一事而爭辯，這個名詞叫作『抬學問槓』，聽這種抬槓，不但於學問有益，且極有趣味。」本來研究學術，與「素心人」反覆討論，乃是人生一種最高的享受。而在「奇文共欣賞，疑義相與析」的過程中，也自然免不了發生不同的見解。趙先生是紅學專家，也是我心儀已久的學者，因此閱讀二位的新著後，率直的陳述我個人不同的看法，希望在茫茫人海中，還能領略到齊老先生所說的「抬學問槓」的趣味。

〈讀紅樓夢新探〉餘論

——答趙岡先生

筆者發表了〈讀紅樓夢新探〉（《明報月刊》第七十三期）一文後，趙岡先生給我一封長信，誠懇親切的和我討論問題，並囑將長函登載在《紅樓夢研究專刊》裏。可惜專刊要半年後纔能出版，爲了免勞讀者渴望，《明報月刊》主編允撥出篇幅刊布，因此我草成此文，藉便向趙先生請教。

關於乾隆抄本百廿回《紅樓夢》稿的「手稿」問題，趙先生說沒有誤解我的原意。並且說：「第一，未曾用『手稿』一詞來區分『創作』與『整理』兩種工作；……第二，也沒有用『手稿』一詞來表示這是稿本主人『親手所抄』。」不過，趙先生鑑定此稿本「蘭墅閱過」四字是高鶚手筆後，得到的結論是：

在消極方面，這四個字正好證明此抄本不是高鶚的稿本。沒有人在自己的稿本上批寫「閱過」的道理。連寫都寫過了，還談什麼「閱過」。「閱過」兩字表示是看過別人的東西，而加以註明，此理甚爲明顯。

依照趙先生的意思，高鶚題記「閱過」兩字，是表示看過別人的東西，而加以註明。如果是自己的稿本，就不應該題「閱過」兩字，因爲寫都寫過了，當然談不到甚麼閱過。這裏「閱過」是自己親眼閱過；「寫過」也當然是自己親手寫過。由於這個結論，使我斷定趙先生把手稿看成是「親手所抄」的稿本。否則，高鶚是整理《紅樓夢》的負責人，他命抄手抄錄所整理的《紅樓夢》稿，爲防抄寫有訛誤之處，他自然要審核校閱，審核校閱後，他自然可以題「蘭墅閱過」四字。這恰好證明是他自己的東西，不是「別人的東西」。如果趙先生不把這稿本看成高鶚「親手所抄」，那趙先生爲甚麼不容許高鶚題「蘭墅閱過」四字。如果容許高鶚命抄手抄寫的《紅樓夢》稿題上「蘭墅閱過」四字，那趙先生便不應該說「寫都寫過了，還談什麼閱過」。更不應該說：「此人的前八十回抄本也被高鶚借去，作爲參考本之一。高鶚看過之後，在該抄本接近結尾處（第七十八回）批了『蘭墅閱過』四字，表示此本已看過了。」趙先生此一鑑定既欠正確，則前八十回稿屬於程高友人的假設，自難成立。以下就趙先生函中提出的說法，逐項加以研究，並提出意見。

一、友人借抄程高後四十回並用「程丙本」校補之說

本來前八十回稿屬於程高友人的假設，既然不能確定；那麼，同一稿本的後四十回屬於程高友人借抄的假設，越發不能成立。不過趙先生既然提出他的說法，姑且順着他的說法，再細心推敲一番。

我們試看《紅樓夢》稿的後四十回，顯然是幾個抄手合抄的。其中一清如水的十九回，尚可閱讀；其餘廿一回，塗改圈抹，加了許多附粘的籤條，閱讀起來，簡直萬分困難。如果一個普通讀者，他決不會如此不怕麻煩，自討沒趣，抄成如此不便閱讀的一個抄本。況且他既因爲「殘稿中最殘破的部份，要抄改之處太多，所以他索性將程丙本這十九回整回抄下，以代替原來殘稿」。（《新探》頁三二六）他爲甚麼不把其他廿一回也照「程丙本」整回抄下，豈不更整齊，更便於閱讀。假如說爲了經濟時間，我們不妨試驗，依「程丙本」照抄一遍，定然比塗改圈抹，附粘籤條，時間精力要節省得多。可是趙先生猜想由某一人借抄正文，又用「程丙本」校補這一假定，是遠離事實而又不合情理的。雖然趙先生說：「卽使是其他二十一回，他也可能有重新清抄一遍的計劃，因此在抄本上才有『另一行寫』、『另抬寫』等字樣出現，足證是預備付抄。」（《新探》頁三二六）但據兪平伯❶指出：「這個塗

❶ 兪平伯〈談新刋乾隆抄本百廿回紅樓夢稿〉，《中華文史論叢》，頁四三九。

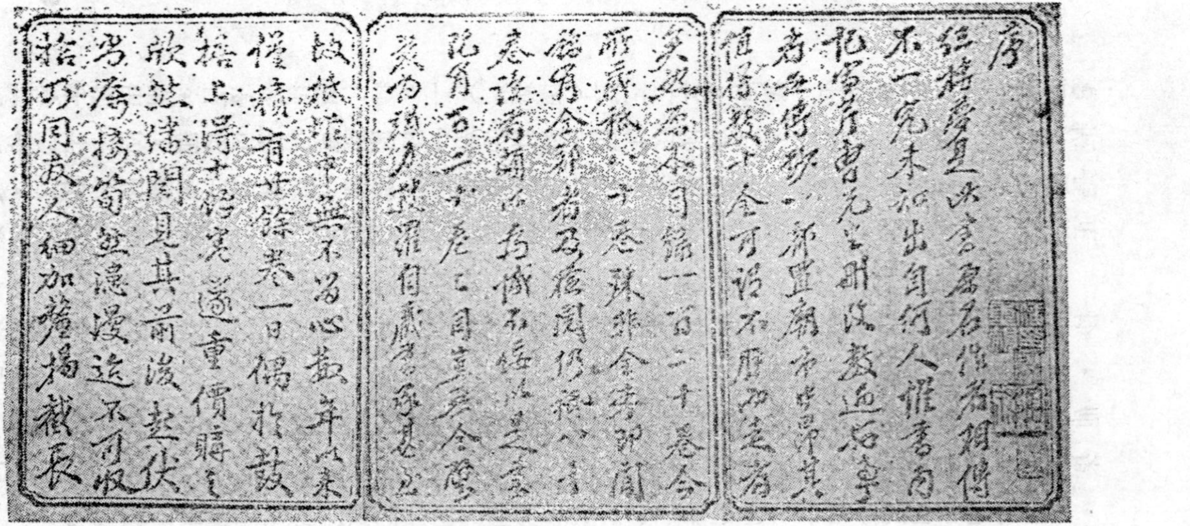

序
紅樓夢小說本名石頭記作者相傳
不一究未知出自何人惟書內
記雪芹曹先生刪改數過好事
者每傳鈔一部置廟市中昂其
值得數十金可謂不脛而走者
矣然原目一百廿卷今
所傳只八十卷殊非全本即間
稱有全部者及檢閱仍只八十
卷讀者頗以為憾不佞以是書
既有百廿卷之目豈無全璧
爰為竭力搜羅自藏書家甚至
故紙堆中無不留心數年以來
僅積有廿餘卷一日偶於鼓
擔上得十餘卷遂重價購之
欣然繙閱見其前後起伏
尚屬接榫然漶漫殆不可收
拾乃同友人細加釐剔截長

胡天獵影印程乙本〈紅樓夢序〉（此書原爲萃文書屋乾隆壬子年活字排印百二十回《紅樓夢》，民國五十一年五月臺北青石山莊印行。）

改的本子當時大約準備付抄的。在第三十八回第五頁，他告訴手民應該怎樣抄，有七處之多，備引如下：寶玉詠蟹詩開首傍批：『另一行寫』；……詩末傍批：『另抬寫』。……這都不關文字異同，是關於行款格式的指示，雖不解決甚麼問題，卻清楚地表示這抄本的性質來，是個校勘用的底本。」不過，俞平伯所舉出這種情況乃出現在前八十回中，而趙先生鑑定前八十回和後四十回乃兩個截然不同的本子，似乎不宜牽合混淆來說明。

趙先生又說：「此人既然認識程高，當然也會知道高鶚重訂工作的進度。所以他一直等到高鶚全部定稿後，他根據程丙本來補齊自己手中抄本。……此人既知道高鶚前後改稿三次，自然而然的相信高鶚最後的定稿較前兩次改稿更爲完善。於是他不願用程甲本或程乙本來對校，一定要等程丙本。」我們試看看此人據「程丙本」抄寫的後四十回，如第九十回寶蟾借送果酒爲由勾引薛蝌，程甲本作：寶蟾方纔要走，又到門口往外看看，回過頭來向着薛蟾一笑❷。程乙本（即趙先生所稱之程丙本）作：

> 寶蟾方纔要走，又到門口往外看看，回過頭來向着寶蟾一笑。

程甲本作薛蟾固然錯誤，程乙本改爲寶蟾，更說不通。此抄本百廿回《紅樓夢》稿的正文

---

❷ 此證引自王佩璋〈紅樓夢後四十回的作者問題〉，《紅樓夢研究論文集》，頁一六七。

作：「寶蟾便走到門口，向外一看，回頭」塗改增加成爲：

寶蟾方纔要走，又到門口往外看看，回過頭來，向着薛蝌一笑。

依照趙先生的說法，程高刻本是此抄本的底本，底本皆誤，而過錄本反而不誤；而且正文既不合程乙本，也不合程甲本。這一類的現象還有的是，可見趙先生「此人用程丙本校補」的說法是要再商量的。

二、程高得後四十回殘稿後有借抄可能之說

趙先生鑑定乾隆抄本百廿回《紅樓夢》稿，認爲前八十回是程高一位友人所藏，後四十回的正文是這位友人向程小泉借抄的。後四十回又可分兩類，一類廿一回的改文，是這位友人借「程丙本」校補的；其他一清如水的十九回，則是將「程丙本」這十九回整回抄下，以代替原來殘稿。其前後發展的過程，趙先生也作出了許多構想。我在〈讀紅樓夢新探〉一文中，已提出種種疑問，趙先生並未解答，在來信中，只對我前文所說「辛亥多至初刻到壬子花朝再刻，短短的只有三、四個月的付印時間，斷沒有將原稿借與友人傳抄的道理」這一段

話，加以辯護。認為「程偉元得到後四十回殘稿，但一時還沒有刊版計劃。友人聽到消息，紛紛要求借抄爭覩。這些人恐怕都是一般讀者，出於要窺全豹的心理，未必如潘先生所說『這人顯然是一位非常愛好《紅樓夢》的準紅學專家』。因此，必要時可能打經濟算盤。」要辯明此一問題，仍然需要根據程高的自白來判斷，辛亥年程偉元的序文說：

> 不佞以是書既有百二十卷之目，豈無全璧。爰為竭力搜羅，自藏書家甚至故紙堆中無不留心，數年以來，僅積有廿餘卷。一日，偶於鼓擔上得十餘卷，遂重價購之，欣然繙閱，見其前後起伏，尚屬接筍，然漶漫殆不可收拾，乃同友人細加釐剔，截長補短，抄成全部，復為鐫版，以公同好。

又高鶚的序文說：

> 予聞《紅樓夢》膾炙人口者幾廿餘年，然無全璧，無定本，向曾從友人借觀，竊以染指嘗鼎為憾。今年春，友人程子小泉過予，以其所購全書見示，且曰：此僕數年銖積寸累之苦心，將付剞劂，公同好，子閒且憊矣，盍分任之。

壬子年程高的引言說：

> 是書前八十回，藏書家抄錄傳閱幾三十年矣。今得後四十回，合成全璧。緣友人借抄爭覩者甚夥，抄錄固難，刊板亦需時日，姑集活字刷印，因急欲公諸同好，故初印時不及細校，間有紕繆，今復聚集各原本詳加校閱，改訂無訛。

是書沿傳既久，坊間繕本及諸家所藏秘稿，繁簡岐出，前後錯見，即如六十七回此有彼無，題同文異，燕石莫辨，玆惟擇其情理較協者取爲定本。書中後四十回係就歷年所得，集腋成裘，更無他本可考，惟按其前後關照者略爲修輯，使其有應接而無矛盾，至其原文，未敢臆改，俟再得善本，更爲釐訂，且不欲盡掩其本來面目也。

是書刷印，原爲同好傳玩起見，後因坊間再四乞兌，爰公議定值，以備工料之費，非謂奇貨可居也。

我們試平心觀察程高二人的序述，知道《紅樓夢》前八十回抄本，在社會流傳已久。程小泉是最用力搜羅一百廿回全書的一位。高鶚向來愛好《紅樓夢》，他「曾從友人借觀」前八十回抄本，這「友人」可能就是程小泉，因此程小泉得到後四十回殘稿後，就把全書給高鶚觀看。由於後四十回「漶漫不可收拾」，就請高鶚細加整理，截長補短，抄成全部。從事實看來，程小泉千辛萬苦，僥倖重價購得的人間孤本，在「漶漫不可收拾」的情況下，決不會輕易借給一個普通友人傳抄，甚至一個普通讀者也無法抄錄。因此程小泉要請求高鶚細加整理後，纔能抄成可以閱讀的全書。等到全書抄成時，程小泉就付諸剞劂。爲了雕版太費時日，所以姑用木活字排印；又因急欲公諸同好，故初印時不及細校。在這細心整理和匆忙付印的當中，自然不容許有借與友人傳抄的可能時間。趙先生的構想，似乎有重新考慮的必要。

三、程高三個刻本及甲乙兩本版口相同之說

趙先生創立程甲、程乙、程丙三個不同的排印本的說法，他說：

既然事實證明兩度改版，前後共發行了三個不同的排印本，而且這三個本子今天也都被找到了，我們就要作一番正名的工作……從現在開始，在討論程高刻本《紅樓夢》時，我們就用此三個新名（規案：即程甲、程乙、程丙）。……我們更不能因為程高沒有寫三版序言，就斷定程丙本是出於他人之手。其實程高在三版序言中要說的話，大都在再版序言已經說明，沒有再重覆一遍的必要。

（《新探》頁二八○）

不過，就事實看，我們知道有程甲本，是根據辛亥年程高的序言；我們知道有程乙本，是根據壬子年程高的引言。而且程乙本引言說：「俟再得善本，更為釐定。」可見程高只有二次不同的排印本，這是眞正的事實。如果有第三次排印本，必然是「再得善本」，纔會「更為釐定」。既然新得了善本，作了新整理的工作，那就非有新的說明不可，而不可諉之於「大都在再版序言已經說明」了。趙先生又根據胡天獵影印本及程乙本的程偉元序中第一句話：程乙本作「《石頭記》是此書原名」，胡本作「《紅樓夢》是此書原名」，認為是再度換版

1	1~5	乙		21	101~105	甲	
2	6~10	乙		22	106~110	甲	
3	11~15	乙		23	111~115	乙	
4	16~20	乙		24	116~120	甲	
5	21—25	乙					
6	26~30	乙					
7	31~35	乙					
8	36-40	乙					
9	41-45	乙					
10	46-50	乙					
11	51~55	乙					
12	56-60	乙					
13	61~65	甲					
14	66~70	甲					
15	71~75	乙					
16	76-80	甲					
17	81-85	甲					
18	86~90	甲					
19	91~95	甲					
20	96~100	乙					

程乙影印本甲＼乙對照表（此表爲伊藤漱平先生寄與本文作者）

之確證。實則胡本程序第一葉乃胡天獵補寫（影印見前），趙先生說他「書法低劣不堪」，正是這個原故。胡氏影印此書時，因首頁缺損模糊，自己補寫一頁，根本不能做爲程高再度換版之證。我們尊重程高自白的事實，應該承認程高只排印過兩次，即胡適所稱程甲本、程乙本。而趙先生所舉的事實，並不能證明「曾兩度改版，前後共發行了三個不同的排印本」。除非眞正如趙先生所構想的三個本子，今天都被找到了；而且一切發現的程刻本，都和趙先生所構想的三個本子同其範疇，絕無例外，趙先生的說法，纔有成立的可能。

至於趙先生否認百廿回《紅樓夢》稿是高鶚付刻以前的一個底本，最主要的理由是甲乙兩本有一千五百零二頁的版口完全相同，所以他說：

> 這是一個硬碰硬的問題，在證據的解釋上沒有太多的變通餘地。潘先生在以往的文章中都沒有談這個問題，現在《明報月刊》大文中，又一次避開了這個問題，我希望潘先生能想出一個妥善的解釋，那時我立即會接受潘先生的構想。

趙先生提出這個很重要的問題，我多年來也曾考慮過，我不斷留心觀察流傳下來的程刻本，發現無論程甲本、程乙本，都很難得到純粹的本子。所以我在〈今日紅學〉一文中（見《紅樓夢專刊》第七輯），曾提到混合本的事實。我前幾年在日本看見伊藤漱平教授所藏的程甲本，他又借得倉石武四郎教授所藏的程乙本，與胡天獵影印的程乙本校對，發現影印本有七十五回同於程乙，有四十五回同於程甲，大約是一個混合本（見伊藤敎授與潘重規書，影印附後）。如果發現一個混合本，便說程高多排印一次，那是非常不合事實眞相的。我們試用算術方式來說明，假定程高排印《紅樓夢》，每部釘裝爲十二册，前後排印了兩次不同的版本，命名爲甲本、乙本，純粹的本子的形式是：

$甲_1\ 甲_2\ 甲_3\ 甲_4\ 甲_5\ 甲_6\ 甲_7\ 甲_8\ 甲_9\ 甲_{10}\ 甲_{11}\ 甲_{12}$

$乙_1\ 乙_2\ 乙_3\ 乙_4\ 乙_5\ 乙_6\ 乙_7\ 乙_8\ 乙_9\ 乙_{10}\ 乙_{11}\ 乙_{12}$

又假定甲乙兩次僅各印十部，混亂起來，照公式計算。

$$2^{12}=4096$$

產生的結果，就可以變成四千零九十六個不同形的書本，然而出版人排印的次數，實際只有兩次。胡天獵影印的是混合本，卽兪平伯、王佩璋、伊藤、倉石諸位先生所對校的，也無法保證其非混合本。因此，趙先生引證王女士版口的統計，並不能作爲安全的根據。基本的證據既不穩固，一切推論自然無法建立。以上僅就我所知的事實，略加說明，提供趙先生參考。

日本大坂大學教授伊藤漱平致作者討論《紅樓夢》書簡

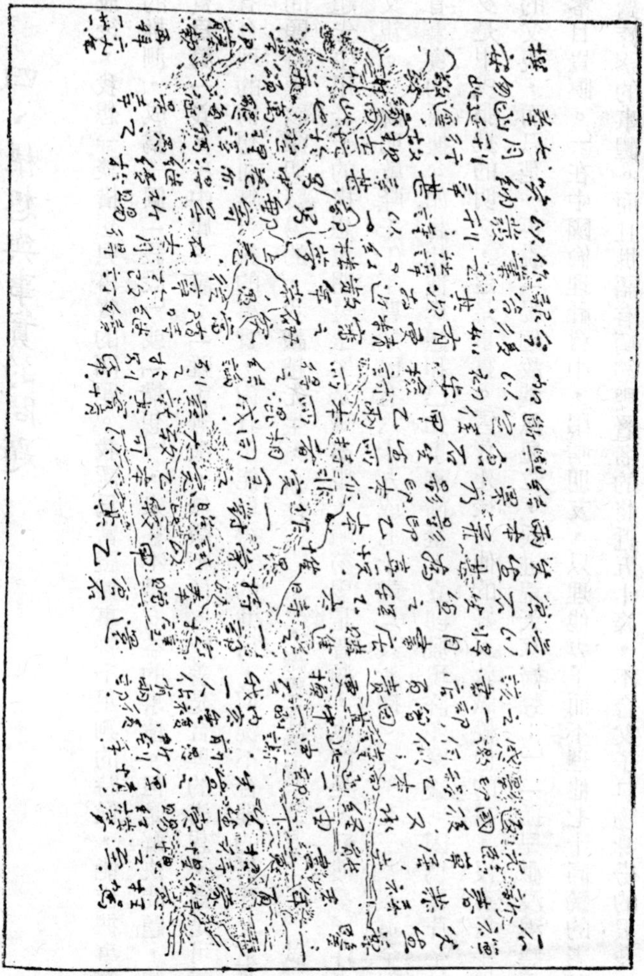

四、構想與事實的問題

最後，我想一談構想與事實的問題。我認爲當證據事實不足夠的時候，能依據事實加以合理的推測，成爲一個「假設」或「構想」，未嘗不是有益的事情。但是解決問題，總以尊重事實爲第一義。《中庸》說：「雖善無徵，無徵不信。」善是合理的構想，徵是可靠的事實，有合理的構想而無可靠的事實，尙且不能取得人的共信，何況不合理的構想。這是我們研究問題時應該深切警惕的。我讀趙先生《新探》一書，總覺謹嚴處尙有不足，試再舉一例，趙先生用若干的構想說明吳玉峯是畸笏叟，畸笏叟是曹頫，也卽是《紅樓夢》作者曹雪芹的父親。又說明乾隆壬午年曹頫已有六十九或七十歲（《新探》頁一七三）。這全部構想都沒有事實的根據。如將此種構想和已知事實衡量，立卽發現許多疑竇。因爲雪芹卒於壬午年除夕是甲戌脂批的明文，這是事實。雪芹死後，他的好友敦誠輓他的詩，沒有隻字提到他衰老的父親，而只是一再說「腸廻故壠孤兒泣，淚迸荒天寡婦聲；」「孤兒渺漠魂應逐，新婦飄零目豈瞑。」在中國倫理社會中，弔唁朋友，只理他妻子而不理他七十高齡的老父，這是絕對悖謬的事體。而且批語有畸笏叟署名的將近五十條，不合父子口吻身份的很多，如廿二回庚辰本回末總批：此回未成而芹逝矣，嘆嘆。丁亥夏，畸笏叟。父子傷逝，語氣似乎應該更沉痛。又同回庚辰本寶黛口角一段眉批：

> 此書如此等文章多多不能枚舉，機括神思自從天分而有。其毛錐寫人口氣傳神攝魄處，怎不令人拍案稱奇叫絕。丁亥夏。畸笏叟。
>
> 神工乎？鬼工乎？文思至此盡矣！丁亥夏。畸笏。

父親如此稱贊兒子的文章，也似乎太過。像這類的批語，眞不能令人相信畸笏是雪芹的父親，眞不夠支持趙先生的構想。我深愧無自知之明，卻偏好議論長短，拉雜寫來，還望趙先生不吝指正。

答趙岡先生〈紅樓夢稿諸問題〉

我在《明報月刊》第七十七期發表了〈讀紅樓夢新探餘論〉後，趙岡先生寫成〈紅樓夢稿諸問題〉一文，對〈餘論〉逐點提出答覆。又將文稿先寄給我過目，要我加以新的答辯。並且說：「這算是我們抬學問槓的第二回合，這樣一步步深究下去，研究也就愈來愈細緻。」我深感趙先生雅意，謹遵來命逐點奉答。

一、引言

對於乾隆抄本百廿回《紅樓夢》稿，我與趙先生的歧見，是我認爲這抄本是屬於高鶚的，是高鶚整理過程中的一個稿本。趙先生則認爲這抄本的前八十回的所有權是屬於高鶚的友人的；而後四十回則是「高鶚友人」借抄程高所得到的後四十回殘稿。待到「程丙本」出版後，他又依據「程丙本」修訂的文字，校補在前八十回及所抄後四十回的殘本上。

我們歧見的發生，和抄本第七十八回後「蘭墅閱過」四個朱字，有決定性的關係。因爲如果沒有這四個題字，便沒有這抄本關係人的主名。楊繼振手題稱爲「蘭墅太史手定紅樓夢稿」便失去根據；趙先生也無從斷定此抄本是屬於高鶚的友人。這一題字的鑑定，如果錯誤，則一切推論，便全部落空，等於一場幻夢，還談甚麼夢中的情節誰眞誰假！

我的判斷是承認「蘭墅閱過」四字是高鶚親筆所題，而此抄本刪改修訂組合也符合高鶚整理的情況，所以承認這抄本是屬於高鶚整理過程中的一個稿本，趙先生鑑定此稿本「蘭墅閱過」是高鶚手筆後，得到的結論卻是：

> 在消極方面，這四個字正好證明此抄本不是高鶚的稿本。沒有人在自己的稿本上批寫「閱過」的道理。連寫都寫過了，還談甚麼「閱過」。「閱過」兩字表示是看過別人的東西，而加以註明，此理甚爲明顯。（《紅樓夢新探》頁三二五）

我曾經在〈紅樓夢新探餘論〉一文中提出異議，我說：

> 依照趙先生的意思，高鶚題記「閱過」兩字，是表示看過別人的東西，而加以註明。如果是自己的稿本，就不應該題「閱過」兩字，因爲寫都寫過了，當然談不到甚麼「閱過」。這裏「閱過」是自己親眼閱過；「寫過」也當然是自己親手寫過。由於這個結論，使我斷定趙先生把手稿看成是「親手

所抄」的稿本。否則，高鶚是整理《紅樓夢》的負責人，他命抄手抄錄所整理的《紅樓夢》稿，爲防抄寫有訛誤之處，他自然要審核校閱，審核校閱後，他自然可以題「蘭墅閱過」四字。這恰好證明是他自己的東西，不是「別人的東西」。如果趙先生不把這稿本看成高鶚「親手所抄」，那趙先生爲甚麼不容許高鶚題「蘭墅閱過」四字。如果容許高鶚命抄手抄寫的《紅樓夢》稿題上「蘭墅閱過」四字，那趙先生便不應該說「寫都寫過了，還談甚麼閱過」。更不應該說：「此人的前八十回抄本也被高鶚借去，作爲參考本之一。高鶚看過之後，在該抄本接近結尾處(第七十八回)批了『蘭墅閱過』四字，表示此本已看過了。」趙先生此一鑑定既欠正確，則前八十回稿屬於「程高友人」的假設，自難成立。

趙先生看見了我的不同意見，在〈紅樓夢稿諸問題〉這篇文章中作出答覆，聲明《紅樓夢新探》中所說的「寫都寫過了」的「寫」，不是「抄寫」的「寫」，而是「創作」的意義，「也就是寫文章的寫」。如果趙先生這一說明，那麼趙先生的意思是認定《紅樓夢》七十八回前或前八十回是高鶚的創作，這一個大膽的假設，如果不出自趙先生自己的聲明，我是不敢替趙先生做出這一推測的。假如趙先生這一推測是正確的，那麼，前八十回《紅樓夢》既然是高鶚的創作，爲甚麼高鶚又要向他友人借閱自己的創作呢？趙先生又說：「閱過」兩字表示是看過別人的東西，而加以註明，這裏「別人的東西」的涵義，我想趙先生是說，這部書是屬於別人的，故得出結論是：「此人的前八十回抄本也被高鶚借去，作爲參考本之一。高鶚看過之後，在該抄本接近結尾處（第七十八回）批了『蘭墅閱過』四字，表示此本已看過了。」但我認爲高鶚命人抄寫的整理過的《紅樓夢》，並非高鶚的創作，是別人的文章，也可以說是「別人的東西」。至於這「東西」是屬於自己的或別人的，則須看題字內容辭氣而定。斷不能如趙先生的判斷，「閱過」兩字是表示看過屬於別人的東西，而加以註明。我們試拿甲戌殘本《石頭記》來作證。甲戌本的早期所有人是劉銓福，書尾有「癸亥春日，白雲吟客筆」，「五月廿七日閱又記」，「戊辰秋記」，「雲客又記」四段跋文，都是所有人自己寫的。又有「青士椿餘同觀於半畝園並識」一跋說：「《紅樓夢》雖小說，然曲而達，微而顯，頗得史家法。余向讀世所刊本，輒逆以己意，恨不得起作者一譚，睹此册，私幸余言之不謬也。子重其寶之。」濮青士和弟弟椿餘看過他朋友所藏的抄本，所以說「子重其寶之」。我們借觀友人的珍本圖書，如果在書上題字，理應提及它的主人。我案頭恰有四部叢刊影印宋本《溫國文正司馬公集》，此書嘉慶年間，屬於藏書家黃丕烈；有錢大昕題字云：「嘉慶己未十月五日庚寅竹汀居士錢大昕假觀，時年七十有二。」因爲這部宋板書是黃丕烈所有，錢大昕題字，便要說明是「假觀」。這是事理之常，正當的寫法。我們如何能說，「蘭墅閱過」這樣的寫法，便是「借自友人」的證據呢？因爲趙先生立論的基石落空，所以趙先生由此基石所引申的一切推斷，自然須全部再加檢討。

二、友人借抄程高後四十回並用程丙本校補之說

趙先生說：「我說稿本後四十回中有十九回是一清如水，我的解釋是，這十九回是已被謄清者。潘先生反對這種解釋。」趙先生這一段話是誤會了我的意思。我也認爲這十九回是已被謄清的現象。不過我認爲是原文塗改太多到沒法塗改的境地，或某種情況下，高鶚命令抄手謄清的。而趙先生則認爲是高鶚的友人謄清的。我只是反對趙先生認爲是高鶚友人謄清的判斷。所以我說，高鶚的友人「『既因爲殘稿中最殘破的部份，要抄改之處太多，所以他索性將程丙本這十九回整回抄下，以代替原來殘稿。』(《新探》頁三二六) 他爲甚麼不把其他廿一回照『程丙本』整回抄下，豈不更整齊，更便於閱讀。假如說爲了經濟時間，我們不妨試驗，依『程丙本』照抄一遍，定然比塗改圈抹，附粘籤條，時間精力要節省得多。可見趙先生猜想由某一人借抄正文，又用『程丙本』校補這一假定，是遠離事實而又不合情理的。」現在影印第八十四回第二頁半頁(附後)，我們看看，便可明白已印成了整齊清楚的刻本，還會有人願意塗改成這樣一個本子嗎？

趙先生又說：「潘先生其次是反對我認爲原稿本主人有重新付抄的計劃。『另一行寫』，

『另抬寫』，見於前八十回，不應與後四十回牽合混淆。這點怪我以前說得不夠清楚。……現在就請潘先生順着我的想法，用最簡單的方式來重建我構想的情形。第一，此人先有一套八十回抄本。第二，他不久又從程偉元處抄來最原始的後四十回，合成一部。第三，他最後利用程丙本校補前八十回及原始狀況的後四十回。」爲了我們前後討論這個問題，已反覆多次。我現在就完全順着趙先生的想法的三個階段。此人既擁有了一套八十回抄本，又配抄了最原始的後四十回，合成一部。這自然是一份有價值的抄本，所以據趙先生說，此人的前八十回抄本還被高鶚借去，作爲參考本之一。可見這抄本很有價值，正應當保存原來面目；豈有把它塗改得狼藉不堪的！如果此人是庸碌之輩，只不過是愛看小說的尋常人。那他應該向高鶚索贈一部（我前文說過，假定高鶚借用他的抄本，刻書既成，理應贈書酬報。）或購買一部。卽使照趙先生的構想，此人經濟不裕，買不起高價的《紅樓夢》刻本。他只能借到一部，如趙先生想法的第三步，「他最後利用程丙本校補前八十回及原始狀況的後四十回。」認爲此人爲了打經濟算盤，不願買一部新刻《紅樓夢》，而不惜塗改一部有價值的舊抄本。那就應該忠實地照「程丙本」規規矩矩的校補，但是據俞平伯〈談新刊乾隆抄本百廿回紅樓夢稿〉說：

第七回五頁上：「鳳姐□的先推寶玉笑道。」「姐」下原缺一字，卻添作慌。鳳姐見了秦鐘，何

抄本第八十四回第二頁

至於慌呢？各本程甲、乙並作「喜的」。

第八回三頁上：「必須鑒在金器上。」「鑒」乃「鏨」之誤，而改爲「嵌」。寶釵金鎖上的八個字是刻文，如何能鑲嵌呢？各本程甲、乙並作「鏨」。又上文同回二頁下：「所以鏨上了」句，此本將「鏨」分作「斬金」二字，未改。

第九回五頁下：「李貴等只得好勸」，將「只得」二字圈去，改爲「又從旁再三好勸」，程甲、乙並不如此，仍作只得好勸。

第十六回四頁下：「也不掿我沒見世面了」，「掿」乃「薄」之誤或俗體，妄改爲「怕」各本程甲、乙並作薄。

這一類或改或不改的錯字，都和「程丙本」不同，還能說「此人既知道高鶚前後改稿三次，自然而然的相信高鶚最後的定稿較前兩次更爲完善」，「所以他一直等到高鶚全部定稿後，便根據程丙本來補齊自已手中抄本」嗎？

也許這許多與「程丙本」不符的錯字，趙先生可能認爲是「此人」偶然漏校或偶然誤改。我再舉出最令人注目最容易校對的全書回目。我們只須翻開百廿回抄本的第一册九回的回目看看，個別文字不同的有第六回：「程丙本」作劉老老一進榮國府，此本「劉老老」作「劉姥姥」。整個回目完全不同的，有第三回，「程丙本」作「托內兄如海薦西賓，接外孫賈母惜孤女」，此本作「賈雨村寅緣復舊職，林黛玉抛父進京都」；有第五回，「程丙本」作「賈寶玉神遊太虛境，警幻仙曲演紅樓夢」，此本作「遊幻境指迷十二釵，飲仙醪曲演紅樓夢」；有第七回，「程丙本」作「送宮花賈璉戲熙鳳，宴寧府寶玉會秦鐘」，此本缺回目；有第八回，「程丙本」作「賈寶玉奇緣識金鎖，薛寶釵巧合認通靈」，此本作「比通靈金鶯微露意，探寶釵黛玉半含酸」；有第九回，「程丙本」作「訓劣子李貴承申飭，嗔頑童茗烟鬧書房」，此本作「戀風流情友入家塾，起嫌疑頑童鬧學堂」。第一册僅包括九個回目，竟有五個回目完全不同；「此人」「最後利用程丙本校補前八十回」，竟一字不校不補，這能說是「此人」的偶然漏校嗎？

我們再拿此本的第一回和「程丙本」對校，無論是正文或改文，都有數不清的差異，我實在無法將全部校勘記列舉出來，現在只抄一段做爲例證：

〔此抄本〕空空道人乃從頭一看，原來是無才補天，幻形入世，蒙茫茫大士、渺渺眞人，攜入紅塵，歷盡一番離合悲歡，炎涼世態的一段故事。後面有一首偈云：

無才可去補蒼天，枉入紅塵若許年，此係生前身後事，倩誰記取作奇傳。

詩後便是此石墮落之鄉，投胎之處，親自經歷的一段陳迹故事，其中家庭閨閣的瑣事，以及閑情的詩詞，到還全備，或可適情解悶，然朝代年紀，地輿邦國，卻反失落無考。

〔程丙本〕空空道人乃從頭一看，原來是無才補天，幻形入世，被那茫茫大士、渺渺眞人，攜入紅塵，引登彼岸的一塊頑石：上面敍着墮落之鄉，投胎之處，以及家庭瑣事，閨閣閑情，詩詞謎語，倒還全備，只是朝代年紀失落無考；後面又有一偈云：

無才可去補蒼天，枉入紅塵若許年。此係身前身後事，倩誰記去作奇傳。

我們單看這一節，便可證明趙先生「此人最後利用程丙本校補前八十回及原始狀況的後四十回」的推斷，是缺乏事實的根據。

三、程高得後四十回殘稿後有借抄可能之說

趙先生的大文在這一節中，似乎和我有甚多和甚大的爭執，其實我和趙先生的差異點，只是對程高一句引言的解釋的不同。我將這一節話重抄如下：

是書前八十回，藏書家抄錄傳閱幾三十年矣。今得後四十回，合成全璧。緣友人借抄爭覩者甚夥，抄錄固難，刋板亦需時日，姑集活字刷印。

這一段話中的「緣友人借抄爭睹者甚夥」一句，趙先生的解釋是：「借抄爭睹者甚夥，當然是指後四十回而言，這是程偉元的新發現，所以大家才要爭睹。此人想來是程偉元友人之一，有機會把程偉元新得的後四十回殘稿抄來一份。」（《紅樓夢新探》頁三二六）我的解釋

是「因為借抄爭睹的友人很多」，這一句的涵義只表達「有很多朋友爭着借閱借抄」，並未說他曾借給人抄寫。借個淺顯的例子來說明，假如高鶚說「緣友人借錢者甚多」，也只是說有很多人向他借錢，並未肯定說他曾借錢給人。當然他說有人向他借書借錢，他可以不借，也可以借。趙先生斷定他借給人抄寫，而且肯定說是借給某人抄寫。我的看法則是雖然有很多人向他借抄，他卻並未曾借。理由我在〈讀紅樓夢新探〉中已經說明，我說：「分析這條引言的意義，顯然是程偉元得後四十回後，許多友人爭着借抄，無法應付，因此搶快用活字排印，急急公諸同好。可見縱有友人借抄，也必遭他婉拒。」趙先生說：「借抄爭睹甚夥，在書商程偉元眼中，具有特殊意義。爭睹甚夥，正表示一旦印成刊本，銷路應當不壞。這正是這部中國偉大文學作品第一次出現刊本的重要契機。潘先生的分析則不同，認為從時間方面來看，友人借抄之事是不可能的。這是變象指責程高在序言中說謊。」其實我是說：「斷沒有將原稿借與友人傳抄的道理」。至於說有人向程高爭睹借抄，這是明明白白的文義，清清楚楚的事實，任何閱讀程高引言的人，都應該能夠領會的。至於趙先生說：「借抄爭睹甚夥，在書商程偉元眼中，具有特殊意義」，我和趙先生的看法並無不同，程偉元看見有許多人向他借書，他便知道「印成刊本，銷路應當不會壞」。他並不需要把書借給人，纔能銷路不壞。如果就商業眼光看來，他愈不借人，他的銷路會愈好，想到這一層，程高借書給人傳抄就更不可能了。趙先生憑甚麼證據，硬說「此人是程偉元友人之一，有機會把程偉元新得的後四十回殘稿抄來一份」呢？

四、程高三個刻本及甲丙兩本版口相同之說

程高三個刻本是趙先生創立的新說。趙先生增加一個排印本的證據有兩點：第一點，是程偉元序中第一句話，胡天獵藏本作「《紅樓夢》是此書原名」，程乙本作「《石頭記》是此書原名」；第二點，是胡天獵藏本一幅元春像的綉像，和阿英《紅樓夢版畫集》中程乙本的綉像不同；此幅圖中的柱子上刻滿了花紋，而程乙本此圖的柱子無花紋」（《紅樓夢新探》頁二七八至二七九）。其實趙先生指稱「胡天獵藏本的程偉元序後兩頁是高鶚筆跡，而頭兩頁及第三頁最後一行半則出於另外一人之手，書法低劣不堪，顯然這兩頁也換過了版。」（《紅樓夢新探》頁二七九）事實上，「書法低劣不堪」的換版的人，乃是翻印此書的「胡天獵叟」，如何能證明程高重抄一次呢？至於「紅樓夢」和「石頭記」三字的不同，當序文「石頭記」三個字損缺時，誰能保證「胡天獵叟」不塡上「紅樓夢」三個字。趙先生又提出元春一圖的小小差異，其實胡天獵本圖中兩根柱子上的花紋，線條粗亂，和本圖的花紋都不

相稱，恐怕是後人隨意塗畫上去的（我的學生葉玉樹君提供的意見），並不如趙先生所說刻滿了花紋（附胡天獵本元春圖）。況且卽使此圖因殘缺而換版，也不能算多一個改印的本子。因此趙先生創立程甲、程乙、程丙三個不同的排印本的說法，似乎不能成立。

至於我承認程高有兩個不同的排印本，是尊重事實。就事實看，我們知道有程甲本，是根據辛亥年程高的序言；我們知道有程乙本，是根據壬子年程高的引言。而且程乙本引言說：「俟再得善本，更爲釐定。」可見程高只有二次不同的排印本，這是眞正的事實。這情形好像現在出版書籍在版權頁寫明某年某月初版，某年某月再版，這便是排版次數的說明。如果有第三次版，必然說明某年某月三版。高鶚如果有第三次排印本，必然是「再得善本」，纔會「更爲釐定」。既然新得了善本，作了新的整理工作，那就非有新的說明不可，斷不能如趙先生所說：「我們更不能因爲程高沒有寫三版序言，就斷定程丙本是出於他人之手，其實程高在三版序言中要說的話，大都在再版序中已經說明，沒有再重覆一遍的必要」（《紅樓夢新探》頁二八二）。我們從事實證明程高只曾排印二次，但現在發現許多程刻本，內容往往頗有差異，我們注意到這現象，可能是甲乙本混合之故。由於程高用活字排印，字形不如雕版之穩定，前前後後的印刷，極易發生差異錯亂。我「假定甲乙兩次各印十部，混合起來，照公式計算，可以變成四千零九十六個不同形的書本，我只是表明這二十套書，混亂起

圖春元本叟獵天胡

來，有幾千幾百種的形式，來說明今日傳下來的程刻本，容易發生不劃一的現象，並非絕對不劃一。我壓根兒不曾想把這二十套書，用障眼法變成二十一套。

趙先生提到甲丙兩本版口相同的問題，這是王佩璋統計兩個本子異同的結果。百廿回抄本《紅樓夢》是高鶚整理《紅樓夢》，在付刻之前，加工修改過的一個稿本，在這以前，可能有更早的稿本；在這以後，也可能還有修改的稿本，所以我在〈續談新刊乾隆抄本百廿回紅樓夢稿〉（《大陸雜誌》第三十一卷第四期）說：「此抄本確是高鶚的手定《紅樓夢》稿，並且是高鶚和程偉元在修改過程中的第一次改本，而非最後的定稿，也未必是付刻時的底本。」我反對趙先生主張程高有三個不同的排印本，只是辨明程高只有兩個不同的排印本；趙先生的新說不合事實。我並不爲了改稿方式而要推倒趙先生的新說，因爲我早已說明這未必是付刻時的底本。

五、附加的話

趙先生引我高鶚整理此抄本的一段話後，加以按語說：

在這裏我們可以做一個實驗，讀者可以把這一整段中的「高鶚」字樣，全換上「高鶚的友人」，

「李先生」，「張君」。

我同意「高鶚」字樣，可以換上「高鶚的友人」或任何名姓。但我鑑定作這整理工作是高鶚的原因，乃由於本書有高鶚的題字，而程刻本又提到高鶚曾從事這整理工作。假使趙先生有事實證據，證明從事這整理工作的不是高鶚而是「高鶚的友人」，而本書又是「高鶚的友人」題署，自然可以將「高鶚」一筆勾銷。

趙先生最後又提到「高鶚的友人」以刻本校改抄本，經我舉出種種超越常情的漏校，雖然令這些例證對趙先生的構想有點破壞力，但對我自己的構想，卻具有更巨大的破壞力。因爲「若依潘先生的構想，此稿本是高鶚詳加校閱，細心整理而勘定的定本，馬上要去付排，而竟然連空白缺脫的回目，竟熟視無睹，不加補足，豈不更令人難以置信。尤有甚者，校編者所熟視無睹的空白缺脫回目，竟由排印工人給補上了（如第七回），而校編者所審定的回目，反被手民無緣無故給更改了（如第三回）。」趙先生所考慮這種種的過失，是認定此稿本是付印時的底本，而我的看法，一再說明是：

此抄本確是高鶚的手定《紅樓夢》稿，並且是高鶚和程偉元在修改過程中的一次改本，而非最後的定稿，也未必是付刻時的底本。

趙先生所舉的漏失，高鶚在付印時必然已經做妥，而趙先生所構想的「高鶚的友人」的種種漏失，那就無法彌補了。

寫在《新編紅樓夢脂硯齋評語輯校》後

陳君慶浩撰寫《紅樓夢脂評之研究》論文之前，早已完成了《新編紅樓夢脂硯齋評語輯校》一書。陳君去巴黎後，稿本堆在我書齋裏，直到前年暑假決定付印後，陳君又從巴黎返港，親自整理督印，付印前後，由《紅樓夢》研究小組同學協助校對原書和校樣。有時陳君和小組同學過於忙碌時，我也分擔部份校對工作。通常印書，經過三校，已經不算過於草率，而《新編脂評輯校》，至少經過了五校。印成後，我披覽一過，仍發現有不少錯誤，不禁又令人興起「校書如掃落葉」的歎息。此中錯誤，有原稿的錯誤，有印刷的錯誤，有校對的錯誤。現在隨手記下，以供將來修訂的參考。

一、原稿的錯誤

《新編》頁一二第三行　設云應憐也　案甲戌原作應伶，伶乃怜之誤字。

《新編》頁二七〇第九行　襲（人）正文標昌（簽）　案：周汝昌《紅樓夢新證》頁四四〇引，改「昌」字作「目曰」，是。（簽）應改（目曰）。

二、印刷的錯誤

《新編》頁三五三第一行　玉兄若見此批，必云　案：印刷時跳脫「見此批，必云」數字，出版後添補。

《新編》頁六〇第八行　香翠　案：「翠」字排倒。

《新編》頁三三六第三行　經過　案過字排倒。

《新編》頁五一二　末行　眉批　案批字排倒。

三、校對的錯誤

《新編》頁九正面十六行　夕癸　案：「癸」當作「葵」。

《新編》頁一四五第一行　全寡婦貪利權受辱　案：「全」當作「金」。

《新編》頁一六二反面九行　甲眉眉批　案：當作「甲戌眉批」。

同右　金瓶壺（壺）奧　案（壺）當作（壼）。

《新編》頁二〇一第五行　情鍾意功　案：「功」當作「切」。

《新編》頁三五四第十三行　（甲戌200b）　案「戌」下脫「夾批」二字。

《新編》頁三六〇第十一行　甲戌　案「戌」下脫「夾批」二字。

《新編》頁三八一第十五行　庚夾辰　案：當作「庚辰夾批」。

《新編》頁五一一第六行　石破天駕　案：「駕」當作「驚」。

《新編》頁五一二第十六行　叫豐舀兒　案：當作「叫豐兒舀」。

以上只是隨手披閱，便發現了這許多錯誤。如果逐字細校，所得必不止此。還有，由於原書過錄者的誤分誤合，編輯脂評的人只能依型照錄，這類的情形，必須另加說明，才能了解脂評的眞相。如甲戌本第一回「滿紙荒唐言，一把辛酸淚，都云作者痴，誰解其中味」詩下批云：「此是第一首標題詩」似乎是一條雙行批注。同葉隔了很遠的書頭，又有一條批語：「能解者方有辛酸之淚，哭成此書……」似乎是一條眉批。又提行「今而後惟願造化主……甲午淚筆」，似乎又是一條眉批。其實這幾句話正針對「一把辛酸淚，誰解其中味」而說的，應該和「此是第一首標題詩」相連貫。原稿雙行寫在「誰解其中味」下，沒有空位，就提行寫在書眉的空白處，因此一條批語便變成不同類型的三條批語。試看靖本另紙錄出的批語，這三條正是連寫的一條批語，可爲確證。又甲戌本第三回：「只在這正室東邊的三間耳房內」，夾批云：「若見王夫人」。「於是老嬷嬷引黛玉進東房門來」夾批云：「直寫引至東廊小正室內矣」。此二批本應相連作「若見王夫人，直寫引至東廊小正室內矣」。因提行之故，被抄手誤分二條。如果仔細研究脂批，這類的情形，還有的是，那又是校勘以外的校勘了！

《紅樓夢》古本說明

《紅樓夢》一書，在清乾隆五十六年辛亥（西元一七九一）程偉元排印以前，一直是靠抄寫流傳。程偉元序言曾說：「《紅樓夢》小說本名《石頭記》，好事者每傳抄一部，置廟市中，昂其值得數十金。」可見未有刻本以前，《紅樓夢》的抄本是流行頗廣的。胡適之先生曾將知見的《紅樓夢》的古本，依各本年代的先後，作一總表，茲略加補充，並附說明，列舉如後：

（一）乾隆十九年甲戌（一七五四）脂硯齋重評本石頭記　殘抄本

存第一至八，十三至十六，二十五至二十八回，共十六回，第十三回首頁缺小半角。原分裝八卷。今十六回各爲一卷，分裝四冊。卷首題：「脂硯齋重評石頭記」。首凡例。正文每面十二行，行十八字，楷書。有雙行批、行間批、眉批及回前後總評。此本劉銓福舊藏，民國十六年（一九二七），胡適在上海購得。民國五十年（一九六一）五月一日，在臺北將原書影印。胡適稱爲甲戌本。

(二) 乾隆二十四年己卯（一七五九）多月脂硯齋四閱評本石頭記 殘抄本

存第一至二十，三十一至四十，六十一至七十回共四十回。內第六十四、六十七兩回係配抄，第六十七回後題云：「石頭記第六十七回終，按乾隆年間抄本武裕菴補抄。」有雙行批、行間批、眉批及回前後總評。正文每面十行或十一行，行三十字至三十五字不等。此本董康舊藏，後歸陶洙，現藏北平圖書館。

(三) 乾隆二十五年庚辰（一七六〇）秋脂硯齋四閱評本石頭記 殘抄本

存第一至六十三、六十五至六十六、六十八至八十回，共七十八回。分裝八册，除第七册外，每册十回。第十七、十八回未分開；第十九、第八十回無回目。第七册首葉有批云：「內缺六十四、六十七兩回。」又第二十二回未寫完，末尾空葉有批云：「此回未成而芹逝矣！嘆嘆！丁亥夏，畸笏叟。」第七十五回的前葉有題記：「乾隆二十一年（一七五六）五月初七日對清。缺中秋詩，俟雪芹。」每册首頁題：「脂硯齋凡四閱評過，」第五册起加題：「庚辰秋月定本」，或「庚辰秋定本」，每回首題：「脂硯齋重評石頭記」。正文每面十行，行三十字。有雙行批、行間批、眉批、及回前後總評。此本徐郙舊藏，後歸燕京大學圖書館，現歸北京大學圖書館。胡適稱爲庚辰本。用己卯本補抄第六十四、六十七兩回。民國四十八年（一九五九），有臺北文淵出版社翻影印本。

(四) 國初鈔本原本紅樓夢　民國元年（一九一二）上海有正書局石印大字本八卷八十回。扉頁題「原本紅樓夢」，封面題「國初鈔本原本紅樓夢」，中縫則題「石頭記」。首戚蓼生〈石頭記序〉。正文每面九行，行二十字，有雙行夾批及回前後總評。前四十回有近人眉批。民國九年（一九二〇），上海有正書局復據大字本重新謄錄上石，印行小字本，正文每面十五行，行三十字。有雙行批及回前後總評，又有近人眉批。民國十六年（一九二七）又印行第二次小字本。此本俞明震舊藏，後歸狄葆賢，據以石印。原底本的年代無可考，但已有第六十四、六十七回，第二十二回已補全，故年代當在庚辰本之後。簡稱有正本，或戚本。

(五) 乾隆四十九年甲辰本（一七八四）石頭記　抄本八十回。首乾隆四十九年菊月夢覺主人序。有雙行夾批。第十九回前面有總評，說：「原本評註過多，未免旁雜，反擾正文，刪去以俟觀者凝思入妙，愈顯作者之靈機耳。」不過由刪存的評註使我們知道此本也是脂硯齋評本。此本在山西發現。簡稱甲辰本。

（六）乾隆五十四年己酉（一七八九）抄本石頭記　吳曉鈴藏殘抄本
存第一至四十回。首乾隆五十四年舒元煒序，次舒元炳題沁園春詞，次目錄。正文每面八行，行二十四字。簡稱己酉本。

（七）靖應鵾藏抄本紅樓夢
全書共十厚册，由十九小册合裝而成。八十回書中，計缺失第二十八、二十九回及第三十回之數葉，共存七十七回有餘。此乾隆抄本爲南京毛國瑤在友人靖應鵾家所發現。周汝昌曾發表〈紅樓夢版本的新發現〉一文，公開介紹。據云：「七十八回之中，共有三十五回全無批語。其餘四十三回則多存眉批、行間批、回前回後批及句下雙行夾批，硃墨錯雜。持與已經行世的各種脂批本對看，有諸本互見的，有靖本獨有的，即諸本互見的，也每有異文或獨多之文。是以可資探討之點不少，價值很高。」簡稱靖藏本。

（八）鄭振鐸藏抄本紅樓夢
一册，共三十一頁，題「石頭記第二十三回、第二十四回」，中縫則題「紅樓夢」。正文每面八行，行二十四或二十五字。簡稱鄭藏本。

（九）蘇聯亞洲民族研究所列寧格勒分所藏抄本紅樓夢

三十五冊。八十回，缺第五、第六兩回。第七十九回、第八十回未分開。此本蘇聯學者孟西和夫曾撰文介紹，有眉批、夾批、雙行批，也是一個脂評本。簡稱脂亞本。

（十）乾隆抄本百廿回紅樓夢稿

全書分裝十二冊，每冊十回，共計六百多頁。封面題簽「紅樓夢稿本」，下署「佛眉尊兄藏」，「次游簽」。次頁有原收藏人楊繼振題字云：「蘭墅太史手定紅樓夢稿，百廿卷，內闕四十一至五十十卷，據擺字本抄足，繼振記。」。簡稱全抄本。

（十一）乾隆五十六年辛亥（一七九一）萃文書屋木活字排印新鐫全部繡像紅樓夢

這是程偉元高鶚第一次排印的一百二十回本。此本是後來南方各種雕刻本、鉛印本、石印本的祖本。胡適稱爲程甲本。

（十二）乾隆五十七年壬子（一七九二）萃文書屋木活字排印新鐫全部繡像紅樓夢

這是程偉元高鶚第二次排印的一百二十回本。向來沒有人翻版，直至民國十六年（一九二七），上海亞東圖書館始用胡適藏本排印一部。胡適稱爲程乙本。民國五十一年（一九六二）五月，臺北青石山莊影印胡天獵叟藏本。

以上列舉的古本《紅樓夢》，年次和簡稱，都是得到學術界認可的。俞平伯在《脂硯齋紅樓夢輯評・引言》曾說：「事實上各本多出傳抄，眞正抄寫的年月不明，所題干支只是底本的年分，如甲戌爲一七五四，指底本說，現存的甲戌並非一七五四抄的，遠在這個以後。」吳世昌有《關於紅樓夢》一書的英文本，他將甲戌本稱爲V1，已卯本稱爲V2，庚辰本稱爲V3。V是 Version 的簡稱。如譯爲中文，即爲甲本、乙本、丙本，或第一本、第二本、第三本。假如照吳氏的說法，一旦有新的資料發現，便須把甲乙丙丁的次序推改，這樣反而容易混亂。又程偉元兩次刻本，有序言說明；趙岡認爲有三次刻本，但並無足夠證據，因此我們仍採用通行的說法，作爲編排古本次序的根據。

「紅學」五十年

《紅樓夢》不但是中國的小說名著，也可與世界任何文學名著媲美。莎士比亞描寫人物四百餘個，分散在三十幾個劇本，而《紅樓夢》一部小說，便塑造了四百多個活生生的人物。讚揚《紅樓夢》的言論太多了，我們不須多費唇舌來覆述它。總之它已成爲古今讀者最愛看、愛談的一部名著了。我今天講的題目是「五十年來之紅學」，意思是說《紅樓夢》已經成爲一門學問，不僅是一部普通的小說了。遠在嘉慶道光間經學昌盛的時期，便有醉心紅學的華亭人朱子美。他的朋友勸他應該留心經學，不要專讀小說。他回答道，我同樣的也在研究經學，不過和別人研究的略有不同罷了。朋友聽他的話，大爲驚奇。他接着說：「我研究的經學，只是比旁人的經學少了一橫三曲罷了。」他的朋友越聽越不懂。他便加以解釋道：經學的「經」字，減去一橫三曲不就是「紅學」嗎？可是朱子美不但認爲《紅樓夢》是一門學問，而是與崇高的經學同類的學問。衡以《紅樓夢》一書讀者之多，研究者之衆，著述的豐富，問題的複雜，影響的遠大，揭櫫「紅學」這一名號，實在不算過份。

現在我說紅學五十年，是因爲近五十年來踏入了紅學極輝煌的一段時期。在此之前，儘管讀者極多，只不過是自由欣賞，很少認眞研究。就算號稱紅學專家或紅迷的，也無非像金聖歎批水滸，宋明人批唐詩。很少像胡適之先生考證版本，辨別眞僞，如胡先生自稱的用歷史考證方法來考證舊小說。這種方法，也可以說是淸儒治經的方法。還有，對《紅樓夢》一門學問，進入公開的論辨，像漢儒爭古文今文的是非，宋明儒爭朱學陸學的同異，也可說是從近五十年開始。自從蔡元培先生發表了《石頭記索隱》一書，因爲此書問世，引起了蔡胡的紅學大論戰。《石頭記索隱》，序撰於民國四年（一九一五）十一月，刊行於民國六年（一九一七）九月，到今年恰夠五十整年。回溯這五十年的紅學發展，作一客觀的檢討，似乎不失爲一樁有意義的工作。由於蔡胡論戰的刺激，引起了海內外學人的注意，不斷的搜求新資料，發掘新問題，五十年來增加有關《紅樓夢》的作品着實不在少數。據一粟編的《紅樓夢書錄》，著錄了從《紅樓夢》問世直到民國四十三年（一九五四）十月以前爲止的有關紅學作品，大約有九百種。再加上近十幾年的論著，自然更多了。現在我略舉近五十年有關紅學的重要資料：

一、抄本

(1)甲戌脂硯齋重評本石頭記　乾隆十九年（一七五四）民國五十年臺北影印本殘存十六回。

(2)巳卯脂硯齋四閱評本石頭記　乾隆廿四年（一七五九）殘存四十回

(3)庚辰脂硯齋重評石頭記　乾隆廿五年（一七六〇）存七十八回，補鈔六四、六七兩回，民國四十四年出版

(4)甲辰本　乾隆四十九年（一七八四）卷首有甲辰歲夢覺主人序，存八十回，批語不多

(5)巳酉本　乾隆五十四年（一七八九）卷首有舒元煒序，存四十回，無批

(6)戚蓼生本　封面題國初鈔本原本紅樓夢，民國元年有正書局石印本

(7)乾隆一百二十回抄本　民國五十二年（一九六三）影印本，有高鶚題字

二、論著

⑴石頭記索隱　蔡元培　民國六年（一九一七）商務印書館鉛印本
⑵紅樓夢考證　胡適　民國十年（一九二一）亞東圖書館《胡適文存》卷三
⑶紅樓夢辨　俞平伯　民國十二年（一九二三）亞東圖書館鉛印本
⑷考正紅樓夢的新材料　胡適　民國十七年（一九二八）亞東圖書館《胡適文存》三集卷五
⑸跋乾隆庚辰本脂硯齋重評石頭記鈔本　胡適　民國廿四年（一九三五）商務版《胡適論學近著》第一集卷三
⑹紅樓夢研究　俞平伯　民國四十一年（一九五二）棠棣出版社鉛印本
⑺紅樓夢新證　周汝昌　民國四十二年（一九五三）棠棣出版社鉛印本
⑻紅樓夢新解　潘重規　民國四十八年（一九五九）新加坡青年書局出版
⑼紅樓夢探源　吳世昌　一九六一年英國牛津大學出版社英文本
⑽讀乾隆抄本百廿回紅樓夢稿　潘重規　民國五十四年（一九六五）一月臺灣《大陸雜誌》第三十卷二期

以上約舉紅學重要資料和論著，已經可以看出紅學的大概輪廓。爲了時間的關係，今天只能舉出近五十年來研究紅學急需解決的問題，同時對問題看法不同而產生的論辯（我不喜歡論戰二字，所以改稱論辯。）第一次是蔡胡二氏的論辯，第二次是民國四十年（一九五一）我和胡先生的論辯。

《紅樓夢》研究者首先要問的是：百萬言的《紅樓夢》鉅著究竟是一部普通的言情小說？抑或是一部隱含特殊意義的小說？究竟《紅樓夢》的主旨是怎樣？蔡孑民先生的結論是：

> 《石頭記》者，康熙朝政治小說也。作者持民族主義甚摯，書中本事，在弔明之亡，揭清之失，而尤於漢族名士仕清者，寓痛惜之意。

胡適之先生確定《紅樓夢》的作者是曹雪芹，他的結論是：

> 《紅樓夢》是一部隱去眞事的自敍，裏面的甄賈兩寶玉卽是曹雪芹的化身，甄賈兩府卽是當日曹家的影子。

這一次的論辯，胡先生獲得全勝，例如他指摘蔡氏考定劉姥姥是湯潛庵說：

> 最妙的是第六回鳳姐給劉老老二十兩銀子，蔡先生說這是影湯斌死後徐乾學賻送的二十金；又第四十二回鳳姐又送劉老老八兩銀子，蔡先生說這是影湯斌死後惟遺俸銀八兩。這八兩有了下落了，那二十兩也有了下落了。但是第四十二回王夫人還送了劉老老兩包銀子，每包五十兩，共是一百兩；這一百兩可就沒有下落了。因爲湯斌一生的事實沒有一件可恰合這一百兩銀子的，所以這一百兩雖然比那二十八兩更重要，到底沒有索隱的價值！這種完全任意的去取，實則沒有道理；故我說蔡先生的

《石頭記索隱》也還是一種很牽強的附會。

像這一類辯詰，胡先生駁斥得痛快極了。胡先生又考得曹雪芹的家世，又發現脂評《紅樓夢》抄本，因此斷定前八十回的作者是曹雪芹，後四十回是高鶚的僞造。胡先生認爲歷史考證方法的成功，因此博得一般學者的信從。魯迅的《小說史略》，乃至日本歐美人，差不多整個世界談《紅樓夢》的全都採用了胡先生的學說，從民國十年到民國四十年講《紅樓夢》的可以說得上是「定於一尊」的「胡適時代」了。

民國四十年（一九五一）五月廿二日，臺灣大學中文系學會邀我作一次學術演講，我提出我對《紅樓夢》的看法，我提出我對胡先生學說的懷疑——可能是本世紀對胡先生學說懷疑的第一人。十五年前彼此論辯的文章，散見在當年的臺灣報章雜誌，轟動了當年的臺灣文壇。當年論辯的問題非常的多，參加論戰的人也非常熱烈。我現在只能提出最重要的兩點來報告。

第一：胡先生攻擊蔡氏是穿鑿附會猜笨謎索隱式的紅學。我認爲胡先生《紅樓夢》是曹雪芹自敍傳的說法，仍然是猜謎的方法。胡先生說：「魯迅曾指出『謂《紅樓夢》乃作者自敍，與本書開篇契合，其說之出實最先，而確定反最後』。確定此論點之法，必須先考得雪芹一家自曹璽曹寅至曹顒曹頫，祖孫三代四個人共做了五十八年的江寧織造；必須考得康熙六次南巡，曹家當了四次接駕的差；必須考定曹家從極繁華富貴的地位敗到樹倒猢猻散的情況。」所以胡先生的〈紅樓夢考證〉（《胡適文存》卷三）一文中考出曹寅的長子曹顒，次子是曹頫，曹寅死後，曹顒襲織造之職，到康熙五十四年，曹顒或是死了，或是因事撤換了，故次子曹頫接下去做。織造是內務府的一個差使，故不算做官，故氏族通譜上只稱曹寅爲通政使，稱曹頫爲員外郎。但《紅樓夢》的賈政，也是次子，也是先不襲爵，也是員外郎。這三層都與曹頫相合，故可證賈政卽是曹頫；因此，賈寶玉卽是曹雪芹，卽是曹頫之子。因此，胡先生的結論是：「《紅樓夢》是一部隱去眞事的自敍；裏面的甄賈兩寶玉卽是曹雪芹的化身；甄賈兩府卽是當日曹家的影子」。由此看來，胡先生的考證，依然是猜謎。而且，胡先生以賈政爲員外郎，適與員外郎曹頫相應，謂賈政卽影曹頫。然《石頭記》第三十七回，有賈政任學差之說；第七十一回有賈政回京覆命，因是學差，故不敢先到家中。員外郎的官職，遠不及學政之高貴清華，遍查清代史料，從無曹頫任學差之事。照胡先生駁斥蔡先生的考據，臙生員外郎的分量，如果相當八兩二十兩的話，那學政確要值一百兩銀子了。那又和劉老老影湯潛庵有何分別呢？胡先生又斷定賈府便是曹家，也與《紅樓夢》內容不合。試看《紅樓夢》全書，一方面對於賈府的描寫，着意舖排成帝王的氣派，如秦可卿的出喪（第十三回）、史太君的做壽（第七十一回），這在曹家如何附會得上？另一方面，《紅樓夢》的作者對於賈府的惡意仇視，時時流露於字裏行間：焦大柳湘蓮的當面明罵，尤三姐託夢時的從旁控訴（戚本第六十九回說：「姐姐：你終是個癡人，自古天網恢恢，疏而不漏，天道好還，你雖悔過自新，然已將人父子兄弟致於聚麀之亂——父子兄弟聚麀之亂卽是爬灰養小叔子的意思——天怎容你安生！」），在在都表現作者對賈府的痛恨。如果作者是曹雪芹，他爲什麼要詆譭他列祖列宗如此不堪呢？我提出這些疑問，胡先生不能解答，所以「自敍傳」的說法是不能成立的。

第二點：胡先生認爲後四十回是高鶚僞造。他的考證說：「程序說先得二十餘卷，後又在鼓擔上得十餘卷，此話便是作僞的鐵證，因爲世間沒有這樣奇巧的事！」照胡先生的說法，世間奇巧的事，便是作僞的鐵證，這是根本不合邏輯的推論，所以我不敢承認胡先生的說法。我曾經舉出莫友芝郘亭《知見傳本書目》卷三的一椿書林掌故給胡先生看：

> 《資治通鑑》二百九十四卷，宋司馬光撰，元胡三省音註。嘉慶二十一年，鄱陽胡克家翻刊元版盛行於世。此書元版明印者流傳尚多。因洪武初，取其版藏南監者，至成化後，傳印不絕，胡氏卽從此版翻刻，摹勒特精，世愈重其印。同治戊辰，江蘇開書局，友芝董其役。議以鄱陽胡氏善印本重刊。授工之始，則自最末一帙層累而上。旣若干卷，聞鄱陽猶在。冬十月，購至，實存前二百有七卷，而局刻適完所闕卷暨釋文辨誤，混然相接湊，異矣！

莫郘亭翻刻胡克家本通鑑，開工之後，聽見胡氏版片還在鄱陽，就把它買來，只存前二百零七卷，缺了後面八十多卷。天下事可也眞巧，江蘇書局刻的版片，剛剛從最末一帙，倒刻上來，又剛剛刻到缺版爲止，恰恰對頭，混然相接。世間居然有「世間沒有這樣奇巧的事」。而且胡先生自己也曾有這樣的奇遇。胡先生〈跋紅樓夢考證〉云：

> 我那時在各處搜求敦誠的《四松堂集》，因爲我知道《四松堂集》裏一定有關于曹雪芹的材料。我雖然承認楊鍾羲先生《雪橋詩話》是據《四松堂集》的，但我總覺得《雪橋詩話》是「轉手的證據」，不是「原手的證據」。不料上海北京兩處大索的結果，竟使我大失望。到了今年，我對於《四松堂集》，已是絕望了。有一天，一家書店的夥計跑來說：「《四松堂詩集》找着了！」我非常高興，但是打開書來一看，原來是一部《四松草堂詩集》，不是《四松堂集》。又一天，陳肖莊先生告訴我說：他在一家書店看見一部《四松堂集》。我說：「恐怕又是四松草堂罷！」陳先生回去一看，果然又錯了。今年四月十九日，我從大學回家，看見門房裏桌子上擺着一部退了色的藍布套的書，一張斑剝的舊書箋上題着《四松堂集》四個字，我自己幾乎不信我的眼力了！連忙拿來打開一看，原來眞是一部《四松堂集》的寫本！這部寫本確是天地間唯一的孤本。因爲這是當日付刻的底本，上有付刻時的校改、刪削的記號。最重要的是這本子裏有許多不曾收入刻本的詩文。凡是已刻的，題下都印有一個「刻」字的戳子。刻本未收的，題上都貼着一塊小紅箋。題上注的甲子，都被編書人用字塊帖去，也都是不曾刻的。——我這時候的高興，比我前年尋着吳敬梓的《文木山房集》時的高興，還要加好幾倍了！我在四月十九日得着這部《四松堂集》的稿本，隔了兩天，蔡孑民先生又送來一部《四松堂

集》的刻本，是他託人向晚晴簃詩社裏借來的。果然凡底本裏題上沒有「刻」字的，都沒有收入刻本裏去。這更可以證明我的底本格外可貴了。蔡先生對於此書的熱心，是我很感謝的。最有趣是蔡先生借得刻本之日，差不多正是我得着底本之日。我尋此書近一年了，忽然三日之內兩個本子一齊到我手裏！這眞是「踏破鐵鞋無覓處，得來全不費工夫」了！

照前面胡先生說的這樣的奇遇，究竟和高鶚程小泉的奇遇，可能性的大小有多少差別呢？胡先生似從未懷疑過自己這樣奇遇是作僞的鐵證，何以硬要說「到了乾隆五十六年至五十七年之間，高鶚和程偉元串通起來，把高鶚續作的四十回同曹雪芹的原本八十回合併起來，用活字排成一部，又加上一篇序，說是幾年之中搜集起來的原書全稿呢！」（語見〈重印乾隆壬子本紅樓夢序〉）依照邏輯和眼前實事，可以證明胡先生莫邵亭高鶚都不是作僞而是巧遇。因此我不敢承認胡先生所舉高鶚作僞的鐵證。至於張船山贈詩注說《紅樓夢》後四十回乃蘭墅所補之「補」，正是程高序文所說修補之補，並非如胡先生所臆測。我提出這類理由，胡先生最後也不能答覆。只是後來見面時，胡先生說：「旅居國外，缺乏新材料，暫時不能答覆。」這是胡先生學說接受了嚴格的批判和懷疑的開始。

至於最近十餘年的紅學研究者，和胡適之先生同時同調的俞平伯先生仍居留在北平，發表了一些零星紅學論文外，曾將他四十年前出版的《紅樓夢辨》，修訂成《紅樓夢研究》一書，於民國四十一年（一九五二）出版。他主要似乎在埋頭整理紅學的資料。民國四十三年（一九五四），他完成了《脂硯齋紅樓夢輯評》一書。對於研究脂評的讀者，是有其一定的貢獻。還有周汝昌先生，在民國四十二年出版了《紅樓夢新證》一書，搜集了有關曹雪芹的資料非常豐富。其他如吳恩裕先生出版的《有關曹雪芹八種》、《有關曹雪芹十種》，都是着眼在有關曹氏的文獻。此外，齊如山先生在民國四十七年初，曾經從臺灣寄信到南洋大學，還附了一篇〈紅樓夢非曹雪芹家事論〉的新稿，論點是贊成我的主張。前幾年，林語堂先生在臺灣發表了〈平心論高鶚〉一文，除了承認《紅樓夢》是曹雪芹的自敍傳外，他分析脂評及文章的內容，得到後四十回是高鶚據曹雪芹的遺稿而補訂的結論，這層卻是否定胡先生的說法。此外在海外用外國文字的著作，應該要數到吳世昌的《紅樓夢探源》。他在英國牛津大學，花了三年時間，寫成此書。有關作者和續書，大致仍保持胡先生的意見。近年來，吳先生回到大陸，發表了不少的中文的文章，大致還是和《紅樓夢探源》的內容相近。最後要提到的是王佩璋女士，一般人對她或許較爲陌生。她是跟兪平伯先生研究《紅樓夢》的助教。她從程甲程乙本的校勘結果，提出了高鶚非《紅樓夢》後四十回作者的主張，這是切實有意義的工作。可惜她所發表的資料，較爲零散，也較難搜集。以上隨意提到的近年來研究論著，限於時間和囿於見聞，自然是難免多所遺漏，這是要請各位多多原諒的。

最後我要向愛好《紅樓夢》的人士，提出我的建議。我認爲研究《紅樓夢》的人，無論他對《紅樓夢》見解如何，必須設法豐富《紅樓夢》本書及有關的資料。要儘量流通所有的資料，要盡力整理所有的資料，要好好利用所有的資料。我現在提出我的具體建議：

一、影印已發現的資料——近年來脂評抄本，已影印的有甲戌、庚辰、戚蓼生、和乾隆百廿回抄本，但是已卯本、甲辰本、已酉本和一些殘本還未影印流通。儘管有人認爲這些殘本並無多大價值，但是我認爲如果影印公開面世，必然還有許多新發現。最早的排印本，程甲，程乙，一般人都難得有機會見到。民國五十年，胡天獵先生在臺北將收藏的程乙本影印出來，對一般讀者來說，實在嘉惠不少。程甲本的原本，至今還沒有影印流通過，希望國內外收藏家能把它公開出來。材料的有無，影響研究的結論非常之大。如果胡適之先生能看到「蘭墅閱過」的乾隆百廿回抄本，我相信他不會發出高鶚僞作後四十回的論調。

二、整理已流通的資料——整理資料，是運用的準備，是研究工作的奠基。目前可以着手的至少可以有下列幾項：

(1)各脂評本和程甲程乙本的校勘——校勘工作，千萬不可輕視，俞平伯先生去年寫了〈談新刊乾隆抄本百廿回紅樓夢稿〉一文，他爲了迴護高鶚續作後四十回的舊說，有意說成稿本是程刻本刊行以後的抄改本。我在民國五十四年八月卅一卷四期的《大陸雜誌》撰文加以駁正。其實只需舉一校勘實例，便可證明俞說不能成立。《紅樓夢》五十六回有云：「登利祿之場，處運籌之界者，窮堯舜之詞，背孔孟之道。」「窮」字脂本作「竊」，百二十回抄本也作「窃」。程乙本作「窮」，金玉緣本作「廢」。這顯然是程乙本將稿本「竊」字誤排爲窮字，金玉緣本覺得「窮」字不通，故改爲「廢」字。如果百廿回稿本，是照程乙本謄抄，豈有將誤字抄成不誤的道理。即此可見校勘之重要。

(2)各脂評本評語的收集和校訂。俞平伯先生雖然作了《脂硯齋紅樓夢輯評》一書，不過他未得到最重要的甲戌原本，當時百廿回抄本還未發現，應該再來一次輯評的工作。

(3)書中人名物名等等的索引。

(4)各種參考資料的索引和提要。像一粟所編的《紅樓夢書錄》，研究資料彙編的《紅樓夢卷》，應該繼續編纂補充。

(5)有關《紅樓夢》研究問題叢書的結集。我最近影印了《棗窗閒筆》作者裕瑞的《萋香軒文稿》，也是因爲他是研究《紅樓夢》的有關人物。

這數不完的工作，需要充足的人力物力，決非少數人所能奏功。我們希望學術文化機構能予以大力的支持，使這部世界偉大的名著發出更燦爛的光輝。

末了還有最重要的一點。胡適之先生指示研究《紅樓夢》的方法說：「我們只須根據可靠的版本與可靠的材料，考定這書的著者是誰，著者的事蹟家世，著書的時代，這書曾有何種不同的本子，這些本子的來歷如何。這些問題乃是《紅樓夢》考證的正當範圍。」我覺得，除了胡先生所說之外，我們還需熟讀深思，涵詠全書描寫的內容和結構技巧；我們還須高瞻遠矚，洞觀整個時代和文學傳統的歷史背景；庶幾能體會到《紅樓夢》作者的苦心，纔不致抹殺這一段民族精神的眞面目。我們試看《紅樓夢》的作者，從來不肯標出大清的年號、大清的國都，這便是不肯低頭臣服異族權力的表示。然而面對現實的問題，執筆寫作又如何能跳出時空圈子之外呢？因此他在《石頭記》緣起中口口聲聲說無朝代年紀可考，偏又反覆聲明是自己的事體情理，是親見親聞的實事。各位試細看全書提到時間朝代處，從沒有大清字樣；敍述元明時代人物，竟說成「近日之倪雲林唐伯虎祝枝山」（第二回）。我們看了書中所記，彷彿是明朝人物的口吻，幾乎令人興「不知有清」之感。十五年前我提出我的看法，認爲作者不是曹雪芹，寶玉影射傳國璽。我引證《三國誌・孫堅傳・裴注》，接着說：「我們試一比較，方圓四寸，上紐交五龍（裴注引），不是大如雀卵，燦若明霞，瑩潤如酥，五色花紋纏護（《紅樓夢》語）的簡寫嗎？」胡先生批駁我說：「這一句話最可以表示穿鑿附會的方法自欺欺人。請問世間有雀卵大到方圓四寸的嗎？試問一個嬰兒初生時嘴裏能啣方圓四寸的東西嗎？」其實，漢朝一寸，只相當明清的六分半，方圓四寸，不過等於後世的二寸六分。況《紅樓夢》全書說明寶玉是可大可小，可伸可縮的（第一回）。是誕生時從嘴裏掏出來的，上面有字（第二回），還有現成穿眼（第三回），第八回還按圖畫出，中明眞體最小，方能從胎中小兒口中啣下。全書中穿穿揷揷隱隱約約告訴讀者，這是一塊傳國璽。第一回說：「形體倒是個靈物，須得鐫上幾個字，便是件奇物。」因爲印璽是必須有文字的。而且這塊石頭，實是美玉（第一回甄士隱語）。寶玉的形狀和文字，是從寶釵口中眼中傳出來的（第八回）。而且這塊玉實在是印璽（第卅二回史湘雲語）。作者又憑空揑造出古今無雙的愛紅之癖來，全書頻頻提及此事（第九回，第十九回，第廿一回，第廿三回，第廿四回）。原來寶玉愛吃胭脂，是從玉璽要印硃泥上想出來的。至於胭脂盒究竟作何形狀呢？原來是一個小小的玉盒子，盛着一盒如玫瑰膏子一樣的東西（四十四回）。一顆玉璽印上硃泥，還缺少什麼呢？作者又替它配上一個紫檀木的印盒（第卅三回蔣玉函住紫檀堡）。一塊玉石，鐫上傳國璽的文字，印上硃泥，盛在紫檀盒裏，用龍紋包袱纏着，這不分明是傳國璽嗎？全書中這一類的點睛，不計其數；如果不熟讀全書，洞察歷史時代背景，如何能得到作者的眞意，了解作者眞正的寫作技巧呢？我這一個最後的疑團，希望讀者有新的啓示，世間有更新的材料，使我豁然開朗。不知道再過十年，到紅學六十年時代，能夠與各位再見來解決這個問題嗎？

今日紅學

民國五十五年，我在香港曾做一次學術演講，講題是「紅學五十年」。因爲自從民國六年（西元一九一七），蔡元培先生刊行了《石頭記索隱》一書，引起了胡適之先生的紅學大論戰，到我演講的時候，恰夠五十整年。我認爲自蔡胡論戰之後，紅學進入了輝煌燦爛的階段。在此以前，儘管讀者極多，只不過是自由欣賞，很少認眞研究。就算號稱紅學專家或喚作紅迷的，也無非像金聖歎批水滸，宋明人批唐詩。很少像胡適之先生考證版本，辨別眞僞，如胡先生自稱的用歷史考證方法來考證舊小說。這種方法，也可以說是清儒治經的方法。還有，對《紅樓夢》這一門學問，進入公開論辯，像漢儒爭古文的是非，宋明儒爭朱學陸學的同異，也可以說是從蔡胡諸先生開始。同時，由於論戰的刺激，引起了海內外學人的注意，不斷的搜求新資料，發掘新問題，增加了有關紅學的資料和著作，着實不在少數。我們說蔡胡論戰是紅學新時代的開始也不爲過。

我認爲研究《紅樓夢》的人，無論他對《紅樓夢》的見解有多大的歧異，都必須設法搜羅《紅樓夢》有關的資料，要儘量流通所有的資料，要盡力整理所有的資料，要好好地利用所有的資料。因此，我建議出版界大量影印已發現的資料。近年來脂評抄本，已影印的有甲戌、庚辰、戚蓼生和乾隆百廿回抄本，但是已卯本、甲辰本、已酉本和一些殘本還未影印流通。儘管有人認爲這些殘本並無多大價值，但我認爲如果影印公開面世，必然還有許多新發現。最早的排印本程甲、程乙，一般人都難得有機會見到。民國五十年，別號胡天獵叟的韓鏡塘先生在臺北將珍藏的程乙本影印出來，對一般讀者來說，實在受惠不少。程甲本的原本，至今還沒有影印流通過，希望海內外收藏家能把它公開出來。材料的有無，影響研究的結論非常之大，如果胡適之先生能看到「蘭墅閱過」的乾隆百廿回抄本，我相信他不會發出高鶚僞作後四十回的論調。我又建議學術界整理已流通的資料。整理資料，是運用資料的準備，是研究工作的奠基。目前可以着手的至少有下列幾項：第一，各脂評本和程甲程乙本的校勘。校勘工作，千萬不可輕視。俞平伯先生前年寫了〈談新刊乾隆抄本百廿回紅樓夢稿〉一文，他爲了迴護「高鶚續作後四十回」的舊說，有意說成稿本是程刻本刊行以後的抄改本。我在卅一卷四期（民國五十四年八月）的《大陸雜誌》撰文曾加以駁正。其實只需舉一校勘實例，便可證明俞說不能成立。《紅樓夢》五十六回有云：「登利祿之場，處運籌之界者，窮堯舜之詞，背孔孟之道。」「窮」字脂本作「竊」，百廿回抄本也作「窃」，程乙本作「窮」；金玉緣本作「廢」，王希廉本作「非」。這顯然是程乙本將稿本「竊」字誤排爲「窮」字，金玉緣本、王希廉本覺得「窮」字不通，故改爲「廢」字「非」字。如果百廿回稿本是照程乙本謄抄，豈有將誤字抄成不誤的道理，卽此可見校勘的重要。第二，各脂評本評語的收集和校訂。兪平伯先生雖然作了《脂硯齋紅樓夢輯評》一書，不過他當時未得到最重要的甲戌原本，而百廿回抄本也還未發現，所以應該再來一次輯評的工作。第三，分類編纂書名人名物名等等的索引。第四，各種參考資料的索引和提要，像一粟所編的《紅樓夢書錄》，研究資料彙編的《紅樓夢卷》，都應該繼續編纂補充。第五，有關《紅樓夢》研究問題叢書的結集。這數不完的工作，非賴集體羣力不能奏功。因此，我在中文大學新亞書院中文系開設一門「《紅樓夢》研究」的程課，成立了「《紅樓夢》研究小組」，創刊《紅樓夢研究專刊》，把研究講習所得發表出來，求正海內外的通人。該組在該刊的發刊詞宣露了我們的心聲。發刊詞說：

> 《紅樓夢》研究應該進入新階段了！我們不贊成穿鑿附會的舊紅學，我們也不滿意於停留在不完備的考據和評論中的新紅學。我們要將《紅樓夢》研究建立在堅實深穩的基礎。潘重規先生在〈紅學五十年〉一文中指出了今後工作的方向是：⑴各脂評本和程甲、程乙本的校勘；⑵各脂評本評語的收

集和全面校訂；⑶書中人物名等等的索引；⑷各種參考資料的索引與提要的編寫；⑸有關《紅樓夢》研究問題叢書的結集。我們以爲這是進一步研究的起點，是合理的路向。由於環境的限制，這幾十年間對於《紅樓夢》的各方面研究工作，始終沒有一個條貫分明的綜合，而陷於資料散亂和研究者各自爲戰的境地，這都由於缺乏了一個聯繫的中心所致。爲了提供這樣的一個園地，爲了建立一條彼此交通的橋樑，我們不揣固陋，創辦這本刋物，希望使紅學的研究能在經驗的總合和相互討論之中建立起堅實深穩的基礎。也使一般《紅樓夢》愛好者對這門學問有所認識，而加深對原書的了解，甚而參加我們的研究工作。面對浩如煙海的工作，現在只是一個小小的開端。我們的力量很微薄，而且也受着能力、時間和經濟等各方面的限制。我們盼望着學術文化機構和社會人士給予人力物力的支持，我們希望紅學研究的先進，將他們收藏的資料和研究成果，通過這刋物介紹給大家；我們祈望着學術先進的指導批評和幫助。

三年以來，《紅樓夢》研究小組按着這既定目標，完成的工作有《紅樓夢》俗話初探、《紅樓夢》人名索引、詩、聯語、詞、曲、雜文、謎語輯校。組員陳慶浩君也完成了《新編紅樓夢脂硯齋評語輯校》，將分別發表在《紅樓夢研究專刊》上面。由於我們貢獻出微薄的成果，竟得到海內外先進專家的鼓勵和指導，如中華民國的方豪先生，香港的宋淇先生，韓國的車柱環先生，日本的橋川時雄、伊藤漱平、卞民岩、太田辰夫、波多野太郎、淸水茂諸位先生，美國的李田意、柳無忌、楊聯陞、房兆楹、周策縱、趙岡、羅錦堂諸位先生，英國的彭壽先生（Mr B. S. Bonsall），法國的李治華先生、吳其昱先生、陳祚龍先生，澳洲的柳存仁先生，都給予我們文字上或精神上極大的支持和鼓勵。我們組員中近年來有往日本留學的楊鍾基君，有往巴黎留學的陳慶浩君，隨時向當地的學者請益。我本人最近數年，利用每年的暑假，曾一度在韓國和美國，兩度在日本和巴黎、倫敦，一方面向各學者請教，一方面注意新出的材料。因此對今日全世界關於紅學的發展，有一概略的認識。我願意在這寶貴的篇幅，作一最簡略的報告，由於個人識見有限，缺謬之處，自屬難免，還望海內外碩學專家，多加指正！

首先說到國際方面的譯本：關於《紅樓夢》的西方譯者，周汝昌先生的《紅樓夢新證》，著錄了英文七種，德文一種。一粟先生的《紅樓夢書錄》著錄了英文六種，德文法文各一種，另有蒙文、錫伯文、日本共五種。吳世昌先生《紅樓夢的西文譯本和論文》列舉了英文譯本七種，俄文譯本二種，德文譯本三種，法文譯本四種，意大利文譯本一種，共計十七種。他說：「到目前爲止，在西文中此書的全譯本只有俄文。英文譯本現在流行的有三種，都是節譯。上一世紀有人試爲全譯，但不幸因譯者去世而中止，而且譯文非常彆扭，連英國人都看來不大好懂。法文現在有了全譯，但尙未出版。其他德文、法文、意大利文的現行譯本，也都是刪節本。」據我近年接觸，知道英文已有彭壽先生的全譯本，我前年（一九六七）在倫敦，曾往彭壽先生 Billericay 郊居晤談，他將譯文全稿兩篋出示。彭壽先生年已八十，他從七十歲起，用通行坊間翻印的程甲本，每日翻譯三小時，頭尾十年，纔把一百二十回譯完。不幸，彭壽先生已於去年逝世，聽說遺稿正由他的哲嗣在美國接洽出版，希望成爲事實，既不枉他十年辛苦，而《紅樓夢》也有英譯全本了！日文譯本，《紅樓夢書錄》出版後，有伊藤漱平先生的一百二十回全譯本（一九六〇年平凡社刊行），松枝茂夫先生的節譯本（一九六一年平凡社刊行）。去年，我旅遊日本，曾往大阪晤伊藤漱平先生，知道他正在修訂一九六〇年的譯本，主要是增加了許多註釋。全書三册，承陸續寄贈上中二册，大約下册跟着就可印成。韓國由於傳統學風，小說方面，顯得較冷落。不過，《紅樓夢》也還是有節譯本。今年八月在巴黎，知道吳世昌先生所報導的法文全譯本，近年來經譯者李治華先生修訂整理，已交巴黎蓋里瑪 Gallimad 書店印行，大約明年可以面世。法文的譯本，應當推李譯爲最完美了。今年（一九六九）九月，我在意大利聖尼格里亞 Senigalia 出席第廿一屆國際漢學會議，曾會見意大利馬西博士（Dr. Masi Edoarda）她是近年用意大利文字全譯《紅樓夢》的一位。據她說，她的譯本，業已出版，爲了將就出版商，內容頗有刪節。又在漢學會議中，得知羅馬尼亞的學者也有意把《紅樓夢》翻譯成他們國家的文字。近年來，東歐國家學習中文的風氣日盛一日，看來還會有繼起翻譯這部名著的。環顧全球，中國小說，擁有各國文字譯本最多的，恐怕不能不讓《紅樓夢》高踞首席了！

現在談到全世界各地紅學研究的概況。旅居新加坡講學的李辰多教授，是研究《紅樓夢》的專家。不過，近年來，他集中精力在做《詩經》的研究。因此，很少發表有關紅學的著述。在香港，有宋淇先生發表了許多有價值的紅學論文。寫〈平心論高鶚〉的林語堂先生，近年定居臺北，也時時發表有關紅學的文字。前年，也曾和葛建時、嚴冬陽先生等引起一場筆戰。還有方豪教授，他是研究中外交通史的專家，三十年前，他寫了〈紅樓夢考證之新史料〉，〈紅樓夢所記鐘表修理師〉，〈紅樓夢九十二回所記漢宮春曉圍屏來歷〉等等許多有關《紅樓夢》中西洋器物的文字。今年在《史學集刊》第一期發表了一篇〈從紅樓夢所記西洋物品考故事的背景〉，這是他綜合過去有關這方面的文章，參考同時學者的意見，加以辨析修訂而成的一篇極有份量，極有價值的傑作（現已徵得方先生同意，在《紅樓夢研究專刊》第七輯轉載）。至於大陸方面，近年出版有關紅學著作銳減，俞平伯、王佩璋、周汝昌、吳世昌諸先生的文章也非常罕見。最重要的發現，要算靖應鵾所藏的乾隆抄本《紅樓夢》。周汝昌先生在民國五十四年七月二十五日的香港《大公報》副刊發表了〈紅樓夢版本的新發現〉一文，他介紹這部缺失廿八、廿九兩回及三十回數頁的八十回抄本，是由南京毛國瑤先生所發現，並將批語抄出，交周汝昌先生研究。靖藏本批語簽署或提及的人名和日期的很多。單周氏所引的廿二條批語中，人名就有：芹、芹溪、脂、脂硯、杏齋、畸笏叟、常村共七名。日期有丁巳春日、丁丑仲春、壬午季春、壬午孟夏、壬午除夕、甲申八月、丁亥夏、辛卯冬日等八類。其中丁巳、丁丑、甲申、辛卯，爲他本所無。又書中存殘頁脂批一紙，首行書「夕葵書屋石頭記卷一」九字，接下批語：

此是第一首標題詩。能解者方有辛酸之淚。哭成此書。壬午除夕，書未成，芹爲淚盡而逝。余嘗哭芹，淚亦待盡，每思覓青梗峯再問石兄，奈不遇癩頭和尚何，悵悵！今而後願造化主再出一脂一芹，是書有成，余二人大快遂心於九原矣。甲申八月淚筆。

此批首行題識，無意間給我們又提供了另一個新的《石頭記》抄本。所謂「夕葵書屋」，乃全椒吳鼒書齋之名，吳氏此一藏書，亦是過去大家不知道的。尤其是此條乃甲戌本所獨有，也是曹雪芹卒年的唯一確證，但是甲戌本此條批語紀年爲甲午，甲午是乾隆三十九年，壬午是乾隆二十七年，因此周汝昌推定曹雪芹死於乾隆二十八年癸未，說批書的經過漫長的十二年，很可能記憶錯誤。現在這批語作甲申，甲申是乾隆二十九年，雪芹死於二十七年除夕，正是新喪不久，敦誠《四松堂集》〈挽曹雪芹〉詩也是甲申年所作，與此批可以互相印證。這一字之差，便成了雪芹卒年的確證，可見此批關係之大。談到日本方面，他們有的從《紅樓夢》書中所用的語言，尋求現代中國語言的轉變和差別，如最近神戶市外國語大學的太田辰夫先生、天理大學的塚本照和先生等；有的作純文學研究的，如東京都立大學的松枝茂夫先生、慶應義塾大學的松村暎先生；也有以《紅樓夢》作爲研究法制史的資料，如已故的仁井田陞先生。至於各大學裏，開設《紅樓夢》課程的，東京二松學舍大學有橋川時雄先生，東京大學有藤堂明保先生，京都大學有清水茂先生，大阪市立大學有伊藤漱平先生。看來《紅樓夢》的研究，在日本方面，可說是人文薈萃的了。至於美國方面，有張愛玲女士在香港《明報月刊》，發表了〈初詳紅樓夢，論全抄本〉，有深入的看法。李田意教授去年出版的《中國小說論著目錄》，著錄《紅樓夢》的論著達卅七頁，佔全部小說論著四分之一強。威士康辛大學有周策縱、趙岡兩先生，對《紅樓夢》都有深刻的研究。周先生指導研究生編纂《紅樓夢研究書目》，已經完成，卽將出版。趙岡先生曾在《明報》第四十三期，發表〈程高排印本紅樓夢的版本問題〉，他假定如果胡天獵叟影本不是僞本（胡天獵叟底本之封面已脫落，高鶚序文第一頁也是他抄補的。不過，第一百二十回末有「萃文書屋藏板」字樣，應該不是僞本。）則有三種程高排印本：(1)程甲本，(2)程乙本，刊於乾隆壬子，胡天獵叟藏，(3)程丙本，刊於乾隆壬子或以後，胡適原藏。我知道伊藤漱平先生曾將所藏三個本子對校，影印本有七十五回同於程乙，有四十五回同於程甲，恐怕是一個混合本。大概程刻每次印刷不多，或隨刻隨改，倘再有程本發現，仍舊會文字不同，又將變成程丁程戊本也未可知。最近，趙岡、陳鍾毅兩先生又在香港《純文學》第卅一期（一九六九年十月），發表

《紅樓夢前八十回與後四十回用字之比較》一文。他們挑選「兒」、「在」、「了」、「的」、「着」五個字，作爲比較的樣本，利用電腦，做成統計，得的結論是出於兩個不同作者之手。看來世界各地的學者用新方法新工具去研究《紅樓夢》的越來越多，紅學眞的又要進入一更新的時代了！

研究《紅樓夢》的新觀點和新材料

任何文學作品，必定有構製這作品的主旨。要了解作品的主旨，首先要了解作者和作者所處的時代背景。縱然是一首小詩，一個燈謎，作者的身世不同，時代的環境不同，它表達的意志情感便截然不同。即如乾隆年間文字獄裏的徐述夔，他的《一柱樓詩集》有一首〈詠正德杯〉的詩，其中兩句是：「大明天子重相見，且把壺兒擱半邊。」如果不知道徐述夔是處在滿清控制下的漢族文人，我們能夠說他是有意將「壺兒」影射「胡兒」嗎？我們敢斷定他是在發洩反抗滿清的意志情感嗎？再舉我見聞中的一個實例，當中日戰爭，我國勝利之後，我到上海暨南大學擔任教授。當時，江蘇北部爲共黨紅軍佔領，有些從紅軍區逃到上海來的知識份子，他們告訴我，在農曆新年，紅軍區競猜燈謎，有一個燈謎，謎面是「日本投降」，射古人名一。當時有小學教師猜是「屈原」，因爲日本投降是屈服於原子彈的威力，所以大家都認爲很對。但紅軍出謎人卻說不對，他們認爲日本投降，是依賴蘇聯的武力，因此，謎底應是「蘇武」。由此可知任何作品，均須視其時代背景以及作者處境，方能找出它的中心思想。最簡短的文學作品如燈謎，尚有它的主旨，洋洋數十萬言的《紅樓夢》，難道沒有它的主旨嗎？要明白《紅樓夢》的主旨，自然需要了解《紅樓夢》作者所處的時代背景，纔能確定研究《紅樓夢》的正確觀點。

談到研究《紅樓夢》的正確觀點，不能不推溯到蔡元培胡適之二位先生。在此以前，儘管《紅樓夢》的讀者極衆，只是自由欣賞，很少認眞研究。就算號稱紅學專家或紅迷的，也無非像金聖歎批評《西廂》、《水滸》，很少像胡適之先生考證版本，辨別眞僞，用歷史考證方法來考證舊小說。這種方法，也可說是清儒治經的方法。還有，對《紅樓夢》一門學問，進入公開論辯，像漢儒爭古文今文的是非，宋明儒爭朱學陸學的異同，也可說從他兩位開始。自從民國六年（西元一九一七年）九月，蔡先生發表了《石頭記索隱》一書，引起了蔡胡的紅學大論戰。由於蔡胡論戰的刺激，引起了海內外學人的注意，不斷創立新觀點，發現新材料，紅學纔邁步進入了嶄新的時代。

關於蔡胡二氏的論戰，胡先生可謂獲得全勝，例如他指摘蔡氏考定劉老老是湯潛庵，說：

最妙的是第六回鳳姐給劉老老二十兩銀子，蔡先生說是影湯斌死後徐乾學賻送的二十金；又第四十二回鳳姐又送劉老老八兩銀子，蔡先生說這是影湯斌死後惟遺俸銀八兩。這八兩有了下落了，那二十兩也有了下落了。但是第四十二回王夫人還送了劉老老兩包銀子，每包五十兩，共是一百兩，這一百兩可沒下落了。因爲湯斌一生的事實沒有一件可恰合這一百兩銀子的，所以這一百兩雖然比那二十八兩更重要，到底沒有索隱的價值！這種完全任意的去取，實在沒有道理，故我說蔡先生的《石頭記索隱》也還是一種很牽強的附會（見《胡適文存》卷三〈紅樓夢考證〉）。

像這一類的辯詰，胡先生駁斥的痛快極了。因此博得一般學者的信從。魯迅的《小說史略》，乃至日本歐美人，差不多整個世界談《紅樓夢》的全都採用了胡先生的學說，從民國十年到民國四十年，可以說得上是「定於一尊」的「胡適時代」。胡先生的結論是：

一、《紅樓夢》前八十回的作者是曹雪芹；

二、《紅樓夢》後四十回是高鶚所僞造；

三、《紅樓夢》是一部隱去眞事的自敍傳，裏面的甄賈兩寶玉，卽是曹雪芹的化身，甄賈兩府卽是當日曹家的影子。

我讀完《紅樓夢》一書，在舉世風從胡先生的說法的時期，我對胡先生的學說抱深切的懷疑。第一，胡先生攻擊蔡氏是穿鑿附會笨猜謎索隱式的紅學。我認爲「《紅樓夢》是曹雪芹自敍傳」的說法，仍然是猜謎的方法。胡先生考證出曹雪芹的父親曹頫是曹寅的次子，氏族通譜上稱曹頫爲員外郎。《紅樓夢》的賈政，也是次子、也是員外郎，因此推定賈政卽影曹頫，賈寶玉卽是曹雪芹，這依然是猜謎的方法。而且《石頭記》第三十七回，有賈政任學差之說；第七十一回又有「賈政回京覆命，因是學差，故不敢先到家中」之語。員外郎的官職，遠不及學政之高貴淸華，遍查淸代史料，從無曹頫任學差之事。照胡先生駁斥蔡先生的考據，廕生員外郎的分量，如果相當八兩二十兩的話，那學政確要值一百兩銀子了。那又和劉老老影湯潛庵有何分別呢？胡先生又斷定賈府便是曹家，也與《紅樓夢》內容不合。試看《紅樓夢》全書，一方面對於賈府的描寫，着意鋪排成帝王的氣派，如秦可卿的出喪（第十三回），史太君的做壽（第七十一回），這在曹家如何附會得上？另一方面，《紅樓夢》的作者對於賈府的惡意仇視，時時流露於字裏行間，焦大柳湘蓮的當面明罵，尤三姐託夢時的從旁控訴（戚本第六十九回），在在都表現作者對賈府的痛恨。如果作者是曹雪芹，他爲什麼要詆毀他列祖列宗如此不堪呢？可見「自敍傳」的說法是不能成立的。第二，胡先生認爲後四十回是高鶚僞造。他的考證說：「程序說先得二十餘卷，後又在鼓擔上得十餘卷，此話便是作僞的鐵證，因爲世間沒有這樣奇巧的事！」照胡先生的說法，世間奇巧的事，便是作僞的鐵證，這是根本不合邏輯的推論，所以我不敢承認胡先生的說法。我曾經舉出曾國藩、莫友芝翻刻胡克家本通鑑一樁事實。當他們開工之後，聽說胡刻版片還在鄱陽，就把他買來，只存前二百零七卷，缺了後面八十餘卷。天下事可也眞巧，他們書局刻的版片，剛剛從最末一卷，倒刻上來，又剛剛刻到缺版爲止，恰恰對頭，混然相接。世間居然有「世間沒有這樣奇巧的事」！胡先生爲什麼硬要說「到了乾隆五十六年至五十七年之間，高鶚和程偉元串通起來，把高鶚續作的四十回同曹雪芹的原本八十回合併起來，用活字排成一本，又加上一篇序，說是幾年之中搜集起來的原書全稿」呢（語見〈重印乾隆壬子本紅樓夢序〉）！所以從證據和邏輯上，我認爲對「高鶚僞作」的判案，是不能成立的。當年胡先生和許多學術界的朋友曾對我紛紛指摘，但是我反求諸心，我的看法並沒有絲毫的動搖。我只是心口相語，要解決此一問題，必須在八十回抄本新材料之外，再發現百二十回抄本，纔有解決的希望。此一希望，期之十年百年，能否及身見到，眞是渺茫得很！不料前幾年在香港竟看見一九六三年影印新發現的「乾隆抄本百二十回紅樓夢稿」。根據這一部重要的新材料，高鶚僞造後四十回這一疑案，纔算獲得明確的判決，現在大概不會有人再主張是高鶚僞造的了。第三，《紅樓夢》是什麼人作的？自從《紅樓夢》問世以來，這個問題，一直成爲一個猜不透的謎。當初排版印行《紅樓夢》的高鶚、程小泉，他們在序言中提到《紅樓夢》的作者時，只說到：「《石頭記》是此書原名，作者相傳不一，究未知出自何人，惟書中記雪芹曹先生刪改數過。」以高程與雪芹時地之近，當時對於此書的作者已經傳說紛紜，撲朔迷離，莫衷一是。最後的結論，只說是「究未知出自何人」，可見此書作者諱莫如深，纔會有此現象發生。胡適之先生發現了庚辰本脂硯齋重評《石頭記》的新材料以後，斬釘截鐵的斷定《紅樓夢》的作者是曹雪芹。我們看胡適近著第一集〈跋乾隆庚辰本脂硯齋重評石頭記抄本〉有下面一段話：

此本有一處註語最可證明曹雪芹是無疑的《紅樓夢》的作者。第五十二回末頁寫晴雯補裘時：「只聽自鳴鐘已敲了四下。」下有雙行小註云：「按四下乃寅正初刻。寅此樣寫法，避諱也。」雪芹是曹寅的孫子，所以避諱「寅」字。此註各本皆已删去，賴有此本獨存，使我們知道此書作者確是曹寅的孫子。

看了胡氏這段話，似乎《紅樓夢》作者確是曹雪芹了！但是我們看脂評本第廿六回薛蟠對寶玉說看見一張落款「庚黃」的好畫時，卻有下面的一段描繪：

寶玉聽說，心下猜疑道，古今字畫大都見過些，那裏有個庚黃！想了半天，不覺笑將起來，命人取過筆來，在手心裏寫了兩個字，又問薛蟠道：「你看眞了是庚黃？」薛蟠道：「怎麼看不眞！」寶玉將手一撒與他看道：「別是這兩個字罷！其實與庚黃相去不遠。」衆人都看時，原來是唐寅兩個字。都笑道：想必是這兩字，大爺一時眼花了也未可知。」薛蟠只覺沒意思。笑道：「誰知他糖銀果銀！」

這一段話把寅字又寫又說，又是手犯，又是嘴犯。如果說避諱的寫法，作者便是曹雪芹，那不避諱的寫法，作者就斷不是曹雪芹了。由此可知近人斷定《紅樓夢》作者是曹雪芹的說法，不能算定論。現在流行的坊本《紅樓夢》署名曹雪芹、高鶚爲作者，這是書店出版商後加的，原始的《紅樓夢》是從來沒有作者的署名的。

現在要談到我個人的觀點了。我認爲《紅樓夢》作者所處的時代，是漢族受制於滿清的時代，一班經過亡國慘痛的文人，懷着反清復明的意志，在清初異族統治之下，禁網重重、文字之獄，叫人悲憤塡膺，透不過氣來。作者懷抱着無限苦心，無窮熱淚，憑空構造一部言情小說，借兒女深情，寫成一部用隱語寓亡國隱痛的隱書，保存民族興亡的史實，傳達民族蘊積的沈哀，想衝破查禁焚坑的網羅，告訴失去了自由的並世異時的無數同胞，指示他們趨向自救的光明大道。所以一開始便說：「此開卷第一回也。作者自云：曾歷過一番夢幻之後，故將眞事隱去而借通靈說此《石頭記》一書也。」接着又說：「其間離合悲歡，興衰際遇，俱是按跡循蹤，不敢稍加穿鑿，至失其眞。只願世人當那醉餘睡醒之時，或避世消愁之際，把此一玩，不但是洗舊翻新，卻亦省了些壽命筋力，不更去謀虛逐妄了。」中國文人習慣用夢幻代表興亡，這是作者向讀者說明他是經過亡國之後，用隱語暗藏一段沈痛的眞事，所以雖將眞事隱去，但仍是「不敢稍加穿鑿，至失其眞。」在這樣艱苦環境之下，眞事尙要隱去，作者的眞姓名自然不敢暴露了，這便是《紅樓夢》究不知何人所作的眞原因。由於《紅樓夢》作者處在異族嚴密監視之下，作者滿腔熱血，他既不能明說，又不甘心不說；他所說的既怕人知道，又怕人不知道。故在開卷第一回之末題了一詩說：「滿紙荒唐言，一把辛酸淚；都云作者痴，誰解其中味。」我們試將這一回文字，反覆玩味，自然會感到作者悽婉沈鬱的心懷，和民族興亡的血淚，流露在字裏行間！我在未了解《紅樓夢》運用隱語涵義以前，我對於《紅樓夢》的文辭意義，發現許多疑問和矛盾。等到了解隱語涵義以後，便發現《紅樓夢》的作者不可能是旗人曹雪芹。近幾十年來，研究《紅樓夢》的人士，拚命找尋曹雪芹的資料，截至目前，所得的資料，並不能證明曹雪芹是《紅樓夢》的作者。照胡適之先生的說法，既說《紅樓夢》是一部隱去眞事的自敍，又說賈寶玉卽是曹雪芹，賈府卽是曹家；那麼，《紅樓夢》只能算是一部「隱去眞名的自敍」了。我的看法則是賈寶玉代表傳國璽，代表政權。甄賈卽是眞假，政權在漢族手中則爲眞，政權在異族手中則爲假。林黛玉影射明朝，薛寶釵影射清室，林薛爭取寶玉卽是明清爭取政權。林薛的得失卽是明清的興亡。賈府指斥僞政。所以我的結論是：《紅樓夢》確是一部運用隱語抒寫亡國隱痛的隱書。作者的意志是反清復明。書中對賈府隨時施以無情的攻擊，罵他爬灰養小叔，卽是攻擊文太后下嫁多爾袞的醜行。我們試想，以一個倫理觀念極重的中華民族，把統治我們的清帝的禽獸穢行揭發出來，此一宣傳，將激起反清的力量該多麼大！作者又在書中反覆指點眞假，既有賈

(假)寶玉，又有甄(眞)寶玉，眞假兩寶玉，面目雖是一般；不過，政權在本族手裏就是眞，政權在異族手裏便成僞。因此清朝是僞，明朝就是眞。眞的必然會復興，僞的註定要失敗。作者從寶玉口中曾發出一番議論說，除明明德無書(見第十九回)。這分明是作者嚴肅的表白態度，明朝才是正統，能明瞭明朝之德，便不可出仕僞朝，因此他極力抨擊讀書上進的是國賊祿蠹(第十九、第卅六回)。否則以寶玉的爲人，他最欣賞的書應該是《西廂記》、《牡丹亭》，爲什麼最崇拜的會是《大學》？就算他最崇拜《大學》，爲什麼不說「除《大學》外無書」，而偏要說「除明明德無書」！這能叫人不聯想到文字獄中丁文彬所說「大明取明明德的意思」的「革命術語」嗎？

胡適之先生認爲我用隱語諧音折字的方法去探求《紅樓夢》書中隱藏的意義，是穿鑿附會猜笨謎的方法。其實中國文字這類的隱藏藝術，源遠流長，而且深入到各階層各類型的人物；同時這種種文字上隱藏藝術，早經成爲富有民族思想的中國人用做表達意志的共同工具。尤其是在清初這一段時期，無論是文人學者、江湖豪俠，凡懷抱反抗異族的志士，都是利用「隱語式」的工具在異族控制下秘密活動。這是黑暗時代的自然趨勢。《紅樓夢》正是這黑暗時代的產品，自然會運用當時人共同使用彼此默契的革命術語，不過《紅樓夢》作者用心更深，運用得更巧妙罷了。我們翻開清初文字獄的檔案，便看出那時候的知識份子在異族統治下的憤恨情緒和反抗事實。他們組織同志和宣洩感情全是用「隱語式」的文字作工具，和《紅樓夢》作者運用的技巧如出一轍。所以我解釋「紅樓夢」爲「朱樓夢」，有本書眞眞國女子「昨夜朱樓夢」的詩句，和殷寶山《岫亭草記夢》「紅乃朱也」（見清代文字獄檔案）一類數不清的材料作證。我解釋「風月寶鑑」爲「明清寶鑑」，有呂留良「清風雖細難吹我，明月何嘗不照人」，和徐述夔「明朝期振翮，一舉去清都」（見清代文字獄檔案）等詩可以作證。我解釋寶玉說「除明明德無書」暗指明朝之德，有丁文彬供詞「大明是取明明德的意思」（見清代文字獄檔案）爲證。其他「猢猻」指斥胡兒，夢幻寄慨興亡，莫不有史實的印證與支持。我們探索《紅樓夢》隱語的方法，正是清初諸帝辦理文字獄的方法。我們如說清初諸帝是穿鑿附會，不獨清帝心中不服，卽被殺戮的民族義士更將含恨於九泉了！

不過，由於《紅樓夢》的隱語，文字獄的記錄，推測出來的涵義，都不是作者和罹難人的自白，也不能起當時人證於地下，所以除非熟悉清初情勢及中國文字技巧的人，很難取得一般人的共信，想不到我前年暑假旅遊韓國，披閱朝鮮李朝時期的著述，居然獲得相當充份的人證物證。原來朝鮮李朝受明太祖始封，歷代蒙受明朝厚恩，故明亡百餘年，朝鮮士人的著述，還是遵奉明朝的正朔。如朝鮮正祖時的使清名臣朴趾源的《熱河日記》，其〈渡江錄〉首題：「後三庚子，我聖上四年（淸乾隆四十五年）六月二十四日辛未。」前面有一段小序說：

曷爲後三庚子？計行程陰晴，將年以係月日也。曷稱後？崇禎紀元後也。曷三庚子？崇禎紀元後三周庚子也。曷不稱崇禎？將渡江，故諱之也。曷諱之？江以外，清人也。天下皆奉清正朔，故不敢稱崇禎也。曷私稱崇禎？皇明，中華也，吾初受命之上國也，崇禎十七年，毅宗烈皇帝殉社稷，明室亡，于今百四十餘年，曷至今稱之？清人入主中國，而先王之制度變爲胡。環東土數千里，畫江而爲國，獨守先王之制度，是明明室猶存於鴨水以東也。雖力不足以攘除戎狄，肅清中原，以光復先王之舊，然皆能尊崇禎以存中國也。崇禎百五十六年癸卯冽上外史題。

朝鮮人崇奉明朝正朔，明亡一百四十餘年，還用崇禎的年號，正與南明唐王亡後，顧亭林的詩文，仍用隆武的年號，不過不敢顯稱隆武，郤用「東武」的隱語來代替，處在異族牢籠之中，也不敢說明，只好留與後人猜測。朴趾源奉使入清，到了滿清範圍之內，不敢稱崇禎，便隱稱「後三庚子」，回到朝鮮之後，便說明反清宗明之意，又公然題稱「崇禎百五十六年」。因爲朝鮮與滿清到底是兩個國家，所以他可以自己說自己的隱語；顧亭林詩中的隱語，他和他同時人都沒有機會說明，這是他們比朝鮮人的遭遇更加不幸，只有寄望後世人替他解說。我們試看《紅樓夢》的作者，從來不肯標出大清的年號，大清的國都，這便是不肯低頭臣服異族權力的表示。然而面對現實的問題，執筆寫作，又如何能跳出時空圈子之外呢？因此他在《石頭記》緣起中口口聲聲說無朝代年紀可考，偏又反覆申明是自己的事體情理，是親見親聞的事實。我們細看全書提到時間朝代處，從沒有大清字樣；敍述元明時代人物，竟說成「近日之倪雲林、唐伯虎、祝枝山」（第二回）。我們看了書中所記，彷彿是明朝人物的口吻，令人與「不知有清」之感。這種不肯承認清朝正朔而又不能公開用明朝正朔的心情，正如同朴趾源寫〈渡江錄〉時一樣。不過朴趾源返回本國之後，可以說明自己的本衷；《紅樓夢》的作者，便只有飲恨吞聲，期望並時異世的讀者了解他的苦心了！普通人往往直覺地認爲《紅樓夢》出現時期，已經到了乾隆中葉。那時候，正當清朝國勢隆盛，漢族已被統治一百多年，那裏還會有反清復明的思想。那時候的中國人處在天羅地網之中，沒有發表反清言論的自由，我們現在也不能喚起那時候的中國人於地下，來傾訴他們的心聲。我們今天眞無法得到直接的人證物證。可是，現在我們幸運的看到了那時候朝鮮人的著作，他們表露了他們的心聲，他們顯示出那時候朝鮮人和中國人都懷抱着強烈的反清復明的思想。我們試略舉幾段朝鮮人的著述作證：

我東人士初逢自燕還者，必問曰：「君行第一壯觀何物也？」……上士則愀然易容而言曰：「都無可觀。」「何謂都無可觀？」曰：「皇帝也剃髮，將相大臣百官也剃髮，士庶人也剃髮，雖功德侔殷周，富強邁秦漢，自生民以來，未有剃髮之天子也。雖有陸隴其李光地之學問，魏禧汪琬王士澂之文章，顧炎武朱彝尊之博識，一剃髮，則胡虜也。胡虜則犬羊也，吾於犬羊也何觀焉！」此第一等義理也。談者默然，四座肅穆。（朴趾源〈馹汎隨筆序〉）

余問：「《呂晚村文集》有無？」彭搖手，言：「沒有。」又曰：「文集有板，近來皆不存矣。」余曰：「婦人衣服不變明制乎？」彭曰：「然。」（洪德保〈吳彭問答〉）

蘭公曰：「場戲有何好處？」余曰：「不經之戲，然竊有取焉。」蘭公曰：「敢問何事？」余笑而不答。蘭公曰：「復見漢官威儀。」即塗抹之。余笑而頷之。又曰：「余入中國，地方之大，風物之盛，事事可喜，件件精好，獨剃頭之法，看來抑塞。吾輩居在海外小邦，坐井觀天，其事可哀，惟保存頭髮，爲大快樂事。」兩生相顧無語。蘭公曰：「江外有一友，嘗戲著優人帽帶，爲拜跪狀，一坐爲之鬨堂。」余曰：「其人之情感矣！想來令人傷心。」又曰：「十年前，關東一知縣，遇東使，引入內堂，借著帽帶，與其妻相對而泣。東國至今傳而悲之。」力闇垂首默然。蘭公歎曰：「好個知縣！」又曰：「苟有此心，何不棄官去。」又曰：「此亦甚不易，吾輩所不能，何敢責人。」皆愀然良久。（洪德保〈乾淨筆談〉）

余曰：「中國之剃頭變服，淪陷之慘，甚於金元時，爲中國不勝哀涕！」兩生皆相顧無言。（〈乾淨筆談〉）

蘭公曰：「《清陰先生集》有幾卷？（規案：朝鮮金尚憲著，當明末時。）」余曰：「二十卷。清陰文章學術爲東方大儒，而革鼎後，避世不仕，十年拘於瀋陽，終不屈而歸。」又曰：「清陰歸隱於嶺南鶴駕山中，與清陰同歸者亦多。又有世族四家隱於太白山中，時人號爲四皓。其一、鄙宗人也，有詩曰：『大明天地無家客，太白山中有髮僧』云。」力闇看畢，轉身而坐，再三諷誦，頗有愴感之

色。(〈乾淨筆談〉)

貴哉朱之爲姓，雲谷武夷以其地名之近而尊尙。況朱字姓窮天地，亘萬古，凡有血氣者，孰不愛之尊之。(朝鮮新安朱氏世譜朱錫冕疏本引正廟綸敎)

以上提到的〈吳彭問答〉、〈乾淨筆談〉，是乾隆時，朝鮮使臣洪德保所著的《湛軒燕記》的幾篇談話紀錄。他會寫中國文，卻不會說中國話，到了北京，遇到中國知識份子，用筆交談，〈吳彭問答〉是和翰林院檢討吳湘、彭冠的筆談。〈乾淨筆談〉是和嚴力闇、潘蘭公諸人的筆談。雖然處在異族淫威之下，彼此心心相印，無論是中國人，抑或是朝鮮人，都流露出最強烈的反淸復明的思想。這是最珍貴最確實的當時當地最可靠的紀錄，這是最能顯現《紅樓夢》時代民族思想的新材料。我們看，朝鮮人對漢族女子，能夠保持明代衣制，感到驚喜；對漢族男子被迫剃髮，認爲是莫大的恥辱。《紅樓夢》說：「女兒是水作的骨肉，男人是泥作的骨肉。我見了女兒，我便清爽；見了男子，便覺濁臭逼人！」(第二回賈寶玉語)試問，保存故國衣冠，這是多麼尊貴，多麼清爽！剃去頭頂四周毛髮，拖着一條豚尾，這是多麼濁臭逼人！由此看來，《紅樓夢》特別推崇女子，正因爲女子纔是眞正的中國人；《紅樓夢》的女子至上主義，原來就是民族至上主義。這是滿淸控制下的漢族人的眞正心理。那時候朝鮮人的著述，便是我們的見證。由於當時遺民對明朝悼念之深，他們眞切的情感，不知不覺的，時時流露於隱語隱事之中，如朴趾源《熱河日記》卷十的〈鵠汀筆談〉，有一段記錄說：

> 亭山曰：「痴欲煎膠粘日月。」是時，日已暮，炕內沈沈，故已喚燭矣。余曰：「不須人間費膏燭，雙懸日月照乾坤。」鵠汀搖手，又墨抹「雙懸日月」，蓋日月雙書則爲明字。余曰：偶對粘膠句而「雙懸日月」，頗諱之也。

又《熱河日記》卷四〈關內程史〉云：

> 余居白門時，爲崇禎紀元後一百三十七年三周甲申也。三月十九日，乃懷宗烈皇帝殉社稷之日。鄉先生與同閈冠童數十人詣城西宋氏之僦屋，拜尤庵宋先生之遺像，出貂裘撫之，慷慨有流涕者。還至城下，扼腕西向而呼曰：「胡！」鄉先生爲旅酬，設薇蕨之菜。時禁酒，以蜜水代酒，盛畫磁盆，盆之款識曰：「大明成化年製。」旅酬者必俯首視盆中，爲不忘春秋之義也。

由這些事實看來，那時候處在滿清控制之下的人們，不論是中國人，是朝鮮人，凡懷抱反清復明的志士，都能利用「隱語式」的工具在異族控制下秘室活動。這在黑暗時代鐵幕當中，是自然的趨勢。《紅樓夢》作者正是順應時代潮流，靈活巧妙的運用黑暗時代表達意志的工具，寫成一部代表民族呼聲的隱書，我們如果不了解《紅樓夢》黑暗時代的民族心理，不明白黑暗時代表達意志的隱語方式，那我們將永遠聽不到我們黑暗時期民族的呼聲，也將無法摸索到黑暗時期偉大作品《紅樓夢》的眞意！

《紅樓夢》口語化的完成

《紅樓夢》的作者，蓄意要用白話寫成他的鉅著，這在《紅樓夢》第一回開場白中，早已表明，人所共知，不須多費解釋。不過中國傳統的白話小說，不管是《水滸傳》也好，三言二拍也好，都不免夾雜着許多文言文的字句。《紅樓夢》這部白話小說，初期也不免有此現象。我們細心觀察，便可發現這部書最早的稿本，輾轉傳抄，到排版印刷，其間文字是曾經多次修改的。根據前後修改的痕迹，除內容情節描寫種種因素外，有一個非常重要的原則，也可以說是刪改文字的大動力，便是要把這部白話小說中夾雜着的文語成份，加以修改。換句話說，便是要把《紅樓夢》這部小說徹底口語化。我們甚至可以說，必須經過這番工作，《紅樓夢》纔能成爲眞正純淨的白話小說。這一修改文字的重要事實，無疑的是在許多抄本發現以後，經過比對校勘，纔能顯露出來。我們試看第二十回的一節文字，庚辰本作：

只見李嬷嬷（戚蓼生本作「媽媽」，下同。）拄着拐棍，在當地罵襲人：忘了本的小娼婦，我抬擧起你來（戚本作「你起來」。），這會子我來了，你大模大樣的倘（戚本作「淌」，下同。）在炕上，見我來也不理一理，一心只想粧狐媚子哄寶玉，哄的寶玉不理我，聽你們的話。你不過是幾兩臭銀子買來的毛丫頭，這屋里你就作耗，如何使得！好不好拉出去配一個小子，看你還妖精似的哄寶玉不哄！襲人先只道李嬤嬤不過爲他倘着生氣，少不得分辨說，病了，纔出汗，蒙着頭，原沒看見你老人家等語（戚本作「話」），後來只管聽他說哄寶玉粧狐媚，又說配小子等（戚本「等」下有「話」字），由不得又愧又委曲，禁不住哭起來。

乾隆一百二十回抄本（以下簡稱全抄本）的底本正文作：

只見李媽媽拄着拐棍，在當地罵襲人忘了本的小娼婦，我抬擧起來的，這會子我來了，你大模大樣淌在炕上，見我來也不理一理，一心只想粧狐媚子哄寶玉，哄的寶玉不理我，聽你們的話。你不過是臭銀子買來的毛丫頭，這屋里你就作耗，如何使得呢！好不好拉出去，我問你還哄寶玉不哄？襲人先只道李媽媽不過爲他淌着生氣，故還說道，我低着頭，原沒看見你老人家等語。後來聽他說哄寶玉粧狐媚等語，由不得又愧又委曲，禁不住哭起來了。

全抄本正文經修改後，文字便和程乙本幾乎完全相同。程乙本云：

只見李嬤嬤（全抄本作「媽媽」）拄着拐杖，在當地罵襲人：「忘了本的小娼婦兒！我抬擧起你來，這會子我來了，你大模廝樣兒的躺（全抄本作淌）在炕上，見了我也不理一理兒（全抄本無「兒」字）。一心只想粧狐媚子哄寶玉，哄的寶玉不理我，只聽你的話。你不過是幾兩銀子買了來的小丫頭子罷咧，這屋里你就作起耗來了！好不好的，拉出去配一個小子，看你還妖精似的哄人不哄（全抄本「似」作「是」，「不哄」下有「人」字。）！襲人先只道李嬤嬤不過因他躺着生氣，少不得分辯說：「病了，纔出汗，蒙着頭，原沒看見你老人家。」後來聽見他說「哄寶玉」，又說「配小子」，由不得又羞又委曲，禁不住哭起來了。

我們試比較這一節文字，便可看出庚辰本、戚本和全抄本的正文，都大致相同；而程乙本和全抄本的改文，除一兩個異體字外（全抄本「淌」字，程乙本作「躺」，並不意味全抄本和程乙本的文字不同，因爲全抄本是過錄本，抄手寫的是省字別字，程乙本付排時，改成較正確的字，而全抄本的底本儘可能也是「躺」字。）幾乎一字不差。從這節文字對勘的結果，我們可以覺察到幾樁事實：

第一、曹雪芹死在乾隆廿七年壬午，庚辰抄本是雪芹活在時的本子，戚蓼生本可能是曹雪芹死後傳抄的本子，而兩個本子的文字甚爲接近。

第二、全抄本的底本，雖然也是脂評本，但和庚辰、戚本都不同，可能是庚辰、戚本以外的脂本。

第三、無論庚辰本、戚本、全抄本的底本，都是高鶚以前的本子，而這些本子中夾雜着的文語成份，幾乎都是一樣，如庚辰、全抄本中的「等語」，戚本的「等話」。

第四、全抄本的改本，是依據庚辰這一類的本子來修改的，所以修改的結果，反而和庚辰、戚本的文字，都差不多。

第五、全抄本的底本，和庚辰、戚本中相同的文語成份，經修改後，全部成爲口語。因此，全抄本經修改後，便和程乙本的文字幾乎完全相同，可能就是程刻本付印前的一個底本。

從以上一節各本文字的異同，加以分析，又可看出修改的多種原因：

第一、可能由於斟酌文意的結果。如庚辰、戚本說：「你不過是幾兩臭銀子買來的毛丫頭」，全抄底本作「你不過是臭銀子買來的毛丫頭」。修改的人可能考慮是「臭銀子」這句話有多少語病，因爲銀子是賈府的，詆賈府的銀子爲臭銀子，而出之於賈府下人之口，似乎是不應該，所以全抄改本便刪去「臭」字，修正爲「你不過是幾兩銀子買來的」。這是訂正底本的文意的地方。

第二、可能是由於斟酌語氣的結果，如庚辰、戚本說：「你不過是幾兩臭銀子買來的毛丫頭，這屋里你就作耗，如何使得！好不好拉出去配一個小子。」全抄底本正文作：「你不過是臭銀子買來的毛丫頭，這屋里你作耗，如何使得呢！好不好拉出去。」修改的人可能考慮到「如何使得」這句話多少帶些商度的口吻，語勢頗嫌和緩，不合李嬤嬤憤怒的口氣；所以全抄改本，刪去這句話，修改爲「你不過是幾兩銀子買了來的小丫頭子罷咧，這屋里你就作起耗來了！好不好的，拉出去配一個小子。」這是斟酌文氣而訂正底本的地方。

第三、可能是由於斟酌說話人身份的關係。如庚辰、戚本、全抄底本的「你大模大樣」，修改的人覺得普通人口語中通常說的「大模大樣」，在李嬤嬤這等粗人說成「大模廝樣」，似乎更傳神一點。《品花寶鑑》第二回：「聘才見這大模廝樣的架子」，「大模廝樣」一詞，好像還有裝腔搭架子的意味。

第四、可能是由於文言白話異同的關係。其中有的是爲了文言和白話用字的不同而改易的，如庚辰、戚本、全抄底本都同作「由不得又愧又委曲」，修改的人覺得文言的「愧」，白話應該說「羞」，如「羞人答答」，「羞口羞腳」，不會說成「愧人答答」、「愧口愧腳」，因此改爲「由不得又羞又委曲」。有的是爲了夾雜着文言詞彙加以刪改的。如庚辰本的「原沒看見你老人家等語」，全抄本的「原沒看見你老人家等語，後來聽他說哄寶玉裝狐媚等語」，修改的人可能認爲這類的文言詞彙，看起來刺眼，聽起來逆耳，所以把「等語」、「等話」之類全部刪去，整個句子也相應的加以必需的潤色。

以上四種修改文章的現象，前三種是一般性普遍性的修辭方法。不論任何時代的文章，任何性質的文章，任何作者的文章，他們可以把不適當的字句，換成適當的字句；把不適當的文勢，換成適當的文勢；把不適當的文意，換成適當的文意。不過換來換去，本底是文言，還是換成文言；本底是白話，依然換成白話。對於文體的本質，是不會有所改變的。只有修改的人，存心要把作品徹底口語化，纔會有上舉第四種修改方法所造成的現象。這個存心把《紅樓夢》徹底口語化的人是誰？據《紅樓夢》這部書抄本刻本流傳下來的痕迹，這個人應該是高鶚。因爲甲戌、庚辰、戚蓼生諸種本子，都是曹雪芹時代的文字。而這些夾雜着的文語成份，所有的抄本，都同樣保留着。可見把它刪改使之徹底口語化的人，必然是曹雪芹以後整理《紅樓夢》的人。我們觀察這種修改的痕迹，都保存在楊繼振所藏高鶚手訂的《紅樓夢》百廿回抄本中。接着高鶚、程小泉印行的《紅樓夢》活字本，即是根據這個抄本加以修改而排印的。可見這個完成《紅樓夢》口語化的人便是高鶚。程乙本的高蘭墅引言說：

書中前八十回抄本，各家互異，今廣集核勘，準情酌理，補遺訂訛。其間或有增損數字處，意在便於披閱，非敢爭勝前人也。

從高鶚自己聲稱的這番話，知道他確曾做過修改文字的工作。他增損數字，使之口語化，唸起來順口，卽是「便於披閱」，由此看來，高鶚意在便利讀者，不知不覺的走上了文字口語化的道路，使得優美絕倫的《紅樓夢》白話小說，更加純淨精瑩，這無疑是一條正確的寫作途徑，這正是高鶚對《紅樓夢》最成功的工作，也是對《紅樓夢》最重大的貢獻。

「冷月葬花魂」與《西青散記》

宋淇先生最近在《明報月刊》第四十期發表〈論冷月葬花魂〉一文，從他十年前懷疑《紅樓夢》中「冷月葬詩魂」可能爲「冷月葬花魂」之誤，一直到一九六七年葛建時、嚴多陽兩先生和新亞書院中文系《紅樓夢》研究小組根據脂庚本乾隆百二十回抄本校訂，都有同樣的看法。現在宋淇先生寫成一篇長文，「從版本的異同上，字句的誤抄、誤改以及以後版本的演變上，作者的基本想法上，字眼與全書情調和內含的關係上，以及說這句詩的女主角的口吻和身份上」，達成的結論是「冷月葬詩魂」應作「冷月葬花魂」。我認爲宋先生這個結論應該是合理的定論。

同時，我讀完宋先生這篇論文後，聯想起一部很有趣味的小書——《西青散記》。《西青散記》是清人史震林梧岡所撰，記事的年份，起雍正元年癸卯，訖乾隆元年丙辰（西元一七二三——一七三六），首尾凡十四年。馮金伯〈重刻西青散記序〉說它是「隨時隨地隨所遇而記之，皆散段，有詳略，無篇目。散記似先儒語錄而不腐，比前人筆記而尤雅，敷敍條鬯，氣體稍舒。要其靈孅窈瀹之姿，闡發激揚之旨，則無不同。」馮金伯又說：「予嘗讀悟岡先生《華陽散稿》而愛之，其《西青散記》徧索之未得也。散稿中有〈與吳長公書〉云：『去冬衝雪渡江，印《西青散記》四百卷，紅樓綠窗，索贈者半。』又嘗云：『墨耕琴莊者，趣士也，游趣國，拈趣筆，吟趣事，與有趣之人，愛無趣之我；揮有趣之金，刻無趣之文，是猶玉勾詞客之刻《西青散記》，予將毀之，震亭藏之，而祝融厭其無趣，起而焚之。』則知是編固曾付梓，而未廣厥傳。」又云：「散稿始於丙辰署年，至庚寅而止，庚寅者，乾隆三十五年也。」由此可知《西青散記》一書的刻本流傳，必在乾隆三十五年以前，比《紅樓夢》應該較早，而詩句中所用「花魂」和「葬花」的情節都有絕相近似之處。《紅樓夢》第二十六回、二十八回寫黛玉葬花，賦葬花詞的情節說：

> 越想越覺傷感，便也不顧蒼苔露冷，花徑風寒，獨立牆角邊花陰之下，悲悲切切，嗚咽起來，原來這黛玉秉絕代之姿容，具稀世之俊美，不期這一哭，那些附近的柳枝，花朶上宿鳥栖鴉，一聞此聲，俱忒楞楞飛起遠避。不忍再聽。正是：花魂點點無情緒，鳥夢癡癡何處驚。……寶玉低頭看見許多鳳仙石榴等各色落花，錦重重的落了一地，因嘆道：「這是他心裏生了氣，也不收拾這花兒來了。等我送了去，明兒再問着他。」說着，把那花兒兜起來，登山渡水，過樹穿花，一直奔了那日和黛玉

葬桃花的去處，將已到了花塚，猶未轉過山坡，只聽那邊有嗚咽之聲，一面數落着，哭的好不傷心……話說林黛玉只因昨夜晴雯不開門一事，錯疑在寶玉身上。次日又可巧遇見餞花之期，正在一腔無明，未曾發泄，又勾起傷春愁思，因把些殘花落瓣去掩埋，由不得感花傷已，哭了幾聲，便隨口念了幾句，不想寶玉在山坡上聽見，先不過點頭感歎，次又聽到「儂今葬花人笑癡，他年葬儂知是誰？一朝春盡紅顏老，花落人亡兩不知」等句，不覺慟倒山坡上，懷裏兜的落花撒了一地。試想林黛玉的花顏月貌，將來亦到無可尋覓之時，寧不心碎腸斷！

再看雍正十一年的《西青散記》：

百花生日，雨，即阿音生日也。夢覘以藕絲連理麵祝之。

夢覘於西園，拾花盈斗，浴以清水，貯於筐葬之，與綠衣女郎，積土成花塚，焚詩以祭云：「燕子歸來不見卿，莫修紅粉誤來生，夕陽庭院春濃夜，黃透胭脂病已成。」繞行趺坐，中夜忽興，寄霞村和焉。是日，有使者返自茅山，得玉函消息，夢覘寫阿音詩寄之。……使者至茅山，玉函先數日歸矣。儲證園至，連牀夜話，曰：佳人如落花，花之幸者，落蒼苔碧水，幽人席，高士琴，才子杯中。余曰：「落杯中，俗人吐之矣。」證園拍枕曰：「吐之大幸耳，入俗人口，何異墮厠溷耶！」

兩書同樣寫拾花，寫花塚，寫感花賦詩。再看，《散記》中詩詞用「花魂」之處也甚多，如：

（雍正二年甲辰）閏五月廿四日，浴後，出澹香堂，西晚方霽，碧山如鏡，霞彩甚繁。夢覘凝睇空翠，擬見仙鬟，自恨蜉蝣之年，未得遽攀鸞鶴。爇通華九液靈香，以叩三神主者，久之，書一句云：「花魂如影出西樓。」余曰：「此五載前，在茅山，七月十五，碧夜仙娥降乩詩也。是夜，趙闇叔在蘭陵亦咏『夜魂如霧立青蓮』之句，自謂靈韻遙通，往往憶之，今復來耶？前詩首句已忘，下則云：『小別紅塵四五秋，今夜有人尋舊夢，花魂如影出西樓。』仙子自記此乎？」乩遂題云：「月無清恨水無愁，不到紅塵又五秋，今夜有心尋舊影，花魂如夢上西樓。」

與故人別後，獨居無聊，則設乩請仙子，爲問答。……十月之望，至者爲娟娟仙子，題詞更淒遠悲綿，似人間極風流感慨薄命絕世人，言至此甚偶然，不得亟相見也。十八夜，設乩，來甚速，爲詞云：「兩袖霜花，醉嬋娟，再到西湖西畔。冷月尚圓，誰人倚樓尚看。天風剪碎香腮嫩，未肯憐儂輕緩。雲低處，匆匆誤入蕭娘深院。休說恨長短，但紅塵一到，又添新怨。春去勸春不住，忍拚秋換。寒燈不會生花，慣照人爲花腸斷。撩亂散花魂，倩誰收管。」

玉函自姬山來，袖中出闇叔梅花詩，詩云：「古梅寂歷野水村，香浮淡月來花魂。……」

前者賨溪爲七言古，雙卿步其韻，賨溪恨不逮也。以題試雙卿，賨溪曰：「茉莒」。訥齋曰：「天竹子。」澹園曰：「西山雪霽」。夜，使人與雙卿，方曉而詩至，則步七言古原韻也。蘆葉方寸，淡墨若無。起云：「零雲欲正吹還側，隙送殘暉印孤臆，卞和雙淚落荆山，百花暗帶消魂色。」末云：「香魂是片今非片，刺繡佳人又添綫，茉莒難尋竹實稀，雪晴幸見西山面。」

轉華夫人深味禪說，謂如來住世時，無非爲無情衆生，說有情法耳。有堤上感懷詩云：「花飛不哭哭開前，無始空花盡可憐，爲眷春光也怡逸，淚江香海有情天。」輯古宮闈德容雙備者如干人，而嘆曰：「人猶花也，才情則香也。花生香在，花死香亡，花除歸土，花業難除，香滅歸空，香性難滅。今花卽古花之魄，今香卽古香之魂耶？」賦詩云：「豔淑如斯例作塵，相逢可卽昔時人。願將彼骨吹成土，持葬兒今屢轉身。」

(甲寅)七月廿八日，得雙卿秋荷詩，寫於月季花之葉，一枝五葉，葉寫一首，葉甚細，字頗見影而已。詩曰：「……菊意梅魂兩自知，夕陽人去鷺回時，仙郎肯祭花神否？願配人間怨女祠。……淚盡鮫珠不願開，前生香孽此中猜，一枝遠寄千絲斷，七月江南雁早來。……」

夢覘婢取蕙花兩朵至，上題詩云：「柳絮多情已化萍，素魂紅怨淡無聲。似聞燕子三更語，月過花梢又不明。」

宋淇先生說：「『葬花魂』這一概念常見於林黛玉的詩中。第廿七回，黛玉一面葬花，一面唸出那首家傳戶曉的『葬花詞』，『花魂』兩字接連出現兩次，而詩名爲葬花詞，都是值得我們注意的痕跡。林黛玉詠白海棠詩有這樣兩句：『偸來梨蕊三分白，借得梅花一縷魂。』這首詩雖然指定用魂字押韻，可是其餘諸姐妹詩中都沒有花魂的字眼，這裏仍是林黛玉個人的習慣說法。第七十回，林黛玉的桃花行，整首瀰漫了人卽是花，花落人亡的情感，雖然沒有花魂字眼的出現，可是其精神卻是一貫的。到了七十六回，林黛玉在賞月聯句時，心中早有了葬花和花魂的字眼，加上凄清的環境，明月當頭，忽然迸出冷月葬花魂一句來是完全可以理解的，也是合乎文學創作過程原理的。」我們看了《西青散記》所記，它的葬花的情節，花魂的詞彙，「人卽是花，花落人亡的情感」，「撩亂散花魂，倩誰收管，」「香浮淡月來花魂，」在在都可以和「冷月葬花魂」的境界相印證，也可以替宋淇先生的結論做補充說明。還有，《紅樓夢》與《西青散記》二書相同之處，除上舉花魂葬花之外，值得注意之處，仍頗不少。究竟是偶然暗合，抑或是有意因襲，實在值得加以研究。如《紅樓夢》第八十九回，寶玉到瀟湘館，看見黛玉新寫的一副紫墨色泥金雲龍箋的小對，上寫着：「綠窗明月在，青史古人空。」❶而雍正十二年甲寅的《西青散記》有云：

轉華夫人卽安定君，歙西豐溪吳比部之內子程恭人也。名瓊，字飛仙。……口熟楊升庵廿一史彈詞，綠窻紅燭之下，輒按拍歌之。自書名句爲窻聯云：「綠窻明月在，青史古人空。」感慨間生，救以歡喜。

轉華夫人和林黛玉寫的對聯，一字不差。究竟是《紅樓夢》作者抄襲《西青散記》呢？還是

---

❶ 承宋淇先生相告，此聯由錢鍾書在其＜小說識小＞一文（見上海出版，民國三十四年十二月之《新語雜誌》）中指出，原出唐崔顥〈題沈隱侯八詠樓〉五律頭聯，《西青散記》云程飛仙唱二十一史彈詞，均可用「青史古人空」，但用在瀟湘館中，則與林黛玉身份殊不合云云。俟見到原文後，當再加補充。

各不抄襲，偶然暗合呢？還是二者皆不是，而是皆本於古人的成句呢？這又是很巧合很微妙的事情。

除此以外，兩書相類似的情節，着實不少。例如《紅樓夢》有湘蓮學詩，而《西青散記》也有童子潛飛學詩事。《紅樓夢》先有傳抄之本，纔有刻本。《西青散記》也復如此。

族兄琅泉來澹香堂，留數日……問震林求異書讀，與之《散記》，張口噓氣曰：此琅泉淚也。癸丑十月朔，將訪惲寗溪巢納齋鄭癡庵於孟河，攜《西青散記》，雙卿浣衣圖以行。

雙卿於是抒曰，俯地而歎曰：「天乎！願雙卿一身，代天下絕世佳人，受無量苦，千秋萬世後，爲佳人者，無如我雙卿爲也。」乃托童子齡抄《散記》，死之日，願以爲殉。（雍正十一年癸丑十二月）十一夜與玉函論《散記》。憮然掩卷曰：「天上人間，事多感慨，愛其文者，或疑其事；拘於理者，或病其言。余之爲此，本無心也。雖焚之何悔。」玉函擊節曰：「雙卿瀟灑，古今未見此女郎也。但當稍爲之諱耳。」雙卿聞之，爲書曰……「此書可燒，則口亦可以不言，蝶不言而貪花，蛆不言而嗜糞，世之不言以欺人者，香則爲蝶，臭則爲蛆。雙卿見之，瘧且愈篤，夫雙卿猶夢耳，夢中所値，顚倒非一，覺而思之，亦無悔焉。知我罪我，俱不在此。」

振翔與趙東垣，遊綃山。旣歸，恒寥渺生悲，寢食爲減，晝抄《西青散記》，夜則誦雙卿詞，不眠。地多竹樹，獨徘徊竹間，揀新篁，以佩刀刻雙卿詩詞殆遍。嘆曰：「此君瓊姿粉節，情味如蘭，宜贈以絕世人語也。」謂余曰：「吾年二十，意猶昏忽，見詩文不喜。後，誦雙卿詞，若肺腑頓易，覺洪荒以來，所有感慨，俱塡滿胸臆，生無趣，死無味，明有魂，暗有影，迷解奄冉，無所依止，遂學詩詞，以勸寤寢。」

天申母年七十，設蔬茗，欲識撰《西青散記》人，問雙卿事。……將攜《西青散記》，渡黃河，登泰山，謁孔陵，上燕臺，覓知己於烟霞冠蓋中，二者期有一遇耳。

柯山曰：「吾千里至此，得《西青散記》。才子佳人，入吾夾袋矣。昔人挾桓君山之書，富於猗頓，吾持此涉江河，不可以傲龍藏哉！」

八月初五日夜，夢覘設乩，仙郎至……將去，問《散記》成以何日，有相賞者乎？曰：「此書始於夢郎，終於醉農，評之者醒花道人，刻之者秋田花史，君勿憂落魄，遇秋田花史，便爲君得意時。」

可見《西青散記》和《紅樓夢》的抄刻流傳的經過，似乎也頗有類似之處。

至於鍊詞構意，兩書也多相似。如《紅樓夢》第五回中描寫的放春山遣香洞太虛幻境的警幻仙姑，是居「離恨天」之上，「灌愁海」之中，太虛幻境中有「癡情司」、「結怨司」、「朝啼司」、「暮哭司」、「春感司」、「秋悲司」。仙姑攜寶玉入室，所聞一縷幽香，乃寶林珠樹之油所製，名爲「羣芳髓」；所飲之茶，乃以仙花靈葉上的宿露所烹，名曰「千紅一窟」；所飲之酒，乃以百花之蕤，萬木之汁，加以麟髓鳳乳釀成，名爲「萬豔同杯」。室內瑤琴、寶鼎、古董、新詩，無所不有。眞個是「幽微靈秀地，無可奈何天。」衆仙姑道號不一，一名「癡夢仙姑」，一名「鍾情大士」，一名「引愁金女」，一名「度恨菩提」。而寶玉墮下去的迷津，只有一個木筏，掌舵的是「木居士」，撐篙的是「灰侍者」。海棠詩社限時所燃的是「夢甜香」（第卅七回），寶釵所服食的是「冷香丸」（第八回）。諸如此類鍛鍊出來的名詞，不勝枚舉。

《西青散記》所記的天上才女，有「清華君」、「白羅天女」、「娟娟仙子」、「琅玕神女」、「蘭陵公主」、「蕭紅」，人間才女有「雙卿」、「竹西女子」、「轉華夫人」、「晚娟」、「宣娟」，作者是「弄月仙郎」，他的朋友吳震生是「玉勾詞客」，段玉函號「懷芳子」，自刻小印曰「情癡」，申志綸號「醉書仙」。張夢覘以「藕絲連理麵」祝阿音生日，白羅天女降乩稱蘭陵公主薦「乳玲糕」，蕭紅降乩曰：「百花皆有神掌之，花之有香豔者，神皆美女子；無香豔者，男子所司也。西王母以江南梅花三萬樹封夢娘，世人少愛梅花者，而花數半闕，存萬餘株耳。夢娘負『花稅』，乃自傭牡丹公主家，凡花皆有稅，而牡丹獨富貴。花神乏償者，每貸於牡丹公主家也。有重樓二十，使夢娘爲灑掃，灑掃善，則賜之『桐乳露』；弗善，飲以『蓼紅漿。』夢娘廢梳洗，經旬得遍也。間時，又使之鼓琴，夢娘自製新曲，曰『夢徘徊』，極哀怨，音動人心。」諸如此類鍛鍊出來的名詞，也不勝枚舉。

《散記》有玉勾詞客造「柳莊」一段文字，其設想屬辭，經營位置，幾乎和胡山子野創大觀園，有若干神似之處，現在錄下來細讀。

玉勾詞客，嘗有「百頃綠楊烟裏展」之句，乃法工畫師，造柳莊，外向，額曰吳村別業；內向，額曰拙娛田舍。自爲聯曰：「頭上兩丸忙日月，胸中一幅冷溪山。」莊續蘭皐爲周垣，垣上雜植百花，名曰花城。凡堂皆構擁舍，以遲契友。寶穡堂後，卽蕚綠華堂。南向，植紅素綠三色梅於堦前，左曰楊柳風軒，右曰梧桐月廈。屋東西皆面莊外，特以配芙蓉巷陌，木楃門焉。堂聯用小篆：「貧交世情外，才子古人中」，松蓮先生筆也。其樓曰非非想天，割前楹爲露臺，玉勾詞客著書處，聯用東坡語云：「早歲藜莧腹，平生錦繡腸。」聚諸子及內典數千卷，嘗言鄙儒之博學也，詳於器數，矜於訓詁，抑知不讀子則微不通，不覽藏則心不大乎？又進，則步廊回合爲選夢閣，有「祇將詩意思，自與夢商量」一聯，閣前引溪水達軒中，互相洄注，水溢春時，如天上坐，曰看妝闌，曰臥釣渠，爲樓屋，內圓如球，在選夢閣上層，扁以三字，曰「無恨月」。玉勾詞客以爲「可人應借此中住，不信難敎下碧天」耳。一日，與轉華夫人登其上，白雲在霄，丘陵自出。秋空晴碧，極視愈鮮，俯瞻下土濛濛，蠅沸蟻擾，慨然相謂曰：「能化大地爲琉璃，不能使衆生發淨心也。古今在夢影中，奈何！」轉華夫人益渺然有十洲三島之想。岸樓橋者，跨兩樓以獨木，爲短欄護足，由非非想天，達選夢閣上層，遊無恨月。玉勾詞客有句云：「地剛一寸幾重天。」閣後土坡，四圍奇松十數株，其先自黃山來，榜其齋曰「夏健」。題詩云：「松開草屋夏如秋，寂寂寥寥澹自由，療得詞人心眼俗，從今清思滿神州。」風吹松花，則黃粉墮琴樽間，見者嘆爲香塵也。夏健齋後，離椽數尺，積石爲峭壁，壁凹入爲洞，洞中石色如粉，自成雲氣，設白石牀，其半爲繡魚池，刻詩於石，以代扁語云：「五尺花冰睡恐消，潛鱗無意躍秋潮，一官技短遑爲國，臥看紅塵廿二朝。」古云士有短於爲一官，而長於爲一國者，俗吏以卑爲實固非，儒者以高爲名亦非也。石壁依岡，岡連竹圃，萬竹遮松，一泉走石，自屋頂洩入洞中，忽爲散絲，忽爲懸布，雖心骨長沸人，至此自平，題之曰逍遙泉。竹圃中方室，爲蒼莨亭，窻其三面，以「碧色忽惆悵，所思殊不同」書楣，杜甫盧綸語也。複室曰前休地，以奉妙莊王第三女，顏曰「眞空妙假身」，竹有思摩、雲母、合歡、相思諸種，或致之海上者，而孝竹慈竹爲特多焉。其他幽勝，悉由意作，高下橫側，不損天趣，室宇樸簡，而多虛白叢綠，幽禽所止，野士所尋，太古之色，罔朗芒曶。莊之後有扉，曰「送春關」，聯云：「千古有情都寂寂，一時無語但茫茫。」春暮微月，與轉華夫人至送春關，北望禮斗，落花積地深尺，迴風乍起，繽紛繞身，賦送春聯句，玉勾詞客云：「思如草嫩正氤氳，役眼柔肢總是君，」轉華夫人云：「相送往無情路去，誰家蝴蝶瘦三分。」莊常扃閟，不通雜賓，其商略終古者，有踽踽道人，問津處士，而鄭松蓮、程雪門爲不速之客，震京和柳莊詩數十首，如裴迪之於王維也。

至於兩書作者的情懷，其相同處，也不妨拈出幾段文字，以資比較，如《紅樓夢》第一回寫林黛玉的前生，說：

只因當年這個石頭，媧皇未用，自己卻也落得逍遙自在，各處去游玩，一日來到警幻仙子處，那仙子知他有些來歷，因留他在赤霞宮中，名他爲赤霞宮神瑛侍者。他卻常在西方靈河岸上行走，看見那靈河岸上三生石畔有棵絳珠仙草，十分嬌娜可愛，遂日以甘露灌漑，這絳珠草始得久延歲月。後來旣受天地精華，復得甘露滋養，遂脫了草木之胎，幻化人形，僅僅修成女體，終日游於「離恨天」外；飢餐秘情果，渴飲灌愁水。只因尚未酬報灌漑之德，故甚至五內鬱結着一段纏綿不盡之意，常說「自己受了他雨露之惠，我並無此水可還，他若下世爲人，我也同去走一遭，但把我一生所有的眼淚還他，也還得過了。」

而第二十三回寫黛玉在世時的情懷有一段文字說：

這裏黛玉見寶玉去了，聽見衆姐妹也不在房中，自己悶悶的，正欲回房，剛走到梨香院牆角外，只聽見牆內笛韻悠揚，歌聲婉轉，黛玉便知是那十二個女孩子演習戲文。雖未留心去聽，偶然兩句吹到耳朵內，明明白白一字不落道：「原來是奼紫嫣紅開遍，似這般，都付與斷井頹垣，」黛玉聽了，倒也十分感慨纏綿，便止步側耳細聽，又唱道是：「良辰美景奈何天，賞心樂事誰家院，」聽了這兩句，不覺點頭自嘆，心下自思：「原來戲上也有好文章，可惜世人只知看戲，未必能領略其中的趣味。」一想畢，又後悔不該胡想，耽誤了聽曲子。再聽時，恰唱到：「只爲你如花美眷，似水流年，」黛玉聽了這兩句，不覺心動神搖。又聽道：「你在幽閨自憐」等句，越發如醉如癡，站立不住，便一蹲身坐在一塊山子石上，細嚼「如花美眷，似水流年」八個字的滋味。忽又想起前日見古人詩中，有「水流花謝兩無情」之句，再詞中又有「流水落花春去也，天上人間」之句；又兼方纔所見《西廂記》中「花落水流紅，閑愁萬種」之句，都一時想起來，湊聚在一處。仔細忖度，不覺心痛神馳，眼中落淚。

還有在「警幻仙曲演紅樓夢」一回裏的紅樓夢引子也道出了作者的衷懷：

開闢鴻濛，誰為情種？都只為風月情濃，奈何天，傷懷日，寂寥時，試遣愚衷；因此上，演出這悲金悼玉的紅樓夢。

《西青散記》作者的心情，也可從後列拈出的幾段文字看出來：

余憔悴人間，獨於名利譽聞外，乃得數寂寞人，擇冷寺廢院無人處，看寂寞花，聽寂寞鳥，性善感慨，喜人道悲苦，與故人別後，獨居無聊，則設乩請仙子，為問答。……十月之望，至者為娟娟仙子，題詞更淒遠悲綿，似人間極風流感慨薄命絕世人，言至此甚偶然，不得亟相見也。

余曰：「人間有感慨人，天上亦有感慨人，闇叔牟尼詩曰：『嗟君何感慨，一往不可攀。』夫所謂感者，豈憂思抑鬱哉，仰視碧落，俯見蒼生，情脈念痕，不知所起，醉今夢古，慧死頑生，淡在喜中，濃在悲外，聖賢所存，仙佛不泯者也。有知者不皆有情，禽蟲是也；有情者不皆有感慨，庸愚是也。娟娟之四十餘首，人間天上之感慨俱見矣！

（醉書仙）和雙卿詩詞共四十四首，為文六篇，自為序曰：「忽忽哉情乎，脈然生，黯然深，一引其端，纏緜而無可忘，人悲之，造物悲之耶？雙卿以散花之才，居茹茶之境，弄月仙郎收入散記，醉書仙讀之，如中酒，如別人，如感夢，見詩詞輒和，意未盡，又為文六篇以縱其情。」

我們略看上列幾段文字，可以接觸到《西青》《紅樓》兩書作者心懷悽婉沉鬱的一面，令人讀後悃悃不甘，眞有如昔人所云：「聞子野淸歌，輒喚奈何」之感。兩書字句文情，冥合如此之多，究竟是偶然的暗合呢？抑或是有相互因襲的關係呢？我想這一問題如獲得答案，當然對兩書都極有益；卽使這一問題不能解決，我們偶一玩索，似乎也頗有趣吧！

附錄

論「乾隆抄本百廿回紅樓夢稿」

趙岡

一、此抄本之形狀與特點

我們現在所看到的是從香港購得的影印本。據范某在一九五九年七月所發表的〈談高鶚手定紅樓夢稿本〉一文中，曾描述過原本的形狀如下：

> 它的外貌大小就和這本刊物差不多。當然不是報紙鉛印的，而是竹紙用墨抄寫的。竹紙很薄，年代久了，紙質變脆，容易破碎。顏色也由白色變成米黃色了。書的四邊的顏色，比起中間部份變得更深些。全書分裝十二冊，每冊十回，共計六百多頁，平疊放起來，大概有五六寸高吧。封面上有一個題簽「紅樓夢稿本」，下署「佛眉尊兄藏」「次游簽」，朱墨分明，古色盎然。這就是這個抄本的外貌。

由此看來，影印本是盡量保持了原抄本的大小，分册，裝訂形式。因此我們不妨假定影印本在各方面都沒有失眞之處。

影印本的封面及第一頁是影印時後加的標題「乾隆抄本百廿回紅樓夢稿」。第二頁開始就是原本封面，卽范某所提及的「紅樓夢稿本，佛眉尊兄藏，次游簽」，下面有次游及幼雲的兩個印章。次頁題則曰「紅樓夢稿」「己卯秋月××重訂」，下面及旁邊共有三個圖章：「又雲考藏」、「猗歟又云」及「江南第一風流公子」。再次頁則是一行題字：

蘭墅太史手定紅樓夢稿，百廿卷，內闕四十一至五十十卷，據排字本抄足×記。

下面及旁邊有二顆「又雲」圖章及一顆「楊繼振印」印鑑。此頁之後，又是一頁題名：「紅樓夢稿，咸豐己卯古×朝後十日，辛白于源」，下有于源之印。這以後就是五頁《紅樓夢》目錄，共一百廿回，但其中第七回下空着，缺回目。

在述及此抄本的內容以前，必須先提一提幾處不是原來抄有的而是後來加上去的題字及批註。在第三十七回回首有硃筆批寫：

此處舊有一條附粘，今逸去，又雲記。

在第七二回回末有墨筆批寫：

點痕沁漫處，向明覆看，有滿文□字，影迹用水擦洗，痕漬宛在，以是知此抄本出自色目人手，

> 非南人所能僞託，已丑又雲。

其旁另有一行小字墨筆批註，以補充前文。寫的是：

> 旂下抄錄紙張文字皆如此，尤非南人所能，措言亦惟旂下人知之。

楊又雲所說的滿文，因在此排印不便，故以□代之。此頁右上角果有用水擦洗過的痕漬。其殘留的形狀與楊又雲所說的滿文很符合。在第七十八回回末就是「蘭墅閱過」四字的重要題字。它是用硃墨寫的，書於靠近在下角處。此四字筆跡相當工整，很不像是一個簽名。在第八二回回末又有墨筆批寫道：

> 目次與元書異者十七處，玩其語意，似不如改本，以未經注寫，故仍照後文標錄，用存其舊。又前數處起迄或有開章詩四句，煞尾亦有，或二句四句不同。蘭墅定本一概節去，較簡淨，已丑四月，幼雲×筆×於臥雲方丈。

所謂「改本」及「蘭墅定本」，大概是指一七九一年以後的程高排印本而言。下面將再提到此點。在一〇三回第二頁，有紅筆勾抹一處，並添一「後」字。這是此抄本中第三次出現紅筆字。此外抄本中很多地方都有「楊繼振」或「又雲」的印鑑。這些印鑑多半都是表示在各册中原抄本起訖之處。

原抄本最初似乎是經過兩道工序。第一道是一行一行，一字一字正式抄錄的文字。爲了以後討論方便起見。我們稱這一部份爲「正文」。由筆跡看來，全部一百廿回的「正文」是由幾個不同的抄手抄寫下來的。儘管這幾個抄手的書法有好有壞，但大體上大家都盡量求其工整。這一點說明一件事。那就是，此抄本的「正文」決不是任何人的原稿。沒有一個作家的原稿會是如此工整寫下來的，而且筆跡不會如此不同。此抄本的第二道工序就是有人根據「正文」進行修改。這一部份我們稱之「改文」。各回中「改文」有繁有簡。不過到了後四十回（第八十回以後）「改文」極夥。在有幾頁中「改文」的字數甚至超過「正文」的字數。因此「改文」產生了兩種不同的情形。此人在原則上是想把「改文」盡量都寫在「正文」旁邊行間，因此很多頁，「改文」太多，與「正文」錯綜複雜，密集一處。如果不是耐心的讀者，很難閱讀。有的時候「改文」實在太多，在行間無論如何是寫不下，於是這些「改文」便被寫在一個紙條上附貼於該頁書上。這一部份的「改文」我們稱之「附條」。據我統計全抄本共有十八個「附條」。而其中十六個「附條」是集中於後四十回。只有二個「附條」是在前八十回中。一個是在第廿四回第六頁。一個是在第卅七回第一頁，而此一附條據前引之硃筆批註已「逸去」。所有的「改文」字跡都很潦草。行間的「改文」是出於一個人的筆跡，而「附條」的「改文」則共有兩種不同的筆跡。有關此點下面將再提到。

附帶的，我想對此抄本的原收藏者楊繼振及其他兩位題字人略加說明。楊繼振，字又雲，號蓮公，別號燕南學人，晚號二泉山人。隸內務府鑲黃旂。又一說謂係漢軍旂人。褚德彝《金石學錄續補》說：

> 楊繼振，字幼雲，漢軍鑲黃旂人，工部郎中，收集金石文字，無所不精，于古泉幣，收藏尤富。

楊繼振著有《星風堂詩集》及《五湖烟艇集》。但是最著名的還是他對書畫古玩的收藏。此抄本中有他「又雲」及「幼雲」的署名，及「楊繼振印」，「江南第一風流公子」，「猗歟又雲」，「又雲考藏」等圖章，但是不見有「佛眉」之章。于源字秋泩（泉），又字惺伯，辛伯，秀水人。著有《一粟盧合集》，其中《一粟盧詩稿》卷四中有與楊繼振的倡合詩。秦光第字次游，別號微雲道人。于源也有〈贈秦次游（光第）兼題其近稿〉詩一首。可見三人是同時人，而且是好朋友。

二、對此抄本之比較研究

此抄本既然被人認爲是高鶚手定《紅樓夢》稿本，就頗有研究之價值。其答案無論是肯定的或否定的，對於後四十回續書問題及《紅樓夢》版本史都會有重要意義。我曾經把它與其他各種版本《石頭記》對照比較，並對此抄本內部的各種線索加以研究。現將其結果分數點說明如下。

㈠此抄本前八十回正文所根據的原本與今天所能見到各種脂評本《石頭記》以及程高兩次排印的《紅樓夢》前八十回都不同。所謂不同是指大體雖然差不多，但彼此出入之處頗不少。與程高排印本不同之處，比較容易指出。前八十回中凡是有改文出現之處都表示原來正文與程高本不同處。但是除此以外，還有不少地方與程高排印本有出入，而尚未被改正過來者。譬如說第一回、第六回及第七回還有殘存的脂批。這些都是雙行夾批，而且批語前冠以「批」字。

楊繼振當年就已經注意到「前數處起迄或有開章詩四句，煞尾亦有，或二句四句不同。蘭墅定本一概節去。」其實不但程甲本及程乙本沒有這些回首或回末的題詩，目前所發現的許多脂評本《石頭記》雖然有這類題詩，然而卻與此抄本上者不盡相同。此抄本共有五回有回首題詩，五回有回末題詩。其中值得注意的有下列幾處：

(1)第四回有回首題詩，而庚辰本，戚序本，甲戌本皆無。

(2)第五回有回首題詩，戚序本也有，但甲戌本，庚辰本無。

(3)第五回有回末題詩，甲戌本無。庚辰本與戚序本雖然也有，但詩句不同。

另外一個類似的例子，就是第四回的護官符。程甲本及程乙本只有賈、史、王、薛四家護官符，但是沒有下面的小注。其他幾本脂批《石頭記》此處都有小注說明每家各有若干房，在京若干房，原籍若干房。百廿回抄本此處也有類似的小注，但又與各脂批本不盡相同。在「王家」的下面甲戌本及戚序本之小注都寫道：「都太尉統制縣伯王公之後，共十二房，都中二房，餘在籍。」此百廿回抄本此處則是「……共十二房，都中現住五房，原籍七房。」

第十七回及第十八回的分回及回目也是一個很有趣的例子。己卯本和庚辰本的這兩回是沒有分開的。甲戌本缺這二回，是否已分開不得而知。程高的排印本與戚序本則是把這兩回分開的。然而兩者的分回方式又不同。戚序本的第十七回較程高本爲短。也就是說程高本第十七回後半部很大一段故事在戚序本中被置於第十八回。此百廿回抄本的第十七、十八兩回也是分開的，分回的方式與戚序本同。可是在另一方面此抄本的第十七回及第十八回的回目又與戚序本此兩回回目不同。戚序本上是：

第十七回：大觀園試才題對額，怡紅院迷路探曲折

第十八回：慶元宵賈元春歸省，助情人林黛玉傳詩

此百廿回抄本這兩回的回目則是：

第十七回：會芳園試才題對額，賈寶玉機敏動諸賓

第十八回：林黛玉誤剪香囊袋，賈元春歸省慶元宵

而程高排印本此處回目卻是：

第十七回：大觀園試才題對額，榮國府歸省慶元宵

第十八回：皇恩重元妃省父母，天倫樂寶玉呈才藻

其實這個百廿回抄本的前八十回目有許多回目既不同任何脂評本，也不同程高排印本。「改文」只是改動了「正文」的字句，使之與程乙本一致，但未曾改動回目。楊繼振自己已經註明「目次與元書異者十七處」。這十七處全部出現在前八十回中。從這種種跡象看來。這個百廿回本前八十回的「正文」是來源於一個特殊的脂評本。它既不同於現在已發現之各種脂評本，也不同於程高兩次排印的本子。

㈡其次要談到此抄本的後四十回「正文」。到現在爲止我們所看到的《紅樓夢》第八十回以後的文字只有程高兩次排印的本子，也就是所謂的「程甲本」及「程乙本」。(據聞，大陸上北京圖書館最近尋到另外一個百廿回抄本，與現已影印出來的這個百廿回抄本不太一樣。可惜我們無法看到。)這個影印百廿回抄本的後四十回正文，就其全體而論，與程高兩次排印本都不一樣。如果細分，這又可分爲兩種情形。抄本的後四十回中有廿一回是被大改特改過的。這廿一回的正文與程甲本程乙本都不同。其主要的特點是比上述兩種排印本文字

簡短得多。據我粗略的估計，此抄本的這廿一回正文字數平均要比程高排印本的文字起碼少四分之一。抄本後四十回中的另外十九回，除了改正個別抄錯了的錯字以外，沒有任何改動。這十九回的文字則完全同程乙本。汪原放與今天在大陸上的紅學家曾經不止一次的詳細校勘過程甲本及程乙本文字上的異同。我們可以拿他們的「校字記」來與這個抄本核對。結果是這十九回全然與程乙本相同，沒有一處例外。

㈢現在再談「改文」的情形。全部一百廿回中的「改文」都是與程乙本同，毫無例外。不過如果仔細研究這些「改文」的情形及「改文」出現的地方，我們可以發現三點值得注意之處。現分述如下：

⑴前面剛剛提過。抄本後四十回中有廿一回被改過，而且是大改特改。但是另外十九回則除了改正個別的錯字外毫無改動。這一點很奇怪。無論這位改文的執筆者是在修改自己的原稿，或是根據程乙本在校勘自己手中的另一個本子，按理說每回中都多多少少應該有些改動。我們也不能把這種情形歸咎於此人之疏忽或遺漏。如果此人是在修改若干回之後，忽然放棄修改工作，則這十九回無改文者應該是抄本最後十九回。但事實又不然，這十九回無改文者是夾雜在其他各回之間。對於此點，唯一合理的解釋是：這十九回曾經被改動過，但是因爲被改動的太多太亂，所以此人立即又重新謄清一遍。這十九回是被改動後又被清抄過

的，所以與程乙本中的此十九回完全一致。

⑵「改文」在前八十回比在後四十回中爲少。而且兩者的性質似乎也不太一樣。前八十回看起來很明顯，此人是在根據程乙本來校正他手中的另一抄本。凡是抄本正文中與程乙本有出入的地方，此人都根據程乙本改正，所以有刪除的地方，也有增加的地方。但是後四十回中的「改文」，除了一兩個字的刪改之外，只有增加而無刪減。這種奇怪的現象，消極方面可以說明此抄本不像是高鶚的手稿本，沒有一個作家在修改自己的原稿時是只增加而不刪減，通常都是二者兼而有之。這種現象在積極方面，又表示此抄本的後四十回與程乙本的四十回確實有極密切的淵源。程乙本後四十回是由這樣的一個稿本脫胎而成，或者說是由這樣的一個稿本被人加工整理而成。而且這位加工整理的人，當年在加工整理的過程中謹守一個原則，那就是一方面要修飾原稿本的文句，另一方面又要儘量不丟棄原稿本中的字句。原稿本中的字句都是需要保留的。在這個條件下來修改文章則只有用增加文字來美化它。

⑶如果再進一步研究這些後四十回的「改文」——也就是此抄本正文與程乙本不同之處——的性質，我們可以把它們分成兩大類。第一類是美化原來的文句及情節，原來正文文句是簡單的，平鋪直敍的，描寫不細膩的，則將之複雜化，美化，加以深刻細膩的描寫。因此有時原來正文只有兩三句話，但卻被擴充成幾百字以上。從這些例子來看。此改稿人與原來

正文的作者決非一個人。改稿人的文學修養比原來正文的作者要高明得多。第二類是屬於一兩個字的更改。或者是把文言文的用字改成口語用字，或者將非北京話改成道地京腔。這一類的更改很徹底。凡是按這個原則應該改的，幾乎很少有漏網者。現在舉幾個例子：

「我們」改爲「偺們」。

「忙」改爲「急忙」。

「散散」改爲「散散兒去」。

「答應」改爲「答應着」。

「這時候」改爲「這早晚」；「幾時」改爲「多早晚」。

「搖搖頭」，「點點頭」改爲「搖搖頭兒」，「點點頭兒」。

「明日」，「今日」改爲「明兒」，「今兒」。

「與」改爲「給」。

「屋裏」改爲「屋子裏」。

「一會」，「地方」，「人家」改爲「一會兒」，「地方兒」，「人家兒」。

「探探消息」改爲「探探消息兒」。

「好好的」改爲「好好兒的」。

「分外響亮」改爲「分外的響亮」。

這類例子還有許多，舉不勝舉。總之此人改得很澈底。能改的都改掉了。從語言學觀點來看，這種修改具有重大的意義。我們大家都知道，曹雪芹在他的原著八十回《石頭記》中，很希望利用北京話的口語。但是他做得並不十分澈底。一來是因爲他並不過份強調這一點，所以未曾力求貫徹。在八十回《石頭記》中我們可以找到「我們」與「偺們」並用。「今日」「今兒」，「明日」「明兒」，「昨日」「昨兒」並用。其他加「兒」字的地方也並不太多。曹雪芹尤其少用「早晚」來代替「時候」。第二，曹雪芹究竟是南方人，幼年以後雖然是住在北京，但很可能還有南方口音。例如《石頭記》中「青埂」與「情根」同音，「秦」與「情」同音，「余信」與「愚性」同音，「盟」與「門」同音。脂硯齋早已指出曹雪芹這種「南北兼用」的傾向。庚辰本第三九回脂批道：「按此書中若干人說話語氣及動用器物飲食諸類皆東西南北互相兼用」。第五十三回脂硯重提此事，批道：「此南北互用之文，前批不謬」。第三、曹雪芹不澈底採用北京京腔，也可能是出於故意。賈家來自金陵，口音應該帶些南腔。雪芹不想把他們都描寫成「老北京」。不論是基於何種理由，雪芹沒有澈底利用北京口語則是無可否認的事實。但後四十回的改文，則與之不同。此人注意到雪芹曾經利用北京口語，同時注意到後四十回正文作者又根本忽略此事，所以他把後四十回澈底改成北京口語。這表示這個抄本後四十回的「正文」及「改文」都不是出於曹雪芹的筆下。而這後四十回的「正文」作者與「改文」執筆者又是兩個不同的人。曹雪芹是南北兼用，雖然利用了一些北京口語但並未過份強調此點。後四十回「正文」的作者則完全忽略了前八十回的此一特點，根本未曾利用北京口語。而這位「改文」的執筆者卻是土生土長的「老北京」。他抓住了前八十回的這點特徵，格外強調之，於是把後四十回澈底改成北京口語。

三、此抄本與高鶚的關係

這個百廿回《紅樓夢》抄本當初曾被人題爲「高蘭墅手定紅樓夢稿本」，所以研究這個稿本的主要目的之一就是要確定它究竟是不是高鶚的手稿。更廣泛一點來說，要判斷它與高鶚是否有關係。對於這個問題，也可以分成下面數點來討論。

（一）在決定這個稿本是否與高鶚有關係以前，勢必先解答兩個先決問題。第一個問題是：這個稿本的前八十回與後四十回會不會是兩部獨立的抄本而被人誤認爲一部抄本？或是被人有意併在一起以圖混淆？如果能證明這是前後兩部不同的抄本，則我們就要把它們分別對待。換言之，我們就可以不管前八十回是否與程高排印本相合，而只要集中討論後四十回是否出於高鶚之手卽可。然而從各種跡象來看，這兩部份的「正文」確係一個整體。它們的大小、形式、紙張顏色新舊，都完全一致。想來是當初由一個完整的百廿回《紅樓夢》本子抄錄下來的，然後被人添加上這一批「改文」。既然如此，我們就應該把這一百廿回的「正文」當作一個整體來對待。

第二個問題是這個抄本會不會是楊繼振所假造的？我最初檢視這個抄本的時候，幾乎斷定它是楊繼振所僞造的。這要從筆跡問題說起。前面曾經說過，此抄本封面扉頁楊繼振曾注明「蘭墅太史手定紅樓夢百廿卷內闕四十一至五十十卷，據排字本抄足」。下面尚有又雲圖章。這是楊又雲所寫，應無疑問。既然如此，「據排字本抄足」那幾回之事，一定是楊繼振自己做的，或是他的記室奉他的命而抄的。檢視這十回果然是另一筆跡抄錄的，而且沒有一個改文。顯然是後來補加的。這證明楊繼振所言不虛。不過也還有一點出入。補抄的部份事實上並不是從第四十一回起到第五十回止，而是從第四十回第六頁開始到五十一回第四頁止。第四十回的第五頁末有楊幼雲圖章，表示原抄本到此爲止，以下缺，第五十一回第五頁首行也有圖章，表示原抄本又從此處起始。我繼續檢查的結果發現補抄的部份還不止此。以下各處也是補抄的：

第十回第四頁起至第十一回第二頁止

第廿回第五頁起至第廿一回第二頁止

第六十回第五頁起至第六十一回第五頁止

第一百回第四及第五頁

這幾處都是各分卷（每卷十回）的頭尾。補抄處的前後都有又雲圖章，表示原抄本到達楊繼振手中時的起訖處。補抄部份的筆跡與第四十一回至第五十回的筆跡完全一樣，甚易辨識。於是我就將此筆跡與楊繼振署名題注之筆跡對照。各題注都是字體較大而工整，而補抄部份字跡較小而不工整，兩相對照，尚難判定是否出於一人手筆。幸而在第七十二回末有一行小字批注：「旂下抄錄紙張文字皆如此，尤非南人所能，揩言亦惟旂下人知之。」其筆跡與補抄各回筆跡相同。由此可斷定，補抄各回是楊繼振親筆抄錄。在這種情形下，要判斷此抄本之眞僞，最簡捷的辦法，就是把楊繼振親筆抄寫這幾回與其他各回的紙張質地，顏色新舊程度一加比較，立即可獲答案。但不幸我現在看到的是影印本，無法進行此種比較。於是我繼續從筆跡方面下手。像這樣一部大書，正文抄錄者自然不是一個人，很可能是請抄手抄寫的。但改文部份，零亂錯綜，絕不可能委之他人，一定是當事人親手筆書寫的。如果這個稿本是楊繼振所僞造，則改文部份很可能有他的筆跡出現。仔細檢視的結果，改文中果然有楊繼振的筆跡出現。前面已經說過，改文分兩部份，一部份是正文行間的「改文」，一部份是「附條」上的「改文」。行間「改文」及十一個「附條」上是由同一筆跡所寫。另外五個

「附條」上的「改文」則是楊繼振的筆跡。這樣豈不是證明了楊繼振是負責僞造此稿本之人嗎？我當時幾乎完全肯定了這個看法。但是後來再仔細檢查，才發現這個看法是不能成立的。前面已經說過，抄本上的「改文」全同程乙本。由此可以推論，如果「改文」是由楊繼振自己添上去的，則他手中所具有的排印本是程乙本。可是我核對第四十一回至第五十回的文字發現補抄諸回是根據程甲本，由此可見楊繼振手中的排印本是一個程甲本而不是程乙本。所以他不可能是僞造此抄本之人。想來一定是原來那五個「附條」有點破碎不整，楊繼振根據原來「附條」上的文字抄成了五個新的「附條」，置於原處。

（二）說明了這兩個問題之後，我們就可以進一步討論此抄本與高鶚的關係。我們已經證明楊繼振沒有說謊，也沒有僞造這個抄本。可是他又沒有任何批注，說明他根據什麼而斷定這個抄本是「蘭墅手定紅樓夢稿本」。楊繼振是咸同年間有名的古物收藏家。但我們不能因此就完全相信他對《紅樓夢》版本的鑑別能力。我們必須根據已有的線索，獨立的判斷此抄本之來源。認爲這個抄本是高鶚的手稿，這一點似乎很難成立。原因如下：

⑴「蘭墅閱過」這四個字，不像是作者在自己的文稿上批注的口吻。

⑵前面已經提過，一個作家在修改自己的原稿時，不會只增添而不刪減。而且後四十回正文的用語與改用語不同，最顯著之點就是對於北京話口音之利用。

(3)如果此抄本的後四十回眞是高鶚的手稿，則勢必會符合下列三種情形之一。第一、後四十回的「正文」不同程甲本及程乙本，但「改文」同程甲本。在這種情形下，我們可以假定此抄本「正文」是高鶚的初稿，程甲本是第一次修正稿，程乙本是第二次修正本。第二、抄本後四十回「正文」同程甲本，而「改文」同程乙本。如此，則此抄本很可能就代表高鶚從程甲本修改成程乙本的過程。第三、抄本「正文」在甲乙兩本之間，而「改文」則全同程乙本。這種情形表示此抄本是甲乙兩本中間的過渡稿本。高鶚先根據程甲本修改成此抄本，但仍然覺得未盡滿意，於是又由此抄本修正成程乙本。這三種情形，事實上的可能性已經很小，因爲程甲本出版日期與程乙本出版日期相距不過七十餘天。時間上不允許有任何過渡稿本產生。但在理論上，我們不妨把它仍然列爲三種可能之一。可是此抄本實際上與上述三種可能情形完全不符。高鶚不可能在程甲本稿成之後，又大力删節，使之變成此抄本「正文」之狀況，然後再根據此抄本「正文」大爲增添而發展成程乙本。不但時間上不允許，情理上也說不通。高鶚也不可能先寫此抄本之「正文」，然後修改成程乙本的面目，然後再修改成程甲本的狀況，排印問世，數月後又放棄程甲本，而恢復到原來的程乙本，再度排印發行。這樣做時間上固然不發生問題，但是這樣反反覆覆在情理上實說不通。

(4)前面已經證明這部抄本的前八十回與後四十回是一個整體，而不是二個不相干的稿本被後人併湊而成。如果說這個抄本就是高鶚據以排印程乙本的原稿，那麼今天程乙本的前八十回就應該與這個抄本前八十回相同。但事實並不如此，這兩個本子的前八十回在回目上在文字上都有很多出入。

（三）證明此抄本不是高鶚的手稿，並不等於是說此抄本與高鶚毫無關係。「蘭墅閱過」四字，如果不是出於他人僞造，則高鶚定然是親自看過這個稿本。我個人的推想是覺得，這個稿本當年是屬於另外一個人。在程高兩次排印《紅樓夢》以後，高鶚已被公認爲《紅樓夢》版本的專家。此人於是將此百廿回《紅樓夢》抄本送高鶚去鑑定。於是高鶚在書上批「蘭墅閱過」四字。也許就在送請高鶚鑑定以前（也可能是以後），此人曾根據程乙本來校勘他自己手中的抄本。凡是有異文的地方，他就按程乙本的文字改正過來。這就是「改文」的來源。前八十回校改的並不澈底，與程乙本有出入的回目與若干文句的未被改正過來。但是後四十回則校改的很澈底。其中有十九回因改的太亂，於是又請人謄清了一次。這個抄本最後落入楊繼振手中。他根據「蘭墅閱過」四字，而誤斷爲高鶚手稿本。

（四）最後值得一提的是最近發現一些有關《紅樓夢》續書的傳聞。這些傳聞說不定與此百廿回《紅樓夢》抄本有密切關係。傳聞的來源是這樣的：大陸上的紅學家在一九六三年初偶然在北平西山找到一位名張永海的老人。張永海的祖上認識曹雪芹，一代一代傳下來一些有關曹雪芹生前事蹟，病逝前後的狀況，以及《紅樓夢》稿本的下落及續書的故事。據張永海說，當曹雪芹在除夕病故時，朋友們都忙着過年，誰也不知道此事。曹雪芹的後妻窮得買不起冥紙錢。房東老太太責怪雪芹後妻狠心不買冥紙錢。看見桌上留着許多文稿，紙色潔白，就拿出來剪成冥紙錢。出喪的時候這位房東老太太，就沿路把這些紙錢陸續撒在地上。大家都沒有注意。等到衆人送葬完了回來，雪芹的好友鄂比方才偶然發現冥紙錢上有字，很奇怪的拾起一看，見有賈寶玉等字，才知道曹雪芹的文稿被剪了。鄂比一路拾着紙錢趕回曹家，趕快把殘留下的文稿檢點收拾。《紅樓夢》前八十回連同全書目錄是包封好了的。原封未動。八十回以後則是一些剪剩的殘稿。鄂比拿了這些文稿回家。他想到曹雪芹生前的囑托，覺得自己有責任代爲保存和整理，並補寫《紅樓夢》那被毀了的後幾十回。他對於平日曹雪芹對他談過或自己讀過的《紅樓夢》後半部內容及情節還都記得，因此認爲可以代曹雪芹補寫。但是鄂比雖然善畫，而等到執筆代爲續寫《紅樓夢》時，卻感到相當困難。這樣，他自己苦惱了五、六年。後來，鄂比的養子高鶚成長了，才一面由鄂比講述，一面由高鶚聽着錄下來。這樣繼續了五、六年，才把後面的四十回補寫完畢。以後又修改整理了十多年，才補寫成功。鄂比父子代曹雪芹續完的後四十回在民間沒有抄本流傳出來，一來因爲鄂比父子有待再校對修改，二來因爲他們怕手稿借出去輾轉傳抄容易失掉。

以上是張永海口述有關續書的故事。張永海談到雪芹生前及逝世前後的情形歷歷如繪，許多地方都與紅學家的推測吻合，因此很不像是憑空編造的。既然如此，有關續書的傳聞，也應該不是全無根據。現在的問題就是這個故事可信到什麼程度？有無其他證據可以證實，或是否證這個傳聞。這也可分幾點來討論：

(1)第一步應該查明高鶚的身世，證明其與鄂比是否有此養父養子的關係。目前已發現有關高鶚的資料不多。高鶚的生年不詳，但從他中舉、結婚的年代來看，大致不差，有資格給鄂比當養子。鄂比是滿人，隸鑲白旂。高鶚則是漢軍旂，有的記載則稱之「隸內務府鑲黃旂」或「內務府鑲黃旂漢軍」。高鶚在惲珠的《紅香館詩鈔》序文中自稱是鐵嶺人。當然養父養子旂籍不同也是可能的，養子不必一定從養父之旂籍。高鶚在《硯香詞》的滿江紅下題注「辛丑中秋，是歲五月，丁先府君憂。」辛丑是乾隆四十六年（一七八一），此處「先府君」不知是否指生身父，抑或是養父？如果這指養父則鄂比應該是卒於一七八一，可惜文獻上又找不到鄂比的眞正卒年以對證。今假定鄂比是高鶚養父，而且卒於一七八一年，則一七八一年以後到一七九一年程甲本印行這十年間，續《紅樓夢》的工作則是由高鶚獨力承擔。

(2)《紅樓夢》後四十回有許多情節符合曹家的歷史，表示續書人知道曹家的遭際（詳細討論見拙著〈脂硯齋與紅樓夢〉載《大陸雜誌》第二十卷第二、三、四期）。此點是有利於張永海關於後四十回續書的傳聞。鄂比聽過雪芹自己的講述，並且有一部份雪芹後四十回的殘稿，據以草成後四十回之初稿，然後由高鶚修改。假定這個百廿回抄本的後四十回「正文」就是鄂比的初稿，而「改文」是高鶚寫的。這樣又發生了二個問題。小問題是，養子對養父，能否用自己的「字」或「號」？換言之高鶚能否對其養父自稱「蘭墅」，而在養父的稿本上題「蘭墅閱過」？大問題則是爲什麼「改文」與程甲本不同，反而與程乙本同？按情理講，修改的過程也應該是初稿——程甲本稿——程乙本稿。要想避免這個矛盾，只有一種可能的解釋。那就是鄂比前後曾有二個大同小異的後四十回初稿。高鶚根據其中之一，修改而成程甲本，然後付印。在排印程甲本的同時，高鶚又因爲某種原因，而根據第二個初稿修改成程乙本的底稿。而這個就是今天所看到百廿回抄本的後四十回。當然這個假想尚有待證實。據我多年研究《紅樓夢》後四十回的結果，只有一件事能夠支持這個假設。那就是第一百零五回賈府抄家的清單在程甲本及程乙本中完全不同。這份抄家清單沒有太大的意義，沒有改動的必要。而且兩次排印抄家清單物品種類不同，數量不同，前後次序不同，根本不像是改動的結果，而像是二份原來就不同的清單。莫非程甲本及程乙本眞是根據兩份不同的初稿修改而成的嗎？

(3)奇怪的是，此抄本後四十回「正文」情節，也與脂批中透露的雪芹原稿後半部的情節相差甚大(見拙著〈脂硯齋與紅樓夢〉)。許多提到後半部情節的脂批是丁亥年(一七六七)寫的,此時雪芹去世已三、四年。可見雪芹去世前並未改換後半部情節,脂批所提到的仍是雪芹最後定稿的本來面目。這後半部的定稿是在已卯(一七五九)年冬以後才抄清的(見庚辰本《石頭記》第廿七回敍紅玉一段文字上之二條脂批。一條脂批書於已卯,一條脂批寫於丁亥。所謂「抄沒獄神廟諸事」,實係「抄清獄神廟諸事」之誤,獄神廟不是賈府家廟,不可能隨賈府之抄家而被抄沒。再說,即令是家廟,官府按例也是不抄沒的。)從某些脂批的語氣看來,脂硯手中可能有一部不完全的後半部文稿,其中若干回曾被借閱者遺失。如果這部百廿回抄本的後半部是鄂比補寫高鶚修改而成,則顯然他們並沒有忠實的根據雪芹原意寫來,大部份是他們自已杜撰的。

總之,上述各點都值得繼續研究,不過最重要的關鍵還在於「改文」筆跡。如果這個稿本是高鶚經手修改的,則修改之事高鶚一定親自爲之,逐字逐句斟酌處理。那麼「改文」筆跡一定是高鶚親筆,這一點找出高鶚其他手稿,立即可以判定。

談新刊「乾隆抄本百廿回紅樓夢稿」

俞平伯

近來影印舊抄本《紅樓夢》一百二十回，題曰「乾隆抄本百廿回紅樓夢稿」，這「乾隆」兩字似還有些問題❶，但至少一部分是個很古老的抄本。我於閱後，就前八十回來談我的看法。其所以不談後四十回者：㈠今年紀念曹氏逝世二百週年，而我一向認為後四十回非曹氏原著，且未必含有他的原稿在內。㈡我手頭沒有靠得住的程甲、乙本，用來校勘後四十回是不大夠的。㈢即使只談前八十回篇幅已很冗長了。因為這些原故，本文只舉例來說明前八十回的情況。

❶程乙本排印於乾隆壬子花朝（五十七年，公元一七九二），而乾隆只有五十九年。假如此本改文從程乙本錄出，則有在乾隆以後的可能。原底自然要早一些。因此這裏用乾隆表年代，也不應當看煞了。

這篇文章共有三個部分：甲、概觀，乙、異同的特點，丙、塗改的情形與其解釋。其第二部分（乙），說明此本所包含另一種脂硯齋本的簡況，其第三部分（丙），可以討論並嘗試地回答這個本子是否高蘭墅的稿本。個人的看法未必皆妥，僅可作爲一種參考。

甲、本書的概觀

一、拼湊——即所謂「百衲本」。先從抄配說起，它曾經過兩度的抄配：

㈠收藏者楊又雲的抄配。楊氏在卷首明說：

蘭墅太史手定《紅樓夢》稾百廿卷，內闕四十一至五十卷，據擺字本抄足。

其實數並不止此，其他各回經楊氏抄配甚多，約略計算有十八葉之多❷，其所根據，經

---

❷ 楊氏零碎的抄配如下：

十回、十一回間——四頁

二十回末頁——兩行

二十一回——二頁

二十四回末——半頁

四十回末——一頁半

過大概查對，是程甲本；因爲在他那時候《紅樓夢》流傳的是甲本的系統。

㈡原來的抄配。不止楊氏抄配而已，卽原本也已經過抄配。如第三十七回之首有朱筆一條：「此處舊有一紙附粘，今逸去，又雲記。」按今三十七回開首較各本少一段，所謂附粘而又失去的紙大約就是舊時的抄配。最顯著的抄配，如回末很成問題的第二十二回❸，卽是

五十一回——三頁半
六十一回——四頁
七十一回——一頁
八十回末——一頁
約共合十八頁弱（所指皆中國頁，本文中稱「葉」）。

❸ 第二十二回，庚辰本至惜春謎止，有朱筆眉批云：此後破失俟再補。次頁有：暫記寶釵製謎云：「朝罷誰攜兩袖烟……」另行：此回未成，而芹逝矣，嘆嘆！丁亥夏，畸笏叟。

甲辰本敍事略同程甲本而甚簡單，自「更香」一謎直至回末，作：

賈政道：「這個莫非是香？」寶玉代言道：「是。」賈政又看道：南面而坐，北面而朝，象憂亦憂，象喜亦喜。打一物。賈政道：「好，好，大約是鏡子。」寶玉笑回道：「是。」賈政道：「是誰做的？」賈母道：「這個大約是寶玉做的。」賈政就不言語，往下再看道是：有眼無珠腹內空，荷花出水喜相逢，梧桐葉落分離別，恩愛夫妻不到冬。打一物。賈政看到此謎，明知是竹夫人；今值元宵，語句不吉，便佯作不知，不往下看了。于是夜闌，杯盤狼

整回抄補的。又如第五十三回亦然。這兩回書並非脂硯齋本，寫得一清如水，塗改很少。其所根據卻非程甲本而是程乙本，這和楊氏後來的抄配不同。又如第六十七回另有一格❹，大體同程本而回末甚簡。

從上邊所說看來，八十回書約有十五回多的分量經過先後抄配，約爲百分之十八點五。其非抄配部分六十多回，大體看來都是脂本；但卽都是脂本，卻非一種本子，還是拼湊的，也有下列的情形：一、抄者筆跡的差異，在全書往往可見。顯明的例，如第六十四與六十五回，六十四回字跡很小又草率，而第六十五回行楷寫得比較好，而且字大。二、一回之中也有拼湊。如第十六回首頁下半不曾寫完，留了許多空白，第二頁開首有三行半和第一頁重覆，被勾去了。又如第二十七回起首兩頁實在只有一頁半，其第二頁之下半空白，而第三頁

藉，席散各寢。後事下回分解。

這是從脂庚到程甲的連鎖，所補當比較早。今「紅樓夢稿」這回既據程乙本抄配，自在甲辰本之後；近人擬它在甲辰本之前，怕是不對的。

❹ 第六十七回，庚辰本缺，己卯本抄配。程偉元、高鶚〈紅樓夢引言〉說：「卽如六十七回，此有彼無，題同文異，燕石莫辨。」大概確是這樣的情形。

之首行有重複的二十七個字被刪去。這拼湊的痕跡也十分顯明。以上是說抄者筆跡的不同。

三、卽使抄者筆跡相同相似，而實在還非出於同一的底本，因爲故事前後不接。擧兩個例子：如第五十五回開首各本均有老太妃欠安事，而這本卻沒有；到第五十八回一頁卻有「誰知上回所表的老太妃已死」，所謂上回，卽指第五十五回，明非一個本子。但五十五回、五十八回抄者筆跡似乎相同。又如第六十三回無芳官改名改妝二段文字，第七十回一頁芳官卻有「溫都里」「雄奴」之名，其不銜接也很顯明。這兩回筆跡也是相似的。

這就可見這個本子是拼湊的而且拼湊得很利害，這就增加了我們檢查此本的困難，因爲必需分別地觀察，而不能一概而論。

二、殘缺——如第二十四回末，第三十三回開首，第三十五回首行，第三十六回第五頁上，第三十七回開首，又同回第五頁上，第五十六回四頁上下並有缺文，第五十七回三頁缺兩處，第六十九回一頁下，第六十八回三頁下倒二行，第六十九回一頁下缺兩處，第七十回二頁四行，第七十二回三頁上末行，第七十五回第四頁上缺文甚多，至其第五行且留下幾個字的空白，第七十八回五頁上缺「姽嫿詞」兩句，六頁上末行缺「芙蓉誄」數句：大略繙檢就有這麼多的缺文，尙不完全。有些文義還可通，有些缺了，文義就不通或不合了，大體都經過增補，卻有未補的。

這兒另舉一個突出的例子，第二十一回四頁下，末兩行敍平兒替賈璉隱瞞情人私贈的頭髮，卽所謂「軟語庇賈璉」。在這下邊，各本都生動地描寫着平兒賈璉二人的對話，如影印的脂庚本四八〇、四八一兩頁間有十行，二百五十餘字之多（文長不錄）。這本卻沒有，逕接「賈璉說道：『你不用怕他，等我性子上來』」云云，這就很不妥當了。可怪的是改者到處亂塗，在這裏卻沒有增補。且程甲、乙本皆有之，不知何以不據以增補。看「賈璉說道」四個字已塗去，也甚不可解，豈本附條，而又失去了麼？

上邊所說以殘缺而頗妨文義。其另一種情形雖然前後銜接，卻缺脂本例有的或關鍵性的文字，實際上這也是一種缺文。舉幾個顯明的例子：如第十三回聞秦氏之死，此本只作「彼時合家皆知，無不納罕」（第一頁下），無「都有些疑心」。這五字暗示秦氏的不得善終，各本如脂庚以至程甲都是有的。又如第十八回三頁下首行「太平氣象富貴風流」下，脂本系統例有一段石頭自敍揷筆，庚本且有批：「皆石頭之語，眞是千奇百怪之文」，這裏卻沒有，緊接「那賈妃在轎內」云云。可是在下邊另一段揷筆「按此四字」以下，這本同頁六行卻又有了。又如第五十三回脂本例有「慧紋」一段文字，此本這一回係依程乙本抄配，當然沒有，不在話下了；但如上面說過的第五十五回缺老太妃生病較庚本少兩行多字，第六十三回缺脂本例有的芳官改妝改名事。第五十六回開首，脂本及程甲本都有「諸內壼近人」五字，這本卻沒有。以上各缺文，亦可能是有意的。如既隱去天香樓事，還保留「都有些疑心」，確乎有些露骨且費解。芳官改妝改名向來不大愜人意。「諸內壼近人」五字亦然，極不合口語，到程乙本上面就沒有了。這些缺文或非無意漏卻，而是有意加工乎？

還有一種情形，可不作爲殘缺論，卻甚簡以至於過簡。這也是隨處可見的。如第二十六回三頁上缺關於襲人形狀的描寫。又回末敍黛玉獨立怡紅院外傷感事，很簡單。第二十八回之末寫寶玉看寶釵腕上所籠紅麝串也非常簡單。第七十五回四下頁，賈母與賈珍談西瓜月餅，甚簡而不佳。第七十八回第三頁第四頁敍賈政的話，後文與門客等評「姽嫿詞」均簡。是這本不但有顯明的缺文，而且有顯明的簡化。其來源或係所據底本如此，或出有意加工，或更有其他的原因。當然（從反面看），這本也有較各本多出的文字，這點容到後面另講。

三、塗改——事實上已改得一塌糊塗。大概所改與程乙本相同，此外有不同程本用另一種改法的。有未改的，有應改而失改的，有改而又改非一人改的，有妄改的，有勾錯了地位的，有塗抹而原本文字不可見的。依我的看法，用程本來改脂本原是錯誤的，所謂「點金成鐵」是也，若其他混亂塗改，更損害了原本的價值，但在版本校勘上或可另外有一種用處，在第三部分將有專論，這裏不多說了，以免重複。

看以上的三點：一、拼湊，二、殘缺，三、塗改（且大半是瞎改），似乎這個本子質量一定是很差的了。——「然而不然」。我認爲這個本子還是很有價値的，其理由也十分簡單。

(1)在這裏所存脂硯齋本還有將近七十回之多，這是最近很大的發現。這些脂本相當可靠。范寧先生在跋說裏說「絕非楊繼振等所僞造」，我贊同這個說法，因爲絕非楊繼振等所能僞造。又添了一個殘存的脂本，對於已被有正書局妄改的戚本，對於後半寫得非常零亂的庚辰本，如拿來校勘，都很有用。再這裏如幸而保存作者原稿的文字，卽使一鱗片羽也是好的，所謂「一字千金」也。將來很可以把這些靠得住的脂本部分，删去塗改，獨存原稿，抄寫重排。

(2)塗改雖然混亂，可以進一步研究程、高排本。藏書者楊繼振認爲是高蘭墅的稿本，在第七十八回上有「蘭墅閱過」朱筆字，近來頗有相信此說的。我看不像高鶚的稿本，是另一人的手筆。退一步說，卽使其中眞有高蘭墅的稿本，也不過是一部分或一小部分罷了。

關於這兩點，在以下乙、丙兩部將分別敍述之。

乙、特　色

欲明這個本子的特色，當從文字異同處着眼，但八十回書篇幅浩瀚，與今傳各本相比較有不勝其校舉者，這是校勘的工作，亦非本篇所能備載。只略略翻閱，已有二百餘條之多，今只舉其重點，卽使這樣，恐仍不免於繁冗瑣屑。

擬以談本文爲主，附帶說到回目、題詩和批語。談本文的特色有三段：一、較好的——簡稱「優點」，二、較差的——簡稱「缺點」，三、與他本可並存的——簡稱「存異」。所謂優劣，自出於我個人的看法。每一節中各舉例證說明，其敍述的方法也不盡一致，如第三部分改用表格。談回目、題詩和批語，附列爲第四、五、六段。

㈠本文的優點

這個本子有很多的優點，把它歸納起來，分爲幾個項目，所綜合是否恰當自很難說，但比一盤散沙似的，看起來或者要清楚一些。

⑴敍述不同四條

一、第三回三頁上，鳳姐對王夫人道：「找了（指緞子）這半日也沒見。昨日老太太說的那樣眞，想是太太記錯了。」上云「老太太」，下云「太太」，不同。各本上下文俱作

「太太」，無作「老太太」者，且句逗也因之不同。如庚辰本作：「找了這半日也並沒有昨日太太說的那樣，想是太太也記錯了。」（八十回校本無第二個「也」字，餘同，下稱「校本」。）細想起來，如這本的敍述也很對。其意若曰：據昨天老太太說確有這麼一種緞子，王夫人也認爲有的，說收在什麼地方了，現在找起來卻沒有。所謂「太太記錯」者，記錯了安放所在，非謂緞子的有無也。文雖若兩歧，意仍一貫，且生動靈活。

二、第十六回七頁上：（秦鐘）「蘇醒過來，睜眼見寶玉在傍，無奈痰堵咽喉，不能出語，只翻眼將寶玉看了一看，頭搖一搖，聽喉內哼了一聲，遂瞑然而逝。」敍述與各本皆異，文字似不見太好，前已有小文談過了。這裏的秦鐘雖然醒了過來，卻沒有能說話，如今傳脂本（甲戌、庚辰等）敍他說了一些話：「以後還該立志功名，以榮耀顯達爲是」，雖有些情致，比痰堵咽喉或者美好一些，但語意卻未合秦鐘平素的性格和本書的作意。

三、第十八回六頁下四行至六行，釵玉二人對話，寶釵只提出綠蠟有出典而笑話寶玉，至於錢翊（當作錢珝）的詩「冷燭無烟綠蠟乾」，還是寶玉自己想起來的，與各本並異。我覺得寶玉正不必那麼傻，有寶釵提醒一下也就夠了。

四、第六十四回四頁下：「二姐亦含笑讓坐。賈璉便靠東邊板壁坐下，仍將上首讓與二姐。」這「賈璉」二字各本都沒有，變成二姐讓客，未等客人坐下，她就先坐下了，雖然坐的是下首，終究不妥當。實際上是二姐讓賈璉靠西面上首坐（書中省略），賈璉客氣，定要靠東面排揷坐，仍將上首讓與二姐。這樣就符合賓主揖讓的情況了。

這段文字在《紅樓夢》裏自來也有問題，如妙復軒本有評語：

又是怪筆，人多不覺。夫南炕東排揷，則以西爲上首。仍讓出上首，則並坐於東矣。故二姐下炕否無明文，設爲一坐炕裏，一坐炕邊，同靠排揷疑跡。……北人正室多用南炕。炕橫頭立半截板壁，略隔裏外曰「排揷」。

這評對於南炕、排揷、上下首位置等等講得一點不錯，可惜依據有脫文的本子，於是稱爲「怪筆」。其實《紅樓夢》非怪筆，評者有誤會耳。所謂「二姐下炕否無明文」，是他認爲二姐先已上炕。其實她不曾呵。豈有客未坐而她先坐之理呢。若二姐既不下炕，賈璉又坐着，於是兩個人「排排坐」在炕的一頭，這是很難想像的。評者似亦知其非，故曰「疑跡」，好像《紅樓》作者有意布下了迷魂陣。這些地方說明校勘工作是基本的，如作得好，可以免去不少疑惑和曲解。這本特有的「賈璉」二字，卻已被後人塗去了。

⑵缺文必須補的五條

一、第二回開首總評各脂本皆入正文，結尾有這麼一句：

可知此一回則是虛敲傍擊之文筆則是反逆隱回之筆。（甲戌本卷二，庚辰本「隱回」作「隱曲」，餘同。）

「回」字下實在缺少一個「文」字。我一向以爲當這樣校補，見原來校稿，本入正文；後改入第三册校字記中，寫者從有正本抄錄，未添「文」字，反少了一個「筆」字（新印本已添），今此本作「可知此一回，文則是虛敲傍擊之文，筆則是反逆隱曲之筆」。（第二回一頁上）這個「文」字很好，可補各本之缺，卻已被誤點，將「此一回文」連讀，在「文」字下點斷了。（這本多出的文字，右傍加圓點。）

二、還有一條情形相似的，第十四回二頁下：「待王興家的交過牌。」此「家的」二字斷不可少，而各本均無，成爲王興直接向鳳姐交牌而非他的老婆去交牌，不合封建貴族家庭的情況。校本第一册一百三十七頁，意補「家的」二字，今得此本，可作版本上的依據。

三、第六十三回三頁下：「那賈珍聞了此信卽忙告假，並賈蓉是有職之人不告假。」此「不告假」三字各本俱缺，校本亦缺。蓋珍、蓉並隨駕，賈珍告假，而賈蓉因有現任職務，只是說明家中有喪事而不敢直告假。若缺此「不告假」三字，則賸了半句，文義不全矣，當據補。

四、第七十六回五頁上：「黛玉見他（妙玉）十分高興，便笑道：從來沒見你這樣高興，若不見你這樣高興，我也不敢唐突請教」，疊句好，各本無。無此句，則「我也不敢唐突請教」便不大接得上。蓋因爲句子重疊，遂漏抄了，當據補。

五、第七十八回六頁下，（芙蓉誄）：「苟非其人，惡乃濫乎其位」，「其位」二字，各本俱無。「其位」對上「其人」而言。若無此二字，只作「惡乃濫乎」，文義不完，當據補。

⑶可補的七條

有些雖不必作爲缺文看，但這個本子多出來的文字卻很好，亦在可增補之列。用庚辰本和校本作比較，不多引異文只稍加說明，以免過於繁冗。

一、第十七回一頁下「賈政近日聞得塾掌稱讚寶玉，耑能對對聯，雖不喜讀書，偏到有些歪對才情」。各本只作「歪才情」或作「歪才」，似不如「歪對才情」佳。此一「對」字承上而言，指對對聯。

二、第十九回六頁上，襲人說「就是拿八人轎子九人抬，我也不出去了」。大約當時有這樣的俗語，並非襲人當眞想坐八人大轎也。各本無「九人抬」三字，如庚本作「便拿八人轎也抬不出我去了」。

三、第三十四回四頁上，寶玉使襲人往寶釵處借書：「襲人只得去了」，「只得」者，襲人已有些疑惑寶玉在支開她，卻又不能不去，故曰「只得」也。今本只作「襲人去了」。

四、第三十五回二頁下，敍吃蓮葉羹，鳳姐說：「誰家家常飯吃他呢」，「家常飯」是一個熟語，上文應再有一個家字。今本作「誰家常吃他了」，語氣似亦不全。

五、第三十九回五頁上，寶玉對劉老老說：「規矩這樣人雖是死，心不死的」，這裏本是唯心的議論，此「心」字於文義亦合。庚本、校本作「規矩這樣人是雖死不死的」。

六、第七十六回三頁上，黛湘聯句，湘雲說：「不妨明日再寫，只這一點記性聰明還有。」「記性聰明」好，各本只作「聰明」。戚本作「記心」，無「聰明」。

七、第八十回一頁上金桂對香菱說：「只怕姑娘多心，說『我起的名字，反不如你意。你能來了幾時，就駁我的回了。』」庚作「反不如你」，校本從之。這本只多一「意」字。「反不如你」，當釋爲「我起的名字反不如你起的名字」；「反不如你意」，當釋爲「我起的名字反不合你的心意」。雖只差一字，而意義已別。似以有「意」字者爲佳。戚本也有「意」字，卻作「反不如他的意」，下文「你能」也作「他能」。「你」者，假定寶釵直接向金桂發話；「他」者，寶釵向香菱間接說金桂也。這裏表示金桂說話的尖銳，咄咄逼人，用直接對話口氣爲好，自當作「你」。

(4)異文可採的十六條

一、第四回三頁上，「今黛玉萍寄於此。」庚、校本並作「客寄」，程甲本「客居」，似均不如「萍寄」。因黛玉倚外祖母而居，非一般的寄旅也。

二、第四回六頁上，「紅樓夢曲」「巧姐」條，「銀錢上忘骨肉的狠舅奸兄」，各本俱作「愛銀錢」，與「忘骨肉」相對固好，此本作「銀錢上」也不錯，謂到了銀錢上面就忘記了骨肉也。

三、第二十八回三頁下寶釵道：「我是爲抹骨牌才來的。」寶釵這句話的意思從版本上看很有問題。如庚本「的」作「了」，改爲「麼」，程甲、乙俱作「麼」。再引近來的本子：

我是抹骨牌纔來了！（校本從庚）

我是爲抹骨牌纔來麼？（亞東本從程乙）

「了」字用歎號意思已重，「麼」字用問號，反問一句更加強了，意謂寶釵不愛聽寶玉「你抹骨牌去罷」這句話，所以頂了一句。在這裏是否應當這樣呢？寶釵在這裏只淡淡地說了一句正面話，不露鋒芒圭角，表示寶釵的深沉穩重。這裏句末「的」字，可輕讀。我認爲這樣比較好。

四、第三十四回四頁下，敍黛玉：「若不領會深意，單看了這手帕子」，庚、程甲、校本並作「若不是領我深意」，雖相差不多而意義不同，「領我深意」專屬於黛玉，「領會深意」兼包括寶玉。這裏作「領會」，文義也要順一些。

五、第三十七回七頁上寶釵對湘雲說：「到是與身心有益的書，看幾張。」「張」，各本俱作「章」，從前我讀到這裏每每覺得這「章」字別扭，其意只不過隨便看幾頁書而已，作「張」爲是。

六、第四十回二頁下，賈母對鳳姐說：「你能活了幾早起。」這三字頗新雋可喜，庚本作「能夠活了多大」，就是一般的口氣了。又下文同頁記賈母的話：「收着煤（改霉）壞了，怪可惜的。」這四字亦各本所無，附記於此。

七、第六十二回六頁上，記小燕的話：「給我滿碗酒吃就是了」，「滿碗」，庚、校本作「兩碗」。

八、第七十二回二頁下：「鴛鴦因問（賈璉）有什麼說的。」庚、校本「有」字上有「又」字，這一「又」字並不見好。「又有什麼說的」，好像很不客氣，鴛鴦對賈璉似乎不會這樣說。又同頁下文不打破鼓三通，各本作「三千」。

九、第七十四回六頁上，王善保家的話：「必是他們胡寫的帳目」，庚、戚本俱作「故寫」，昔疑「故」爲「亂」之譌（見校字記六〇〇頁），今觀此本，知爲「胡」之譌。

十、第七十五回三頁下：「今日薛蟠又輸了一場，正沒好氣，幸而第二場完了。」這「場」字很明白，戚本作「賬」，庚本作「張」，我當時認爲「賬」字誤，故校本從庚（校字記六一二頁），實際上「賬」「張」二字皆爲「場」之誤。「輸了一張」，很不好懂。

十一、第七十六回三頁上，湘雲道：「只怕牽強，不能叫韻呢。」「叫」乃「叶」之譌。校本從晉作「壓韻」，不如作「叶韻」。此雖有譌字，而原底卻好。

十二、第七十八回六頁上「芙蓉誄」：「復泣杖而近拋孤柩。」這第五字在庚本缺，通行如程甲、乙本並作「遺」，大誤。「遺拋」，成爲寶玉叫人把晴雯的柩焚化了。校本依戚作「遽」。這裏卻作「近」字。「近拋孤柩」與「遠涉芳園」，對偶很工，「近」字在這裏且有「室邇人遠」之意；「近」字似較好。

十三、第七十九回一頁上寶玉對黛玉說：「可知（知字傍添）天下古今現成的如影紗事儘多」，這四字佳。「如影紗事」指「霞影紗」，卽黛玉所改的誄文「茜紗窗下」。庚本作「好影妙事」，是抄寫的訛亂。「如」誤「好」，「紗」誤「妙」，獨「影」字未誤，而改者不知，認爲「如影妙事」不通，偏偏把這不錯的「影」字塗去右邊三撇，而成爲似通不通的「好景妙事」。程本作「好景好事」比較通順，離原稿更遠了。我當時未見此本，校本從庚。此句不但承接上文，且妙合怡紅口氣，若此等處，蓋出於原稿，非後人所能僞造也。

十四、同回同頁說寶玉，「接連說了一二十句不敢當」。「十」，庚、戚、校本並作「百」。

十五、第八十回一頁上，金桂對香菱說菱花不香，香菱道：「不獨蓮花，就是荷葉蓮蓬都是有一股清香的」，「蓮花」各本俱作「菱花」，與上文金桂的話正相銜接，似乎不錯。細想起來，卻又不對了。香菱方懼怕金桂之極，金桂正在借題說她，香菱何得自己誇耀與她名字有關的菱花以駁金桂呢？這是承上金桂所云「正經那些香花」而言，且下文有「就是荷葉蓮蓬」，則當作「蓮花」爲是，且「蓮」字又暗地關合香菱的原名「英蓮」❺。

十六、同回同頁，金桂道：「菱角菱花皆盛於秋，豈不比香字有味麼？」「有味麼」各本俱作「有來歷些」，不如此本。照金桂的意思，秋菱或者比香菱妥當些，但卽作「秋」亦並無來歷也。

---

❺ 第六十二回，寶玉對香菱說「我有並蒂菱」，己、庚、晉、甲同，戚本與此本均作「並蒂蓮」。五月非蓮花開候，且並蒂蓮不易見，故校本從庚改戚。但所以不用「菱」而用「蓮」，仍暗點「英蓮」，且可避免描寫過於顯露也。香菱與英蓮（應憐）的關合，見甲戌本第七回脂批。

(5)文理通順可校訛亂的三條

有些異文不甚突出，亦可供校勘之用。

一、第十四回有一段話說鳳姐忙得不了，意思容易明白，但各本均不甚妥，引如下：

己卯、庚辰本——剛到了榮（？）府，寧（？）府的人又跟到寧府，既回到榮府，寧府的人又找到榮府。（上半句訛亂，有問號的「榮」「寧」二字誤倒。）

有正戚序本——若到了榮府，寧府的人又跟到榮府，既回到寧府，榮府的人，又找到寧府。（「寧」「榮」二字雖不誤倒，但鳳姐，榮府的人，對榮府不得云「到了」，對寧府不得云「回到」。敍述之誤甚于己、庚。）

甲辰、程甲本——剛到了寧府，榮府的人跟着；既回到榮府，寧府的人又跟着。（敍述不誤亦不混亂，但句法自成一格，顯出於後人的改筆，非原本之舊。）

校本從己、庚，而校改其訛字，見第一册一四〇頁及第三册校字記九九頁，作：

剛到了寧府，榮府的人又跟到寧府；既回到榮府，寧府的人又找到榮府。

今看此本與校文合，只「寧府的」下面尚缺一「人」字耳。

二、第二十回有寶玉對黛玉的話，向來認爲難懂的，如脂評就說：「此二語不獨觀者不解，料作者也未必解；不但作者未必解，想石頭也不解。」校本從庚作：

我也爲的是心，你的心難道你就知你的心，不知我的心不成？（第一册二〇七頁）

雖有庚本可據，有脂評解嘲，文字實在有些囉嗦別扭，此本作：

我也爲的是我的心。你的心難道你就知道，我的心難道你就不知道不成？（第二十回四頁下）

這很通順，似比庚本爲佳，至於脂評不可解之說，也不過故作神奇，驚人之筆耳。

三、同回四頁上，麝月說芳官：

把個鶯鶯小姐，反弄成纔（此字塗改）拷打的紅娘了，這會子又不用妝，就是活現的，還是這麼鬆怠怠（哈哈）的。

「這會子又不用妝」，庚、晉並作「又不妝扮了」，較戚本的「又不妝」要好些，故校本從之，見校字記四二八頁。但這裏意思依然未妥，彷彿總在說芳官不曾或不肯妝飾，實際上不是那樣，意謂芳官不待、不須妝扮，就是一個活現的纔被拷打的紅娘了。戚本亦有「就是活現的」與此本同，並是，校本此處失從。

以上表明了這本一些特異之點，也是優點，卻還不止於此。一般說來，多出來的文字每每受人注意而少了的文字易於忽略；且如簡省了，就每被稱爲不是足本。其實如簡而明潔，也未嘗不是一種優點。本文第一部分已就殘缺方面談到一些簡化的情形，事實上有些簡化也不一定壞，如第二十七回一頁下，寶釵撲蝶此本無各本例有的「香汗淋漓，嬌喘細細」，好像是缺文，但這八個字看來也很庸俗，如刪去，也未必不佳。

還有一種情形，雖非特異，亦有優勝，這似乎不通，既然他本亦有之，則不得謂爲此本的優勝；但關於脂硯齋本卻另有一種情形，現存明題脂硯齋而大家認爲比較靠得住的只有三個：甲戌、己卯、庚辰，自成一系列，己、庚兩本尤爲接近。至於戚蓼生序本不提脂硯齋，實際上也是個脂本。可惜原本不存，經過有正書局抄寫重印有竄亂妄改的地方。我因它比較完全，在校勘時仍用爲底本，但又不大相信它，故從庚改戚的地方在八十回校本上非常之多。大體說來也還不算錯；但個別的地方卻不免過信庚辰本而過疑有正本。現在這個本子，有些地方很和戚本接近，對我來說更有用處，可以校正過去若干偏差，這兒就「失從戚」與「從戚」各舉一例：

失從戚本之例❻——第六十二回五頁上：「平兒道：『不回去也罷，我回去說一下就是了。』探春點點頭道：『這麼着就攆出他去，等太太回來，再回定奪。』說畢仍下棋。」

---

❻ 如第二十九回黛玉的話：「我也知道白認得了，我那裏像人家有什麼配的上呢。」第七十八回：「寶玉發怔，自立了半天。」戚本均同此本，多出的文字均可采，而校本失從。若此等例，這裏因篇幅關係，不多舉。

（未依乙本改）這原一點不錯的，此事當由探春作主，俟王夫人回來再最後決定，平兒是不會這樣專擅的；但己卯、庚辰、程甲、乙本並無此「探春點點頭道」，連下逕作平兒語。甲辰（晉）本亦然，殆亦覺其不妥，故於「說畢」下增「探春點頭」，好像好了一些，其實更坐實了上文是平兒的話了。然則各本均誤。有正本也有「探春點點頭道」，當是戚本原文，而非後人妄改。校本從己、庚、晉、甲而改戚，也是錯的了。（校字記第四七一頁）

從戚未誤之例——第五十九回三頁上「憑他是個平姑娘來了也平個理」。疊「平」字好，「平」者「平章」之意。庚作「憑你那個平姑娘來也憑個理」，疊「憑」自不如疊「平」，校本依戚本未改從庚，見第二册六五四頁。

從前邊兩個例子，可見此本有些文字卽非獨有，亦爲優勝。說了半天，不覺言之過長，還有一些例子不能多引了❼。總之，優點很多；反面看來，缺點也很不少。

---

❼ 此本除「同戚」有優點以外，亦有「同甲戌」「同己卯」而甚佳者。如第五回四頁下：「必有絳珠妹子的生魂前來遊玩舊景。」「舊景」二字己卯本獨有，校本已從，今此本亦有之。第八回五頁上：「因命人好生看侍着。」「看侍」對寶玉而言。戚作「管侍」，己、庚、晉、甲「看待」，程乙「招呼」，似均不如「看侍」爲佳。「看侍」，原甲戌本獨有，今此本亦同。

(二)缺　點

談起缺點來，只舉一些比較重要的例子，亦分爲五項。

(1)敍述不合的三條

一、第二十三回二頁下，寶玉去見賈政，進了屋子：「唯有迎、探二人及賈環站起來」，迎春乃寶玉之姊，不應當站起接寶玉，「迎探」各本俱作「探春惜春」，不誤，此本獨誤。

二、第二十九回一頁下敍衆赴淸虛觀時：「賈母出來獨坐一乘八人大亮轎」，「亮」字同戚本，各本均無，且亦未被塗點。據熟悉淸代八旗掌故的朋友說：賈母坐八人大轎已不合體制，小說隨文點染姑且不論。但亮轎無頂，亦稱顯轎，從前主考入闈等大典用之❽，賈母坐之更不合式。

三、第七十五回二頁下，賈母吩咐，「又指着一碗筝和這一盤封干（乾）果子給環兒、

---

❽福格《聽雨叢談》卷三：「親王郡王准乘八人肩輿。」又云「是國初外省官員皆用亮轎，今非入闈、迎春之大典不乘，且以爲亮轎榮於煖轎。」此書所記是淸中世情形，可參照。

寶玉兩個吃去」。據庚、戚兩本（校本同）「封乾」當作「風醃」，「果子」當作「果子狸」，「環兒」當作「糶兒」。這本三點並誤，先去了一個「狸」，將「果子狸」變爲「果子」，加上「封乾」二字，成爲風乾的果子了，這沒有啥好吃。所以這「封乾」二字已被後人點去。下文「糶兒」又作「環兒」。賈環在《紅樓夢》裏最不得人心，賈母如何會特別喜歡他?這裏還應該提到程本（甲、乙本大致相同）另有一種改法，改「糶兒」爲「平兒」。但「平兒」的名字如何能在寶玉之上，便乾脆不給寶玉吃，而成爲將「這一盤果子獨給平兒吃去」了，賈母如此看重平兒也是不易理解的。還有一點，這裏將「封乾」二字删去雖同程本，但「環兒」卻未從程改「平兒」。「糶兒、環兒、平兒」，雖只一字之差，但原本到了七十八回，還雙提糶兒寶玉的名字，暗示賈母的喜歡黛玉，這裏就關連到後回究擬如何描寫黛玉的收場，就不僅僅是校勘上的支節問題了。

⑵增一字而誤二條

一、第七十七回三頁下敍晴雯去後：「襲人細揣此話好似寶玉有疑他們之意。」戚本有「們」字，庚、晉、甲、乙並無，校本同。「疑他」專疑襲人，「疑他們」者兼疑他人，便減輕了襲人陷害晴雯的責任。此「們」字雖戚本也有之，以關係本書作意，故引錄。

二、第五十七回五頁下：「迎春是個有氣性的人」，庚辰本作「迎春是個有氣的人」（戚本「的」作「之」），甲辰本作「有氣的死人」，大略相同，以晉本之意較明，故校本從之。這裏較上引各脂本多一「性」字，而意思大變。本是貶迎春之詞，說她不過是有口氣的死人而已，這樣貶斥太過了些，所以程本改爲「老實人」，但意思總之是說迎春不行，各本相同。這裏說她是個有氣性的人，成爲讚美之辭，如何能接下文「連他自己尚未照管完全」呢。

⑶異一字而誤二條

一、第三十七回一頁下黛玉的話：「偺們多是詩友了。」「詩友」各本俱作「詩翁」，「詩友」好像比「詩翁」口氣輕一些，細想起來恰恰相反。作「詩翁」者，彷彿說我們那裏會作詩呢，現在也居然成爲「詩翁」了，本是閨中遊戲之詞，合於「瀟湘雅謔」的口氣，若作「詩友」，便坐實了會作詩，而且本爲至親，今成詩友，反而顯得疏遠了似的。

二、第七十七回五頁下晴雯死後寶玉夢見她：「向寶玉哭道。」庚本作「笑向寶玉道」，「笑」字好，增加了陰森的氣象，又得夢境之神。若作「哭」字，近眞而不似夢了。戚本亦作「哭向寶玉道」，與此本略同，校本已改從庚。

(4) 譌文二條

一、第五回六頁上「紅樓夢曲」「可卿」條：「箕裘頹墮皆瑩玉」，「瑩玉」不可解。「瑩玉」，各本皆作「從敬」。揣想所以致譌，可能有兩個步驟。本作「从玉」二字，把二字拼合先譌爲「瑩」，後來又有人看出這一個「瑩」字不通，再加一「玉」。作「從玉」與作「從敬」意義不同。「從敬」者以賈敬爲首，從賈敬就壞起；作「從玉」，便是賈家從玉字輩壞起，大概罪名的重點要放在寶玉身上了。我意作「從敬」爲妥，是否如此，留待研討。

二、另一例雖關係文義不大，錯法也有些特別，如第七十五回六頁上。說賈環作詩：「專好奇怪些兒一路。」「些兒」二字並誤。校以庚本當作「仙鬼」。「些」之與「仙」爲音誤，「兒」之與「鬼」爲形誤。只兩個字，卻發生兩種情形的錯誤，不易得其致誤的因由。疑也有兩步，先譌「鬼」爲「兒」，再改「仙」爲「些」；「鬼」字若不誤，則「仙」字也不易誤成「些」。這當然只是我的設想。

(5) 缺文四條

缺文也甚多，選錄其有妨或未合文義者。

一、第三十六回各本都有這麼一句（引庚辰本）：「獨有林黛玉自幼不曾勸他去立身揚名等語，所以深敬黛玉。」在《紅樓夢》這是很重要的一句話，但這本（一頁上）偏偏沒有。

二、第七十五回賈政批寶玉賈環作詩：「將來都是不由規矩準繩一起的下流貨」，校本依戚，各本也大致相同。這本六頁上，「規矩準繩」上面缺了「不由」二字，那賈政的口氣前後就不可通了。

三、第七十七回寶玉說「況且死了的也曾有過，也沒見我怎樣，此一理也」，校本依戚，「此一理也」四字從庚。戚作「總是一理」，意義相同。這是脂本應有的文字，且是寶玉的口氣，這本四頁上，「怎麼樣」下無此四字，當是缺文。

四、第八十回敍寶玉命茗煙坐在身傍，下有「王一貼心有所動」，各本都有的，庚本且有脂評：「四字好，萬端生于心，心邪則意邪。」（以文譌亂，只略引。）此本三頁下末行卻缺了。

㈢存　異

更有許多異文，其短長難於懸定，總堪留備參考。八十回中不但瑕瑜互見，且鈔者字跡潦草，改者點塗勾乙，煙墨模糊，使人迷悶。今隨文繙檢，刪蕪存菁，得四十餘條，不過存什一於千百耳，離完備尚遠。然若逐款鋪排，已病其繁冗，再加以貫串，也難得概括。現在改用表格，彙列於後，俾稍省文字，讀者亦易於了然也。

異文可存者略表（四十二條）

鈔本紅樓夢稿			他本簡況	附記
回數	頁數	文字		
二	一下	偶因一着巧。	戚庚「一着錯」，晉、甲「一回顧」。校本同。	僥倖得意，故曰「一着錯」，有批判之意，不誤。
三	五下	貧窮那耐淒涼。	各本「難耐」。	
九	一下	此時寶玉獨站在院外，避猫鼠兒似的。	己、庚、晉「屏聲靜候」，校本同。戚「靜候」。	此處形容寶玉，各本所無。
十	三下	我不願意望你們那空排場熱鬧處去。	庚本「我不願意往你們那是非場中去鬧去。」己本「往」作「望」。校本依戚，無第一「去」字，餘同庚。	

十二	三下	(鳳姐)不覺大眼圈一紅。	己、庚「不覺得又眼圈兒一紅」，校本同。	疑「大」爲「又」之訛。但「大眼圈」亦通。
十四	二下	攤賠。	己、庚「描賠」，戚本「賠」，甲辰、程甲、乙並「分賠」。	校本從己、庚。「描賠」現在無此說法，且恐係誤字。「攤賠」較好。
十七	一上	又不知歷過幾日何時。	戚、庚「又不知歷幾何時」，校本同。程甲、乙：「又不知過了幾時。」	
	四上	峭然孤出，看去覺得無味。	各本均作「峭然孤出，似非大觀」。	此異文當是後人所改。但新園尚未定名，而寶玉似已預知，確亦未妥。
廿四	六下	(秋紋說紅玉)「裏頭就是你好了。」	各本均作「一里一里的這不上來了」。	
廿五	三下	提起這個主兒來，眞眞把人氣殺，教人一言難盡。我白和你打個賭兒明日這分家私……	各本均簡，無此一段文字。	
	六上	已過十五(改三)載矣。	各本俱「十三」。	
	同頁	塵已滿□□了。(下無「若似彈指」。)	庚本作「塵緣滿日，若似彈指。」校本依戚作「滿目」，當從庚。	二字塗改不明，似「入三」，疑爲「十三」之誤。謂塵緣已滿十之三了，意與庚本略同。

廿六	一上	（紅玉答佳蕙）「寶二爺沒在家，你進來罷。」	庚、晉、甲作「在家裏」，校本同。戚作「在這裏」。俱無此六字。	
廿七	三上	（紅玉說）「姐姐沒看見二奶往那裏去了？」司棋道：「沒見。」	敍二人對話與各本異。如甲戌本：「姐姐不知道二奶奶往那去了？」司碁道：「沒理論。」各本略同。	
	三下	舅太太帶了信兒來了……尋幾丸子胎產金丹。	各本「舅太太」作「舅奶奶」；「胎產金丹」作「延年神驗萬全丹」。程甲、乙本「萬金丹」。	
	五下	葬花詩「儂」字均作「奴」。	各本末段數句均作「儂」。	「奴」即「儂」之音轉。
廿八	一上	只見寶玉坐在山坡上哭。	各本俱作「見是寶玉」，無此描寫。	
	三上	那丫頭道：「吃不吃等他一塊兒去。老太太問，讓他說去。」黛玉道：「你就等着，我先走了。」	敍述與各本異。校本作：那丫頭說：「等着寶玉一塊兒走。」林黛玉道：「他不吃飯了。咱們走，我先走了。」甲戌、庚、戚均略同。晉、甲作「不同咱們走」，餘亦略同。	鈔稿自成一格。黛玉讓丫頭等着，與下文寶玉叫那丫頭去罷，亦相銜接。

廿九	二上	那孩子痛的說不出話來。	戚「通說不出」。庚「痛說不出」，晉、甲「總說不出」，校本依戚不從庚。	「痛」可校改為「通」，但「痛的」不能。疑庚本與此同，缺一「的」字耳。
	三上	這玉兒還有個影兒。	各本作：「還像他爺爺」或「像他爺爺」，與此本異。	本回敍榮府世系本亂。榮公是寶玉的曾祖，非他爺爺。
三十	四下	你這麼大雨裏跑什麼。那裏知道是回來了。	戚本同，「是」下有「爺」字。各本俱作「爺回來了」。程本兩句顛倒。	襲人對寶玉只稱「你」，不稱「爺」，異各本。
卅四	二下	又該他拿着取笑開心了	各本無「拿着」。	有此二字似好。
	五上	林黛玉還要往下寫時，怎奈兩塊帕子都寫滿了，方擱下筆。	「怎奈」以下各本無。	
卅五	四下	寶玉故意說：「不好吃，不好吃。」	脂本如戚、庚並作：「不好吃，不吃了。」程甲「不好吃，不好吃」，與此同。乙本只有一個「不好吃」。	
卅六	四下	是個亮翅梧桐。	脂本俱「玉項金豆」。晉、甲「玉項金頭」，當是校改。	異名未見他本。

卅七	一上	妹則掃花以□（被塗不明，改「俟」），特此謹奉。	校本依戚：「妹則掃花以待。謹奉。」庚作「娣則掃花以待，此謹奈」。	疑庚本原與此同，「以」下缺一字，而「待」乃「特」之訛。「此謹奉」三字似不成句。
	六上	（湘雲詩）人爲題秋易斷魂。	各本俱「悲秋」。	
五二	一下	喜兒偷玉。	各本俱「良兒」。	
	二下	送薛二姑娘的兩盆花。	各本作「兩盆臘梅，兩盆水仙」，或「兩盆水仙，兩盆臘梅」均是四盆花，與此異。	
六十	六下	你又該來緊着問我。	戚、校作「質問着我」。庚「技（校之誤）問着我」，晉、程甲、乙本「支問着我」。與此並異。	
六一	六下	終久偺們不往那邊屋裏去？	己、庚「終久偺們是那邊屋裏去的」。校同，戚「是」下有「往」，餘同。	作問語口氣，異各本。
六二	七上	促狹鬼兒使心黑。	戚、己、庚並作「促狎鬼使黑心」，程甲「促狹鬼使的黑心」。	「心黑」與「黑心」不同，「心黑」語氣較輕。

六三	二上	右耳眼內揌着米粒大小的一個小玉圈耳。（「耳」乃「兒」之誤）	各本或作「小玉塞子」或「玉塞子」，均與此異。	
六八	四上	（鳳姐對尤氏語）轉替哥哥說了定惱我。	各本無此句。	
七二	二下	賈璉笑道：「姐姐」。	庚作「好好」，改爲「奶奶」，疑原本亦是「姐姐」。戚、程並作「好人」，校本同。	
七三	一上	稍能動性□（此字不明當是靈，已改靈）者。	戚作「動心悅意」。晉、甲、乙並作「動性者」，校本同。	實缺一「靈」字。
	二上	（探春語）我因想着太太事多，且連日不自在。鳳姐姐又病着。	庚、晉、程甲、乙無此六字，校本從之。戚本作「鳳姐又病着」亦缺一「姐」字。	探春自當找補此一句。
七四	六	尤氏道：「你是狀元、榜眼、探花。」下文惜春道：「狀元榜眼」，與戚本同，庚缺。	庚無「榜眼」。戚無「探花」。晉、程本只作「狀元」，無「榜眼探花」。	此本蓋不誤。庚本有缺文：校本從之，且以意改下文惜春語之「榜眼」爲「探花」，並誤。
七五	一上	（尤氏）只呆呆的坐在炕沿上。	各本無此四字，只作「坐着」。	

	二下	鴛鴦道：「你嗀了，我。呢？」	各本俱作「我不會吃的」。	
	五下	（寶玉作詩）呈與賈赦看了，道好。又與賈政看了。	各本只有與賈政看，無與賈赦看，戚本有「呈與賈赦看」，又缺與賈政看。	校從庚、晉、甲。戚本缺「與賈政看」固誤，但各本亦似有缺文。
七九	二上	十行「桂花夏家」，此條改而又改，見下文。同行作桂花官家，十一行「他家本姓官」，三頁上三行「這官家小姐」。	金桂之姓，各本俱作「夏」。	
八十	二下	（金桂）又哭喊道：這年今月。	各本俱作「這半個多月」。	

（四）回目

現存總目已不全，楊氏原藏總目錄自八十四回起，第四頁上有他的圖記。其前面三頁，第一回至八十三回，皆文學研究所入藏後補鈔的。此文只談前八十回，總目似可不談。卻有一點當說明，八十回前，今總目與分目並不全同，有四處：

第三十回分目「椿靈」，總目「春靈」。

第四十二回分目「解疑癖」「補餘音」，總目「解疑語」「補餘香」。

第五十八回分目「揆癡理」，總目「撥癡理」。

第七十四回分目「矢孤介」，總目「矢孤人」。

總目既是最近抄配的，應當與書中分目完全相同才對，卻也有上擧的情況，恐引起讀者的誤會，故附記之。

以下談此本回目的特點，先看這無回目的第七回。這回首行只書「第七回」三字，下邊什麼都沒有了，這不知爲什麼。⑴不應缺而缺。此本當比己卯、庚辰本晚些，如己、庚第十七第十八不分回，而這本分了，但己、庚第七回是有回目的，這本爲什麼沒有呢？⑵應當補而不補，這第七回的回目各本都有的，改者既從程本，爲什麼這裏不添上？這兩點都不好解釋，姑作下例的揣想：⑴因爲這是百衲本，一般在脂本系統裏年代較晚，也可能個別有較早的。⑵改書者恐怕不曾見過這第七回，這回是從別處移來的，他自然不能補塡了。因總目現已殘缺，不能證明這點。這第七回的回目雖各本不缺而自來有問題，如依通行本作「送宮花賈璉戲熙鳳」，讀者不看原文就會想到似乎賈璉以送宮花而戲熙鳳，其實「送花」「戲鳳」二事不過偶合罷了。如依甲戌本，作「送宮花周瑞嘆英蓮」，則周瑞家的何得省爲周瑞呢？可見都不妥當。我從前已說過了。難道有人也覺得不妥當因而未寫回目呢？或者本來另有一種只書某回而無回目的本子？又第六回的批語寫作大字，而第七回所附各批均雙行夾注，亦可知六七兩回來歷不同，而第七回時代較早一些。

其比較特異的回目約有七回：十七、十八、二十五、二十六、三十一、三十六、三十九。

一、第十七、十八回已分，當然與己、庚本回目不同，即從甲辰本、戚本以來雖然分了，其回目與此本亦不同。此本作：

第十七回「會芳園試才題對額，賈寶玉機敏動諸賓。」

第十八回「林黛玉誤剪香囊袋，賈元春歸省慶元宵。」

可注意的將「大觀園試才題對額」改爲「會芳園」，因爲大觀園之名在第十八回上元妃所賜，「題對額」時尚未命名，則作會芳園好像合理。但會芳園規模很小，並入園中，即用它來稱這新園，實未必盡妥，況且會芳園本屬於寧府，用寶玉來題名，也不大好。這第十七回回目的對句也不好。寶玉非以機敏警動諸賓者，回目似乎誇詡此點，顯和本書旨趣相違。

二、第二十五回「魘魔法叔嫂逢五鬼，通靈玉姐弟遇雙仙」。上句合於戌、晉、程甲。下句與諸本並異，各本此一句均不甚妥，但此本上言叔嫂，下言姐弟，而姐弟即叔嫂，亦未必很對。

三、第二十六回上句「蘅蕪院設言傳密語」。「蘅蕪院」各本俱做「蜂腰橋」，此獨異，不合事實。但這裏有以釵黛相對的意思。

四、第三十一回的回目問題很大。因這回有「因麒麟伏白首雙星」不大好講，卽依脂評謂後回有衞若蘭射圃一案，而不終之夫婦，仍難言白首雙星。此本卻作：

撕扇子公子追歡笑，拾麒麟侍兒論陰陽。

恐卽因爲上述的原故而改，但金麒麟事，以「侍兒」（翠縷）出回目也未妥。

五、第三十六回之目，回目較各本只差了一個字，卻很有意思。

繡鴛鴦驚夢（不作「夢兆」）絳芸軒。

我覺得這「驚夢」二字好，若如各本，「繡鴛鴦」屬於寶釵，而「夢兆」則屬於寶玉，未免成爲兩截了。書上說寶釵聽寶玉說夢話而大吃一驚，作「驚夢」自佳。

六、第三十九回「村老嫗謊談承色笑，癡公子實意覓蹤跡」。實不如「村姥姥是信口開河，情哥哥偏尋根究底」。

回目的異文大致如上，此外還有一更特別之點，卽在一回上跑出兩個回目來。第三十回正作「寶釵借扇機帶雙敲，椿靈劃薔癡及局外」，其下另有一回目，已被人塗去。有一字看不清楚。抄錄如下：

讖寶玉借扇生風，□（此字似「逗」，又似「迷」）金釧因丹受氣。

上句不過文字的差異，下句關係事實，不出齡官，改出金釧，與三十一回事相連。何人所改？何人所塗？與原稿有關否？均不可知，看來是後人的改筆。所以從回目看來，也可以說明這個本子時間大致更晚，而且是拼湊的，卻也有一些可值得注意的地方。

㈤每回的題詩

舊本（脂本）最初幾回往往在起首處有題詩。如甲戌本在本書開頭卽有七律一首，是題全書的，性質或稍不同。此外第二、第六、第七、第八回，起首各有詩一首。戚本（有正本）第五回有題詩。己、庚、戚本十七、十八回也有詩（以上各篇均收入八十回校本中）。大約作者當時的計劃，每回都想題一首詩的，從來沒有寫下去，今此本於第二、第五、第六等回有詩以外，在第四回開頭亦有詩一首：

捐軀報國恩，未報身猶在。眼底物多情，君恩或可待。

此詩各本俱無。按第四回是「薄命女偏逢薄命郎，葫蘆僧亂判葫蘆案」，此詩云云，似不貼切。豈因其中有賈雨村曰：「蒙皇上隆恩，起復委用，實是重生再造，正當竭力圖報之時，豈可因私而廢法」等語乎?信如是解，實未必佳。賈雨村何足與語「捐軀報國」耶!恐未必是原有，只可作談助耳。

又回末所附兩句詩，如第五回末，庚辰本有：「一場幽夢同誰近，千古情人獨我癡。」戚本作「同誰訴」，餘同。此本亦有之，作：

夢回誰訴離愁恨，千古情人獨我知。

散句不對，卻與庚、戚本作儷句者意思相同。似乎此本是初稿，而戚本、庚辰本一是初改，一是再改之稿。

(六)批　語

從此本所附批語及其刪存情況，亦可以約略窺測這個本子(指原有的脂本部分)的年代。《紅樓夢》最先流傳時，附評是很多的。後來漸漸刪去了。如甲辰本於十九回明說：「原本評注過多，未免旁雜，反擾正文，刪去……」又如甲戌本後面附劉跋說翁叔平有原本而無脂批。又吳曉鈴先生所藏己酉本四十回亦無批語，只有附黏的一條。到程本便完全刪去了(失刪的是例外)。

看此本附批很少，乃刪餘之僅存者。從這一點說，大約與甲辰本年代相先後。其刪批的情形有三：一、原刪，二、後刪，三、失刪。所謂原刪，即是脂本原有的批，這本沒有抄進去。今存不過十數條（詳下），可見被刪之多。至於所存的復被點塗，不知出何人手筆，亦不明是否一時一人所爲：這是後刪。即使這樣，也還有應塗未曾塗去的：這是失刪。以下談今存批語的情形。

仍先談無文字處。第十三回：原來是忠靖侯史鼎的夫人來了，下有「伏史湘雲」批語，自庚辰本以來至程本每每誤作正文，此本卻沒有（十三回，三頁下）。第七十回敍抄揀大觀園，有「爲察奸情，反得賊贓」，各本多訛入正文而實爲批語。今此本也沒有（被妄增不足據）。從這些可知此本有簡淨之處。

次談與脂本相同的批語。第六回（一頁下，末行），有一行大字被勾去：「批，爲紈褲下針，卻先從此等小處寫來。」第七回（一頁、二頁）有批七條，均爲脂批，稍有個別文字的不同，其形式爲雙行夾寫，保存脂批之舊。又每條開首均先有一「批」字，或小字，或大字。這個「批」，雖未明言何批，實指脂批，因顯然從脂本過錄而來的。

次談特有之批。第六回一頁之批已見上引，而同回四頁上另有一條，其款式及被勾處和前條相同，於敍劉姥姥聽見鐘的響聲下有：「批，小家氣象，不免東張西望。」各本未見，當是脂批之佚文。第六十三回二頁上，「或乾或鮮，或水或陸」下有「三兩二錢銀子，如何得這些東西」，寫作正文而被塗去。第七十三回三頁上，「我們好了一場」（此鳳姐對賈璉說到尤二姐）其下有「奇想奇文」入正文，被塗去。我想，這四個字很好。鳳姐這樣說，確是異想天開，可謂「奇想奇文」。以上各條各本均未見，有爲脂批之可能。

也有未經塗抹的批語。如第三回二頁上：「此迎春也」（戚本，「爲迎春寫照」）；「此探春也」（戚，「爲探春寫照」）均爲批語誤入正文，原既未刪，後亦未塗。又上述第七回的七條脂批亦均未塗，有些畫了些勾子，第九回二頁下，首行「就有龍蛇混雜下流人物在內」下有「伏下一筆」（戚，「伏一筆」）誤入正文，未塗，只在「伏」字右上角下一勾。以上各例既同戚本，自是脂批。又同回同頁，四行五行間：「不免偶動了龍陽胡說之興」，各本俱作「龍陽之興」，無「胡說」二字。這二字在這裏的確安不上，亦疑爲失刪的批語誤入正文者。是脂批否？脂硯齋對於《紅樓夢》備致贊揚，「胡說」二字或不出於脂齋之手乎？

綜括上面的六段，將這個本子與其他各本比較，不僅有許多的異文，且有一些特點，自非出於後人的僞造。是否與《紅樓夢》作者原稿有關，尚不能斷定。抄本從稿本來，作者當時的原稿就不止一個，如第一回說，曹雪芹「增刪五次」，就應當有五個底本了，而乾隆甲戌以後所寫尚不在內。其另一方面，後人的有意立異，隨便改竄，傳鈔致誤，亦往往有之。

抄本的混亂情形，在程偉元、高鶚時已有「無定本」，「繁簡歧出，前後錯見」，「燕石莫辨」這一類的說法（見程本序文及引言），看今傳各本又何嘗不如此。以三言兩語定其孰先孰後，孰優孰劣，顯然是不可能的，上文云云也不過我的「管窺蠡測」罷了。以上專說此本的原樣，即塗去改寫後均仍照引原文，偶爾提到塗改，只是例外。以下將討論塗改的情形。

丙、塗 改

談塗改的情形，主要的企圖解答這本是否高鶚（蘭墅）稿本的問題。現在書名「紅樓夢稿」，楊繼振手題稱爲「蘭墅太史手定紅樓夢稿」，第七十八回又有「蘭墅閱過」四字（眞僞不可知），似乎都趨向於肯定的答案方面，究竟如何，頗費考慮。我對此素未研究，亦毫無成見，這裏就近來閱讀時舉一些例子並略附管窺，並非定論。如有人看了本書得到其他的看法，這也非常好。

在談論以前先應當從八十回中去掉一小半，大約有三十回，這樣可以使情形簡化一些，後四十回的文字牽涉高氏稿本關係更大。這文只談八十回，自然不能說到了。爲什麼要減去三十回呢？首先抄配的應該減去，如楊氏抄配的十回根據程甲本；原抄配的第二十二第五十三兩回同程乙本，顯然沒有稿本的可能了。這樣，已有十二回了，此外從第一回到十八回我以爲亦應該減去。十二加十八共三十回，而零碎的抄配有十八葉（詳❷）尚不在內，因此有三十多回應該減去。

爲什麼第一回至十八回也應該減去呢？因爲這十八回塗改的很少，且所改也與程高本不同。舉「異改」之例五條：

一、第六回二頁上，原作「誰知狗兒裏心最重」。「裏」字乃「利」之誤，今將「裏心」勾轉爲「心裏」，而將「重」字改爲「靈」，變爲「狗兒心裏最靈」，顯出妄改，且與脂本、程本並異。甲戌本「名利心重」。庚辰、戚、程甲、乙本並作「利名心重」。

二、第七回五頁上：「鳳姐□的先推寶玉笑道。」「姐」下原缺一字，卻添作「慌」。鳳姐見了秦鐘，何至於「慌」呢？各本程甲、乙並「喜的」。

三、第八回三頁上：「必須鑿在金器上。」「鑿」乃「鏨」之誤，而改爲「嵌」。寶釵金鎖上的八個字是刻文，如何能鑲嵌呢？各本程甲、乙並作「鏨」。又上文同回二頁下：「所以鏨上了」句，此本將「鏨」分作「斬金」二字，未改。

四、第九回五頁下：「李貴等只得好勸」，將「只得」二字圈去，改爲「又從傍再三好勸」，程甲、乙並不如此，仍作「只得好勸」。

五、第十六回四頁下：「也不萡我沒見世面了」，「萡」乃「薄」之誤或俗體，妄改爲「怕」，各本程甲、乙並作「薄」。

看「異改」五例：改文與程甲、乙本並異；且除第四條較好，其他的四條均係妄改⑨，程偉元、高蘭墅不會那樣的不通。

再說「未改」，這十八回全係脂本，異於程本的本極多，大致都沒有改動，這兒不能舉例了。就最明顯的個別人名⑩，有問題的數目字⑪也均未改。從異改、妄改、未改的情形來

---

⑨ 這十幾回不僅妄改而已，他用三角勾號（△）表示文字錯誤，有些勾得對，有些便瞎勾；即本來不錯的亦加勾。如第十五回二頁下「謝過乏」，第十七回五頁下「青松拂簷」，皆不誤，卻傍邊有△，不知爲什麼。

⑩ 如第十四回三頁下「照兒」，各本俱「照兒」，未改。第十八回六頁下，「綠蠟」詩作者曰「錢翊」，程甲、乙並作「韓翊」，未改。

⑪ 第十八回二頁上：「十個小尼姑，小道姑……二十分道袍」同戚、庚本。所謂「十個小尼姑，小道姑」意謂各十個（下稱「各數」）故穿二十分道袍。到了甲辰、程甲、乙變成下列的格式：

十二個小尼姑，小道姑……十二分道袍（甲辰）

十二個小尼姑，小道姑……二十分道袍（程甲、乙）

甲辰本所謂十二個是總數，好像比舊本多了兩個，實際上是減了八個。人數和袍數倒是恰好的。程本這筆帳就不好算了。所謂十二個既非總數，亦非各數。如是總數，則多了八分道袍；如是各數，又缺了四件。嘗疑程甲原同甲辰，「二十」乃「十二」之誤排，因它原是活字本。到了程乙，也未及改正。各本原都有錯誤。依戚、庚本也就行了，似又不合第二十三回「十二個小沙彌，十二個小道士」之文，故校本此處於人數從晉、甲，而將道袍之數意增爲二十四，於版本爲無據，我對這點且有誤會。像這樣很有問題的數目字，在這本上卻一點未曾改動。

看，其原本與改本均與程高無關，以後的各回卽使有爲蘭墅稿本的可能，但這十八回卻不相干，應當除開。剩下的在八十回內只有不足五十回了。

從第十九回到八十回（除去楊補第四十一回到五十回）其所塗改大抵都同程乙本。原抄配的第二十二、五十三兩回也同程乙。這大量用乙本來改抄本，其得失且不說，是什麼人幹的呢？這是一個問題。據說是高鶚幹的。果眞那樣，這本就是蘭墅的稿本了，卽非定本，也是他的稿本之一。如果不是高鶚幹的，那些塗改在高之前呢？在高之後？如在高之前，那就是高鶚抄他的；如在高之後，那就是他抄高鶚的了。兩種說法，情形相反，進出很大。那人的生平，我們於今全無所知，自不能從年代來作推斷，只能看了塗改的情形而加以推測。

這本的塗改大部分同程乙本，這是個要點，也是關鍵；又有「蘭墅閱過」四字；因此牽連高氏，共有三個可能的設想：㈠是高蘭墅排印乙本的手稿。㈡是高氏以前的人所改，被高氏採用——說得不好聽些，也許抄襲。㈢是高氏以後的人根據程乙本過錄的。

若從上文第一點，認爲這是高氏排印乙本的手稿，有一問題必先要解答。既然是高氏的稿本，爲什麼大體同乙本而非甲本呢？程高刊書，由甲而乙程序分明。有人曾經校對計算過甲、乙兩本文字儘管不同，而到每葉終了總在一個字上看齊。甲本全數一五七一葉，乙本改動文字有一五一五葉之多，而起訖不同的只不過六十九葉而已⑫。乙本非但必須從甲本改，而且必須就甲排本或校樣來加工，不然卽無法使這一千四百多葉的書，文字移動而起訖不變也。乙本從甲本的草稿改尚且不行，何況根據另一抄本呢。這樣看來，這本爲高氏排印乙本的手稿或底本，其或然性都很小。但直接以之付排固不可能，而間接地作會考未爲不可，這就牽涉到第二點，容到後面再說。

以下請看塗改分歧的情形，不擬存成見，對於上面所提出的三點設想亦暫不置答；用甲、乙本作爲比較。附了些說明，假設改文在甲、乙本之後，亦爲了敍述的方便。分爲十二個項目如下：

(1)未改從甲、乙之例十一條

⑫ 王佩璋〈後四十回的作者問題〉說：「甲、乙本每頁之行數、字數、版口等全同。且甲、乙本每頁之文儘管不同（據我統計，甲本全一五七一葉，到乙本裏文字未改動的僅五十六葉——乙本因增字數多四葉），而到葉終則又總是取齊成一個字，故甲、乙本每葉記訖之字絕大多數相同（一五七一葉中，甲、乙本起或訖之字不同者，不過六十九葉），因之甲、乙本之分辨極難。」照所說情形，乙本是就甲本排好後再改的，甚爲顯明。

一、第三十二回二頁上「做宰」，甲「作宰」，乙「作宧」，並不同，未改。

二、第三十三回二頁下「蓋了三四十下」。甲、乙俱「十幾下」，未改。

三、第四十回三頁上「晚翠堂」，甲、乙俱「曉翠堂」，未改。

四、第五十二回一頁上「是人都說得，是人都信」。甲、乙兩「是人」俱作「世人」，未改，只圈去「得」字。

五、第五十九回一頁上「苑中土潤苔青」。甲、乙俱「院中」，未改。「苑中」同戚，指蘅蕪苑。庚作「園中」。

六、第六十二回六頁下「滿嘴裏汗爀似胡說」。「嘴」，甲、乙俱作「口」，未改。

七、第六十三回一頁上「紋兒」，甲、乙俱「秋紋」，未改。

八、同回六頁上「誰不背地咬舌說偺們這裏亂賬」。甲、乙俱作「背地嚼舌說偺們這邊混帳」，與此異，未改。

九、第六十四回四頁下「與二姐說了幾句（四字傍添，同甲、乙）寒溫畢」。甲、乙俱作「見面情兒」，未改。

十、第七十六回五頁上，妙玉詩「脂冰」，甲「冰霜」，乙「冰脂」未改。

十一、第七十八回四頁下「或擬古詞」。甲、乙俱作「咏」，未改。

(2)未改從乙之例二條

一、第六十二回二頁上「老太太和寶姐姐，他們娘兒兩個遇的巧」。「老太太」庚、甲同。乙「大太太」，未改。乙作「大太太」原誤，未從。

二、第七十九回一頁下「寶玉搖手道」。庚、甲俱「拍手」，乙作「忙」。此本將「搖手」二字抹去，傍加兩△當是恢復，未改。

(3)甲、乙已改正未照改之例二條

一、第六十二回三頁下「三人限酒底酒面」。上文只有湘雲、襲人兩個，這裏卻說三人，甲、乙俱「二人」，未改。

二、第六十四回三頁下「早有賈赦賈政率領族中人哭着迎了出來，赦政一邊一個……」此處事實有誤，因賈政其時不在京，甲、乙均已改「政」爲「璉」，未改（改爲「璉」字是否妥當是另一問題）。

(4)甲、乙有缺佚未照刪之例三條

一、第六十二回五頁上「探春點點頭道：怎麼着就攆出他去」。甲、乙並連上作平兒語，無此六字，未照刪（本條已詳前）。

二、第六十三回三頁下「坐中同庚者陪一盃，同辰（辰改「姓」）者陪一盃，同姓（姓改「日」）者陪一盃」。下文提到誰與她（襲人）同庚，誰同辰，誰同姓，上文原一點不錯，不知為什麼要改。再看甲、乙本，缺中間「同辰者陪一盃」一句，上下文就不相合了。此處原文改文並異程本，亦未依程本誤刪中間之句。

三、第六十四回三頁下「賈珍……遂再三的求賈母回家，王夫人等亦再三的勸」。傍點的文字，甲辰本、程甲、乙本並無之，未刪。又「賈珍」同甲異乙，乙作「賈璉」誤，未從乙改。

(5) 一般未從甲、乙增刪之例四條

一、第六十五回一頁上「三姨」下，甲、乙並有「或是姨娘」，未增。

二、同回三頁上「一對金蓮或敲或並」，甲、乙並無，未刪。

三、第七十九回一頁下「說是明日那人來叩頭」。「叩頭」庚作「拜」，甲、乙並無此一句，未刪。

四、同回同頁「池內的翠荷（庚作「荇」）香菱」。甲、乙並無，未刪。

⑹遇同一情形或刪或未刪之例

第二十九回一頁下「奶子抱着大姐兒帶着巧姐兒」，五字已同程本刪去。但第二十七回一頁上仍有「並巧姐大姐」，未刪。若是高氏稿本，碰到這樣明顯，鳳姐到底有幾個女兒的問題，大概不會忽略遺漏的呵。

⑺改文異甲、乙之例十三條

一、第三十回三頁下「寶釵兒也多心」。甲、乙俱「寶兒」，庚本同。今點去「兒」，卻不點去「釵」，作「寶釵」，異。

二、第三十一回二頁下「衆丫頭見鬧」，鬧下傍添「的利害」，成爲「鬧的利害」。甲、乙並作「吵鬧」，異。

三、第三十五回一頁上「方慢慢的」下添「紫鵑扶着」，甲、乙俱「扶着紫鵑」，異。

四、同回同頁「作死了的」（指鸚鵡），「的」改「呢」，「了」未塗，成爲「作死了呢」。甲、乙俱「你作死呢」，異。

五、第三十五回六頁上「你可不許又告訴他去」。甲同，乙無「去」字，餘同。「他」改「他們」，與甲、乙並異。

六、第三十八回二頁下，（黛玉）「只吃了一點黃肉」，「肉」改爲「子」。甲、乙俱「夾子肉」，庚本同，與此異。——按「夾」「黃」二字當有一字是形誤。

七、第五十一回六頁下，回末改稿（以抹去甚多，不引原文）作「賈母如何答言」，甲、乙俱作「何言」，異。

八、第五十二回五頁下「寶玉趑（踩）腳」，改「頓腳」，甲、乙俱「頓足」，異。

九、第六十二回一頁上「兩面三刀」，改「刀」爲「倒」，誤。甲、乙俱作「三刀」，同原文，異改文。

十、同回同頁「發身賭誓」改爲「罰神賭誓」與甲「發咒賭誓」，乙「賭咒起誓」，並異。

十一、第六十六回三頁上「弟愿領責受罰」。甲「領罰」。乙「備罰」，並異。

十二、第七十八回五頁下「又備了四樣晴雯所喜之物……行了禮」，改爲「又備了四樣晴雯素喜的吃食……先行了禮」，甲、乙俱作「又備了晴雯素喜的四樣吃食……先行禮畢」，與此本原文改文並異。

十三、同回六頁上，「芙蓉誄」，「趨車」字誤，改作「趨車」，甲、乙俱「驅車」異。——按此回之末即有「蘭墅閱過」四字者，而以上兩條改文亦與程本不同。

(8) 原文同乙非改之例二條

此本雖大部分改從乙，也有原本即同乙者，舉其略有關係的兩條如下：

一、第三十四回一頁上寶釵的話：「便是我們看着心理也——」，甲「也」下有「疼」，庚本同。乙無「疼」，其語未畢，與此正同。

二、第五十六回一頁上無「諸內壺近人」五字與乙本同，已見前文二六五頁論殘缺。

(9) 一回之中有三樣改法之例

三樣改法是：同乙異甲，同甲異乙，並異。這情形發生在向來認為有問題的第六十七回，如第四頁下，增文，「怎麼叫人不敬奉呢」，同乙，甲「敬奉」作「敬服」：此同乙也。又同回七頁上「又扭□（此字塗改，似「拉」又似「扯」）上什麼張家李家咧呢」，「扭」「咧」兩字俱傍添；「咧呢」同甲，乙「來呢」：此同甲也。「扭拉」或「扭扯」，甲、乙俱作「拉扯」：此並異也。

⑽似從他本過錄非就本書校改之例

第三十五回六頁上，「杂色」改爲「鴉色」，甲「雜色」，乙「鴉色」，改文同乙。「雜」字原與「雅」字形近，可認爲「雅」之譌（是否如此是另一事），鴉又爲「雅」字之或體，故寫作「鴉」。但此抄本雜字非正體，只寫爲「杂」，卻不像爲了「雅」字之形誤而改「鴉」。此「鴉」字似從他本過錄而來，非就本文校誤。此本改文同乙異甲者極多，不能引錄，此條情形稍異，故附記。

⑾不誤以改而誤之例

第七十二回二頁下，十行：賈璉笑道：「……雖然未應準，卻有幾分成了。」塗去另寫，完全相同，只少了一個「然」字，爲什麼要這樣？原來移往下面。其所以塗去而重錄者，以地位之不同耳。最可怪的，原來地位一點不差，移動倒反錯了。茲並引原文改文對照如下：

（原文）鳳姐因問道：「他可應準了？」賈璉笑道：「雖然未應準，卻有幾分成了，須你晚上再和他一說，就十分成了。」鳳姐笑道：「我不管這事……」

（改文）鳳姐因問道：「他可應準了？須得你再去和他說一說，就十分成了。」賈璉笑道：「雖未應準，卻有幾分成了。」鳳姐笑道：「我不管這事……」

「你」本指鳳姐，賈璉叫她再去向鴛鴦說一說是對的，改爲「你」指賈璉，鳳姐叫他再去向鴛鴦說一說，訛謬甚明。今程甲、乙本完全和改文一樣。（自東觀閣本始從情理着想，修飾程甲，將「賈璉笑道」一段移前，事實上大致恢復了如戚、庚本所云。）從這條來看，很難說是高蘭墅的稿本。因程高二人都通文理，不至於這樣的糊塗。甲、乙本之所以致誤，疑所據底本原來如彼，未及修訂而已。若說爲後人依程乙本而妄改，卻比較通一些。

⑿改而又改仍歸原字之例

第七十九回二頁上十行「桂花夏家」。夏金桂之姓，此本作「官」，已見前表。但這兒卻作「夏」。「夏」被塗去，改爲另一字。此字當是「官」，因這回下文均作「官」也，卻已不可辨，又被塗去了，仍改爲「夏」。這個「改夏爲夏」一例有些意思，可見改者殆非一人，而塗改的經過亦相當的複雜也。

上例十二種，隨文繙檢所得，以全書篇幅而論，眞不過一鱗半爪耳，而大略可知。此絕大部分，看不出與蘭墅手稿有什麼關連，卽明題「蘭墅閱過」的第七十八回亦非例外。再說一般的改文，皆越程甲而同程乙。合並而觀之，一般的情形如彼，個別的如此，自難說是高氏的手稿本，至少我現在這樣想。但既非高氏所爲，又是誰搞的呢？這個問題因年代不明，就不免有主觀的揣想了，就上文（三〇〇頁）提出的（二）（三）兩點一談。

先談這「蘭墅閱過」四字，我們無法說它眞，同時也無法說它僞。原藏者楊氏既認爲眞跡，且聞近有人查對過高氏的筆跡，據說看來差不多，固尚難成爲論證，但反證更不能成立，因此我想不說它假，大家或者不會反對罷。既認是眞跡，那麼，高鶚自然看過這個本子的了。是否全部看過？如他爲什麼將這四字寫在第七十八回之後，這道理不大懂得，像范寧先生在跋語裏的解釋似也尚欠圓滿。大概他是看過的了。看，就有看見什麼的問題。他所見還是比較清爽的原底呢，還是塗抹滿紙的改本？亦不可知。因爲這又牽連到改書人的時代問題。

我們不妨先說那人在高氏之先。兩本有相同處，是乙本從它，而非他從乙本。這可能呢？上已說過，程高第二排本乙，必須就第一排本甲來改字，但並不排除採用他本作爲參考，以至於直抄一些文字的可能性。因甲、乙兩本，從辛亥冬至到壬子花朝，不過兩個多月，而改動文字據說全部百二十回有二萬一千五百餘字之多，即後四十回較少，也有五九六七字⑬。這在《紅樓夢》版本史上是一個謎。文字之多且不管它，爲什麼要改，怎樣改，也都是問

⑬汪原放〈紅樓夢校讀後記〉：「總算起來，修改的字數竟有兩萬一千五百零六字之多。這還是指

題。難道剛排出一部新書，立刻就不滿意，又另搞一部麼？難道這兩萬餘言的改文都是程高二人在短時間裏想出來的麼？他們可能有所依據。反面看來，若無依據，像他們這樣多改、快改，非但不容易辦到，且也似少必要——這裏不妨進一步說，甲、乙兩本皆非程高懸空的創作，只是他們對各本的整理加工的成績而已。這樣的說法本和他們的序文引言相符合的，無奈以前大家都不相信它，據了張船山的詩，一定要把這後四十回的著作權塞給高蘭墅，而把程偉元撇開。現在看來，都不大合理。從前我們曾發見即在後四十回，程高對於甲、乙兩本的了解也好像很差。在自己的著作裏會有這樣的情形⑭，也是很古怪的。今謂有所依據，

添進去和改的字，移動的字還不在內。」「前八十回，改去一五五三七字。後四十回，改去五九六七字。」——見民國十六年，上海亞東本《紅樓夢》卷首。

⑭ 第一〇一回敍鳳姐在園中見鬼受驚回來，甲本作：

急急忙忙回到家中，賈璉已回來了後，只是見他臉上神色更變，不似往常，待要問他，又知他素日性格，不敢突然相問，只得睡了。

「臉上神色更變」，承上文鳳姐受驚而言，「他」指鳳姐，本是不錯的。乙本「只是見他」作「鳳姐見他」，餘同（此本一〇一回一頁下末行同乙本），於是「他」指賈璉。上文並未敍賈璉受驚或生氣事，則無所謂「神色更變，不似往常」也。我前和王佩璋曾談論此點，乙本校改者似乎不甚了解甲本，頗感奇異。

則甲本從某某來，乙本從某某來，兩本卽不免互相打架，也不甚奇，至多也不過說校者如程高二人失於檢點總結罷了。

如用這看法，此本許多改文之同於乙本者可以理解。本係酌采，並不盡從，其個別的異文亦可理解。訛謬而不從是合理的。若訛謬而亦從，如上舉第十一之例，高氏看見前人已改錯了，還在那裏盲從，卻不大好講。再說，那人在高氏之前本是假設，也沒有什麼證據，自只可存疑耳。

如作另一種想法，那人在程高之後，改文係採自乙本，也未始不通。卻得先談一問題：塗改的目的和動機。這許許多多的塗改，畢竟爲了什麼？若在抄本時代，不管是誰改的，都好說：現在已有了排印本，就不好辦了。或是爲了好奇麼？我看也不像，譬如將罕見的抄本校在通行的刻本上可以說是一種好奇好古的心理；現在卻根據已通行的程排本，把這舊抄本密行細字的塗抹滿紙，「何許子之不憚煩」？說他妄改也好，說他改得不錯也行，決不可能無原無故這樣的塗改。

乾隆末年，程乙本初行，據程高自己誇贊：「詳加校閱，改訂無訛」；又說：「廣集核勘，準情酌理，補遺訂訛。」後人很看重這個本子亦意中事，到現在也還有那樣的情況。譬方那人有了一個程排乙本，又有一個一百二十回的舊抄本。這本既有拼湊的情形，他究竟有多少回不可知，大約總有一個相當的數目。他就依據這他認爲可靠的程乙本校在抄本上。把刻本來校改抄本，好像奇怪，其實也不。如有正書局大字本的第六十八回就是這樣改的。此人意在於整理，並非逐字逐行地照抄而有所去取，上引未改、異改、有擇善而從意諸例，都可以這樣解釋。有些改得不差，有些又很差（如上舉第十一「不誤以改而誤」之例尤爲突出），其中自有一些矛盾。但版本既然厖雜，改者又非一手，水平之不齊，或由於此歟。

這好像全出空想，卻也不盡然。在這本子裏也有一點可注意的痕跡，原來這個塗改的本子當時大約準備付抄的。在第三十八回第五頁，他告訴「手民」應該怎樣抄，有七處之多，備引如下：

寶玉咏蟹詩開首傍批：「另一行寫。」（三八頁上，倒三行）

詩末傍批：「不可接，另一行寫。」（上，末行）

黛玉詩開首傍批：「另一行寫。」（下，一行）

詩末傍批：「另抬寫。」（下，三行）

寶釵詩開首傍批：「另一行寫。」（下，五行）

「酒未敵（改滌）腥」句傍批：「另一行寫。」（下，七行）

「衆人道」句傍批：「另抬寫。」（同前）

這都不關文字異同，是關於行款格式的指示，雖不解決什麼問題，卻清楚地表示這抄本的性質來，是個校勘用的「底本」。它的目的也是在整理《紅樓夢》，成績如何且不論，總不失其爲稿本。本書題曰「紅樓夢稿」也是不錯的。

誰的稿本呢？現在從各方面看來，恐怕不能說是高鶚的了。卽使「蘭墅」當眞「閱過」，他也不曾說這是我的手稿呵。至於楊又雲所題簽，不免自我誇張，炫耀收藏之美，固不足深憑。既非高氏，當然出於另一人手。可能有兩種說法，一謂在其前，一謂在其後。兩說結論雖相反，卻有一共同的缺點：「文獻不足」。因此，也只好暫時懸着。依我看來，這些塗改在高氏之後，可能性較大，留待將來的研討。

這個本子雖非高蘭墅的原稿，程偉元付刊的底本，且有殘缺、拼湊、訛誤，種種毛病；但它的價值畢竟是很高的。所存的脂硯齋本這一部分且相當的可靠，正如楊氏在第七十二回所記⑮。就改文來說，以乙本改「脂」，本不甚好，又多妄改，在文學上或無甚可取，但在

---

⑮ 楊又雲在七十二回五頁下，題曰：

第七十二回末頁墨痕沁漫，嚮明覆看，有滿文某（原係滿洲字今不錄）字影迹，用水擦洗，痕漬宛在。以是知此抄本出自色目人手，非南人所能僞託。己丑又雲。

旗下抄錄紙張文字皆如此，尤非南人所能措意，亦惟旗下人知之。

《紅樓夢》版本上仍不失為很重要的資料。本文僅論前八十回，尚偏而不全。他日如有人連後四十回一並研究當有更多的發見，以至於進一步解決後四十回是否高鶚著作的老問題。本篇裏有不少片面的、不成熟的說法，更可以得到補充、糾正的機會。這都是我懇切希望着的。

民國五十二年五月廿五日

所說當不錯。「色目人」卽旗人之雅稱耳。但我看此本卻屢見「多」「都」二字不分的情形，例如：

第二十七回一頁上：「多用彩線繫了」，未改「都」。

第二十八回三頁下三行：「只見多已吃完了」，已改「都」。

同回同頁九行：「連裁剪多會了。」未改「都」。

這裏不過略舉三例，以上「多」字均當作「都」。現在北方人兩字聲音區別很清，而南人不分。此點似與楊氏南人旗人云云也不盡合。不過曹氏久居南京，舊本《石頭記》中亦雜以南方的稱謂，如第二回云「敬老爹」、「政老爹」，彷彿讀到《儒林外史》之呼「成老爹」也。「多」「都」不分，或無礙歟。

致潘重規先生書

趙岡

潘先生：

第八期《紅樓夢研究專刊》寄來後，已將一年，關心之餘，正想寫信給您打聽情形，碰巧又拜讀《明報月刊》第七十三期〈讀紅樓夢新探〉大文，趁此機會一併作答。這次未用信箋紙，因為一來要寫的文字太長，二來可能您願意把這封信在《研究專刊》上刊出，以供補白，所以才用這種洋稿紙寫。希望您多原諒。現在把要說的話分條說明如下：

⑴《明報月刊》第七十二期有王君一文，與先生問難。此王君現在何處？過去有何紅學文章發表？這是我搜羅資料又一大遺漏。看來研究紅學的「圈子」還不算小。現在徐復觀先生也報名參加了。再者，王君文中提及您在《新亞學報》上的大作，可否賜寄一份？

⑵貴小組對《新探》的研究論文，希望能早日拜讀。需要或能夠解答的，我就設法替同學們解答一下，應改正的錯誤，也會一一記下，以備將來修訂之用。我現在正在搜集各方的

指正。我自己在書出版後也發現若干錯誤，而尙未經人指出。另外還新添了若干有用的資料，將來修訂時要一併加進去。此外，您如聽到友人口頭上的指正，也希望見示。日本伊藤先生有何反對或補充意見？

⑶「數晨夕」的解釋，我完全是根據「西窗剪燭風雨昏」一句聯想而得，認爲是「少數」的「數」，而非「多數」的數。並無任何典籍依據。也就是所謂「外行話」。十三年前，我的〈有關曹雪芹的兩件事〉在《大陸雜誌》上發表後，家母就曾指出這點，說法與潘先生相同。不過最近翁同文兄來信，也提及陶詩的「數晨夕」。他的解釋，「數」是動詞，計算日子之謂也。您有何意見？此外「西窗剪燭風雨昏」之句，是否也是用典？還是描寫當時實情？希望知道您的看法。我覺得這兩句應該關聯起來，不好分開解釋。

⑷以趙列文爲趙之謙，當然是錯誤。我也是從「滌師」兩字推想的。《紅樓夢卷》第三七八頁是寫「至滌師內室譚」及「師又言」，未稱「滌帥」。想來趙列文是曾國藩的學生，然後入曾幕，所以一會兒稱「師」，一會兒又稱「帥」。

⑸在寫《新探》以前，有許多年未曾讀到潘先生有關《紅樓夢》著者的正面意見。產生一個印象，認爲您已經不再堅持以前的看法。因此，《新探》書中才說「曹雪芹所著，已是不爭之論」。並且您過份提高了《新探》一書的作用，認爲我們是要寫「紅學史」。其實我

們毫無這種野心。我們只是要把彼此抵觸較少的資料，綜合整理出一個體系。將來一定會另有人出來寫「紅學史」。這不是我們的態度「不開明」，而是我們的時間精力不允許。

(6)關於「手稿」問題，我毫未誤解潘先生的原意。第一，我未曾用「手稿」一詞來區分「創作」與「整理」兩種工作。我文中清楚寫道：

> 不過潘先生認爲後四十回的正文是在高鶚以前已經有了，高鶚不過是得到此稿本而加工整理。

此句文字潘先生不但看過（《新探》第三一八頁第六行），而且在《明報月刊》大文中引錄下來（該文第十五頁下半第九行）。不幸潘先生到底還是把這句話給忽略了。第二，我也沒有用「手稿」一詞來表示這是稿本主人「親手所抄」，潘先生認爲這是「抄手」抄的。我不但同意潘先生的這種看法，而且更進一步，前前後後花了五六頁文字研究一共有幾個抄手，他們筆跡如何不同，誰的筆跡好誰的筆跡壞。可見我在使用這一名詞時，其含義與潘先生百分之百相同。沒有任何誤解發生過，不過，我們與潘先生有一點歧見，那就是關於這個稿本最初的所有權問題。它是誰的稿？

(7)關於「定稿」一詞，我們也沒有誤解潘先生。潘先生把當初自己的文字再度在《明報月刊》大文中引錄出來了（第十六頁下半第十六行），

> 此一抄本……也卽是高蘭墅整理過程中的「全本」「定本」……

我所謂的「定稿」就是先生所謂的「定本」。您如何使用，我也如何使用，含義百分之百一致，毫無誤解。希望您也不要誤解，我只用過「定稿」而未用過「清稿」一詞。

(8)潘先生認爲我們的看法只是「構想」。這點我絕不否認。其實潘先生的看法也是構想，楊繼振的看法也是構想。《新探》一書絕大部份就是在分析各種對立的構想，看看誰的構想遭遇最小的困難與矛盾。除了兩點困難以外，潘先生的構想，並不次於其他構想。例如改文的情形，對於各種構想都可以適用。所以這就變成對證據及線索的解釋問題。不過甲乙兩本有一千五百零二頁的版口完全相同。這是一個硬碰硬的問題，在證據的解釋上沒有太多的變通餘地。潘先生在以往的文章中都沒談這個問題。現在在《明報月刊》大文中，又一次避開了這個問題。我希望潘先生能想出一個妥善的解釋，那時我立卽會接受潘先生的構想。

(9)潘先生在大文第十七頁下半段，說「程丙本的說法，只是趙先生個人的假想」，但是又承認胡天獵本與胡適原藏程乙本文字不盡相同，原因是「每次印刷不多，可能隨印隨改」。這與我所說的「再版」，沒有太大的區別。隨印隨改就是再版。潘先生又說胡天獵本是程甲程乙之間的「混合本」。我說它是兩者之間的過渡版本。我實在看不出我的假想與潘先生的假想有什麼本質上的區別。潘先生又說（十七頁下段倒數五行）：

其實，今天存在的程乙本豈止胡適和胡天獵叟的兩個本子，每一個本子文字都不盡同，可見趙先生的說法是與事實不符的。

我說我們現在已知道有三個程高版本，潘先生說不止三個版本，我的說法自然與事實不符。我對這點很感興趣。可惜以前未見潘先生報導此事大文。可否請您將該篇大文賜寄一份？我很想知道這些版本是何時發現的？現存何處？與已知的胡適藏本、胡天獵本在文字上及回目上有何出入？並且希望《研究專刊》今天能多報導這一類發現紅學新資料的消息。

⑽潘先生的理論，遭遇兩點困難。而兩點困難又彼此有對抗性。如果設法彌補一點，結果會使另外一點的矛盾擴大。第一點是高鶚爲什麼越過程甲及程乙本兩道工序，而直接就由得來的殘稿本跳到程丙本。第二點困難是爲什麼這些版本的版口又都一致。看來潘先生目前是致力於彌補第一點。潘先生第一步要推翻我認爲程高一共發行三版的說法。但是潘先生又發現了新資料證明程高發行了不止三版，彼此文字都有出入。這種關係似乎很亂。我猜想（只是猜想）潘先生眞正想要說明的是：雖然程偉元的書店前後刊印了三五次不同版子，但高鶚的改稿工作卻只有兩次。以後各次「隨改隨印」的「混合本」，都是書局裏人自己改的，與高鶚無關。這樣從高鶚這方面來看，則只剩下程甲及程乙兩種改稿本，其他書局人自動改的，不妨稱爲程乙A，程乙B，程乙C……。第二步，潘先生又設法證明程甲本及程乙本兩者也是獨立的，不算是前後相連接的兩道工序。這樣自然無所謂「越過」不「越過」

了。其實這就是《新探》一書中所提到的雙軌獨立改稿論。潘先生大文第十八頁中說：

> 其實，據〈紅樓夢引言〉所說，初印時不及細校，可是程甲本只是依據一個抄本，姑集活字刷印，因急於公諸同好，故初印時，不及細校。而程乙本付印時，則是聚集各原本，詳加校閱，改訂無訛。因此，高鶚整理此書時，廣集各家原稿，勒成定本，他必然命抄手集合舊稿本重抄，抄手不止一人，所以字體筆跡有差異。我們試看《紅樓夢》稿中拼湊的痕跡……他用各家原稿，拼合改訂成爲定本，自然不使用程甲本作改訂的底本。所以趙先生所說程甲本和程乙本兩道工序都被越過的話，也是靠不住的。

這段中有三點值得注意。潘先生兩度說「勒成定本」及「成爲定本」，可見潘先生的的確確是以此稿本爲「定本」，絕非我們誤解。第二，時間夠不夠這個老問題又發生了。程甲本的序言和程乙本的序言相距只有七十幾天，時間上似乎有矛盾。當然這也不算致命傷，尚有解釋的餘地。「聚集各原本，詳加校閱，命抄手集合各原稿重抄一遍」，然後修改文字，然後排字付印總得要相當時間。也許高鶚在開始此項工作後若干時日，「因急於公諸同好」，要提前先出一版。於是他在諸抄本中挑出一本，「依據一個抄本」，不加「細校」，先印了再說。換言之，程乙本是立意在先，但因工程浩大，出版反而落後。程甲本立意在後，但出版在先。第三，潘先生要打斷程甲程乙兩本之間的工序關係，強調程乙本不是用程甲本作改訂底本。兩者全然獨立。程甲本依據單一抄本，程乙本是滙合許多抄本拼湊而成。程甲本是粗校，程乙本是經過「詳加校閱」的。這樣兩部完全獨立的文稿，印成書後，居然在一千五百七十一頁中，有一千五百零二頁，兩本的版口完全相同，這是毫無可能的。這一個問題就變成了雙軌論的致命傷。潘先生爲了強調兩次改稿的獨立性，結果澈底杜絕了版口問題的任何可能解釋。對於這一類的問題，我一向主張先不要抱成見，把各項已知的線索與特點，一項一項抄成卡片。然後再把每種構想提出，一張張卡片去配合。能打通關的構想就被採用。這就是我們分析的步驟。我們社會科學工作者對於資料卡制度十分欣賞。

⑾潘先生在大文第十九頁說：

> 況且辛亥冬至初刻到壬子花朝再刻，短短的只有三四個月的付印時間，斷沒有將原稿借與友人傳抄的道理。

在第廿頁上潘先生又說：

> 程偉元得到漶漫不可收拾的殘稿，只有請高鶚細加釐剔，截長補短，抄成全部，復爲鐫版，以公同好，決不可能將未經整理的殘稿與友人傳抄。

其實這兩點都不發生矛盾。按程高原序此處是說：

> 今得後四十回合成完璧，緣友人借抄爭覩甚夥，抄錄固難，刊版亦需時日，姑集活字刷印，因急

欲公諸同好，故初印時不及細校，間有紕繆。

對於此點，我們構想中的時間順序，在《新探》一書中已經說明。潘先生可能是忽略了。讓我簡略重述如下：①程偉元得到後四十回殘稿，但一時還沒有刊版計劃。②友人們聽到消息，紛紛要求借抄爭覩。這些人恐怕都是一般讀者，出於要窺全豹的心理，未必如潘先生所說「這人顯然是一位非常愛好《紅樓夢》的準紅學專家」。因此，在必要時可能打「經濟算盤」。當然，如果此時程高已向外宣佈刊印的計劃，有些人可能就等着買刊本了。③就因爲有這些人借抄爭覩，使得書商程偉元動起腦筋。借抄爭覩現象，正顯示書出版後銷路一定不壞。④程偉元動了出書念頭以後，才找高鶚當編輯校改此殘稿，高鶚一旦開始校改，此殘稿大概就不再出借。而且，別人知道程偉元的出版計劃，可能也就不急於借抄了。⑤程甲本開排以後，高鶚想到要參考其他稿本，這位友人的前八十回便也被借來。⑥程甲本出版後，高鶚便以程甲本爲底本，校改並排印程乙本。⑦最後再根據程乙本爲底本校改並排印成程丙本。⑧根據潘先生的新資料，程偉元以後又隨印隨改，出了幾個混合本。拉雜寫來。此祝

撰安

後學趙岡元月十日

「紅樓夢稿」諸問題

趙岡

最近讀到潘重規先生在《明報月刊》第七十七期的〈讀紅樓夢新探餘論〉大文，承續同刊第七十三期〈讀紅樓夢新探〉一文，作深一步的研究。讀過以後，頗爲獲益。潘先生大文中新見解迭出。每一新見解都不得不迫使我重新檢討自己對有關問題的論點。幸運的是，深入探討的結果，發現潘先生所提出的某些新論點，更能加強我的理論，使之基礎愈來愈堅固。這是我始料所未及，當然更是潘先生始料所未及。可見學術討論有各種不同方式的攻錯之效。現在我把研究的結果，也是對潘先生大文所提各點之答覆，說明如下：

潘先生在大文之後，鄭重提出一個大原則，認爲提出「假設」與「構想」時，應尊重事實。潘先生說：

> 有合理的構想而無可靠的事實，尚且不能取得人的共信，何況不合理的構想。這是我們研究問題時應該警惕的。

潘先生這個原則提的好，我舉雙手贊成，願意與潘先生共勉。所以我首先把潘先生所提的大原則標揭於此。以下的討論盡量求其符合此種精神。若還有不合標準處，請潘先生繼續指正。

潘先生大文中似乎指責我未曾逐點答覆潘先生的前一篇文章，這一點應該說明一下。我寫文章有一個習慣，願意把論點先歸納好，組織好，然後擇定一種方便的順序，分1，2，3……各點依次說明，在答覆別人的文章時，我往往把別人的論點，按我個人的歸納分類習慣重加組織，以便於說明，在歸納的過程，可能遺漏了一兩點。這次爲了避免發生這種可能，我完全依照潘先生討論順序。爲了避免混淆，還有一點要在此聲明。我稱胡天獵本爲程乙本，稱胡適原藏之刊本爲程丙本。潘先生不必接受我的命名，把甲乙丙當做ＡＢＣ即可。潘先生只要知道我是何所指就好了。

一、引　言

潘先生在引言中主要是反對我對「蘭墅閱過」四個字的推斷。具體的說，潘先生反對我下面這句話：

沒有人在自己的稿本上批寫「閱過」的道理。連寫都寫過了，還談甚麼「閱過」。「閱過」兩字表示是看過別人的東西，而加以註明，此理甚爲明顯。

我說「寫都寫過了」，並不等於是「抄都抄過了」之意。我所謂的「寫」是「創作」之意，也就是「寫文章」的「寫」。寫過以後，儘可請別人抄清。所以我的意思是說，讀自己創作的文章，不管是否親筆抄清，都不必批「閱過」，而讀別人的文章可批「閱過」。書畫鑑賞家和中學國文教員，大概都不會批評我的推斷「欠正確」或「太離譜」。國文老師批閱學生作文簿或週記本以後，常常批上個「閱」字，或是簽個名。我也請人抄過文稿，更常請打字小姐打文稿。如果抄錄無誤，打字不錯，我就收下，說聲「謝謝」。如果抄錯了，打錯了，我就說：「小姐，請把這兩個字改一改，其他地方都對。」我從來未曾動念要在自己的稿件上批個「閱」字。潘先生給中文系同學批閱習作，是否也有在文後或封面批「閱」或簽名的習慣？潘先生不妨再追憶一下，過去曾否動念在自己的文稿上批過「閱」字？這是現實生活中常遇見的事，這種構想，不能算太不合理，求證起來，也不會太難。

二、友人借抄程高後四十回並用程丙本校補之說

（一）這一段裏，潘先生主要有二項要點，第一，我說稿本後四十回中有十九回是一清如水，我的解釋說：這十九回是已被謄清者。潘先生反對這種解釋。這個解釋未必圓滿。但是，困難在於，不管我們換上甚麼「構想」，都無可避免的要借用此種解釋。譬如說，我們姑且換上潘先生自己的構想，暫時承認這稿本是高鶚自己的，改動部份是高鶚改的。我們要問，他爲甚麼把二十一回大改特改，而其他十九回，竟一句不動？這是一種甚麼編輯方針？對此，我們無可避免的要解釋說這十九回已被淸抄過。這個解釋雖然不完滿，但沒有它，你我的構想就將同歸於盡。潘先生其次是反對我認爲原稿本主人有重新付抄的計劃。「另一行寫」，「另抬寫」，見於前八十回，不應與後四十回牽合混淆。這點怪我以前說的不夠清楚。習慣上，當我碰到這類問題，總是把自己設身處地，變成那位當事人，然後再一步一步追踪全部演變或發展。就像一個偵探在處理兇殺案時，把自己設想成兇手，他如何爬進房，如何行兇，如何善後，如何逃走，來一套 reconstruction。這是我思維的方式，但寫成文字往往爲了省事，就不能一幕幕的描述。現在就請潘先生順着我的想法，用最簡單的方式來「重建」我構想的情形。第一，此人先有了一套八十回抄本。第二，他不久又從程偉元處抄來最原始的後四十回，合成一部。第三，他最後利用程丙本校補前八十回及原始狀況的後四十回。現在，我們要問，此人是在那個階段上才產生重抄的計劃。現在就請潘先生把前八十回的改文暫時全用白紙片蒙上，所顯露的，就是此人未「校補」時的前八十回原狀。它全部一清如水。此人爲甚麼要找麻煩重抄一遍？很「明顯」的，是在「校補」以後，他才覺得有重抄一遍之必要。在這種情形下，此人的重抄計劃難道會只限於前八十回嗎？

（二）這一段中最重要的一點是潘先生所舉出第九十回寶蟾送酒一段各本上的異文。這是一個很重要的新證據，但是對潘先生很不利。我在前文已經提到過，我是慣於採用資料卡制度以補記憶力之不足，然後把各種構想，像玩撲克牌似的，去做打通關的遊戲。我並且向潘先生及研究小組同學推薦這種方法。如果我是潘先生，當發現一件新線索時，如果其功效很明顯，自然沒問題，如果功效不明顯，則最好把各種構想，逐個試試，看看其相對效果，對誰最有利。譬如說，畸笏叟及脂硯齋的問題，爲了這兩個「x」「y」我曾代入了許多人物，包括棠村，雪芹的元配、繼室、妹妹、媽媽、姑母、表妹、表姐，曹頫，曹順，曹順的弟弟桑額，三十年前向脂硯齋要「斗方字」的曹家那位清客，敦誠、敦敏、張宜泉。凡是有證據存在過的人，都被試過。我的答案並不好，但是沒有比它更好的答案。

潘先生如果按我的方式試過，也許已然發現這是一條不利於己的證據。其實這條線索的作用，已是很明顯，不試也應看得出，俞平伯等人早已提過，「文章愈改愈好」。「錯誤之被改正」一定是在「錯誤出現」之後，現在讓我再詳細說明一下。程甲本此處寫的是：

寶蟾方纔要走，又到門口往外看看，回過頭來向着薛蟾一笑。

程丙本此處則是

回過頭來向着寶蟾一笑。

程甲本當然是錯，薛蟾並無其人。程丙本中把人名改正成爲《紅樓夢》中的人物。但是與原意不合，變成了薛蝌調戲寶蟾。這雖然是個毛病，但不易看出。二百年來，多少大評家，誰也沒發現，直到最後才由王珮璋在編校字記時發現此點。《紅樓夢》稿上此處，則被塗改成

回過頭來，向着薛蝌一笑。

這才是最恰當的改法，寫寶蟾調戲薛蝌。然而潘先生卻以此來反駁我：

依照趙先生的說法，程高刻本是此抄本的底本，底本皆誤，而過錄本反而不誤。

「可見趙先生的說法是矛盾的。」其實這正表示兩本的先後。抄書時發現有錯誤，順手改正過來，豈不是很自然的事。有何「矛盾」？如果換上潘先生自己的構想，眞正的矛盾就立卽出現。假設此稿本是高鶚手定，交給排字手民去排版。編輯人高鶚，明明白白，正正確確的寫着「薛蝌」，排字工人爲甚麼要找他的麻煩，替他排上「寶蟾」兩個錯字？把「薛蝌」換成「寶蟾」絕非誤植，必須是有意的更改，這豈不是故意跟編輯先生爲難嗎？校對先生及高鶚自己，爲甚麼不再改正過來？推論到此，潘先生可能又想到一種最後的辯護方法。那就是

立即放棄定稿之說，假設此本不是付刻底本，而是付刻底本以前的一個過渡稿本。這樣潘先生也許可以說，雖然此過渡稿本上是寫着「薛蝌」兩字，但付刻底本上則被改成「寶蟾」。手民則是照付刻底本排的。可是這樣一來，高鶚的編輯能力又有了疑問。第一次在過渡稿本上已經正確改妥，爲甚麼在付刻底本上故意換上兩個錯字？不管換上任何新假想，潘先生還是無法闖過這一點。

潘先生在這一段的結尾上說「這一類的現象還有的是」。這眞是一大喜訊。我早就想動手詳校諸程本及此《紅樓夢》稿。目的之一就是要找「這一類的現象」。但因時間不夠，始終未能動手。想不到潘先生及研究小組同學先走了一步，作了此項工作，眞是可喜。更可喜的是這一類現象「還有的是」。務請潘先生把這些校勘實例公佈發表。如能整理出詳盡的校字記則更將有用。「這一類的現象」，不必多，三五個已很夠用。如能舉出十個八個，則我們就有了一個如山鐵案。這樣一來，雖然潘先生的構想便徹底破產，但對《紅樓夢》研究上的貢獻，則將永垂不朽。我這樣講，毫無挖苦之意。俞平伯就是現成的好例子。他的舊論，都一一被其親手整理出來的材料所打倒。但是他的貢獻卻是無人可否認的。潘先生既然已經作了這步工作，發現了這麼些事實，與其將來讓別人發表，反不如自己先發表出來。希望潘先生能接納我這個請求，把校勘結果公佈出來。

三、程高得後四十回殘稿後有借抄可能之說

潘先生在這一段中，要證明我的「借抄」說不能成立。首先，潘先生標揭了一個大原則：

要辯明此一問題，仍然需要根據程高的自白來判斷。

對於這個大原則，我也是舉雙手贊成。事實上，我在前文中就是根據程高的自白，加上潘先生前次所提供的資料，擬出了當時發展情形的八個步驟。潘先生也擬了一個程序，大體如下：

(1) 程偉元用心搜羅百廿回的稿本。
(2) 高鶚愛看《紅樓夢》，向程偉元借到前八十回。
(3) 程偉元正好此時搜得後四十回，因請高鶚整理，抄成全部。
(4) 在這細心整理和匆忙付印當中，自然不容有借與友人傳抄的時間及可能。

我與潘先生不同之處是我接受程高的自白，根據其「緣友人借抄，爭覩甚夥」這句話，列爲發展過程中的一項事實。在前文中，我特別強調這個時序問題。第一，程高序言說「友人借

抄，爭覩甚夥」發生在先，「姑集活字刷印」發生在後。第二，這還隱含重要的動機問題。借抄爭覩甚夥，在書商程偉元眼中，具有特殊意義。爭覩甚夥，正表示一旦印成刊本，銷路應當不會壞。這正是這部中國偉大文學作品第一次出現刊本的重要契機。潘先生的分析則不同。認爲從時間方面來看，「友人借抄」之事是不可能的。這是變象指責程高在序言中說謊。當然，認爲程高說謊，潘先生並不是第一人。胡適、俞平伯等當年早已有過此種看法。如今潘先生再爲程高加上一條說謊的證據，也未嘗不可。不過，既然持這種論點，前面就不必標揭「需要根據程高的自白來判斷」。潘先生似乎應該說「程高序言有不實之處，不可輕易據以論斷」。然後舉出時間不足等等問題，來證明「友人借抄」只是程高謊言一句，事實上是不可能發生的。這樣前後的態度就一致了，而且理路也清晰。

但是，如我前文所言，程高序言中所提及「友人借抄」，不但是事實，而且意義相當重大。今天的出版商印一本書以前，要考慮市場、銷路及印刷成本等問題。當年恐怕更是如此。文盲率高，市場狹少，印刷技術未發達，刻版工本大，出版事業的風險只有大，不會小。程偉元不會不考慮這些條件。程刻本出版以前，這部小說已是「膾炙人口，幾廿餘年」。在這種狀況下，還是無人膽敢出版刊印。最多只是「好事者每傳抄一部，置廟市中，昂其值得數十金」而已。這不正表示是受了這些條件所限嗎。如果沒有「友人借抄」，程偉元絕不敢動念去刊印此書，這是一項冒險的投資。既使有人借抄，但人數不「夥」，程偉元的反應也會是另一樣。熟朋友礙於情面，免費借抄，生人就收點費用。最多最多，請抄手抄個三五部，也送到廟市上，昂其值數十金，賺個百八十元，以收回花下的成本。程偉元要做《紅樓夢》刊本的第一位發行人，絕非偶然，一定有他的道眼與合理的動機。按潘先生所提出的「構想要合情理」的原則，對於程高序言中所說之「友人借抄」之事，我是寧可信其有，不可信其無。

四、程高三個刻本及甲丙兩本版口相同之說

潘先生在此段中，提出數點，我勢必也得分條答覆。

(一)在答覆問題以前，我要先作一點原則性的說明。潘先生說：

除非眞如趙先生所構想的三個本子，今天都被找到了；而且一切發現的程刻本，都和趙先生所構想的三個本子同其範疇，絕無例外，趙先生的說法，纔有成立的可能。

潘先生這段話，有點毛病。第一，我要指明，我是先看到三個不同的本子，才產生一種構想，企圖用以解釋這件事實。並不是，事先毫無對象，憑空產生了這套構想，然後再各處去

找本子。我的構想不一定很好，但產生的背景與時序是如上所言。第二，潘先生所要求的舉證責任太嚴苛了一點。我必須把今天所有的程刻本都拿出來，放入我的三個範疇內，證明其毫無例外。即令我辦到這一點，我的說法也只是有「成立的可能」，正式「成立」還遙遙無期。這個要求，科學是百分之百的科學，就是太難了。這如同某甲說天鵝是白的，某乙立即反駁說，除非你能把天下現有的天鵝都拿給我看，詳加檢查，證明沒有一個天鵝有其他顏色或雜色，你的話才有成立的「可能」。遵守這項求證原則，目前任何人的構想，都無成立的可能。不信，我們可以試試看。潘先生在大文中就提出自己的構想，也立了範疇。我現在一切從寬，條件減半，只要潘先生把現存程刻本的半數（任何一半，隨潘先生挑），納入潘先生的範疇中，證明其無例外，我不僅承認先生的構想有成立的可能，而直接宣佈其已正式成立。潘先生不妨一試。總結以上所言，我提議我們換一個比較合理的原則。任何構想在未遭遇重大抵觸之前，可先承認其爲一 working hypothesis。一旦發現嚴重抵觸，我們再來修正構想。在這個原則下，如果我的構想失敗，起碼還有潘先生自己的構想存在，而不致於陷入眞空狀態。

（二）潘先生說程乙本序言的第一頁是胡天獵補寫。這點我相信。有關這一點，還有一段小插曲，不妨一述。我在撰寫《新探》時，就對此點不放心。影印本此頁也有類似刻版的一圈框框。我想找到原書一驗，看看是否原刻版印成者，抑或是手抄的一頁，然後照樣描補的版框。一九七〇年夏，我到臺北，親自找上門去。沒想到胡天獵竟是我自己的親戚韓鏡塘老先生。我從來不知道他又名胡天獵，更不知道他藏有這樣一部《紅樓夢》，結果竟繞了這樣一個大圈子。我到韓家時，正値韓老先生跌倒中風，不省人事。據韓家家人說，此書幾年前已託師大一位教授售給美國某圖書館。至於是那個圖書館，韓家也說不清。韓家家人對此書不感興趣，未曾注意其原狀。臨行時，韓太太交給一張書單，希望我在美國代爲接洽買主。有關程乙本事，沒有打聽出任何結果。回美後也曾函詢各大圖書館，但迄未查明此本下落。回美後，立卽與潘先生通信討論此事。據潘先生一九七〇年九月廿七日來函，稱曾與韓鏡塘先生通書，得知補寫序言之眞象。不過補寫序言之事，對我的理論，並未產生重大損害。據潘先生說，影印時，原本序言首頁尚在，只是印出結果模糊，韓先生乃重新抄補一頁，據以影印。看來版框都還是原來首頁的版框，中間貼上了重抄的那張紙。這樣說來，「《紅樓夢》是此書原名」也是原來的文句了。此句兩度變動的明證依然存在。更何況此外尚有元春綉像換版的跡象。我們總不能說程乙本的元春綉像也是胡天獵補繪的吧。

(三) 潘先生前一篇大文中，提及「混合版」的概念，當時我還沒瞭解其確切含義。這次潘先生舉例說明，我就完全明白了。這是一個嶄新的概念，潘先生提出是對的，我們應該考慮各種可能性。不過在使用這個構想來解釋問題，千萬要小心，注意其利弊。「混合版」不是一個直接了當的概念，現舉例言之，潘先生曾說：

我多年來也曾考慮過，我不斷留心觀察流傳下來的程刻本，發現無論程甲本、程乙本，都很難得到純粹的本子。

我敢斷言潘先生絕對未曾如此觀察，這是先天就不可能的事。不論潘先生如何「留心」觀察，明察秋毫，也不可能「發現」這件事。讓我換一個例子，爲潘先生說明之。如果我們研究一種動物，在沒有找出或確定甚麼是純種以前，就先「發現」了一批變種，是絕無可能的。變種是隨着純種而來的，未定出純種的標準，就無法看出變種。我們只是看到幾個不同的種而已。純種是一個 reference point。就如同要測量距離，必先確定起點。所以，說只發現一批混合本，是不可能的事。伊藤的說法就合理了。他先確定，或假設，他所藏的是純甲本，倉石教授所藏的是純丙本，然後才能「發現」程乙本是混合本。當然，動物的純種是後設的標準，而版本的純版是有先天的標準，也就是程甲、程丙當年印好後未被混雜的狀況，理論上講，可能一本純版也未曾流傳下來，而流傳下來的都是混合本。但若欲「觀察」並「發現」這件事，還是要先拿出純版的標準。

㈣其次再談混合本產生的條件及種類。讓我先說一點題外的話。潘先生在大文此處，出了一個很有趣的數學題目。潘先生問：程甲本程丙本每部十二册，又假定兩次僅各印十部，混亂起來，能有多少不同形的《紅樓夢》書本。潘先生自己給出的答案是四千零九十六套不同形的書本，也就是二的十二次方。其實正確的答案是廿套。這家書店前後共印了二十套書，不管他如何加以混雜配合，最多也只能賣出二十套。他無論如何也配不出二十一套，更不用說四千零九十六套。在教或然率時，數學先生常常會出這類障眼法的題目來捉弄比較粗心的學生。不料潘先生出了這樣一個題目，把自己陷在其中了。

不過潘先生所舉的例子還是很好，它可以充分說明混合本的多樣性。我們不應忽略這點。如果我們把潘先生原來的假設換一下，假設程高每版各印了二千零五十套以上，理論上確是可能配出四千多種不同的《紅樓夢》。但是，這個問題不完全是數學或然率的問題。人們究竟不會任意去混雜各版的書。混合本之產生，必須有其特定的條件。其條件可分述如下：

第一、版本之混雜可能是發生於發行書店之內。假設當初程偉元的伙計們在印刷甲本時，把其中某一册多印了一百份。這多餘的一百份當然賣不出去。等到印丙本時，他們便可以把這一册少印一百份。然後把甲本多餘的一百册混入一百套乙本書中。這樣一來，市面上就出現了一種混合本，其數量爲一百套。在這種情形下，只有一種混合本的排列組合，視甲本中那幾册有多餘份數而定。

第二、版本混合，可能是在讀者手中發生。這種情形在抄本流行時期，最易發生。抄配情形屢見不鮮。抄配就如同是讀者「自我印刷」，隨時可行。但是刊本在讀者手中混雜起來的現象，就將大爲減少，因爲「自我印刷」的可能性必須排除。讀者混採版本，可能是在下述情形下產生。假設某人手中原有一套程甲本，後來損壞或遺失了一兩册。於是他便到舊書店中去物色，碰巧店中也有一套殘本，店主願意拆開，將其中一兩册賣給此人。不幸此人不會分辨版本異同，買回來的零册，竟然是程丙本。這一套流傳下來便成了一個混合本。這種情形絕對可能，但也絕對不會普遍。如果肯定說今天流傳下來的都是混合本，純本已難找到，則是違反潘先生所提出「構想要合情理」的原則。

㈤問題的癥結是在於如何使用「混合本」的構想來解釋版口相同的事實。在此，我必須把這一段爭論的發展過程簡單覆述一下，然後才能看出「混合本」的新構想究竟有甚麼功效。潘先生認爲《紅樓夢》稿是高鶚雙軌獨立改稿的產物。我說這是不合理的，因爲此說法與前後版版口相同的事實相抵觸。我並且說版口相同這件事是「硬碰硬的問題，在證據的解釋上沒有太多的變通餘地」。潘先生大概也發覺此事在解釋上確是沒有變通的餘地。要闖過這一關，唯有設法取消這個硬碰硬的證據。也就是說要使它喪失作爲證據的資格。潘先生提出「混合本」的說法，希望能造成兩項任務：

第一，潘先生想以「混合本」的說法來取代程高排印過三版之說法。所以潘先生寫道：

如果發現一個混合本，便說程高多排印一次，那是非常不合事情眞象的。

第三，潘先生想舉出混合本之普遍，以摧毀版口相同作爲證據的資格。所以潘先生又說：

胡天獵影印的是混合本，卽兪平伯、王佩璋、伊藤、倉石，諸先生所對校的，也無法保證其非混合本。因此趙先生引證王女士版口的統計，並不能作爲安全的根據。基本的證據旣不穩固，一切推論自然無法建立。

我前面已經申論過，混合本之出現，需要特定的條件，混合本會比純本更普遍。其次，潘先生捨棄了純種的標準，而去單獨觀察變種，是辦不到的，如果不假定伊藤及倉石的藏本爲純本，怎麼能說胡天獵影印本是混合本呢？混合本的混合本會不會就是純本呢？現在，讓我們且不去管這些問題。假設潘先生所說的混合本全是事實，是根據某種特殊方法獨立觀察而得。此時，潘先生所企圖的第一個目的是可以達成的。「混合本」合乎事實眞象，而第三版之說則不合事實眞象。雖然這樣可以由「三軌獨立改稿」改爲「雙軌獨立改稿」，但減少一道工序，對於潘先生的幫助有限。

最重要的是，「混合本」之說無法達成潘先生所企圖的第二項目的。它不但不能摧毀版口相同此事的證據性，反而加強了它的力量。這恐怕也是潘先生始料所未及。現在假設王佩璋比較的是混合本。根據潘先生大文所舉之例，純甲本，則是十二册每册都是甲。若不純，則其中某一册或幾册是乙。同樣的，純乙本是十二册都是乙，若是不純，則其中某一册或幾册是甲。甲稿與乙稿文字有不同之處。如果我們比較純甲本及純乙本就可看出全部的異文。如果乙本不純，其中第一册是甲。在這種情形下，第一册中的異文就無法看出了。如果甲本也不純，其中第二册是乙，此時，第二册中的異文也就看不出了。歸納的結果是，比較混合本所找出的異文，只能比純本所顯示的異文爲少，而不可能更多。這就是對潘先生不利的地方。現在再讓我們看看王佩璋的統計。甲本全書一千五百七十一頁。其中五十六頁無改動，一千五百十五頁都有異文。在這一千五百十五頁有異文者之中，六十九頁起訖版口不同，一千四百四十六頁雖有異文，但版口相同。另外五十六頁無異文者，版口自然相同。潘先生應該注意到，無異文者只有五十六頁，既令全湊到一起，也不夠一册。所以這十二册是全部「純然」不同。不過，我們既然承認潘先生的假設，把它們看成混合本，這一點也就暫時不去追究。現在已經有一千五百十五頁有異文，如果我們比較眞正的純本，則有異文的頁數只會比這多，而不會比這少。其次，這些有異文的各頁，現已有一千四百四十六頁是版口相同。如果比較眞正純本，可能還有若干頁雖有異文而版口相同者。起碼這個數字是不會更減少。

因此，這個硬碰硬的問題，愈來愈嚴重。潘先生勢必再想想是否有其他的好方法來解釋。我還是那句老話，潘先生能想出一個妥善的解釋，我立卽會接受潘先生的構想。如果潘先生想不出其他解釋，我就勸潘先生放棄自己的構想。不能闖過這一關，則一定要被揚棄。

五、構想與事實的問題

這一段是潘先生的結論，着重闡述構想要合情合理的原則。前面已經說過，對潘先生所標揭的這一點，我毫無異議。不過我的習慣是偏重「比較的合理」，而不是「絕對的合理」。對於同一問題，我愛換上不同的構想去解釋，然後選擇其答案比較合理者。但所求得者未必是絕對合理。

六、附加的話

這一段在潘先生〈餘論〉一文中沒有，是我在此要補加的。我相信這一次對於〈餘論〉

中潘先生所提各點，已經一一答覆，毫無遺漏。不過潘先生說我對〈讀紅樓夢新探〉一文中若干點未曾答覆，心中始終覺得不安。於是我又將該文拿出重讀。發現其中有兩段，潘先生舉出《紅樓夢》稿中若干特有的文句，用以反駁我。我未加深論。潘先生可能是指此而言。其實對於這兩段我已然答覆。這個問題十分簡單，所以我的答覆也就十分簡單。我在說甲丙兩版版口相同是「硬碰硬的問題，在證據的解釋上沒有太多的變通餘地」這一句話以前，已經說過若干異文問題與例證，無論我們換上甚麼構想，都能很容易的解釋過去。從這些異文例證來看，目前的各種構想，不分上下。因爲答案過於簡單，潘先生可能沒有注意它，反以爲我是規避了這兩點。現在讓我略加申論。其實這個問題最早是由范寧所提出。他說：

> 因爲修改的文字，從回目到情節都有與刻本不同的地方。既然是照改，又故意改得不忠實，未免不合情理

我們在《新探》一書中（三二一頁）早已提出過總答覆：

> 這個理由嫌太脆弱。照改而發生遺漏是常有之事，未必是故意改得不忠實。

現在讓我索性拿潘先生所舉的實例，來具體說明。潘文第十九頁說：

> 這個《紅樓夢》稿的前八十回，顯然是高鶚根據一個脂評本，命令抄手重抄的。在這抄本前七回中有回首總評，有回首回末的題詩，有正文中雙行夾批的評語。由這些評語，可證明與甲戌、庚辰、

有正諸本不同，是諸本以外的一個抄本。爲了節省工力。程高決定删去評語不印。故前幾回抄手還抄有許多評語，經高鶚加以塗抹删去；自七八回以後，大概便吩咐抄手索性省去，故以後的脂評就殘存極少。……其中更有高鶚删定的顯明證據。如第六十三回無芳官改名改妝二段文字，第七十回正文卻有溫都里、雄奴之名……如果此稿本不是抄本，便不會有此遺痕；如果此稿本是抄本的原本，則六十三回斷不會剛剛將觸犯忌諱的幾百字遺落，這顯然是高鶚整理時有意删去，由此可證明此稿本乃是經過高鶚整理過的稿本的重抄本。

在這裏我們可以做一個實驗，讀者可以把這一整段中的「高鶚」字樣，全換上「高鶚的友人」、「李先生」、「張君」，或者索性換上「X君」，看看有甚麼說不通的地方。潘先生的這個證據是放之四海而皆準。它可以證明「X君」整理時有意删去，此稿本是「X君」整理過的稿本的重抄本。事實上甲辰本早已開始删掉觸犯忌諱之文字。「X君」的適用範圍極廣。

潘先生所舉的另一證據與上述一段，性質上不相同，但其不足以做爲潘先生的證據則一，潘文如下：

假如此人是程高友人，又深知他們重訂工作的用意，那他獲得所謂程丙本時，也必然留心校改前八十回的異文。然而單就回目的文字而論，如第三回的回目，甲戌本作……，庚辰本作……，戚蓼生本作……，此抄本與庚辰本全同，而程高刻本作……，這位「友人」並未照刻本校改。又如第七回的回目，甲戌本作……，庚辰本作……，戚蓼生本作……程高刻本與庚辰本同，但此抄本卷首總目和本回正文之前都是空白，缺少回目。這位愛好《紅樓夢》的「友人」，他藏有《紅樓夢》抄本，聽見程偉元獲得後四十回，立卽借抄一本，待到程高用活字排印全書，又設法以「此刻本校改抄本」，以如此深愛《紅樓夢》的「友人」，無論如何粗心大意，也不會連空白缺脫的回目，竟熟視無睹，不加補足，這樣超越「常情」的「漏校」，恐怕會破壞趙先生的構想的。

這裏潘先生再度忘記研究每一條線索的相對效果。旣令這些例證對我的構想有點破壞力，它們對潘先生自己的構想，卻具有更巨大的破壞力。高鶚致力於整理《紅樓夢》，並以此自豪，自號「紅樓外史」。若依潘先生的構想，此稿本是高鶚詳加校閱，細心整理，而勘定的定本，馬上要去付排，而竟然「連空白缺脫的回目，竟熟視無睹，不加補足」，豈不更令人難以置信。尤有甚者，校編者所熟視無睹的空白缺脫回目，竟由排印工人給補上了（如第七回），而校編者所審定的回目，反被手民無緣無故給更改了（如第三回）。我們可以換一個更現實一點的例子，來說明相對合理性，如果有一位「愛好」《明報月刊》的「友人」要抄讀月刊上一篇文章，結果漏抄了題目。這種疏漏不能算是十分「超越」常情。但如果《明報月刊》的編輯人，把稿樣交到排字房，而竟然沒寫上標題，而另一處編輯寫好了的標題，排字工人竟憑己意亂改一通，潘先生能認爲這是合乎常情嗎？我們在《新探》一書中，把兪平伯、潘先生、范寧、吳世昌，以及我們自己的各種各樣的構想，一一詳加比較，就是要照顧全局，注意每一條線索的相對效果。這個辦法値得潘先生一試。

一九七二年五月十二日於麥地遜

三民叢刊1

邁向已開發國家

孫震 著

邁向已開發國家的過程中，先是追求成長與富裕，但富裕之後，仍有很多我們要追求的目標。作者孫震博士，曾參與臺灣發展的規畫，也對臺灣邁向已開發國家的前景充滿信心；但除了經濟上的成就外，作者更關心的是新時代來臨後的羣己問題、教育問題，正如這幾年來他所持續宣揚的——更重要的是邁向一個「富而好禮的社會。」

三民叢刊2

經濟發展啓示錄

于宗先 著

在多年的高度發展以後，臺灣的經濟也併隨產生了許多問題；諸如經濟自由化的落實、勞資雙方的爭議、產業科技的轉型、投機風氣的熾盛等等，都是目前迫切的課題，本書作者于宗先先生，以其經濟學者的關心，對這些問題提出其專業上的看法。而這些討論，將更能爲臺灣進一步的發展提供可貴的啟示。

三民叢刊3

中國文學講話

王更生 著

從「關關雎鳩、在河之洲」開始，中國文學匯流成波瀾萬千，美不勝收的滄海。坊間介紹中國文學流變的書籍很多，但大多以政治朝代分期，無視於文學本身一貫的生命，而把文學以政治分期的手術刀隨意支解；本書突破以往陳陳相因的格式，改採以文學體裁爲基據的敍述方式，將各種文體的流變以一氣呵成的方式介紹給讀者，以使讀者有遊目騁懷之快，也更能掌握中國文學整體的生命。

三民叢刊4 5

紅樓夢新解
紅樓夢新辨

潘重規 著

自蔡元培、胡適兩先生對紅樓夢熱烈討論之後，紅學已成為文史學中的一門顯學。在舉世風從胡氏的自傳說之後，潘重規先生獨持異議，發表論文主張紅樓夢是漢族志士反清復明之作，使學界對胡氏再做檢討，而開展紅學的另一新路。潘先生在香港新亞書院創設紅樓夢研究課程，刊行紅樓夢研究專輯，又於一九七三年獨往列寧格勒，披閱該處所藏乾隆舊抄本紅樓夢，發表論文，飲譽國際。歷年來潘先生與胡適、周汝昌、趙岡、余英時諸先生討論的文字及論文，今彙集為「紅樓夢新解」、「紅樓夢新辨」重加校訂出版，使讀者能一窺紅樓夢作者之眞意所在，暨紅學發展之流變。

三民叢刊6

自由與權威

周陽山 著

自由與權威並不是對立的觀念。一個眞正的權威，是使人自願接受的力量，服從一個眞正權威並不會使人感覺不自由，相反的，他是指引人們進一步思考、發展的助力。而一羣人獨立的自由，也只有在權威設定了自由的範圍後才得以維續。作者周陽山先生，探索有關自由主義、權威主義、保守主義及各種激進思潮在中國的歷程多年。在本書中，作者進一步透過相關的國際知識發展經驗，檢討自由與權威，自由化與民主轉型，以及國家社會與民間社會等層面的理念，期為民主化的歷程建構一條坦途。

三民叢刊10

在我們的時代

周志文　著

「在我們的時代，希望很容易幻滅，但在一段沮喪過後，逃逸了的希望又常常不期然地像雨後的彩虹一般的在遠方出現。」

本書收集作者兩年來在中時晚報所發表的時事短評，針對的人、事雖各有不同，但所抱持的理念是一致的，那就是一個人文學者對現世的關懷，與對未來猶不死滅的希望。

作者以洗鍊的文筆，犀利的剖開事件上層層的迷障，讓我們得以見到更深刻的事實和理念。

國立中央圖書館出版品預行編目資料

紅樓夢新辨／潘重規著--初版--臺北
市：三民，民79
面；　　公分--(三民叢刊;5)
ISBN957-14-0066-1 (平裝)

1.紅樓夢—批評，解釋等
857.49

©紅 樓 夢 新 辨

著　者　潘重規
發行人　劉振强
出版者　三民書局股份有限公司
印刷所　三民書局股份有限公司
　　　　地址／臺北市重慶南路一段六十一號
　　　　郵撥／〇〇〇九九九八——五號
初　版　中華民國七十九年八月
編　號　S 82052
基本定價　伍元叁角叁分
行政院新聞局登記證局版臺業字第〇二〇〇號

ISBN 957-14-0066-1(平裝)